教育部人文社科一般项目"中国近现代乐歌接受史研究（1900—1949）"（项目编号：21YJC751013）阶段性成果

中国近代
乐歌研究

李　晶　解月昭——著

社会科学文献出版社
SOCIAL SCIENCES ACADEMIC PRESS (CHINA)

目　录

绪 论

一 选题意义

自 20 世纪 80 年代起，新诗研究领域逐渐摒弃了以政治标准为主导的价值判断体系，传统的平反式批评方法也逐渐淡出历史舞台。在这一过程中，对诗歌流派、现代性以及新诗本体论的研究逐渐展现出跨时性和空间维度的深度与流动性特征。

然而，值得注意的是，在小说、戏剧等文学体裁不断更新和调整其研究范式的同时，新诗研究似乎陷入了一种类似博物馆式的僵化状态，精英文化所推崇的经典作品被置于显要位置，成为反复研究的对象。其他诗歌形式则被有意忽略。现代性的探讨往往停留在特定的历史节点，而历史的连续性被"现代"这一概念割裂。

传统与西方文明的融合之美，成为衡量新诗文学价值的尺度，正在被细致地评估。然而，随着时代的变迁，支撑诗学研究范式的社会基础也在发生变化。因此，为了保持新诗研究的活力和相关性，研究者必须重新审视并调整其研究方法和范式。

本书从四个方面入手梳理近代乐歌的研究范式。

第一，近代报刊乐歌与书籍所载乐歌相比较，呈现出数量多、经典多、接受范围广、渗透时间长等特征，本书扩展新诗的研究对象，上溯新诗滥觞，将近代乐歌纳入新诗的研究范畴。童庆炳认为："'文化诗学'既有效地打破了过去孤立封闭的模式阈限及单一性的学科视界，还在微观语言细读与宏观文化批评的症候阐释中为文学研究走向更深、更广的层次提供了一套行之有效的阐释学体系。"① 文化诗学以审美文化为中心，既"'重视文化研究的视野'，但又坚持'诗学'的落脚点，坚持文学研究的诗意品格……防止'泛文化研究'模式中学科品格的流失"②。将乐歌纳入诗学研究范畴，既打破了文学较为孤立封闭的模式和较为单一的学科视域，还能促进"语言、审美和历史文化"③ 的三维互动与互构，启发更多的诗学主题思想。"诗之境阔，词之言长"，本书通过对乐歌史料的整理与回溯提炼出近代乐歌的主题特点，提出"双旋涡"的伦理思想。就研究对象与主题的关系而言，本书在乐歌材料的基础上，通过对天人之变、社会关系转变的研究突出人的现代化，中心点是探讨人主体意识如何觉醒的问题。

清末民初，人从传统天地君亲师的伦理关系中解脱出来，社会伦理从差序格局向团体格局转变。清末民初是新旧文化的过渡时期，通过循环阅读研究法，本书提出一种新的伦理模态，进而根据模态的变化提炼更多的乐歌主题。具体而言，现代社会伦理是一种以权利与义务为中心点的双旋涡动态格局。在权利与义务两块基石同时存在、同等重量的情况下，伦理之流冲刷过时会产生同向旋涡，河流波动虽然巨大但是易于人们把握方向。清末民初的文学、文化、思想界短暂出现类似模态，因而，乐歌主题多样，在守恒与创新中发展。与之相反的情况是，当个人权利和国家义务两块基石缺少其一，或者二者重量差距过大时，伦理之河流会出现逆流或者巨大阻力，伦理思想停滞或者倒退。这样的情况主要出现在民国初年，政治倒退，文化沙漠化较严重，乐歌主题发生改变。这一具体伦理模态与梁漱溟先生提出的以个人为中心、以血缘为纽带、以推恩为原则的水纹伦理模态不同，比较具体地描述了近代中国伦

---

① 童庆炳：《文化诗学：理论与实践》，北京大学出版社，2015，第396页。
② 童庆炳：《文化诗学：理论与实践》，北京大学出版社，2015，第392页。
③ 童庆炳：《文化诗学：理论与实践》，北京大学出版社，2015，第3页。

理转型的过渡状态，更为重要的是为乐歌主题研究提供了一种动态的、可视化的辩证方法（见图1、图2、图3）。

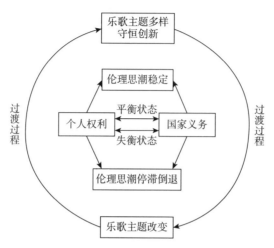

图1　个人权利、国家义务静态

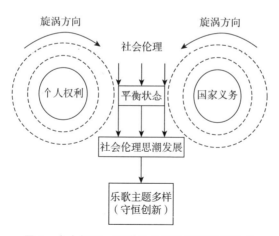

图2　个人权利、国家义务同向旋涡平衡拟态

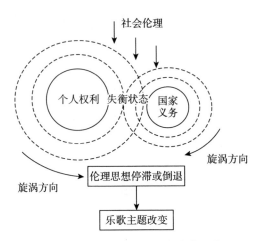

图3　个人权利与国家义务失衡拟态

第二，以文化诗学为主要理论研究近代乐歌体系。文化诗学主张音乐性是文学的主要审美文化性，诗歌是用旋律和节奏构筑的想象世界。基于此，本书综合运用主作品论与接受论综合研究乐歌作品，具体而言，以受众接受心态为导向，以文本内容为中心，以创作心态为桥梁，在历时性研究与共时性分析的整体框架内，形成"文化语境—受众接受动机—期待视野—作家心态—作品样态—受众审美心态"循环的研究方法（见图4），突出微观、中观、宏观三个层面的互动性与结构关系，进而形成循环阅读式的文本阐释模式与研究体系。

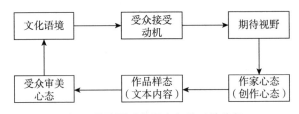

图4　乐歌历时性研究与共时性分析

第三，阐释说明与乐歌有关的概念，从而有效避免乐歌在读者接受环节引起过多争议，逐步确立乐歌的文学史价值。乐歌研究的相关概念一直处于初步共识阶段。本书论证了"乐歌"的艺术特色，论述中引用了古代诗词的相关理论，甚为支持乐歌为诗之余一说。同时，强调乐歌作为"诗"的分支具有比较明显的艺术特点，分析了近代乐歌与古代乐歌之间的辩证关系。对于学界一直热论的"形象"与"意象"问题，本书结合了袁行霈《中国诗歌艺术研究》与陈植锷《诗歌意象论》的相关论述，将乐歌中的典型物象及人物统称为意象。在一些论述中，女性意象与女性形象概念有部分交叉。关于乐歌作者与抒情主人公的概念划分，本书认为乐歌作为表意文学可以表达三层含义：乐歌直接表达抒情主人公的情绪思想，间接体现乐歌作者的创作心态，还反映了乐歌受众的接受心态。这两个概念既有区别又有联系，不能一概而论。在现代诗歌、小说和音乐作品研究中常用"悖论""多声"两个概念，本书运用两个概念时既兼顾其整体艺术特点，也根据乐歌文本的具体情况进行微调。

第四，探讨近代乐歌如何通过古代诗词表达现代情感。将古代诗歌纳入近代乐歌研究范畴，从文化传承与创新、读者接受、意象沿袭、悖论艺术、多声复调结构及意象转变等多维度审视，具有充分合理性。首先，本书采用文化诗学的方法，将文学作品置于其文化背景中进行分析，强调文本分析与文化研究的结合。这种方法使我们能够发现古代诗歌在现代文化中的新意义，并重新诠释这些诗歌，分析其表达的近代人的情感。童庆炳在《文化诗学：理论与实践》中提出，音乐性是文学审美的核心，而乐歌通过旋律和节奏构建了一个想象的世界。近代乐歌通过借鉴古代诗词，不仅提升了歌词的语言和音乐质量，也增强了作品的艺术魅力，实现了传统文化的传承与新时代背景下的创新。其次，本书借鉴德国学者汉斯·罗伯特·姚斯的接受美学理论，该理论认为文学作品的审美价值是在读者的接受过程中形成的，而非客观永恒不变。姚斯在《接受美学与接受理论》中指出，文学作品的审美价值取决于读者的"期待视野"，即读者的先前经验和审美趣味对作品的预先估计与期盼。因此，古代诗歌在近代读者的接受过程中，可以通过读者的期待视野被重新解读，赋予新的情感色彩。再次，本书讨论了古代诗歌中的意象和主题如何在现代诗歌中得到继承和发展，这种沿袭性为我们提供了一种桥梁，使得古代诗歌的形式和内容可以被改编，以传达近代人的情感和体验。同时，近代乐歌中的悖论艺术，即结合不和谐元素创造新的艺术效果，也可以用来将古代诗歌的元素与现代情感相结合，创造出既传统又现代的艺术作品。又次，本书探讨了多声与复调结构在近代乐歌中的应用，这种结构允许不同声音和主题同时存在，表达复杂的情感和思想。这种方法可以用来在古代诗歌的基础上，加入现代情感的层次，创造出丰富的现代诗歌。最后，本书分析了时间与自然意象在近代乐歌中的转变，这种转变反映了社会价值观和心理状态的变化。通过这种转变，我们可以将古代诗歌中的自然和时间意象与近代人的情感相联系，使之成为表达新的情感的工具。

二 研究现状

（一）国内外研究综述

张静蔚教授的《搜索历史——中国近现代音乐文论选编》附录中收录的学堂乐歌资料有 41 种，其中书籍类 33 种，报刊 9 种。报刊有《江苏》（1903）、《女子世界》（1904）、《新民丛报》（1904）、《东京留学界记实》（1905）、《音乐小杂志》（1906）、《云南》（1906）、《中国女报》（1907）、《教育杂志》（1909）、《云南教育》（1912）等。其附录中收录的乐歌大多数来自书籍，小部分来自报刊。[①]

李静的《乐歌中国——近代音乐文化与社会转型》的附录部分集中整理了 1901 年至 1918 年的乐歌集，共计整理 123 本（册），为乐歌研究提供了更为丰富的资料。[②]

钱仁康教授的《学堂乐歌考源》是一本优秀的歌曲研究著作，其

---

① 张静蔚编《搜索历史——中国近现代音乐文论选编》，上海音乐出版社，2004，第329~438 页。
② 李静：《乐歌中国——近代音乐文化与社会转型》，北京大学出版社，2012，第263~279 页。

中近代乐歌集中在报刊、书籍两个部分，是研究该时期乐歌必不可少的资料。但是由于该著作侧重音乐分析，以重点分析的方式举例说明问题，涉及的曲目有限。①

夏滟洲的《中国近现代音乐史简编》中，学堂乐歌的论述集中在第二章。该章从学堂乐歌的勃兴、近代新音乐教育的理想与实践、西洋音乐表演形式的建立、中国近现代音乐史料几个方面论述了乐歌的艺术特点和背景。其中，"建议聆听曲目"部分推荐的歌曲具有代表意义，"学堂乐歌的文化意义"一节简述了乐歌的主要内容、主题和歌词风格。②

苗菁的《中国现代歌词流变概观1900～1976》对学堂乐歌的论述集中在第一章，从文化启蒙者倡导音乐的几个侧重点、文化范畴中的学堂乐歌价值两个方面来具体论述，特意强调了歌词与社会进步之间的关系，明确提出学堂乐歌孕育了现代歌曲的品种和风格范型，是中国新式歌曲的开端。"中国诗歌变迁"一节提出学堂乐歌预构了新文化运动时期诗词风格的转换机制，传统的诗体、传统与时代相融合的诗体、基本运用时代语言的诗体三者并存，各有分工和发展。③

王丽慧的《歌声中的文学——文学视野中的流行歌词》在第一章简要论述了明清时调的艺术特点，强调市民阶层需求与文人精英需求共同推进了时调的发展，对"情""欲"的理解值得参看。该书强调，清代时调具有三个特点：第一为颠覆性减弱，传统的学而优则仕、妻荣夫贵等思想重新抬头；第二是出现一定的雅化倾向；第三是时调回归歌曲最基本的娱乐性质。④

刘以光的《中国歌词简史》在第一章论述了清末民初时期的歌词，其中第二节论述了学堂乐歌的传播机制，详细分析了沈心工、李叔同的

---

①　钱仁康：《学堂乐歌考源》，上海音乐出版社，2001，第1页。
②　夏滟洲：《中国近现代音乐史简编》，上海音乐出版社，2004，第26～71页。
③　苗菁：《中国现代歌词流变概观1900～1976》，中国社会科学出版社，2007，第12页。
④　王丽慧：《歌声中的文学——文学视野中的流行歌词》，上海社会科学院出版社，2013，第62～71页。

歌词创作，着重强调了学堂乐歌"取彼国之善本，易以我国之歌词"①的艺术特点。

明言的《20世纪中国音乐批评导论》第一章具体论述了新音乐为新民而新学的历史定位，分析了学堂乐歌的"生长基"、社会作用，及其批评观念的理论建树与历史局限等问题。②

蒋英的《清末民初贵州学堂乐歌考》侧重资料的发掘和整理，第三章具体分析了乐歌的曲目和内容，第四章则分析了记谱源流、旋律来源、歌词内容等。这是近几年乐歌资料的新发现，具有相当高的史料价值。③

近年来国外学者的研究中，针对乐歌的研究不多见。榎本泰子所著的《乐人之都上海——西洋音乐在近代中国的发轫》第一章详细分析了留学日本热与学堂乐歌之间的关系，一些资料具有史料价值。④

以上为近年来国内外乐歌研究的现实情况。前辈学者多从20世纪的大范围总结近代乐歌主题流变和艺术特色，对具体的变化细节关注较少，但是方向性的概括准确而具有指导意义，对资料的收集保存尤其难得。《20世纪中国音乐批评导论》一书，第一章论述了新音乐对启蒙新民的作用，兼具音乐史和文学史的意义。《学堂乐歌考源》一书，追本溯源地分析乐曲来源、乐歌曲式的特点和发展，分析透彻，力透纸背。清末民初的很多简谱和五线谱作曲不规范，从几个简单音节和变化的节奏根本无法推断出乐歌来源，钱仁康教授熟知中外文学音乐史，他做的整理分析工作，为以后的研究奠定了坚实的基础。

（二）研究中的不足与遗憾

近代乐歌研究还处于起步阶段，国内外研究者各有侧重，成果显

---

① 刘以光：《中国歌词简史》，厦门大学出版社，2008，第9页。
② 明言：《20世纪中国音乐批评导论》，人民音乐出版社，2002，第1页。
③ 蒋英：《清末民初贵州学堂乐歌考》，中国社会科学出版社，2015，第37~49页。
④ 〔日〕榎本泰子：《乐人之都上海——西洋音乐在近代中国的发轫》，彭瑾译，上海音乐出版社，2013，第1~36页。

著，但是比较全面系统的论述尚不多见。不同领域研究者专注各自范畴，文学研究者侧重歌词，音乐史学家侧重音乐，社会学家侧重乐歌的社会学意义，民俗学研究者侧重乐歌的民族特点和文化意义。乐歌是音乐文学，音乐与文学同样重要，歌词与乐思表达是否一致决定了乐歌艺术水平的高低，反映了一个时代的文化特点。

由于中国近代乐歌史料丢失损毁严重，既有成果引用材料多集中于十几个主要的报刊与几个主要的乐歌作者，难免以偏概全。其论述范围多集中在 1900 年至 1980 年之间，时间跨度较大，论述难免显得不充分。由于资料查询难度大，1840 年至 1905 年的乐歌资料运用较少，对一些值得谈论的观念没有进行深入分析。多数研究论文对乐曲的分析也较少，民乐、西洋曲式分析尤其粗略。

此外，由于乐歌研究尚处于起步阶段，学界对一些概念没有精确定义，前辈学人对同一概念的界定各不相同，导致了不可避免的歧义，一定程度上限制了该领域的研究进展。

三 研究内容

如前所述，近代报刊乐歌与书籍所载乐歌相比，呈现出数量多、经典多、接受范围广、渗透时间长等特征，故本书重点研究报刊乐歌。在时间范围上，本书将研究重点放在 1900 年至 1919 年，将 1840 年至 1899 年的乐歌作为辅助资料，这一选择具有合理性。

从文化生产的角度分析，1840 年至 1899 年的中国社会动荡不安，文化生产受到严重制约，乐歌创作和传播的基础设施相对匮乏，导致乐歌作品数量有限，难以形成丰富的文化景观。而 1900 年至 1919 年，社会逐渐稳定，尤其是新文化运动的兴起，为乐歌创作提供了肥沃的文化土壤，催生了大量具有时代特色和艺术价值的作品，这些作品不仅丰富了文化诗学研究的文本资源，也为探讨文化变迁与艺术创新提供了重要依据。

从文化接受与认同的角度来看，1840年至1899年的乐歌多沿袭传统，难以满足社会变革背景下人们对新思想、新文化的渴望，影响力和受众接受度相对较低。相反，1900年至1919年的乐歌在内容和形式上发生了显著变化，融入了大量现代元素，如反映社会现实、倡导新思想等，这些变化契合了当时社会的文化需求和审美趋向，更能触动人心，引发共鸣，从而在更广泛的受众群体中产生了深远影响，成为文化诗学研究中探讨文化认同与价值观念变迁的重要对象。

从文化传播与媒介的角度分析，1900年至1919年，留声机、广播等先进媒介技术在中国得到较为广泛的应用，打破了时间和空间的限制，使乐歌作品能够迅速传播到更广泛的地域和人群，为乐歌的保存和研究提供了有力支持。现代印刷技术的进步也使得乐歌作品能够大规模印刷和发行，进一步扩大了其社会影响力，使其成为研究近代文化转型与传播机制的重要案例。因此，将1900年至1919年的乐歌作为主要研究对象，不仅符合文化诗学的研究范式，也有助于深入揭示近代中国文化的复杂性和多样性。

此外，由于接受机制的研究需要涵盖乐歌在受众中的传播、理解和反馈等过程，这些过程不仅发生在乐歌创作的当时，还延续至之后的一段时间。因此，为了深入分析乐歌的接受情况，确保研究的完整性，本书所研究的时间范围不得不向后延伸，以捕捉乐歌在更长时间跨度内的接受动态和文化影响。

本书的框架设计遵循文化诗学方法论的一个中心、双向拓展的原则，一个中心即以审美文化为中心，双向拓展分为两个方面："一方面是宏观的历史文化的视野，另一方面是微观的文本、语言的视野，把文学作为一个包含这几个基本维度的整体来加以把握。"[①] 在这种理论框架之下，本书具体章节如下。

绪论，主要对本书的选题意义、研究综述和相关概念界定进行框架

---

① 童庆炳：《文化诗学：理论与实践》，北京大学出版社，2015，第2页。

性的介绍与论述。

第一章主要阐述了两方面的内容。在第一节中，详细阐述了文化诗学的研究方法。这部分内容为整个章节奠定了理论基础，提供了分析和解读乐歌文本的工具和框架。第二节则聚焦于乐歌的主题分类及其特点。通过对乐歌主题的细致分类，揭示不同乐歌作品的内在联系和文化特征，从而更深入地理解乐歌的艺术价值和文化意义。

第二章进一步探讨了乐歌特点、风格转型与接受语境之间的复杂关系。这一部分遵循文化诗学的研究策略，以受众接受机制为分析框架，深入分析了受众接受乐歌的条件和过程。

第三章开始将文化诗学的文本细读法与文化研究法相结合，对审美文化产生的前提条件，即空间和时间的文化符号进行重新解读，阐释文化符号（意象）的"当下"象征意义。

第四章分为两大部分。第一部分聚焦于近代乐歌中的团体格局，分析了历史文化语境对乐歌接受的影响，以及近代中国从一元文化向多元文化转变过程中，伦理与信仰层面的文化空间如何为受众接受提供意义与价值范畴。第二部分则详细分析了近代乐歌中个人与国家互爱关系的形成，以及女性意象在家国主题中的转变。

第五章主要探讨了民国初期乐歌中家庭伦理的重构。相较于清末乐歌关注个人与国家的关系，民初乐歌在权利与义务双重视角下，重新确立了家庭的伦理地位。本章具体探讨了过客与幽人意象、女性意象，反映了在个体价值实现路径不明和生存受威胁的背景下，人们执着但不明确的目标追求，揭示了民国初年个体、家庭与国家间伦理关系的复杂性和多样性。

第六章分析了中国近代乐歌的风格转变，指出其在歌词意象、语言风格、乐句形式、音乐曲式和表现手段上融合了传统与现代元素，反映了文化交汇期艺术的发展。近代乐歌歌词的不同风格既继承了古代诗学审美，也体现了现代西方思想下的审美变化。这一时期乐歌的审美转型体现了中国近代诗学美学中的雅俗正变，其中"雅"代表传统美学价值，"俗"代表近代新美学价值。随着新美学价值的接受，"俗"成为"正"，"变"成为"雅"。

四　概念分析

近代中国审美精神的转变促使诗歌的整体风格产生了变化。乐歌作者对历史和过去表现出了消极的情绪，开始崇尚未来美学，作品中短暂的意象逐渐取代恒久意象，进而构成新的意象群。同时，传统的歌词风格也发生裂变，那种"取语甚直，计思匪深。忽逢幽人，如见道心。晴涧之曲，碧松之阴。一客荷樵，一客听琴。情性所至，妙不自寻。遇之自天，冷然希音"①的稳定感逐渐消失，随之而来的是"一种更追求不安而非宁静的张力"②。这种张力似是不谐和音的张力，是现代艺术的目的。近代乐歌中这种有意识的悖论是不和谐主题、意象、语言、乐曲共同酝酿出的艺术特点，其中乐歌的悖论、独白性、复调（polyphony）、多声等艺术特点都具有多重内涵，本书结合相关理论与乐歌创作的实践状态对此加以梳理。

（一）独白性与悖论艺术

墨西哥音乐理论家查韦斯认为"人的个体性（或曰利己之心）催生了'独白性'（Monologue）的艺术，而人的社会性（或曰利他之心）催生了'对话性'（Dialogue）的艺术。……在对话性艺术中，艺术家渴望与受众进行精神交流"③。这种独白性的艺术歌曲充分地体现了抒情主人公的执念。在中国近代的乐歌创作中，这种执念与人的自觉融合：乐歌艺术对个体本心的观照就是一个很好的开端，因现代乐歌作者

---

① （清）彭定求等编《全唐诗》（增订本），中华书局，1999，第7339页。
② 〔德〕胡戈·弗里德里希：《现代诗歌的结构：19世纪中期至20世纪中期的抒情诗》，李双志译，译林出版社，2010，第1页。
③ 〔墨西哥〕卡洛斯·查韦斯：《音乐中的思想》，冯欣欣译，孙红杰校，西南师范大学出版社，2015，第7页。

去除了对忠君的执念，乐歌对君主的仰望视角逐渐消失。同时，此时的"自觉"中已经有了"觉他"的倾向，乐歌的传播促使他人从君-臣社会中解脱，觉醒效果反作用于乐歌创作，这样的开端为民初乐歌打开了审美现代化的路径。

清末乐歌在词体上体现为独白式的悖论特征，独白叙述中蕴藏着悖论。所谓独白叙述，指每首乐歌都有一个说理主题，这是以词曲为主要代表的古代乐歌中不常见的。所谓悖论，即"把不和谐的矛盾的东西结合在一起……柯勒律治已经就它的性质和力量为我们做了经典的描述。它'显露出自己对立或不和谐品质的平衡或者调和：差异中的合理性，具体中的普遍性，意象中的思想，典型中的独特，陈旧而熟悉事物中的新鲜之感，寻常秩序中不寻常的感情'，这是一段伟大而引人深思的话，却是一系列的悖论"[1]。悖论是近代乐歌独特的体性特色。清末乐歌的主题基本是独白性的，是"一种以统一声音或意识为特征的叙事，该声音或意识在叙述中优于其他声音或意识……在与对话式叙述相反的独白叙述中，叙述者的观点、判断和知识构成了被表述世界的终极权威"[2]。但同时，值得注意的是，近代的独白结构乐歌也具有一定的对话性，这是由乐歌的本质与功能决定的。

乐歌是面向听众而产生的文学样式，这一特性决定其天然是对话性的艺术。独白性乐歌侧重于主题上的概念划分，但在与受众的互动关系上，独白同样具有可交流性。正如理论家评价现代诗人兰波的一段话："不再为任何人言说的人，他为何要写诗？这个问题几乎没有答案。也许可以将这样的诗歌理解为极端的尝试，即在反常的言说中，在幻想的专制下，从一种历史状态里挽救出精神的自由，这种状态就是科学化的启蒙，文明、技术、经济的权力机制管理自由并让其集体化——也就让

---

[1]　〔美〕克林斯·布鲁克林：《精致的瓮：诗歌结构研究》，郭乙瑶等译，上海人民出版社，2008，第 20 页。

[2]　〔美〕杰拉德·普林斯：《叙述学词典》，乔国强、李孝弟译，上海译文出版社，2011，第128 页。

自由失去了其本质。一种在所有居所都无法居住的精神可以在诗歌中创造唯一一个它自己的居所和工作地。"① 中国近代乐歌不会出现这种无人理解的孤独，歌词中的独白与对话艺术都与受众之间保持较近的审美距离。

清末乐歌的独白性结构一方面是对古代乐歌的继承，另一方面，基于主题内部的裂变，也是近代乐歌"悖论"体性特色的具体呈现。清末乐歌的悖论不单单是歌词语言的修辞手法，也指向乐歌词体的情景关系、意象特征、曲式结构，是指向声音与意义的双重悖论。这种有意识的不和谐是悖论主题、意象、语言、乐曲共同酝酿出的艺术特点，是清末乐歌现代性的显著表现。

清末乐歌统一中孕育的分裂倾向体现在乐歌意、象、言、乐各方面，裂变的速度有快有慢，有些差别几乎微不可见。这种细微的裂变过程首先从意开始，在黍离、惜时、女性主题乐歌中尤有体现。"歌词作者们并没有完全忽视传统的一面。他们以深厚的古诗文为根底，在继承传统诗歌的基础上，创作了一些有新的内容、时代精神，而形式基本上却还是传统诗体范畴的歌词来，这些歌词可以说和在中国延续了上千年的那些传统诗体没有多大的区别"②，与古人无区别处蕴含的新内容、新精神便是清末乐歌悖论式的"意"之裂变，它们以潜移默化的方式引发乐歌词体结构的变化。在情景关系的处理上，以理念流动为先导的意象群逐渐出现。创作主体现代意识加强，歌词中的实景逐渐转变为虚实结合，幻想取代当下，被独白之"理"主导的意象具有明显的浪漫情调。在词汇意义上，歌词语言能指与所指的固定含义分离，词语指向新的意义价值，符合乐歌作者心态转变的要求。在语言修辞上，"示现"大量运用，这种"超绝时地超绝实在的非常辞格"③，用追述、预

① 〔德〕胡戈·弗里德里希：《现代诗歌的结构：19 世纪中期至 20 世纪中期的抒情诗》，李双志译，译林出版社，2010，第 76 页。
② 苗菁：《中国现代歌词流变概观 1900~1976》，中国社会科学出版社，2007，第 49 页。
③ 陈望道：《修辞学发凡》，复旦大学出版社，2011，第 101 页。

言和玄想的方式，沟通了过去、现实与未来。在意象上，古代意象与现代意念融合、象征与暗示意义转变、意象色彩的对比、声音意象与色彩意象交叠等都具有鲜明的悖论特色。

（二）多声与复调乐歌艺术

民初，乐歌的多声与复调结构同时兴起，部分主题摈弃了常用的独白结构，乐歌的意、象、言、乐各方面都处于逐步转型中。

乐歌的多声与复调结构既有区别又有联系，民初的乐歌大多数是多声结构，复调结构较少。复调的"词意是多个声音。几个同时发声的人声或器乐声部对位性地结合在一起的音乐，与单声部音乐（只有一个旋律）和主调音乐（一个声部是旋律，其余声部为伴奏）相反"①。巴赫金最早将音乐术语"复调"运用于文学领域，他突出地强调多声与复调的区别，多声是多个声音，但是可以是一个声部或者表达同一主题思想，而复调则是有两种以上的声音始终同时存在，彼此矛盾、冲突，表达的是两个主题。

严家炎在《复调小说：鲁迅的突出贡献》一文中说："鲁迅小说里常常回响着两种或两种以上不同的声音。而且这两种不同的声音，并非来自两个不同的对立着的人物（如果是这样，那就不稀奇了，因为小说人物总有各自不同的性格和行动的逻辑），竟是包含在作品的基调或总体倾向之中的。日本思想家竹内好在他那本著作《鲁迅》中，就曾隐约地说出过这种感觉，他认为：鲁迅小说里仿佛'有两个中心。它们既像椭圆的焦点，又像平行线，是那种有既相约、又相斥的作用力的东西'。"② 以上概念应用于同一时期的乐歌，各概念交错涵盖又不完全一致。竹内好所指出的"两个中心"可能来自作者，也可能来自抒情主人公，或者是两个概念的结合，这样的复杂说法并不完全适用于音乐

---

① 〔英〕肯尼迪、〔英〕布尔恩编《牛津简明音乐词典（第四版）》，唐其竞等译，人民音乐出版社，2002，第 907 页。

② 严家炎：《论鲁迅的复调小说》，北京大学出版社，2011，第 131 页。

文学，因此本书不单纯用"复调"界定民初乐歌的艺术特点，多声与复调相互结合是这一时期的基本创作状态。

民初乐歌的多声不同于复调，乐歌中的两种声音并不始终存在，很多时候，其中一种声音只是于整体表达中透出的些许不同信息，它没有复调的复杂结构，乐歌不论在主题表达还是乐曲配合上都趋向简单化。在主题上，民初乐歌仍与古代乐歌息息相关，但总体而言扩大了内部裂变，具有代表性的羁旅行役、送别、山居、女性等主题都在音乐的艺术张力中展开。这种张力状态产生于现代诗歌与古典诗歌的对比过程。如果说清末乐歌的悖论是一种独白的艺术形式，每首乐歌的主题基本明确，意象的隐喻、象征意义也大概有具体指向，那么民初多声结构中的悖论则加剧了主题分裂，抒情主人公往往彷徨无依，对宏大历史叙述和微观个体记忆都表现出消极情绪，作品失去主题旋律与主题意象。清末乐歌的独白性在于说理，因此总有一个结局或者意见的倾向；民初，这种倾向逐渐淡化，取而代之的是两种或两种以上情绪的互助与博弈，模糊化的理性无限趋向感性，两种情绪的表达有时候体现为多声结构，彼此支持，相互纠缠。有时候表达为复调结构，两种或两种以上的主题都以独立的姿态存在，虽有主次，却始终贯穿于乐歌之中。

鉴于民国初年乐歌的具体概况，本书认为其多声的内涵有两种情况。第一种是一人多声，往往在调式的转换中实现同主题动机的裂变。"一个人的多声"（文学概念）要求歌词中的人物意象是典型的圆形人物，歌词需要在变化的旋律和情绪中进行一场关于自我的追问，必须有两个或两个以上的声音、思想、情绪贯穿始终。从民初乐歌的实际情况来看，虽然乐歌曲式的多声部形式有了很大发展，但是高难度的复调手法还并不普及，歌词不能分声部，只能依靠离调、转调、加入雾化音等方式来改变主要旋律，以此配合抒情主人公的情绪起伏。第二种是多人多声，不同声音源于不同的声部或旋律，各个声部的主题各自独立，在相互对抗中推进旋律的转换和发展，直到高潮部分多重动机有机融合。

乐歌与小说不同，小说可以有主题展开的具体背景、人物、叙事等，而乐歌音乐部分的最大意义是启示："音乐体现感情，但不像艺术中的其他表现方式那样，尤其不像语言艺术那样强求结合思想，强求与思想竞争。音乐比表现心灵印象的其他手段有这个优点……理性的表现形式太单一，没有变化，至多只能证明或描写我们的感情，不能直接倾吐其全部浓郁的内涵，必须求助于形象和比拟……音乐则相反，把感情的表现和浓郁内涵一下子和盘托出；音乐是具体化而能让人领会的感情的实质；音乐可以通过我们的感官来接受，像一支标枪、像一道光束、一滴露珠、一个精灵弥漫我们的感官，充满我们的心灵。"① 音乐的表现力基于联觉，联觉依靠受众的听觉产生，带有无限的不确定性和外延性。因此，多声的两个声音有时候不能完全区分是否来自同一人，歌词可以帮助解决这个问题。

多声结构通常可以调和，曲式与歌词为表达同一个乐思而进行。复调意味着矛盾，这种矛盾永远不可调和。民初乐歌的多声结构与清末的独白式的悖论相比，前者如柯勒律治所言显露出不和谐品质的平衡或调和，② 后者则将这种不和谐扩大，脱离了古典诗歌的个人心绪范畴。"'心绪'（Gemüt）这个概念指的是通过进入一种灵魂栖居的空间而达到的去张力状态，即使最孤独的人也会与所有有感知能力者分享这一空间。"③ 作为一种合乐的、具有明确受众的艺术形式，乐歌的转变不能如同诗歌一般以断裂的方式展开。现代意味的乐歌不排斥交流，它依旧是强调对话性的艺术，与古代乐歌不同的是，这种以人的社会性为依据的对话性具有了现代意味。如果说清末的乐歌具有浪漫音乐的气质，整

---

① 李斯特与维根斯坦公主合著《论柏辽兹及其〈哈罗德〉交响曲》（1855），转引自〔美〕唐纳德·杰·格劳特、〔美〕克劳德·帕利斯卡《西方音乐史》，汪启璋译，人民音乐出版社，1996，第598页。

② 〔美〕克林斯·布鲁克斯：《精致的瓮：诗歌结构研究》，郭乙瑶等译，上海人民出版社，2008，第20页。

③ 〔德〕胡戈·弗里德里希：《现代诗歌的结构：19世纪中期至20世纪中期的抒情诗》，李双志译，译林出版社，2010，第3页。

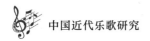

体上以乐歌作者的扩张型人格为审美趋向，那么民初乐歌则开始内向展开，具有明显的内倾型特点。清末乐歌追求的是个性，是人的生存与发展，是平等与人权等这些在抗争中获得的价值，与外在对象例如个体与时间、国家、家庭、配偶等的关系始终处于纠结状态；而民初的乐歌进一步转向，实现了乐歌的整体性内转。内倾型乐歌更多关注个人生命的终极意义，开始了对彼岸的追求。民初乐歌从个人境遇出发探求人类的价值与意义，在这种求知心态的催促下，感逝、羁旅行役、送别寄怀、山居、家庭主题所占比重较大。与《论小说与群治之关系》给小说划分等级性的标准不同，这些题材本身没有高下之分，正合于王国维词论中境界有大小而无高下之分的论断。民国初年，乐歌的复调结构开始萌芽，该时期曲式结构逐渐复杂化，多声部合唱、复调意味的手法、分裂的主题动机都是这个阶段的特点。在语言上为了表达出意象风格的虚无感，"以文为词"的情绪化语言、乐歌语言的雅化倾向都是这一时期的特点。不论是感时忧国的哀叹还是闲挂小银钩的闲愁都可入词，乐歌题材脱离了士大夫之词善于表现的范畴，甚至有些赤裸的溱洧之词的艺术价值也获得认可。复调艺术是民初文化制度和环境的产物，它的确是在权力的监控下发展起来的艺术形式，美刺之说已经不能完全涵盖它的价值，只有更深层地体会其意象、语言、音乐的整体感受才能窥见它的艺术价值，可以说民初复调乐歌是中国音乐文学历史的一个重要转捩点。

第一章

中国近代乐歌资料与主题分类

第一节　乐歌的整理与研究方法

一　近代报刊中的乐歌整理

近代是中国乐歌的过渡与发展时期。到目前为止，研究者对乐歌资料的整理集中于书籍材料。本书则侧重报刊乐歌资料整理，在整合新材料的基础上对乐歌接受的历史文化转型进行阐释，就主题、曲式、意象、语言几个方面内容综合分析，并对一些文化诗学问题重新加以审视。由于其分布广泛、标题（栏目）不规范、老旧印刷品可辨识度较低等问题，在报刊中寻找优秀的乐歌并非易事。本研究陆续整理了1840年至1919年报刊121种（不包括汇编或者以图书形式出刊版本），涉及具体乐歌约800首，与前辈学者的资料重复率约为60%左右。其中，有一些发现填补了文学史上的缺憾，例如《李叔同——弘一法师歌曲全集》中标注"词谱佚失"①的《南京高等师范学校校歌》已被找出，原谱如下：

---

① 企释、培安编《李叔同——弘一法师歌曲全集》，上海音乐出版社，1990，第59页。

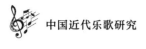

校歌

该乐歌发表于 1918 年，是李叔同出世前的制谱作品。词作者也明确为江易园先生。《李叔同——弘一法师歌曲全集》将该乐曲发表时间认定为 1913 年至 1918 年之间，是准确的。找到乐谱可以明确发表时间，结合确切时代背景加深对词曲的理解。

此外，整理资料过程中还发现龙榆生歌曲二首，未被录入复旦大学出版社出版的《忍寒诗词歌词集》，因创作时间超出本书论述区间，暂不论述。

二　乐歌研究方法

文化诗学是一种将文学作品置于其产生的文化语境中进行考察的学术方法，它强调文本分析与文化研究的结合，以及文学作品与社会文化互动的深入探究。

文化诗学研究的重点包括接受语境、文化认同、社会结构等问题。文化认同，即乐歌如何构建和表达个人或集体的身份认同。例如对游子、幽人等意象的分析在表达游子个人的情志，也在表达集体的身份追求与族群认同。社会结构分析则重点反映社会阶层、权力关系和阶层差异。接受语境侧重描述乐歌的创作主体、传播介质、接受主体的背景以及该乐歌与其存在语境之间的关系。其中，乐歌从创作、传播、接受到反馈的过程集中体现了作品与接受语境之间的复杂关系。

具体而言，乐歌研究主要应用如下方法。

1. 文本与文化语境的结合。在研究乐歌时，不仅要关注诗歌本身的艺术特征，还要深入挖掘其背后的文化、政治、经济、社会和伦理等因素。这要求我们从文本的语言艺术出发，通过细读来揭示作品的思想文化意义，同时在历史语境中把握文学作品。

2. 诗学的历史化探索。在挖掘乐歌史料的过程中，注意史料的使用限度和"文学（诗学）问题"与"史料"之间的关系。本书在较为严谨的态度下完成对史料的鉴别与筛选，客观地呈现其在诗歌史上的意义。

3. 现实干预的精神。文化诗学强调文学艺术的现实反思，乐歌研究也应该体现对现实的关注和干预。本书不仅要揭示乐歌在历史上的意义，还要探讨其在当代社会中的影响和价值。

4. 坚持诗学审美的核心地位。虽然文化诗学强调文化研究的重要性，但诗学作品的审美价值仍然是核心。乐歌研究在审美分析的基础上，进一步探讨其文化意义，而不是单纯地从文化角度进行解读。

在资料的基础上，本书以意象为中心，对乐歌的意、象、言、乐作出整体的分析与研究。意、象、言、乐是一个不能完全分离的整体，每一首高水平的乐歌都是这四个方面的完美结合。本书研究方法以意为中心，即以主题思想的变化来带动象的研究，再以象的具体浮现方式推动意的展开。意指乐歌作者主观的意识活动。感情、哲思、理念、志向、认识、幻觉、闲情等都是乐歌作者之意。研究以意为主，象为宾。意是目的，象是手段。意是思想，象是载体。近代歌词之新意是显而易见的，为了表达出这种新，本书通过分析意象来分析主题，通过意与象的悖论艺术看传统主题的裂变。总体而言，以意为中心的审美分析，遵循了古代诗词研究的常用方法，符合中国诗词的艺术特点和近代乐歌研究的基本要求。陈植锷的《诗歌意象研究》在"意象的艺术特征"部分提出了土观象喻性、递相沿袭性、多义歧解性三个重要特征，启发了本书以意为中心的研究主线。研究依据乐歌作者主观思想判断乐歌之象继承了古代辞章之象。意象的递相沿袭性启发了本书对意象的再认识，引发对近代乐歌语言递相沿袭性的断裂与重组分析。乐歌意象具有多义性，但与诗歌不同，乐歌意象含义一般不会超过两层，这与乐歌的本质与功能有直接关系。

语言是意与象的重要表达方式，在随物宛转、与心徘徊的美学表达中，不同时期的语言都能立意明象。音乐是时间的艺术，乐歌的主观节奏是一种无形之形，它为意、象、言、乐四个方面的综合，对意与象都起到了推动作用。为论述简明，本书将意、象当作一个论述对象，把言、乐分开论述，通过乐曲主题动机与主题意象的关系分析、曲式结构与章句之间的结构分析、歌唱与表情之间的因果关系分析突出主题意象。此种论述方法注重乐歌作为音乐文学的两个基本特征，即歌词作为语言艺术的文学特征和乐曲作为时间艺术的音乐特征。

中国近代乐歌的研究虽然集中于诗歌范畴，但是也涉及音乐理论概念的运用，涉及歌词语言、音乐表达的分析，属于立足于诗歌领域的综合性研究。修海林强调，音乐文学从专业或学科的角度看，其构成的特殊性在于两个研究领域的整合，也代表着音乐学与文学两门学科研究方法的运用。具体而言，研究乐歌需要综合感受力，对音乐的感受力是乐歌分析的基础，对歌词语言的感受力是对语言的综合感发能力。短短几句歌词，反映的实际内容十分有限，研究者聚集自己所有的感官和认知才能得到弦外之音、象外之境的联觉体验。本书为了梳理近代乐歌的文学性，借用了新批评派在《理解诗歌》写作过程中运用的方法，在文本细读的同时注重当代诗歌与历代诗歌之间的连续性和关联性，突出20世纪乐歌与传统诗词之间的内在联系，在联系中寻找裂变，在变化中突出永恒，在斑驳的表象中探寻诗歌的本质。

第二节　乐歌的主题分类与特点

中国近代乐歌常见主题有教育、社会、爱国、军事、政治、女性等。本书选取报刊中的乐歌约 600 首进行分析，其中，教育主题与爱国主题、女性主题常有交叉，爱国与军事主题常常重合，政治与爱国、教育与社会、政治与社会主题都有不同程度交叉。本书附表备注部分包括乐歌词曲作者、民间调式或其他乐歌史料。此外，因乐歌列表中所录内容皆依照原始资料，所以，会出现部分语法语病等问题，这是乐歌转型期的文字特点，兹原文录入，不曾更改。首先以教育类乐歌（118 首）

为例说明其主题特点（见附表1）。

从118首教育主题类乐歌可以看出，教育类常常与劝学、方法、惜时（见附表2）、爱国这些传统主题交叉，这样的教育主题贯穿中国近代乐歌创作。尤其值得注意的是，教育类主题的抒情主人公面对时间的态度体现了人对命运的掌控意识。

近代教育类乐歌具有两个显著特点。第一，女性教育主题乐歌经历了从劝女学到侧重家庭伦理教育实践的主题过渡。女性与教育、教育与爱国主题相互交叉是清末教育主题的显著特点。清末劝女学的乐歌主题比重较大，受教育权俨然是实现女性权利的第一步。同时值得关注的是，清末女性的教育自由是社会与男性双重视野观照下的女性自由，具有一定的局限性。民初教育主题的特点为侧重家庭伦理教育，孝敬长辈与爱国主题联系在一起，兄友弟恭、父慈子孝是爱国的一种方式；女性教育的侧重点从社会层面转到家庭内部。第二，教育主题与新思想融合，乐歌开始具有理性色彩。清末乐歌的"拿来主义"文化态度极大地加速了西方理念的传播速度。该时期的乐歌虽然侧重于宣传竞争、平等、自由等思想，但是并不对具体的思想内涵进行辩证分析，造成了很多理论的误读与错位传递。民初乐歌思想表达有所改善，歌词更进一步分析了自由、平等等概念，自由有了野蛮自由和文明自由之分，歌词创作者开始根据民初的具体语境分析自由的限度，对现代化的后果进行反思。这样的反思有助于了解民初乐歌作者和受众的心态，也间接体现出政治变迁、社会动荡的历史原因。乐歌主题中最显著的变化是商业与商人地位的提升。清末乐歌对商人的"刺"与"美"各占一半（见附表3）。赞美之词写了都市之繁华，西方文明之昌隆，中国未来之希望。讽刺之歌则把畸形的繁荣与国之落后作反差对比，把祖国的落后归咎于现代商业。从相互矛盾的意见可以看出，在被动进入现代化进程中，中国确实具有半殖民地半封建社会特征：它被迫承受现代化的后果，也逐渐开始展望属于自己的商业蓝图。民初这种情形有所改变，乐歌中出现了成功的商人和外资职员的父亲意象。专门的商业机构和学校有自己的乐歌,例如《锡金商会半日学堂欢迎歌》《女子蚕业学校校歌》都是商业学校的独立乐歌。这些新出现的商业乐歌表明传统四民社会结构在逐渐转型。

第二个比较重要的主题为社会类(55首)。这类主题也时常与其他主题交叉,乐歌俨然是政治、经济、文化发展变化的现实缩影(见附表4)。

从列表中的歌名可以看出,在1909年到1913年的报刊中,只有少数乐歌敢于讽刺社会不良现象。这种文学现象与政治、战争、文化制度的影响息息相关。

从主题分类来说,社会主题侧重于对社会现象的美刺。清末民初的乐歌,尤其是小调填词歌曲或者仿词调歌曲都是在劝人新生,例如戒烟、戒赌、不缠足、不迷信等,勇于挑战社会不良现象。从总体趋势上看,清末社会类更侧重于政治现象之间的关系,个体命运与政治变动息息相关。叙述上主要以第三人称为主,第一人称起辅助抒情的作用。仿时调的出现说明乐歌模式是根据主题变化做调整的,思想内容不受曲谱的限制。民初的社会主题乐歌则开始使用第一人称,社会现象的讽刺与赞美之中掺杂了个体的看法,表现个体对命运的慨叹。社会现象还经常与女性问题结合。清末社会主题乐歌多为赞美新女性,例如赞美天足、赞美女学生等。民初,赞美之词减少,讽刺新女性的乐歌数量变多,乐歌用传统伦理道德规范女性行为的用意十分明显。这可以说是一种思想上的倒退。

此外,社会主题中突出合群概念。合群是国家独立的途径,家庭和睦、夫妻和谐、父兄友善是合群的基础。与古代诗词中合群主题不同的是,近代合群乐歌既侧重群体的力量,也侧重个体基本权利表达(见附表5)。

从蚂蚁、蜜蜂、树林等自然意象的运用可以看出抒情主人公的心理特点，后文有具体分析。

第三，军事乐歌在清末民初始终是主流，与崇武、爱国精神联系起来（见附表6）。

军歌与尚武精神的连接是一种自然的历史选择，而女性与尚武精神的联系方式十分特殊，她们无法上战场，爱运动就成为尚武精神的一种变相替代。乐歌中的女性意象一改弱柳扶风之东方传统美，具有了新鲜活泼的健美风格，尤其体现在以好运动为主题的乐歌中（见附表7）。

第四，从近代乐歌实际来看，君臣父子的社会伦理关系开始发生变化，忠君与爱国主题开始分离。在民国元年后，这种分裂更加显著。

第五，家庭主题中融合了爱情与女性主题，其交叉性十分显著（见附表8）。

家庭幸福与现代政治主题、女性命运与文化转型主题之间的关系尤其密切。从自由结婚等主题可以看出家庭夫妻平等是实现人人平等的基础。清末赞美自由结婚，反对指腹为婚的陋习，乐歌侧重社会与家庭成员之间的关系。民初乐歌则开始塑造夫妻的具体意象，新郎要是留过洋的新知识分子，新娘也要读过中西学堂，郎有才、女有貌、自由平等加上媒人证婚的程序才是最理想的婚姻。可以说这种中西结合的人物理想、中西结合的婚姻体现了家庭伦理的现实状况。从新与旧的角度看，民初乐歌作者思考的问题更加深刻，但是也时常伴有美丽的枷锁。例如《汪烈妇传》塑造了勇于反抗夫权的女性，但是她反抗夫权的底气是要守住"贞洁"，而不是现代平等意识，因此她与婉容一般，死亡成为她们唯一的自由与出路。乐歌作者对烈妇的赞美之词最令人叹惋，这种态度与吴芳吉《婉容词》（1918）的同情怜悯态度是不同的。这两个主题都体现时代对女性命运的不公态度，也道出了女性悲剧命运的根源。

第六，女性主题是近代乐歌主题之一，它与教育、家庭、爱国主题有交叉，共36首，如附表9所示。

清末女性主题乐歌侧重三个主要方面：赞美新女性、争取平等教育权利与倡导性别平等。需要注意的是，该时期的女性意象是在西方思想与男性视角共同观照下产生的，因此女性意象的塑造过于神化。

民初的女性主题更多地表达了女性个人感受，因此多用第一人称自述体，例如《黎王氏叹五更》。《黎王氏叹五更》由真实事件改编，女性抒情主人公丧夫，买下女仆是为了避免旅途孤寂，文书在手而被洋人说是人贩子，她在新旧道德、新旧法制之间无处可去，遭受牢狱之苦无处申诉。新世界不属于她们，旧世界如影随形，新旧秩序的冲突无孔不入，而她们被裹挟其中。

处于新旧夹缝中的女性命运不只是个人的悲剧，更是时代的悲剧。这一点也体现在女性的爱情观念中。爱情主题乐歌共 35 首（见附表 10）。

第七，政治主题侧重时政变化之因，与社会、爱国主题相互交叉（见附表 11）。

清末政治主题乐歌主要讽刺政治现象，如讽刺领土被侵、战败、"维新党"等。其中对"维新党"的讽刺表明清末有一批"唯新"主义者，这群人以新知识为资本换取晋级之路，他们不关心现代性学理，也不关心民生之荣悴、人心之厚薄，知识对他们而言等于功名利禄。从乐歌数量上看，这类人并不少见。民初乐歌政治美刺两极分化，讽刺政治的乐歌多刊载于社会性报刊，赞美政治的多为学堂乐歌。

第八，近代乐歌的爱国主题比较突出，它与个人启蒙、历史主题相互交叉。爱国主题乐歌 41 首，如附表 12 所示。

清末爱国类乐歌充分体现了悖论的主题特点。半殖民地半封建社会的现实催发了一种爱恨交织的爱国情绪，爱国主题乐歌强调对个人权利的表达。国与君的概念开始分裂，爱国不再等于爱君。民初的乐歌作者不再效法西方国家的爱国理念，因为他们认识到"我们"正遭受着西方世界从理念到现实的压迫，爱国开始与真正的平等概念联系。

此外，历史亦与爱国主题结合（见附表 13）。中国有辉煌悠久的历史，恢复历史传统是近代乐歌作者的理想与独特的爱国方式。同时，少数乐歌作者透过讽刺历史表现对时代的深刻反思，以史为镜，倡导改良与革命。

第九，近代乐歌写自然主题不多。总体而言，清末乐歌中的自然是以我观物之自然，民初则具有了自然之物与禅意山水的境界（见附表14）。

清末的山水是历史之山水、心中之山水，民初的山居乐歌、禅意山水乐歌是受众的精神避风港，这种变化充分地反映了中国近代政治、经济、文化等方面的变动。

第十，其他类别乐歌。中国近代比较有特色的乐歌主题有宗教（禅意）、新旧思想文化、情感、生命、送别、修身等。其中宗教主题与禅意主题区分不十分明显，清末或有禅意主题乐歌（见附表15），民初则多为宗教主题（见附表16）。清末禅意歌词多为引用词，自创词不多。民初乐歌则多为自创词，充分抒发个体的人生感悟。民初的宗教歌曲涉及基督教、佛教两大宗教，有部分歌曲与修身、爱国主题交叉。从乐歌主题思想上来说，宗教乐歌是借助宗教友爱亲善的教义来塑造道德。与山居歌词相比较，宗教歌词反倒更加入世。

民初乐歌突出的主题还有修身（见附表17）。民国初年，道德体系震荡，基于当时社会现实需要，乐歌大力强调修身，以乐修身养德是一种可贵的理想。新旧文化的矛盾对撞集中体现在道德领域，这类主题常常与修身主题相互结合（见附表18）。

民初乐歌对孔子多赞美之词。在道德沦丧之时，这是乐歌作者主动选择的艺术策略，也侧面说明了儒家伦理和政治文化的强大影响力与适应性。

送别主题的乐歌虽然数量不多，却是民初最成功的主题之一（见附表19）。李叔同的《送别》可谓百年绝唱，苍凉的歌声，离别的知己，际遇的无常……命运的飘零感令人沉醉。

民初乐歌还常抒发个人情感，每个人都以自己的声音来传达时代的

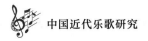

声音（见附表20）。

　　乐歌要眇宜修的本质决定了它能够抒发诗不能言及之处，细微的情感、微妙的感觉、日常生活的琐碎、相互矛盾的自我情感都是乐歌歌词善于表达的部分。这些乐歌大都发表在报刊中，报刊乐歌与学堂乐歌在主题上逐渐分离。

第二章
中国近代乐歌转型的接受语境

第一节 以接受为中心的文化诗学阐释

在文学的演进历程中，每个时代都孕育了其独特的文学风貌，如豪放、婉约、文人音乐等，这些特征构成了文学的多样性。与古代乐歌相比，近现代乐歌在诗学特征上发生了显著的转变，然而其内部特征的分类界限并不总是明确的。这种现象的出现，主要是因为近代乐歌还处在发展早期，其主题、文本要素和特征尚未成熟。但更为关键的是，我们要深入了解乐歌背后的历史文化背景，以解释其文体特点。本书文化诗学研究的重点是探讨乐歌与其所诞生的文化历史环境的联系，以及这种环境对乐歌创作的影响。文化诗学研究最典型的特点是其融合性特征："中国文化诗学中西融合的特征，除了上述体系性融合外，中国文艺理论还出现了共通性融合，如历史的文艺观，哲理的文艺观，情感的文艺观和言、象、意的文本层次论等；互补性融合，如典型、意境和意象的艺术至境论等；对接式融合，如气韵生动的生命形式论等；辨伪式融合，如创作学中的摹仿论与摹心论等。总之，这些融合为中国古代文论进入现代文艺学开拓了广阔的空间。"① 在各种融合研究中，文艺接受

---

① 顾祖钊：《文艺学教程：中国文化诗学的新阐释》，北京师范大学出版社，2018，第9页。

理论融合了共同性融合的历史的文艺观、互补性融合的典型论与对接式融合的生命形式论，逐步形成了以大众（受众）为中心的文艺学研究框架。具体而言，以大众传媒语境为研究背景，全面考察乐歌的接受动机、受众期待视野、受众审美心境（接受心态、接受能力、接受样态）、接受效果、接受文化心理机制等问题。这一研究旨在还原历史现场，阐释音乐艺术的时代特征，并分析乐歌类型、风格、特点趋同现象背后的文化动因。

根据已有的乐歌史料与相关概念范畴，我们认为从 20 世纪伊始到 20 世纪 20 年代大体有三种乐歌类型。它们的出现时间以历时性先后顺序为主，并在共时空间内同时存在。这三种类型是学堂乐歌、流行乐歌和艺术乐歌。三种乐歌类型的差异较小，一些经典乐歌难以划分具体类型，因为它们相同点比较多，笔者大致将其划分为以下四点：第一，乐歌的主题、语言、意象、体裁等文本构成要素都逐步打破了古代歌词的范式，例如三类乐歌都是主题交叉，其语言也大体是白话、报刊体与文言的融合性语言；第二，三类乐歌的文本出现了个性与风格互动、雅俗正变互有交叉的特点；第三，报刊、留声机、广播等大众媒介对乐歌的传播、文本构成要素、文本特点都产生了较大影响；第四，受众接受状态与反馈对创作主体产生了较大影响。

在近代中国，乐歌的传播和接受不仅仅是艺术作品的流传，更是政治文化、经济文化和教育制度等多重文化因素共同作用的结果。这些文化维度塑造了受众的价值观和认知框架，为他们提供解读和评价乐歌的工具和标准。受众的接受过程是一个主动的、创造性的过程，他们的文化背景和个人偏好影响着他们对乐歌的选择和理解。

首先，政治文化的变迁直接影响了乐歌的主题和风格。例如，清末民初时期，国家的政治动荡和社会变革促使乐歌作者创作出反映时代精神的作品，如《爱国歌》等，这些作品强调民族团结和民族自豪感，与受众的政治情感和民族认同产生共鸣，因此容易被接受。相反，那些与时代精神背道而驰的乐歌，如《卿云歌》，虽然具有历史和文化的深度，但其文言文的表达方式和贵族化的颂歌形式与新文化运动提倡的白话文和平民精神相悖，导致其在受众中的接受度较低。

其次，经济文化的发展改变了受众的生活方式和价值观念。随着市场经济的兴起和商业文化的繁荣，乐歌开始反映商业精神和市民阶层的生活情趣。那些能够表达现代商业社会活力和市民情感的乐歌，如赞美新女性、倡导性别平等的歌曲，更容易被新兴的市民阶层接受。而那些固守传统伦理和价值观念的乐歌，则可能因与受众的经济文化背景不符而受到冷落。

最后，教育制度的变革对乐歌的传播和接受产生了深远影响。科举制度的废除和新学堂的兴起，使得文士阶层的身份和角色发生了转变，他们开始寻求新的价值实现途径，其中包括乐歌创作。这种变化促使乐歌的主题和内容更加多样化，同时也影响了受众对乐歌的接受。那些能够反映教育改革和新知识价值的乐歌，如倡导新教育和科学精神的歌曲，更容易获得受众的青睐。

受众对乐歌的接受是一个复杂的文化过程，受到政治文化、经济文化和教育制度等多方面因素的影响。乐歌要想获得广泛的接受和认可，就必须与受众的文化背景和价值观念相契合，同时满足他们的认知需求和情感期待。

以李叔同为例，他的民族惶恐中夹杂着抑郁不平的个人情绪，政治因素影响着他的接受心态与创作心态。他的纪实性组诗《辛丑北征泪墨》就是个人命运的咏叹与末世寒凉的悲歌。1901 年，他在《南浦月》组作中有词云："杨柳无情，丝丝化作愁千缕。惺忪如许，萦起心头绪。谁道销魂，尽是无凭据。离亭外，一帆风雨，只有人归去。"[1] 作为离别之词，它表现出深深的难以名状的孤独感，这种孤独感与政治的变动息息相关。1905 年，李叔同留学日本，他必须直接承受日本民族

---

[1] 《李叔同全集》（第六册），哈尔滨出版社，2014，第 165 页。

对中华民族表现出的歧视，日本同学的蔑视令他愤懑。"日本人对中国和中国人长期存在的敬仰心情已在中日甲午战争中表现的自负心面前烟消云散，关于这场战争，日本政府和人民都认为是文明与中世纪精神之间的一场斗争。……这件事产生了影响日本社会和思想意识等一切方面的沙文主义。民间的印刷品、传说和诗歌以及狂热的歌曲，都被用来灌输和加强突然爆发的廉价和哗众取宠的爱国主义。到日本的中国留学生必然首当其冲。…… '在对华战争时，日本人的爱国主义空前极端地发展起来了。他们蔑视中国人，骂中国人软弱无能，还痛恨中国人。而且这些不只是用言辞来表达；从白发老人直到幼童都对这四亿人满怀着血腥的敌意。'……街上的顽童集中嘲弄他们的发辫，并且跟在他们的后面高声叫喊'清国佬'。"① 李叔同给刘质平的回信中说："日本留学生向来如是。虽亦有成绩佳良者，然大半为日人作殿军或并殿军之资格而无之。故日人说起留学生辄作滑稽讪笑之态。不佞居东八年，固习见不鲜矣。"② 虽说"习见不鲜"，可是字里行间都流露出对"殿军"辈中国留学生的谴责，表达了强烈的愤懑之情。

文化与教育制度的巨大变化引发了社会普遍的恐慌情绪，这极大地影响了乐歌风格。近代乐歌的整体风格从激越愤懑的积极浪漫转向虚无颓唐，其背后是作者从拯世情怀到回归自我的心态变化。由此，一种"忧郁激愤的心情和耻辱无奈的感觉"③ 成为普遍的社会情绪，情绪积累无处可发，唯有歌唱以倾吐心声。科举制度的废除导致了社会文化断层、选官制度紊乱，政局更加动荡混乱，这些因素共同作用于社会情绪，进而引发社会性的恐慌情绪。传统的晋级之路、生存之路、理想之路消失，催发了文士的恐慌，"万般皆下品，唯有读书糟"的观念影响着一代知识分子。教育制度的变化与新学堂的兴起为乐歌的发展提供了

---

① 〔美〕费正清、刘广京编《剑桥中国晚清史（1800~1911年）》（下卷），中国社会科学出版社，1985，第411~412页。
② 《弘一大师全集》（第八册杂著卷书信卷），福建人民出版社，1992，第93页。
③ 葛兆光：《中国思想史》（第二卷），复旦大学出版社，2000，第531~532页。

必要条件，生存的恐慌、仕途的无望、阶级的转型都是影响乐歌作者创作心态与受众接受心态的重要因素。

1905 年，科举废除，绵延了千余载的科举制度成为历史。千余年以来，科举一直是文人实现个体价值的狭窄路径，令文士们心安，同时也滋生怠惰情绪。"科举考试与其说是成名捷径，毋宁说是谋生之道，甚至变成了对抗命运的惯性挣扎。"① 当这种"惯性挣扎"也不得的时候，他们如同行走在陌生道路上的行人，翘首以盼、且战且走、如履薄冰。当时的情形是，文士阶层认识到他们所掌握的知识资源已经不是"本"而是末技，"万般皆上品，唯有读书（中国书）糟"虽然充满戏谑之意，但其中的苦涩与无奈反映了传统中国文化的尴尬地位与知识分子的落魄处境。

科举的废除促进了社会结构的转变。士人阶层为官之路被剥夺。因此，士人阶层流向其他领域，随着传统社会文化载体逐渐式微，一部分士人投入以往"不务正业"的乐歌创作。乐歌作者身份的转变促进了乐歌风格转型，同时，新身份、新出路也预示着乐歌主题思想的裂变和语言的变革。

科举制度的废除对中国近代社会产生了深远的影响。它使得政局更加动荡混乱。政局的混乱直接破坏了传统社会结构和文化生态平衡，导致传统社会文化载休逐渐式微。这一系列变化直接影响了士绅阶层的社会地位，也切断了传统文人与国家体制的直接联系。

而宗族社会的瓦解是一个复杂的过程，涉及社会结构、经济变迁、文化观念等多方面因素，是国家权力对农村地区的渗透、市场经济的发展、人口迁移等多种因素共同作用的结果。其中，个人对国家成员身份的认同是促进宗族社会瓦解的重要因素。科举制度的废除促进个体的独立。可以说，科举的废除直接影响了知识群体的心态，迫使他们重新定

---

① 关晓红：《科举停废与近代乡村士子——以刘大鹏、朱峙三日记为视角的比较考察》，《历史研究》2005 年第 5 期。

义新旧文化资源的价值。在此基础上，新文人对从古至今的乐歌作品进行价值重估，并通过乐歌创作实践与理论论辩，建立了中国近代诗歌史的基本框架。

当此之际，辞章之学的衰落成为激发李叔同创作的主要因素。千百年来辞章之学是文士阶层的必要修养，而强项上的失败成为文化衰落的重要标识。因此，李叔同编辑了《国学唱歌集》，在卷首序言中说明他的主旨：

> 乐经云亡，诗教式微，道德沦丧，精力斁摧。三稔以还，沈子心工，曾子志忞，绍介西乐于我学界，识者称道毋稍衰。顾歌集甄录，佥出近人撰著。古义微言，匪所加意。余心恫焉。商量旧学，缀集兹册，上溯古毛诗，下逮昆山曲，靡不鳃理而会粹之。或谱以新声，或仍其古调，颜曰《国学唱歌集》。区类为五：
> 毛诗三百，老唱歌集。数典忘祖，可为於邑。"扬葩"第一。
> 风雅不作，齐竽竞嘈。高矩遗我，厥唯楚骚。"翼骚"第二。
> 五言七言，滥觞汉魏，瑰伟卓绝，正声罔愧。"修诗"第三。
> 词托比兴，权舆古诗。楚雨含情，大道在兹。"橘词"第四。
> 余生也晚，古乐靡闻。夫唯大雅，卓彼西昆。"登昆"第五。[①]

李叔同通过编辑《国学唱歌集》，试图振兴辞章之业以挽救颓败的传统文化。《国学唱歌集》的出版，不仅是学堂乐课的重要收获，也是李叔同音乐事业起步的标志。他在序言中表达了对传统文化式微和凋敝的忧虑，并强调了对国学传统作品进行斟酌和选择的重要性。在《国学唱歌集》中，他既采用了民间昆曲小调，运用传统五声音阶进行创作，又选用古诗词，弘扬国粹。

在民国早期，中国社会经历了从传统到现代的剧烈转型。这一时

---

① 《李叔同全集》（第一册），哈尔滨出版社，2014，第247~248页。

期，政治动荡深刻影响了文化发展，社会文化呈现出一种荒漠化状态。教育机构和各阶层知识分子面临着前所未有的挑战，他们所处的环境仿佛是"前不见古人，后不见来者"的茫茫之态，对此，乐歌作者们不禁发出慨叹。

据历史文献记载，在民国时期，中国教育和文化领域经历了显著的转型与重塑。高等教育机构，尤其是北京大学，以及全国的教育部门，成为新思潮的孵化器和学术发展的催化剂。这些机构不仅推动了新思想的广泛传播，也为学术研究的繁荣提供了肥沃的土壤，通过梁启超、鲁迅等人的深刻的学术探讨和影响深远的文学作品，极大地推动了中国文化的现代化进程，并对后世产生了持久的影响。与此同时，普通知识分子如吴芳吉的生活和创作，展现了社会的不同层面和复杂性。他们的作品和生活经历，为我们提供了一个观察社会变迁和文化多样性的窗口。尽管这一时期的文化生活呈现出多元化的特点，它既包含了变革带来的活力和创新，也不免受到了时代动荡和战乱的影响，导致了某些地区和社群的文化生活相对贫乏。这种复杂性体现了民国时期中国文化的丰富性和时代背景下的挑战。他们用一句句肺腑之言、一段段历史剪影，拼凑出了一个新的乐歌创作与阐释空间，创造出新的语言与它所代表的整个世界。维特根斯坦说"想象一种语言就叫做想象一种生活形式"[1]，乐歌作者的心态与受众接受心态的期待视野受文化语境的影响。同样地，一种新的文化生活环境也造就新的乐歌语言——一种涵容性与明确性并存的悖论语言。

北京大学作为中国近代高等教育的发源地之一，自戊戌变法后，尤其是1912年改名为北京大学后，逐渐成为新文化运动和思想解放的中心。早期的北大确实受到传统官学的影响："这所国立高校具有保守的传统，教授大多来自官场，学生无心向学，只把学习当作出仕的敲门

---

[1] 〔英〕路德维希·维特根斯坦：《哲学研究》，陈嘉映译，上海人民出版社，2005，第11页。

砖,大学的轻浮气氛和师生的散漫士气是声名狼藉的。"① 但很快它就转变为推动社会变革和现代化的力量。戊戌变法后,中国开始了一系列教育改革,北京大学的前身京师大学堂便是在这一时期成立的。这一时期的教育改革不是对传统书院体制的简单改组,而是一场深刻的教育革命。它不仅引入了西方的科学、哲学、政治学等学科,还试图在保持中国文化精髓的同时,推动教育现代化。但是,不可否认的是,"自从戊戌政变以来,各处都闹着开办学堂,其时南京便设立了一个高等学堂。那时还无所谓大学堂、中学堂的等级,名之曰高等学堂,便是征集国内一班高材生而使之学习,说一句简要明白的话,便是把从前的书院体制,改组一下,不一定研究西学,而还是着重国学,不过国学中要带有一点新气,陈腐的制艺经文,当然不要它了,但也不过是新瓶旧酒而已"②。这样的情况也是存在的。

民国初年,国家贫弱,政治变动频繁,人们在绝望和希望中寻找出路,在寻找灵魂归宿的努力中彷徨,形成了"未老先衰"的中年心态。乐歌作者开始追求幽人、旅客、荡子等符合中年心态的人物意象,并以艺术的方式充分反映了早熟中年心态的多面性与复杂性。这样的中年心态是由个体自我价值认同处于传统道德与现代道德双重标准之下所致,是受剧变社会和滞后文化双重作用而产生的特殊心理反应,不是在正常社会状态下出现的中年心态。刘纳教授在《嬗变——辛亥革命时期至五四时期的中国文学》中就提及了一种"中年哀乐与青春感悟":"在他们的'新'的政治理想、人生憧憬与传统的心态、操守之间,存在着十分深刻的、内在的矛盾。当着他们以充分的行动力量追随时代前进……这种矛盾被掩盖了。"③ 清末的乐歌在积极的浪漫情调中掩盖某

① 〔美〕徐中约:《中国近代史》(上册),计秋枫、朱庆葆译,香港中文大学出版社,2002,第500页。
② 包天笑:《钏影楼回忆录》,中国大百科全书出版社,2009,第203页。
③ 刘纳:《嬗变——辛亥革命时期至五四时期的中国文学》,中国人民大学出版社,2010,第226页。

种矛盾,民初的中年哀乐则充分地放大了乐歌作者的内在矛盾。

《爱国歌》是根据梁启超的代表作品之一《爱国歌四章》谱曲而成的。这首歌深刻地表达了梁启超对国家的热爱和对未来的期望。正如刘纳教授提到的"中年哀乐与青春感悟",这首歌体现了清末民初文学中的乐歌作者同时具有中年和青年的心态和情感,个人的情绪往往不能够自洽,主题与意象、歌词与曲调的差异与冲突屡见不鲜。梁启超在《爱国歌》中以较为成熟的中年心态,强化了团体的力量,弱化了他前期思想中"个人"的作用,认为只有这种成熟的心态才能突破逆境的桎梏,进而获得民族的新生。

> 泱泱哉!吾中华。
> 最大洲中最大国,
> 廿二行省为一家。
> 物产腴沃甲大地,
> 天府雄国言非夸。
> 君不见,英日区区三岛尚崛起,
> 况乃堂裔吾中华。

> 芸芸哉!吾种族。
> 黄帝之胄尽神明,
> 浸昌浸炽遍大陆。
> 纵横万里皆兄弟,
> 一脉同胞古相属。
> 君不见,地球万国户口谁最多?
> 四百兆众吾种族。

> 彬彬哉!吾文明。

五千余岁历史古，

光焰相续何绳绳。

圣作贤述代继起，

浸濯沈黑扬光晶。

君不见，竭来欧北天骄骤进化，

宁容久扄吾文明。

轰轰哉！我英雄。

汉唐凿孔县西域，

欧亚抟陆地天通。

每谈黄祸詟且栗，

百年噩梦骇西戎。

君不见，博望定远芳踪已千古，

时哉后起我英雄。

结我团体，振我精神，

二十世纪新世界，

雄飞宇内畴与伦。

可爱哉！我国民。

可爱哉！我国民。①

梁启超从四个方面来振奋民族之精神。首先，他强调中国物产腴沃、地大物博值得国人骄傲，这不仅展现了中国丰富的自然资源，也反映了民族自豪感的源泉。其次，他提到中国有"四百兆众吾种族"，人口众多而人种优秀，这强调了中华民族的庞大基数和优秀品质。再次，他提到"五千余岁历史古，光焰相续何绳绳"，强调了中国悠久的历史

---

① 晨枫主编《百年中国歌词博览》，安微文艺出版社，2011，第7~8页。

和文化传承。最后，他以"博望定远芳踪已千古，时哉后起我英雄"来激励国人，唤起对历史上英雄人物的敬仰和对未来英雄的期待。这些元素共同扫除了同胞心头的愤懑之情，呼唤新世界的到来，增强了民族的文化认同。

《爱国歌》在日本横滨的大同学校（华侨学校）被谱曲、演唱，声音激越悲壮，反映了那个时代人们在新旧交替中的心理挣扎和情感变化。辛亥革命前后，这首歌在国内各级学校广为传唱，成为振奋民族精神、凝聚民族力量的重要媒介，体现了梁启超对于民族新生的深刻期望和坚定信念。通过这样的乐歌作品，我们能够窥见那个时代人们在新旧交替中的心理挣扎和情感变化，以及他们对于国家未来和民族复兴的深切渴望。

鲁迅先生是北洋政府的教育官员，参与了遴选民国国歌的部分事宜。他当时的心态十分复杂，对革命有怀疑和失望，而其心中未能燃烧殆尽的野火将绝望转变为希望。但是从他的日记中可看出，他的日常精神状态在深切的希冀中夹杂着颓唐、绝望与无聊。他在回忆那段乱世时说："我做小说，是开手于一九一八年，《新青年》上提倡'文学革命'的时候的。……我的作品在《新青年》上，步调是和大家大概一致的，所以我想：这些确可以算作那时的'革命文学'。然而我那时对于'文学革命'，其实也并没有怎样的热情。见过辛亥革命，见过二次革命，见过袁世凯称帝，张勋复辟，看来看去，就看得怀疑起来，于是失望，颓唐得很了。……不过我却又怀疑于自己的失望，因为我又知道，我所见过的人们，事件，是极其有限的，这一个想头，就给了我提笔的力量。'绝望之为虚妄，正与希望相同。'既不是直接对于'文学革命'的热情，为什么常常提笔的呢？想起来，大半倒是为了对于热情者们的同感。"[1]

相较于胡适、鲁迅等人而言，《婉容词》的作者吴芳吉是普通的教

---

[1]　《鲁迅自选集》，天马书店，1936，第1~2页。

师，生活较为困顿，他所看到的文化是"平日凡以道德文章志气励己以勉人者，至今皆成罪戾……吾且朝夕变易，俨若数人。何怪世人变易之速而非吾所料也……昔年之诗，固犹今日之诗也。今日之诗，为举世之所不容。昔年之诗，幼稚而夸大如此，是岂足以示于今人也耶？然则此诗之刊布于世，亦多事矣"①。这是他十二篇《弱冠诗》的序言。他不算是新文化的积极倡导者，却也落到无容身之地的悲惨处境。

从清朝末年到民国初年，政治、文化、教育制度的变迁或多或少地影响着乐歌作者的创作心态与他们的艺术人格理想追求（有群体差异和个体差异）。总体而言，他们长期怀着恐惧、愤懑、激越之情，处在复杂多变的心理状态中，他们的心态直接影响乐歌的风格类型与主题变奏。清末乐歌作者以青年心态为主，民初时期乐歌作者的创作心态则为早熟的中年心态。古代的人格基本上（并不完全）是一种压抑型的人格，是一种以无厚入有间游刃而有余的"心"的自由。近代的理想人格则更多是外在超越的人格，以自我为中心，实践主体在与外在事物不断磨合的冲突中体认自我价值。邓晓芒教授在《康德宗教哲学和中西人格结构》一文中指出："西方文化的大问题在于把握不住对象本身，所以他们要拼命地去把握，要不断追求知识，不断地追求真理，从而造成了西方文化的'浮士德精神'——不断地去追求的精神。追求本身就是一种享受，但也是自我意识的痛苦的历程。追求而永远追求不到，永远追求不到又是人追求的动力。"② 清末乐歌作者和词学理论家都开始接受西方哲学思潮的洗礼，崇尚自由意志的人格追求影响了乐歌的本质和功能界定，也是其美学精神和意象类型转变的依据。

那么，近代乐歌作者的人格理想是怎样的？从乐歌塑造的英雄、游子、女侠等意象上看，男性和女性的人格都由压缩型向扩张型转变，转变过程复杂多变，总体呈现分裂状态。这种分裂人格的形成从近代日记

---

① 《吴芳吉全集》，华东师范大学出版社，2014，第19页。
② 邓晓芒：《康德哲学讲演录》，广西师范大学出版社，2006，第164页。

书信中可见一斑。胡适的日记内容丰富，包括日常事务、学术思考、社会观察等多个方面，其中，旧学与修身志向和自我评价有着较为直接的关系，新知列入"记事"，与自我修养与道德评价关系不大，例如：记事一栏中所载过的书单有《世界历史概要》（阳历三月廿一日）、《国民读本》（阳历四月十四日）等。虽然胡适澄清了日记原本就有这样的分类，但是他对分类的使用就说明了他为学、求知（新知）、修身之间的博弈关系，也间接说明了他对新知旧学的态度。

近代学人崇尚的学问不仅是为人之学，也强调个体与社会的互动，其个体价值认同既内向化也外向化，旨在通过个体的自我完善来影响和改变社会，其中，内向化与乐歌的创作与接受关系紧密，"引导他致力于由内及外地转化这个世界"①。忧生而无一技可得立锥之地，忧世则无一长技可立世界之林，新知与旧学间，新知群体思想里崇尚的学问仍是传统之学，学与道依然一体，个体价值的认同方式依旧是外铄的，在乐歌创作实践上体现为对内在超越式慎独人格的艺术追求。慎独型人格更强调对传统伦理的遵循，个人对父兄的服从，对家庭、婚姻、女性的态度都遵循了传统社会伦理观念；对家族而言则侧重群体中的个体，强调个人价值的正当性；对国家则表现为勇敢的英雄人格，个体与国家之间是平等关系。他们相信"仁者，人也"，"在'二人'的对应关系中，才能对任何一方下定义"②。在这种对应关系中，"孤零零的'个人'——亦即是不受任何人伦与集体关系'定义'的个体——就变成了很难设想之事物。……他（她）唯有由长辈去加以'定义'；只有在他（她）建立了自己的家庭，能够用自己组成的'人伦'关系去'定义'自己后，才算是'成人'。因此，一个孤零零的'个人'总是给人还未'完成'的感觉"③。这种内倾而非外化的个体认同方式形成

① 〔美〕杜维明：《道·学·政：论儒家知识分子》，上海人民出版社，2000，第3页。

② 〔美〕孙隆基：《中国文化的深层结构》，广西师范大学出版社，2004，第13页。

③ 〔美〕孙隆基：《中国文化的深层结构》，广西师范大学出版社，2004，第28页。

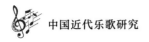

了慎独型人格，这种人格对家庭、家族、朋友具有强烈的责任感，服从和礼让是其实现个体价值的必然方式。

第二节　大众媒介文化推动受众中心机制形成

大众媒介的兴起对乐歌的传播和接受产生了显著的影响。

第一，报刊、留声机、广播等媒介的普及极大地扩展了乐歌的传播速度和广度，使得受众能够迅速接触到新的乐歌作品。这种快速的传播方式不仅改变了受众获取信息的速度，也影响了他们对乐歌的期待和选择。受众开始追求更多样化和具有时代特色的乐歌作品，这种期待反过来又激励创作者探索新的题材和风格，以适应时代变迁和受众需求。

第二，大众媒介提供了一个平台，使受众能够直接反馈他们对乐歌的喜好和批评。通过报刊的读者栏目、广播的点播节目等渠道，受众可以表达自己的观点，这些反馈直接影响了创作者的心态和创作方向。创作者开始更加重视受众的反馈，以期作品能够获得更广泛的接受和认可，从而在乐歌的创作中融入更多受众的期待视野和审美心境。

第三，大众媒介的互动性使得受众不再仅仅是被动的信息接收者，而是能够主动参与和影响乐歌发展的过程。这种参与感和自主性增强了受众对乐歌的认同感，同时也要求创作者在创作时更加考虑受众的文化背景和接受习惯，以及时代背景下的政治文化、经济文化和教育制度等多重文化因素。

大众媒介不仅改变了乐歌的传播方式，也深刻影响了受众的接受心态和创作者的心态，从而推动了以受众为中心的接受机制的形成，这在近代中国乐歌的转型和发展中起到了关键作用。

20 世纪初，随着工业化和现代化的推进，中国开始了现代城市化进程，大众媒介广泛影响了城市和农村地区，乐歌的传播模式也随之发生了变化，从传统的口耳相传的单向传播模式转变为大众传播双循环模式，增强了双向性、反馈性和循环性。在大众传播模式中，传播各要素并非处于封闭的文化系统，而是构成了一个开放的互动系统，其中传受双方的界限模糊，受众的主动性得到了增强。受众可以通过报刊读者栏目反馈意见，通过投稿建议和对乐歌进行二次编码等活动影响乐歌作者（编码者）的创作心态与创作实践。广播点播节目极大地加速了受众的反馈速度与频次，这对扩展歌词流传广度，形成经典乐歌文本都起到了不可忽视的作用（见图5）。

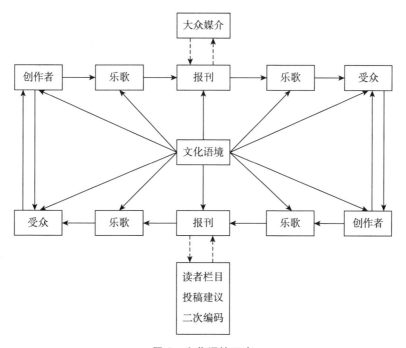

图5　文化语境示意

近代都市市民阶层作为新兴阶层，具有受教动机，尤其是工人阶层具有很强的主动受教倾向。在农村，由于农民识字率很低，当他们想要受教的时候，多数会采取"听"学的方式，乐歌作为声音的艺术，对想要获得知识的广大农民来说是非常实用的载体。"主情受众：以满足感情上的需要为主导动机的受众。这类受众通过接收传播内容放松情绪、获得娱乐。"① 从近代乐歌接受的实际情况来看，乐歌能否让受众接受是乐歌是否能够成为成功文本的第一步，任何其他的力量，例如权威推广、单线传播方式都无法逾越受众的动机与期待。同时，乐歌的传播效果即传播的广度、流传长久度也与受众接受过程中的同化程度与顺应程度直接联系。受众的合理性误读与专业（业余）受众的二次创作不断地增添着原始文本的内涵，使之更符合历史文化语境。以《卿云歌》为例，本书首先梳理《卿云歌》文本生产过程，然后分析其作为古奥文言具备的文本特点，最后从两级传播与仪式化传播的传播模式分析各个阶层不同的接受目的与接受心理。

《卿云歌》作为民国国歌于 20 世纪初首次进入群众视野，其接受与质疑的声音在随后的几年中不断出现，直到 1921 年才被正式确立为国歌，充分体现了社会不同阶层传播预期与接受心理之间的冲突状态。对于民国相关组织部门主脑来说，国歌是国家之颂、政绩之颂，因此要选用雅颂的古文，借助尧舜的神圣之光来制造一种历史崇高感，塑造一种仪式感，使参与仪式的人们产生敬仰和崇拜的意识，从而借助神化的浪漫幻想来安抚人心、抚平创伤，以达到心灵管理的传播目的。而一些现代知识分子则希望国歌运用简而不枯的文字与明晰而现代的象征意象，传达确切的现实或者理想，他们希望参与国歌仪式的人们能够感动兴发，最终塑造全新的民族意识、全新的国民。

分析《卿云歌》的传播过程可发现，报刊知识分子虽然不能完全代表受众的观点，但其言论反映了部分受众的审美趣味与偏好，他们倾向于用简洁的语言来表达民族精神和理想。然而，不同的预期与接受实践导致《卿云歌》从征集、认定、接受、废止经历了一个复杂的文学传播过程，最终在 1921 年被正式确立为国歌。在这个过程中，《卿云歌》的接受状态可以形容为颂而不合，播而不传。

---

① 董璐编著《传播学核心理论与概念》，北京大学出版社，2016，第 199 页。

一　《卿云歌》文本的生产

《卿云歌》作为民国时期的国歌，其生产和流传过程充满波折。它经历了多次废止与重新确立，这既反映了它在传播和艺术上的价值，也暴露了它的局限。

国歌征集旨在求大雅宏达之道，当时曾广泛征集了包括民众与硕学在内的投稿，但是，组委会最终否定了民众与硕学的原创歌词。这样的遴选方式，导致了文本生产的历史错位。

1912年，为了确保国歌的质量，函约了王闿运、章太炎、康有为、梁启超、张謇、蔡元培等国学大师撰词。虽有章太炎等人投稿，但最终选定的是由汪荣宝改作的《卿云歌》作为国歌。1913年第二次征集国歌时候，为了拓展范围和鼓励大家投稿，设置了五百金的酬劳。根据史料记载，教育部收到了三百多篇投稿，但是原创歌词"足以代表吾民国者，迄未获睹。大雅宏达，或未注意及此欤，求之未尽其道"①。1913年的《教育部编纂处月刊》中标题为"致国务院钞送本部征选国歌请呈大总统提交国会公决函"的文件中指出，由于"本月初八日，国会举行开院礼，奏乐时需用国歌。由内务部备函来商，本部因以投稿内之《卿云歌》一篇，请法人欧士东制为曲谱，以备临时演奏"②。

1915年5月，废止《卿云歌》后出现多个国歌版本。政治更迭，国歌（代国歌）不断变更，直到1919年，《安徽教育月刊》转发颁布教育部令："本部筹设国歌研究会，现经酌定即日开会，应派佥事周树人、沈彭年，视学钱稻孙，主事李觉、陈锡赓为本会干事，先行筹备一切事务。此令：第一〇七号（十二月十日）。"③ 也就是说，《卿云歌》能够成为国歌，鲁迅先生也是决策人之一。他曾倡导青年少读甚至不读

① 《请撰国歌书》，《教育部编纂处月刊》1913年第2期。
② 《致国务院钞送本部征选国歌请呈大总统提交国会公决函》，《教育部编纂处月刊》1913年第4期。
③ 《教育部令》，《安徽教育月刊》1919年第24期。

古书，可在种种压力与个人心理作用下，他选择或者至少同意这首文言文古乐歌成为"当代"国歌。1919 年前后，《卿云歌》又一次成为暂定国歌。《安徽教育月刊》1919 年第 21 期中刊载公文："省、公立各学校、六十县知事：第三一〇号（函为教育普通司提出之《卿云歌》暂作国歌分行各县由）（九月十八日）。"①《中国大事记》（民国九年十一月十六日）中刊载确定消息，"教育部定《卿云歌》为国歌"②。1921 年 7 月，《卿云歌》成为中华民国北洋政府的国歌，由音乐家萧友梅谱曲。1928 年 12 月国民政府形式上统一中国后被废止。

从文化诗学的角度，我们可以将《卿云歌》的兴衰视为一种文化对话和乐歌语言的实践。它不仅是音乐与歌词的结合，更是传统与现代的对话。《卿云歌》的文言文歌词和西方音乐的结合，展现了民国时期文化多元性和开放性的一面，同时也反映了在现代化进程中对传统文化的重新诠释和利用。从传播学的生产角度来看，《卿云歌》的波折历程揭示了国歌作为国家文化符号的构建过程，不仅是艺术创作的产物，更是政治、社会力量、与受众接受交织的结果。它的多次废止与重新确立，说明它在听众心中的多样性和流动性，乐歌歌词的生产和流传是一个复杂而动态的过程，需要不断地审视和解读。

二 《卿云歌》的文本特点——古奥文言对白话文的颠覆

《卿云歌》文本具有独特的召唤结构，其文本特点在于其古奥的文言风格，这在当时与新文化运动推崇的白话文形成了对比，它最终以拗口文言战胜通俗白话，以贵族的颂取代大众的俗与宿儒的雅，成为国歌。它的这种模式不但与传统歌词妥溜与尖新的基本要求背道而驰，也与新文化和新都市文化求新求异的发展需求不符。但是，它胜在以模糊的母题意象取代具体的时代标志，以浪漫的神化隐喻战胜了扑面而来的

---

① 《公文》，《安徽教育月刊》1919 年第 21 期。
② 《中国大事记》，《东方杂志》1920 年第 24 期。

现实希冀。这种独特的象征与浪漫书写方式，传达了国家组织部门、文化知识分子与广大民众之间不同的期待视野。

本书直录《卿云歌》歌词和沈心工、章太炎、张謇的歌词，以对比其文本的独特性。

1920 年确定的《卿云歌》歌词：

　　卿云烂兮，纠缦缦兮。日月光华，旦复旦兮。[①]

由邹华民填谱、沈心工作词的《国歌拟稿》歌词为：

　　伟哉！吾汉、满、蒙、回、藏五大民族。共奋精神，共出气力，共捐血肉；消除四千余年专制政府之毒，建立亿千万年民主共和之国。而今而后，凡我华人，如手如足；勤勤恳恳，整整齐齐，和和睦睦。兴我实业，修我武备，昌我教育；立愿与全世界共享和平之福。[②]

沈心工的歌词中提到了"伟哉！吾汉、满、蒙、回、藏五大民族"，强调了民族的团结，表达了对建立民主共和之国的热切期望。这首歌词充满了激昂和奋进的气息，体现了中华民族自强不息的精神。

章太炎所作的《章炳麟拟国歌》歌词为：

　　高高上苍，华岳挺中央；夏水千里，南流下汉阳。四千年文物化被蛮荒，荡除帝制从民望。兵不血刃，楼船不震，青烟不扬，以复我土宇版章，复我土宇版章。吾知所乐，乐有法常。休矣五族，

① 《卿云歌乐谱（教育部公布）》，《东方杂志》1920 年第 24 期。
② 《国歌拟稿》，《政府公报》1912 年第 86 期。

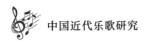

无有此界尔疆。万寿千秋，与天地久长。①

章太炎在歌词中融入了更多的历史元素和民族情感。他通过描绘中国山川的雄伟和壮丽，展现了中华民族的广袤土地和悠久历史。同时，歌词中也表达了对帝制的荡除和对民主制度的向往，以及对国家长治久安的祝愿。

张謇所作的《张謇拟国歌》歌词为：

> 仰配天之高高兮，首昆仑祖峰。俯江河以经纬地舆兮，环四海而会同。前万国而开化兮，帝庖牺与黄农。巍巍兮尧舜，天下兮为公。贵胄兮君位，揖让兮民从。呜呼尧舜兮，天下为公。
>
> 天下为公兮，有而不与。尧唯舜求兮，舜唯禹顾。莫或迫之兮，亦莫有恶。孔述所祖兮，孟称尤著。重民兮轻君，世进兮民主。民今合兮族五，合五族兮固吾圉。吾有圉兮国谁侮？呜呼，合五族兮固吾圉。
>
> 吾圉固，吾国昌，民气大合兮敦农桑。民生厚兮，劝工通商。尧勋舜华兮，民变德章。牖民兮在昔，孔孟兮无忘。民庶几兮有方。昆仑有荣兮，江河有光。呜呼，昆仑其有荣兮，江河其有光。②

张謇在歌词中强调了民族的团结和悠久历史所创造的优秀传统文化。他通过"仰配天之高高兮，首昆仑祖峰"等诗句，表达了对祖国大好河山的热爱和敬仰。同时，歌词中也提到了"合五族兮固吾圉"，强调了民族团结的重要性。此外，歌词中还表达了对农业、工业和商业发展的期望，以及对人民道德品质的重视。国会在对教育部提交的国歌

---

① 《章炳麟拟国歌》，《教育部编纂处月刊》1913年第3期。
② 《张謇拟国歌》，《教育部编纂处月刊》1913年第3期。

作品进行公议后，最终认为张謇的作品"盛世和鸣，音韵适合"①，但其并未得到总统的最终批准。

三 《卿云歌》歌词文本语言的时代之殇

新文化运动提倡白话文，重新定义了白话文学的地位。1920 年 1 月，教育部在新文化运动期间推广了白话文的使用，规定国民学校各年级的国文课教育必须统一使用语体文（白话文）。教育部所认可的《卿云歌》歌词源自《尚书·大传》，基本录入原文，创编的部分十分有限。这种选词标准与教育部力行推广白话文的主张形成了鲜明的对比。文言文阻碍了国歌的传播能力，因此有识之士们在刊印国歌或单独发表国歌通行本时，不得不通过在刊物上发表解释文章以消除或者减少听者对国歌的认知障碍。例如，《音乐杂志》刊载了一篇题为《对于〈卿云歌〉之解释及作曲之理想》的文章。②《浙江》杂志上，也刊载了李观渭的文章《以〈卿云歌〉为国歌释义》。③

在周作人提出平民文学的主张后，民间新诗创作硕果累累，不断刷新着文学艺术的范畴。与此同时，对于《卿云歌》这首古老诗歌的争议也愈演愈烈，其文辞古奥、深奥难懂的特点受到了众多质疑。在这场文化革新的浪潮中，李荣寿便是一位敢于发声的先锋人物。他巧妙地借用法兰西国乐的说法，表达了自己对《卿云歌》作为国歌的不满。李荣寿指出，制定国歌应当能够体现一个国家的独特精神，且必须深受全国人民的喜爱，易于妇孺理解。然而，《卿云歌》的文辞过于深奥，乐谱复杂难懂，使得普通民众难以领悟其内涵。他直言不讳地批评道，这样的国歌"乃文士的国歌，非全国普通人的国歌"④，他强调，研究音乐的人必须认识到这一点，国歌应当浅显易懂，让民众轻松接受。

---

① 《中华民国之国歌》，《教育周报》1911 年第 40 期。
② 陈仲子：《对于〈卿云歌〉之解释及作曲之理想》，《音乐杂志》1920 年第 3 期。
③ 李观渭：《以〈卿云歌〉为国歌释义》，《浙江》1921 年第 1 期。
④ 李荣寿：《说法兰西的国乐》，《音乐杂志》1920 年 12 月第 9~10 期。

将文言文作为国歌的行为引起了广泛的讨论和质疑，对于《卿云歌》的争论声音不断。汪荣宝举荐《卿云歌》的理由是"气象高浑，超越万流。而卿云兼象国旗，光华隐喻国号，播诸弦管，尤足动人爱国之思。且帝舜始于侧陋，终于揖让，为平民政治之极则。遗制流传，俾吾人永远诵习，借以兴起其景行慨慕之心，似于民国教育，大有裨益"①。然而，只有对历史有一定了解的人才能窥见《卿云歌》的一点意趣，因此，章太炎发表了一则言论，对《卿云歌》进行了严厉的批判，甚至将袁世凯称为"独夫"。②《新闻报》也刊登出一篇笔名为"竞"的作者的文章，他认为"抄袭陈文敷衍塞责，民国即无人才何至剽窃"③，认为章太炎的言论虽然有些偏激，但确实有独到的见解。他认为国歌的标准是"清而不枯、浅而不俗、显而不滑"④。"竞"这位作者作为报刊知识分子，主张国歌歌词应浅显通俗以利于传播，他对《卿云歌》歌词的要求和希望反映了现代知识分子和受众的需求。

《卿云歌》的歌词被一些人认为不合时宜，吴研因从传播主体和受众接受心理的角度进行了点评："这歌颁布的动机实在不外乎偶像两个字。《卿云歌》是古典，章太炎是古典派学者，教育部是崇拜古典和古典派学者的代表。因此一唱一和完成了这个不合民众心理，缺少平民精神的歌曲，我想古典的偶像，绝不是一般平民脑中所有，也绝不是能永久留在一般学士大夫的脑中的。这卿云歌的命运，照我看，当然不过如此，虽有皇皇的部分，也绝不能普及民众了。"⑤ 吴研因认为，古典偶像的形象，并非普通民众所共有，也不会长久地留在学者的记忆中。《卿云歌》的命运，在他看来，注定是短暂的，即使它有辉煌的部分，也无法在民众中广泛传播。这段话揭示了一个事实：尽管传播主体有着

---

① 汪荣宝：《众议院议员汪荣宝送国歌函》，《教育部编纂处月刊》1913年第4期。
② 章炳麟：《移教育部公函论国歌不应采卿云词》，《神州日报》1913年4月16日。
③ 竞：《一个国歌尚要抄陈文》，《新闻报》1913年4月22日。
④ 竞：《一个国歌尚要抄陈文》，《新闻报》1913年4月22日。
⑤ 转引自王光祈《评卿云歌》，《中华教育界》1927年第12期。

确立偶像的意图，但这与民众的心理预期和审美需求之间存在着巨大的差异。

接受美学理论提醒我们，艺术作品的意义并非由创作者或传播主体单方面决定。每一位听众在接受《卿云歌》时，都会根据自己的经历、情感和文化背景，形成独特的理解和感受。这种个体化的接受过程，赋予了《卿云歌》更多的可能性和生命力。因此，尽管它可能在某些人眼中不合时宜，但在另一些人心中，它却可能激发出深刻的共鸣和思考。

音乐学家王光祈同意上述观点，并赞赏吴研因以痛快淋漓的方式阐述了文言文的不合时宜和审美偏差。他在文中进一步指出："但是它（《卿云歌》）的缺点却也不少。一则意思太抽象，好像和中华民国没有什么关系，一则文字太古奥，不是一般平民所能了解，一则所配的曲谱咿咿呀呀，也不是全国多数人能脱口而出的。所以颁布以来，全国上下，有的不愿意唱他，有的不会唱他，至今也不过一小部分人逢时应景，把他姑且唱唱罢了。"[1] 进而，他提出国歌歌词要含有三个要素："陶铸民族意识，须有确当理想，须使民众易解。"[2] 陶铸民族意识的方法宜在词句上多多加重感情，这与文言文那种邈远的情感产生反差。使民众易解的方法宜在文字浅显上特别注意，就此而言，沈心工与赵元任所作国歌的歌词均具有浅显易懂的特性，更贴合广大民众的接受程度，相对《卿云歌》而言，更显得通俗且接地气。然而，组织者认为这些歌词过于接近民众，故而缺乏某种庄重与神圣之感，无法有效地营造出"颂"之太平盛世的氛围。因此，最终被弃置不用是必然的结果。

经过新文化的洗礼，许多新型知识分子非常重视平民精神，高度重视对民间文学资源的借鉴。在此背景下，陈文与文言成为国歌，并成为一种象征，反映了文言以倒逆之势战胜白话文的诡异现象背后尤为深刻

---

① 王光祈：《评卿云歌》，《中华教育界》1927 年第 12 期。

② 王光祈：《评卿云歌》，《中华教育界》1927 年第 12 期。

的历史文化错位。同时，这也揭示了在特殊时期，充满政治因素的贵族颂音比大众的俗音更符合传播主体的传播目的。1918 年前后，以北京大学为中心的新文化阵营发起了歌谣运动，强调建设新文化必须借助民间资源。他们认为，以受众接受能力为中心的文字与文学是适应未来文化与传播发展方向的。这一运动得到了蔡元培、沈尹默、刘半农、胡适、周作人等人的大力支持。

刘半农在"歌谣运动"中发挥了重要作用，他拟定的《北京大学征集全国近世歌谣简章》宣告了"歌谣运动"的正式展开："尹默说：'你（刘半农）这个意思很好。你去拟个办法，我们请蔡先生用北大的名义征集就是了。'第二天我（刘半农）将章程拟好，蔡先生看了一看，随即批交文牍处印刷五千份，分寄各省官厅学校。中国征集歌谣的事业，就从此开场了。"[1] 强调征集歌谣时需要从"草间"的视角和"国民"的立场出发，旨在将这些作品作为推动民族诗歌发展的言语动力。这反映了乐歌作者的现代诗学建构理想，即"眼光向下"，以大众的接受度作为构建现代诗学的起点。[2] 由此可见，与新文化运动所追求的民间新文化方向相反，《卿云歌》这种完全属于贵族的雅颂之词，实际上是与蔡元培、刘半农、鲁迅等人的意愿背道而驰的。

在深入分析了《卿云歌》的文本特点之后，我们转向对其传播形态的探讨。这种转变并非随意，而是基于文本的社会功能和文化影响力。文本不仅仅是语言和意象的组合，它还承载着传播信息、塑造观念和凝聚社会共识的功能。《卿云歌》作为民国时期的国歌，其传播形态直接关系到它如何被社会接受、理解和记忆，进而影响到它的文化生命力和社会影响力。因此，了解《卿云歌》的传播形态，对于全面理解《卿云歌》的接受至关重要。

---

① 鲍晶编《刘半农研究资料》，天津人民出版社，1985，第 216 页。

② 傅宗洪：《大众诗学视域中的现代歌词研究：1900～1940 年代》，中国社会科学出版社，2016，第 92 页。

四 《卿云歌》的传播模式——两级传播与仪式化传播

在传播学中，两级传播理论指的是信息首先从大众媒介传播到意见领袖，然后由意见领袖传播给普通大众的过程。在《卿云歌》的传播中，这可能意味着歌曲首先通过政府和教育机构传播，然后由这些机构影响普通民众。仪式化传播则是指通过仪式或重复的行为来强化某种价值观或信仰，使得传播内容具有象征意义，并在社会文化中形成共识。对于《卿云歌》，仪式化传播可能涉及将歌曲纳入国家仪式中，如学校教育、公共活动等，以强化国家认同和民族精神。

《卿云歌》两级传播模式失败。根据目前史料分析，由于国歌的特殊性，1931～1938 年，教育部门和政府相关部门通过训令和法令的方式推广《卿云歌》。《市政公报》记载："市公署：命令：训令：训令六局、其他直辖机关：承准行政委员会函知仍以民元制定之《卿云歌》为国歌，令仰遵照由（中华民国二十七年四月一日）。"[①] 学校歌唱课程中教学需要练习《卿云歌》，社会层面的报刊也在定期传播，将其向社会层面推广。训令中规定："私立各级学校：奉市公署令，新国歌未制定以前，沿用《卿云歌》为国歌，仰即遵照并勤加练习由（中华民国二十七年四月九日）。"[②] 这种推广方式具有两级传播的特点，即短时间内传播速度快，效果比较明显。但是同时，两级传播模型是固化的，缺少广泛的受众反馈与修正空间，因而在 1938 年后，它的影响力逐渐减弱。一首国歌，断断续续传播了二十几年（中间虽然有废止阶段），还要通过训令的方式达到传播的目的，可见其文本本身与受众期待视野之间的巨大错位。

20 世纪 20 年代，中国正处于军阀混战时期。同时，国内缺乏绝对的英雄权威。在此背景下，国歌需要在一定程度上弥补权威的缺失。国

---

① 余晋龢：《训令》，《市政公报》1938 年第 10 期。
② 张永淇：《训令》，《市政公报》1938 年第 13 期。

歌研究会选择《卿云歌》作为国歌，是因为它具有一种来自传统的正当性，即作为加冕文本的角色。通过唱国歌、听国歌的互动仪式，受众促进了歌词文本的生长，形成了新的文本价值，进而塑造了一种现世安稳的盛世观感，达到外部交往和内部维稳的目的。

20 世纪 70 年代，新闻学家詹姆斯·凯瑞提出两个重要概念：传播的传递观与传播的仪式观。传播的传递观是一种单纯的信息量的传播，而传播的仪式观则有所不同，"它与'分享''参与''联合''团体'及'拥有共同信仰'这一类词有关，认为传播是一个制造、保持、修补和转换现实的象征性过程，通过传播，一定群体的人们共享民族、阶级、性别身份、信仰，换句话说，他们共享相同的文化的仪式"①。

仪式与必要的宣传要素是意义的再生产的两个重要方面。在《媒介仪式》一书的开头，库尔德里把人类学对仪式的解释归纳为这样三个方面："（1）习惯性的行为（任何习惯或重复的模式，无论其是否有特殊的意义）；（2）形式化的行为（例如，在某一文化里对餐桌有规则且有意义的摆放方法）；（3）涉及某种更广义的价值观的行为（比如圣餐，在基督教中它包含着与终极价值——上帝——直接接触的意味）。"②赵汀阳在《每个人的政治》一书中指出，可以通过充满各种要素的仪式实现对某种领域的控制，要素包括"超现实的美好许诺、简单而完整的历史观（同时也是世界观）、具有道德优势的形象设计、话语的无限重复"③。

歌唱《卿云歌》是一种形式化、具有超验价值的行为，这种行为通过形式化的歌唱仪式和道德范式来实现。具体而言，歌词文本运用浪漫性的主题表达手法和模糊的意象来赋予受众仪式感。作为国歌歌词，《卿云歌》的措辞极具浪漫主义色彩，通过浪漫表达的主题与意象，呈

① 李昌：《詹姆斯·凯瑞传播仪式观对我国新闻实践的启示》，《新闻界》2012 年第 13 期。
② 〔英〕尼克·库尔德里：《媒介仪式——一种批判的视角》，崔玺译，中国人民大学出版社，2016，第 4 页。
③ 赵汀阳：《每个人的政治（典藏版）》，社会科学文献出版社，2014，第 155 页。

现出了久远而又真实存在的价值彼岸。《卿云歌》与其他几首现实感较强的歌词相比，呈现出独特的单面化浪漫主义风格，歌词以主观、理想的方式表达了主题。据记载，这首歌是舜在禅位于禹时，与群臣互贺的唱和之作，尽管其历史真实性有待商榷，但歌词确实表达了人们对于非战争、无暴力的政治理想的向往。

传播主体想将上述政治理想移植到当下，通过对历史圣贤的追思与反复吟唱，实现政治上的精神控制。为实现这一目的，超现实的美好承诺、简单而完整的历史观（世界观）、具有道德优势的形象设计以及话语的无限重复是不可或缺的几个要素，《卿云歌》满足了其中的三点要求。《卿云歌》反复歌唱的方式成为一种宣传手段，这种重复策略有助于强化受众的认同感；尧舜的禅让民主是一种历史错位式的美好承诺，强调了民主和平等的理念；同时尧舜也是圣人典范、道德楷模，是中国历史上具有优势的形象设计，这使得《卿云歌》在表达效果上比其他歌词意象更胜一筹。关于"卿云"之名，在古人看来，卿云即祥瑞之喜。"日月光华，旦复旦兮"，更是明确了明明相代的禅代之旨，表达了圣人的形象如同日月之光辉。

在圣贤的受禅即位主题下，国家将呈现出歌舞升平、河清海晏的景象。相比之下，其他歌词如沈心工的创作则几乎没有运用象征性意象，而是传达了"消除四千余年专制政府之毒，建立亿千万年民主共和之国"的伟大愿望。历史的证据表明，袁世凯当局还着眼于他专政帝制的野望，例如袁世凯在 1915 年 5 月将《中华雄立宇宙间》确定为国歌，歌词为："中华雄立宇宙间，廓八埏，华胄来从昆仑巅，江湖浩荡山绵连，共和五族开尧天，亿万年。"[1] 袁世凯称帝后，于同年 12 月 19 日将"共和五族开尧天"改为"勋华揖让开尧天"。

歌词的更改说明了禅让主题的重要性，因此，章太炎写下了反对《卿云歌》的评论："今欲比民国总统于舜，是欲比独夫于尧乎？则可

---

[1] 《一片承平雅颂声》，《神州日报》1915 年 6 月 1 日。

谓邪说诬民矣。推其作始，无过一二亡国大夫，欲借禅让以自掩饰，不知舍逆取顺，虽为危素可也……适使国家失其光荣，乃更贻之丑耳。魏文帝云，舜禹之事，吾知之矣。纵使比隆虞夏，亦不过与当涂比肩。江汉、建康之烈，其可诬哉！鄙意以为，虞歌不应采录，应亟取消。若少婉婀，即为国民公敌。为此驰函警告，请审思事理，慎而行之。此致教育部。"① 章太炎的歌词中有具体的意象，"高高上苍，华岳挺中央；夏水千里，南流下汉阳"，表述具体，表义明确，对仗整饬，比《卿云歌》更能拉动情感。但是，其主题也是具有现实感的表达，"休矣五族，无有此界尔疆。万寿千秋，与天地久长"② 直接指向彻底消除帝制的现实愿望，是对当局的讽刺。相比之下，《卿云歌》通过浪漫主题渗透出来的形象、承诺就加深了仪式感的形成，进而达到一种凝集意识、再造心灵的目的。

《卿云歌》的传播主体是官媒与学校，尽管其内容是陈旧的故事，其语言是古老的文言，浪漫的意象也空疏不当，但它符合了一部分阶层的传播目的——构建符合政治仪式要求的艺术氛围，以期达到凝聚民心的目的。受众接受心态和传播主体传播目的的差异性，既反应了受众遴选机制的到来，也展示了文化堕距的强大力量，既体现了文学的灵力，也反映了时代的伤痛。

政治文化、经济文化以及教育制度等多重文化因素共同构成了受众接受信息的背景和基础条件。这些文化维度不仅塑造了受众的价值观和认知框架，也为他们提供了解读和评价文本的工具和标准。

随着大众媒介的兴起，受众的角色发生了转变。他们不再仅仅是被动的信息接受者，而是成为能够主动选择和解读信息的主体。这种转变赋予了受众更大的自主权，使他们能够根据自己的文化背景和个人偏好，选择性地接触和理解媒介内容。

---

① 章炳麟：《移教育部公函论国歌不应采卿云词》，《神州日报》1913 年 4 月 16 日。
② 《章炳麟拟国歌》，《教育部编纂处月刊》1913 年第 3 期。

同时，受众的这种主动性也对作者的创作心态和作品风格产生了影响。作者在创作过程中，不仅要考虑自己的艺术追求，还要考虑到受众的文化背景和接受习惯，以期作品能够与受众产生共鸣，获得更广泛的接受和认可。

这种双向互动的过程，促进了受众接受机制的形成与发展。受众在接受过程中的主动性和创造性，以及作者对受众需求的敏感性和适应性，共同推动了文化文本的多样化和丰富性，也促进了文化诗学研究的深入和拓展。

第三章

中国近代乐歌中的天人之变

本章采用跨学科的研究方法，将文化诗学的文本细读技术与文化研究法相融合。本章旨在对审美文化产生的基础条件进行深入分析，特别是对时间（自然）维度中的文化符号进行重新审视和解读。

本章的核心研究目标是对文化符号（即意象）在近代社会中的象征意义进行阐释。通过这种方法，我们能够揭示这些符号如何在特定的文化语境中被赋予新的意义，并反映出近代社会的价值观念和心理状态。具体而言，本章将探讨以下几个关键问题：时间（自然）意象如何在不同的历史时期和文化背景下被解读和再解读；近代社会如何通过时间（自然）意象来表达和反映其独特的审美观念和文化认同；时间（自然）意象在近代语境中的演变过程，以及这些演变如何影响我们对文化现象的理解和评价。

第一节　近代乐歌以我观时之时间

在新文化运动宣讲的诸多思想中，进化论的影响较为深远，知识的更新迭代促进了中国近代乐歌艺术的转型。中国近代伦理道德转变的多重因素，包括西方思想的影响、社会经济变迁、政治改革等，其中，传统伦理道德价值本原从"天"转为"人"是这一转变的重要方面。转变表现在从依天立道向依人立道、道德原则的绝对主义向相对主义、主体自觉的德性觉悟向个体与感性觉悟的转变等方面。① 天人关系的转化直接影响着乐歌艺术创作中的主客体关系，集中体现在时间意象与自然意象的艺术表现上。具体而言，中国近代乐歌形成了历史零点意识和内时间意识，逐渐完成了从以"道"观时到以"我"观时的逻辑变化。

一　进化论影响下的以"我"观时

通过大量乐歌歌词可以看出，乐歌作者的创作受到了多种思想流派的影响，其中进化论的作用尤为突出。进化论在知识层面对乐歌作者的思维产生了重大冲击，特别是其直线矢量的进化观念，这一观念显著地改变了乐歌作者对时间和空间的认知。简而言之，进化论不仅作为一种科学理论存在，更深刻地影响了艺术家的时间观念和空间理解，从而在创作中体现出新的审美和艺术表达，具体体现为从以"道"观时到以"我"观时的审美观念变化。

美学作为哲学的一个分支，其内涵变化必然受到哲学思潮及哲学直接引导下的文艺（音乐、诗歌、绘画等）思潮的影响。近现代的哲学家与艺术家对时间本质的理解直接影响着他们的艺术思想构建，从以"古"为美到以"我"为美建立了新的艺术时间框架。

中国近代乐歌中，惜时主题的展开基于一个无形之形的时间意象。清末的惜时乐歌在学堂乐歌中所占比重较大。同样是面向未来艺术时间的创作，清末惜时乐歌与古代惜时诗词艺术结构不尽相同，最为突出的差异是惜时乐歌的主题是以"私我"为中心来弥合理想与现实的差距，"我"是各艺术部分间的桥梁和纽带，过去、当下、未来都因"我"具有了不同的意义。

（一）"我今先着鞭"的未来

首先，"私我"取代了"古"，成为建构美好未来的依据。一般而

① 张怀承：《天人之变》，湖南教育出版社，1998。

言，古代诗歌对未来的艺术想象以"古"为寄托，是建立在对"古"虚化、美化的艺术加工基础之上的价值预设。清末的惜时主题乐歌淡化了今与古的对比意义，未来价值预设更多地建立在"我"的个人价值基础之上，惜时主题结构中不断突出的"我"取代了传统惜时乐歌崇古结构中的"古"。

在时间结构的处理上，《孤山》①借今昔对比发出时不我待的感慨："我生我生不百年，韶华须自怜。"主题深化处引发对"未来"的美好预设："出门一笑向青天，我今先着鞭。"末两句歌词立足当下，一个"先"字突出了抒情主人公的紧张与自信，"古"成为对比背景，对未来的展开才是全词的主旋律。这样的时间对比结构形成了一种私我表达方式，是对原有类型化情感表达的突破。《新编湘江郎》中，对"古"则表达出憎恶之情："恨当初教育荒唐，幸天主张，少年的人儿渐多新（呀）新思想……"②古与新成为具有对比意义的时间意象，拥有新思想的少年（青年）成为未来的希望。在"三更里自睡朦胧，黄梨洲携手相逢"的梦中，"我"大胆地提出了主张——"稍稍更革终不对（呀）大更张"③。"黄梨洲"一语双关，其内涵的外延变大，从古代的爱民思想扩展到现代民主思想，以地名代人名，暗含了"盖天下之治乱，不在一姓之兴亡，而在万民之忧乐"④的民主思想是从爱民思想发展而来的。虽然梦醒后"人杳空空，愁怅那竹影在那窗呀窗前动"⑤，"我"却依然没有放弃梦想。"民权一去好似风呀风筝断……只有你呀你青年"⑥，代表未来的青年意象是一切事物的希望。《惜春归》⑦是一首惜时主题乐歌，时间定格在暮春，歌词借用古代典型意象来表达春之短

---

① 不详：《孤山》，《著作林》1900 年第 2 期。
② 不详：《新编湘江郎》，《童子世界》1903 年第 11 期。
③ 不详：《新编湘江郎》，《童子世界》1903 年第 11 期。
④ （明）黄宗羲著，孙卫华校释《明夷待访录校释》，岳麓书社，2011，第 13 页。
⑤ 不详：《新编湘江郎》，《童子世界》1903 年第 11 期。
⑥ 不详：《新编湘江郎》，《童子世界》1903 年第 11 期。
⑦ 不详：《惜春归》，《女子世界》不详。

暂，使得"过去"具有伤感的情调。对于曾经生机盎然的初春之景，歌词只用"好景"二字一带而过，更多描绘的是"杜鹃啼血三春暮，春去原无路。无端花落怨东风，寂寞庭空处"①。一个"空"字，一语双关，既是景空，也是心空，既写宇宙之空，也写人的虚无，写尽繁华落尽后生命的寂寥与萧索。"好景从来不久留，逝水光阴度""劝君惜取少年时，毋使青春负"，② 青春与春天再次融为一体，过去的终将过去，对未来的希望又一次以少年意象直接表现出来。

孤山

去年此日到孤山　雪花大如掌
梅花三百花中间　题诗鹤解看
今年此日到孤山　山头雪已干
梅花一树半阑珊　空亭鹤不还
我生我生不百年　韶华须自怜
出门一笑向青天　我今先着鞭

---

① 不详：《惜春归》，《女子世界》不详。
② 不详：《惜春归》，《女子世界》不详。

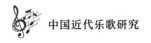

（二）当下的浪漫与私我展现

在对当下时间的处理上，近代乐歌同样呈现为以私我覆盖当下的艺术处理模式。与古代诗歌的时间结构处理方式相比较，"物象"带有明显的主观色彩和情绪，当下的景物与抒情主人公之间不是互相映衬、彼此点缀的关系，而是带有明显主观色彩和情绪的递进关系。更重要的是，主观情绪呈现出积极浪漫的一面，私我的个体价值成为当下存在的美学依据。

一般来说，古代惜时主题诗词中的当下往往带有焦灼感，突出的是人面对"永恒者，绵绵悠久，亘古长存；逝者未去，而继者已至"[1] 的客观时间的无奈，凸显的是生命的有限性，艺术地强调个体与时间之间的紧张关系。进一步而言，古代诗词的当下是在个体与时间的对抗中产生的拯救时间，人的有限性被放大。即使是惜时诗词中强烈宣扬"与时竞驰"之意的作品，其原初立足点也在"人之短生，犹如石火，炯然以过，唯立德贻爱，为不朽也"[2] 的短暂人生基础之上。所谓"万事几时足，日月自西东。无穷宇宙，人是一粟太仓中"[3] 正是这种有限性的体现。

人的有限性影响着时间意象的美学意义。以春与秋的时间意象为例，在古代文学中，当春与秋成为当下艺术时间时，常出现伤春悲秋的伤感情调。"伤春悲秋是古代文学中历来吟咏不断的主题，秋日的傍晚又是最容易引发思乡情绪的时节。"[4] 陆机《文赋》："悲落叶于劲秋，喜柔条于芳春。"[5] 江淹《别赋》："春草碧色，春水渌波。送君南浦，伤如之何！"[6] "窄窄园林簇簇花，茅斋孤坐夕阳斜。西风愁外青山远，

<hr />

① 方东美：《生生之德》，（台湾）黎明文化事业股份有限公司，2004，第356页。
② （北齐）刘昼著，傅亚庶校释《刘子校译》，中华书局，1998，第503页。
③ 邓广铭笺注《稼轩词编年笺注》，上海古籍出版社，2016，第421页。
④ （清）李永绍著，兰翠评注《约山亭诗稿评注》（第二卷乐），齐鲁书社，2015，第145页。
⑤ （南朝梁）萧统编，（唐）李善注《文选》，上海古籍出版社，1986，第726页。
⑥ （南朝梁）萧统编，（唐）李善注《文选》，上海古籍出版社，1986，第755页。

燕子空梁不是家"① 是悲凉之景与思乡之愁叠合。飘零之感、迟暮之悲常常成为伤春悲秋的基调。姜夔《淡黄柳》中一句"怕梨花落尽成秋色"② 写出了当下的焦虑不安，时之恒久与人之不永的对立成就典型的艺术结构，刹那间的感受成就了永恒的诗性。"……（容若）深受汉文化熏陶，所交又皆江东南学高才富之辈，故特敏感于伤春悲秋、离愁别恨，此亦诚为事实。"③ 离愁别绪笼罩着春与秋两个时间意象，使得当下艺术时间充满悲剧色彩。

　　清末惜时乐歌的当下时间是私我开始的时间，学习、生活、自由、爱情都是当下艺术时间的现实基础，人的无限性成为当下艺术时间存在的依据。《游春》和《秋虫》的歌词借用古代诗词中的春与秋意象，抒发"我今先着鞭"的奋发之情，将惜时词中春秋意象的伤感情调一扫而空，取而代之的是活泼的、无限的、浪漫的私我。在《游春》中，春的色彩是明艳的，这明艳的色彩融合了春景与少年活泼的精神，其中少年精神是美好当下的依据。《游春》这首乐歌上下两阕，只有两句写春景："何时好春风一到世界便繁华，杨柳嫩绿草青青红杏碧桃花。"美丽的春景是自然的礼物，是抒情主人公从冬季的岑寂当中获得释放后看到的自然之景。乐歌重点在后六句，突出描写少年的精神："少年好齐齐整整格外有精神，精神活泼泼人人不负好光阴。学堂里歌声琴声一片锦绣场……"④ 少年的精神如同和煦的春风令人感动，春是主题之下的背景，奔放的少年才是春日最美的景色，这种自我抒发的方式与古代诗词抒情主体含蓄的抒情笔法不尽相同。《秋虫》则大量运用拟声词，声声虫鸣兴起的不是悲凉之感，而是"离离芳草夜气清，一阵香风月正明"⑤ 的朗丽风致，配合 C 调平稳中带有跃动感的空拍，给人活泼愉

---

① （清）李永绍著，兰翠评注《约山亭诗稿评注》（第二卷乐），齐鲁书社，2015，第 145 页。
② （清）谭献纂，罗仲鼎、俞浣萍整理《复堂词录》，浙江古籍出版社，2016，第 279 页。
③ 严迪昌选注，马大勇整理《纳兰词选》，中华书局，2011，第 2 页。
④ 不详：《游春》，《江苏》1903 年第 7 期。
⑤ 不详：《秋虫》，《江苏》1903 年第 7 期。

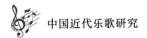

悦的乐感。《藤花》中"花貌何如侬貌娇，侬貌何如花貌好，明朝风雨花便凋，侬家尚年少"①，把转瞬即逝的青春当作永恒，人之恒长与花之不永对比，一个浪漫的"绝对自我"跃然纸上。

《秋虫》谱曲如下：

秋虫

正如曾志忞所言，近代乐歌必要舍弃"曰恋，曰穷，曰狂，曰怨"的特性，舍弃"非寒灯暮雨，即血泪冰心"的笔法，而求"和平爽美，勃勃有春气者"的艺术表现。② 在清末阶段，这种类型的乐歌在数量上"鲜不可得"，但这种表达方式显示了近代乐歌与古代诗词不同的情调。

（三）时间意象的转位浮现

惜时主题乐歌的总体风格倾向于积极浪漫，体现了绝对自我的终极价值，这就决定了乐歌意象往往具有强烈的主观象喻性。转位浮现是近代乐歌表现主观象喻性的主要艺术手法，对"古"的弱化表现为对逝

---

① 不详：《藤花》，《著作林》1900 年第 3 期。
② 张静蔚编《搜索历史——中国近现代音乐文论选编》，上海音乐出版社，2004，第 19 页。

去图景的背景化或梦境化处理，对当下的展现则以现实的浪漫生活图景为依据，依靠大量的声音和动态意象提升其积极意义，未来的图景以"我"或者"青年（少年）"为意象依托，直接抒发或通过人物意象的心理活动抒发对未来的美好预设。具体而言，景物意象以叠映、转位、并置等手法浮现，表现惜时的主题；人物意象以第一人称"我"或者第三人称"青年""郎君"等方式直接嵌入景物意象之中。两者之间通过互映产生意义，加强了对惜时主题的表达效果。

　　众所周知，时间具有虚无化的特点，因此，日月星辰、春秋代序、蝉鸣萤火等具有时间意味的物象便以意象的方式进入诗歌之中，成为艺术时间的表征。"西方传统思维方式是执名去象，讲究概念而摈弃意象。中国传统的思维方式则是名象交融，概念与意象相结合。……像六合、天地、光阴之类的术语，则一直采取意象的形式。所以，我们既要讲究概念分析，又要进行意象分析，努力把两者结合起来，这样才能充分揭示中国古代时空观念的丰富内涵。"① 可以说，时间意象对时间艺术的形成具有双重意义，一方面它是虚无化时间的具体表象，另一方面透过时间意象和意象的浮现方式可以看出抒情主人公的思维范式。这个范式与前文所描述的近代艺术时间结构以及"绝对自我"息息相关。

　　《孤山》用叠映手法，将孤山"雪花大如掌，梅花三百花中间"与当下"山头雪已干，梅花一树半阑珊"两个图像叠合，形成一幅具有对比色彩的心理图景。这个图景是主人公为讲述珍惜时间的道理而刻意创作的，不和谐的色彩基调引发的却是对"未来"和谐图景的展望。乐歌前半阕自然意象的对比迂回含蓄，后半阕则以呼告的修辞手法、奔进的表情方法直接说理，表情技巧冲突的背后是主人公迫不及待的情感表达。虽然两种表情风格不能很好地融合，但是突出了抒情主人公的赤子之心，极具浪漫派乐歌重自我抒发而忽略形式的美学风格。《新编湘江郎》则是以类似转位的手法，以梦的方式，将历史、现实、未来结

---

① 刘文英：《中国古代的时空观念》，南开大学出版社，2000，第2页。

合在一起。在这里，"转位"是"将不同的意象，把握其中某一点形近、义类、音似的共通性，相互衔接，相互认同，使突兀的转接变得别有思理，达到'转位'的目的"①。《湘江郎》这一民间曲调表达的是传统的羁旅思夫、闺怨盼归主题，而这首新改编的曲式将午夜梦回时的孤枕难眠、对国运时势的担忧、对未来生活的美好期望都融合在一起。保险洋灯、角楼鼓声、黄梨洲携手、风筝断线、报晓鸡鸣等都是具有启发意义的意象，乐歌作者依靠这几种启发性意象融合了现代与古代、现实与虚境，在乐歌的尾声将未来交给了人物意象——"少年"。少年才是拯救一切的唯一希望。就此，惜时词的未来时间意象具有了与传统时间意象不完全一致的内涵。

综上，清末乐歌时间观念的变化体现了从"古"到"今"的变化，历史的循环论逐渐不再影响乐歌艺术的创作，一种以"我"为中心的"历史零点"意识引导乐歌艺术的转型，突破了乐歌艺术类型化的局限。

中国古代对时间本质的推论是以"道"观时，是"独立不改，周行而不殆"②之道。"道"主宰时间的变动，它由于其虚无的实在性成为一种先验理念存在。庄子"六合之外，圣人存而不论"③之说本质上是对道的先验性的肯定。"道无穷尽，人生短促，成了士人超尘出世的一个认识基础。"④魏晋时期的诗人对生命之不永与道之长恒的感慨促进了文学的自觉，他们要么走向求仙之路，要么走向对短暂人生的感叹，可以说文学自觉后，在惜时主题的诗词中，人与道的关系是顺从关系——人对道的动态循环往复表示认同。

在道之循环论影响下，古人形成了"法三代"的历史循环论，"以春秋战国所建构的法三代崇古历史观与《易》形上化的循环往复观为

---

① 黄永武：《中国诗学·设计篇》，新世界出版社，2012，第22页。
② 高明：《帛书老子校注》，中华书局，1996，第348页。
③ （清）王先谦：《庄子集解》，中华书局，1987，第20页。
④ 罗宗强：《玄学与魏晋士人心态》，南开大学出版社，2003，第106页。

其代表性文化形态"①。《易传·系辞》中的"日新"与"生生"之说也是"并非直线发展的推陈出新，而是以刚柔相推为基础的往复循环"②。"道"之恒久，历史之循环，时空永恒流动之下的人必然是有限的人。可以说，"在天人合一的传统文化语境中，'天'不仅指自然之天，而且具有神灵之天和伦理之天的内涵，是价值和意义的来源，天高于人的观念得到普遍认同。以人从天、天人合德是中国古典文学得以产生的文化土壤"③。因此，中国辞章的变革以托古改制之法为多，"在不变中求变"是古代艺术观念的特质。有局限的人引发的变革注定具有某种局限，不能带来大更张的文学革命。历史循环论把过去与未来的价值拉平，这种历史观赋予艺术崇古的精神，崇古意识指导下的文学在意、象、言、乐上都逐渐趋于泥古不化，从而出现主题、表现技巧、叙事思维等方面的类型化倾向。

步入近代，这种以道观时的思维被以我观时的主观哲学取代，未来美学以私我为依据。"近代以来，天的主导地位开始为人所取代，在主客二元对立的视域中，神灵之天和伦理之天的意义均已消失，'天'成为单纯的自然之天、物质之天，人的主体性得到确立和张扬，人支配自然、主宰世界的观念催生了人本主义文化的兴起和繁荣，这是中国近现代文学得以产生的文化生态环境。"④ 在这种哲学思潮之下，时间观念的改变逐渐影响着近代乐歌文学的转变。

"三际"是王夫之提出的时间概念，这种概念不同于现代时间："现代性及现代时间要求对'现在'的直观必须转换为对'未来'的追求。"⑤ 有时候，面向未来的时间会"恢复"过去："如果有必要，我们想让未来恢复过去，使之成为具有内涵或目的的生活叙说的组成部分，

---

① 尤西林：《心体与时间——二十世纪中国美学与现代性》，人民出版社，2009，第27~28页。
② 尤西林：《心体与时间——二十世纪中国美学与现代性》，人民出版社，2009，第28页。
③ 耿传明：《天人关系与中国文学的现代转变》，《中国社会科学》2013年第11期。
④ 耿传明：《天人关系与中国文学的现代转变》，《中国社会科学》2013年第11期。
⑤ 尤西林：《心体与时间——二十世纪中国美学与现代性》，人民出版社，2009，第18页。

使之成为一个有意义的整体。"① 以私我为中心的历史零点美学是面向未来的美学思想。"卢梭虽然是许多传统的继承者，但是对于他的心愿来说，这些传统都不再有约束力。就仿佛他想独自伫立，仅仅面对自己与自然。具有关键意义的正是这种意愿。卢梭开始着手建立历史的零点（Nullpunkt）。……他以其孤立的姿态体现了现代与传统断裂的第一种极端形式。这种形式也是与周遭世界的一种决裂。"② 这种与时间的关系最终促成的艺术转型，浮士德的丧钟不断敲响，乐歌作者被时间驱赶着不断前行，乐在其中。"他们反对古典主义建立在理性上的情感和理智、认识和信仰的谐和，强调个性情感的强烈抒发，从而为艺术开辟了表达内心世界的广大空间。……首先，他们力图摒弃理性主义美学那种类型化的、概念式的情感，反对古典主义建立在严格规定下的典型化情感描绘。"③ 类型化的情感表达成为低一等级的艺术表现，私我的个性才是实在的艺术。这个私我总是希望向着完美发展，具有一种"精神取向上的主体性"④ 特征。虽然这样的主体性以不同的个性表现出来，但整体的表现是人类对时间的优越性。"我们用来描绘唐璜的每一个单词，都在描述莫扎特自己的个性和天赋时使用过。我们已经说到过他的音乐中的感性，以及他爱开玩笑的精神气质；我们也评论过他的骄傲，以及他的突然发怒，还有他可怕的——也是合理的——自我主义。"⑤ "如果你想把他的作品从漂浮了半个世纪的尘埃中解救出来，你就必须

① Alexander Nehamas, *Nietzsche*, *Life as Literature*, Cambridge, Mass: Harvard University Press, 1985, p. 3.

② 〔德〕胡戈·弗里德里希：《现代诗歌的结构：19世纪中期至20世纪中期的抒情诗》，李双志译，译林出版社，2010，第9~10页。

③ 李晓冬：《感性智慧的思辨历程——西方音乐思想中的形式理论》，中央音乐学院出版社，2011，第97页。

④ 耿传明：《"现代性"的文学进程——二十世纪中国文学的动力与趋向考察》，中国文史出版社，2003，第1页。

⑤ 〔法〕罗曼·罗兰：《灵魂与呐喊——罗曼·罗兰音乐笔记》，秦传安、王璠译，东方出版中心，2012，第137页。

甩掉这些作品的几乎所有通行观念。"① "所谓真理和义务，代表我们对事情和对同类的服从，对于成了神的人来讲不复存在；对于旁人，真理就是他所断定的，义务就是他所命令的。假使我们当真都能孤独地过生活而且不劳动，大家全可以享受这种自主状态的销魂之乐；既然我们不能如此，这种乐处只有疯子和独裁者有份了。"② 浪漫音乐中的个性论建立在"人"而非"神"的认可上，正如1908年的一句歌词中提到的："大千世界黑沉沉，何物放光明？玻璃镜，不着些子尘。本来面目原如此，中有公平直道心，今鉴古，我鉴人，孰遁形？"一切荣辱得失都在"定乎内外之分，辨乎荣辱之境"③ 的自我阐释中获得，在与"黑沉沉"的世界的对抗中获得，一切都在无限的自我中获得。抒情主人公的历史零点意识十分明显，这有利于突破原有艺术的类型化局限，构建新的乐歌艺术形式。

近代乐歌的时间意象是从传统主题中分裂出来的，其"新"主要通过"意"来表达，旧锦翻新之"象"加强了动态效果和对心理感受的描写，直质与含蓄并融产生了具有浪漫情调的乐歌。同时开始以"我"为"象"来表情达意，形成奔进回荡的美学风格。

二 民初乐歌"秋"之虚无与坚守

在民国初年，中国社会文化领域经历了剧烈的动荡，道德伦理方面也出现了新旧观念的冲突和断裂。这种文化和道德伦理的混乱与转型，对乐歌的意象产生了深远的影响。具体来说，乐歌中的意象不仅在内涵上呈现出更为复杂和多元的特点，而且在表达的外延上也变得更加广泛和开放。新旧道德伦理的裂痕使得乐歌作者在创作时能够自由地探索和表达新的思想内容，同时也反映了社会转型期间人们的心理状态和价值

① 〔法〕罗曼·罗兰：《灵魂与呐喊——罗曼·罗兰音乐笔记》，秦传安、王璠译，东方出版中心，2012，第173页。
② 〔英〕罗素：《西方哲学史》（下册），马元德译，商务印书馆，2015，第221~222页。
③ （清）王先谦：《庄子集解》，中华书局，1987，第4页。

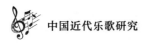

观念的变迁。

乐歌作者的心态和写作情绪受到多种思想的影响，其中包括爱国民主思想、对现代文明的追求、虚无主义和佛学思想等，其中虚无主义、佛学思想对乐歌作者心态影响较大，人生空漠感影响着一部分作者的写作情绪与创作心态。为此，民初乐歌写"秋"的数量较多。秋天作为典型的时间意象，未来是寒冬，过去已不可追忆，时间的三际都不具有正向价值，唯余依然坚守在历史零点的"我"无奈地接受现实。因此，民初的秋天意象蕴含着极大的虚无感，乐歌处处流露无方向感的追求，这种追求不崇拜历史，也不完全寄托于未来，抒情主人公有了西西弗斯式的现代坚守。

乐歌中秋之意象的主客体关系大都是物我交融的互动关系，客体不再完全被主体意识支配，主体也没有完全隐没在客体之中，人对自然的自信以物我融合的方式体现。主客体相互渗透也相互抵牾，艺术上的共情与悖论同时存在，彷徨的心境与肃杀的秋风相映，人生的空漠感与出世之精神互为表里。秋是表达彷徨心态的常用意象，也是古代时间意象中能与现代西西弗斯精神对接的意象。乐歌为了表现"史无前例"的人生空漠感，运用了几种不同艺术手法，最终让"秋"具备现代意义。

为表达虚无中坚守希望的现代思想，时间意象有两个主要特征。第一，抒情主人公以历时的情思发展为纵轴，意象的出现要与情思转折一致，是象随情转、物随意移的情境之作。抒情主人公的思想具有多变性，但是始终能够坚守一种无望之希望。第二，乐歌融合过去与现实，形成"内时间意识"——艺术化的时间意象。内时间意识是"我"的意识，内时间是"我"思想流动的时间，是模糊了三际的艺术时间。

意象象征意义的转变是乐歌作者心态变化、审美心理发展的艺术化表征，是诗歌艺术发展到民初乐歌阶段的必然结果。秋象征英雄末路、爱情凋零、生命不永、个体迷惘。本书以陈蝶仙的《悲秋》，李叔同的

《秋夜》，轶池的《雁字》[①]、《闺中初秋》[②] 等为例阐释民国初年"秋"的空漠与孤寂。

（一）象随情转、物随意移的情境

意态圆融的情境之词是民初乐歌词体的主要成就。以下以民国初年的乐歌为例，详细分析时间意象的艺术特征。

《秋夜》的创作时间大约为 1913 年至 1918 年，由李叔同作词，配爱尔兰民歌曲调，F 大调单二部曲式。这首乐歌将秋与夜两个时间意象相叠，歌词如下：

> 正日落秋山，一片罗云隐去，万种情怀，安排何处？却妆出嫦娥，玉宇琼楼缓步，天高气清，满庭风露。问耿耿银河，有谁人引渡，四壁凉蛩，如来相语。尽遣了闲愁，聊共月华小住，如此良宵，人生难遇。
>
> 正寒蝉吟罢，蓦然萤火飞流，夜凉如水，月挂帘钩。爱星河皎洁，今宵雨敛云收，虫吟侑酒，扫尽闲愁。听一声长笛，有谁人倚楼，天涯万里，情思悠悠。好安排枕簟，独寻睡乡优游，金风飒飒，底事悲秋。[③]

秋季本就是由繁盛而凋零的转折时节，夜更是引发静思的理想时间，双向叠加牵动了乐歌作者内心积累已久的情思，感于内而发乎歌。这种情态化的意象不像新文化时期的表现意象一般强调抒情主体在同一时间内的情绪冲突，而是在短暂的艺术时间内圆融地完成个人情绪的多次转折。秀句以翻转之笔法，以情思的转折回溯为结，是民初乐歌常用的章句连接技巧。

---

① 轶池：《雁字》，《小说新报》1915 年第 8 期。
② 轶池：《闺中初秋》，《小说新报》1915 年第 8 期。
③ 企释、培安编《李叔同——弘一法师歌曲全集》，上海音乐出版社，1990，第 57~58 页。

该乐歌的意象以情思的多次转折为依托，物象伴随着情思的时间流动逐渐加入乐歌画面，可以说是"一切景语，皆情语"①的"情境"之作。从词意着眼，抒情主人公的情思经过三次变化。首先是由日落秋山、罗云隐去等实景引发了"万种情怀，安排何处"的自问。在寒蝉凄切、骤雨初歇的秋夜，此问无人应，只有嫦娥在琼楼玉宇间缓步而行，成就了一种无物之境。抒情主人公脱离实景进入想象的虚化之景，"天高气清，满庭风露"又引发价值困惑，因此在全曲旋律线的最高处出现"问耿耿银河，有谁人引渡"的疑思，最终唯有"四壁凉蛩，如来相语"的自答。"如来相语"的答案内涵是丰富的，可以看出佛学思想对"万种情怀"具有开解作用，因此便又引发了情思的转变："尽遣了闲愁，聊共月华小住。"姑且放下令人躁动不安的愁苦和困惑，让刚刚经出世之语淘洗的心浸润在夜色之下，哪怕是片刻的良宵，也是人生难忘之时。抒情主人公在万种闲愁催动下寻求灵魂的安放之所，具有了"长恨此身非我有，何时忘却营营"②的人生空漠感。如果到此乐歌完结，那么还不能说秋夜是情态化的意象，因为从词意上没有超脱单义性的意思表达，依然属于一种独白式的主题结构。第二次转折，抒情主人公暂时进入澄明之境，寒蝉吟罢、萤火飞流、夜凉如水、月挂帘钩、星河皎洁，分别从声音意象、动态视觉意象、感觉意象、广角视觉意象细致地勾画出了一幅动态画面，充分地展示了抒情主人公愉悦平和的情绪。值得一提的是，在古代诗词中，寒蝉和流萤通常渲染凄切苍凉之情，"人貌非前日，蝉声似去年"③，"世间最是蝉堪恨，送尽行人更送秋"④，抒情主人公在蝉将绝不绝的哀鸣中，在秋日夕阳将暮之时，在悲慨苍凉的情语之中表达对生命的咏叹。萤总是生在草丛冢间的荒凉之

① 王国维撰，彭玉平疏证《人间词话疏证》，中华书局，2014，第187页。
② 邹同庆、王宗堂：《苏轼词编年校注》，中华书局，2002，第467页。
③ （清）彭定求等编《全唐诗》（增订本），中华书局，1999，第5101页。
④ 钱仲联、马亚中主编《陆游全集校注·剑南诗稿校注》（第二册），浙江教育出版社，2011，第393页。

地，由于古代科技不发达，腐草化萤被误为常识。但是，在乐歌情绪的带动下，蝉与萤这两个典型的悲情意象具有了空灵要眇之感，八分之三的摇摆节奏给这种情绪基调赋予动感，表现主人公的喜悦。紧接着，一声长笛把沉浸于澄明心境的主人公拉回现实。第三次转折，心绪终归落入"天涯万里，情思悠悠"的常人之境。一种悲情经过三次情思的起落从歌词中自然地涌出，犹如流风回雪瞬间荡漾开来。至此，三重情思带动物象，形成了具有画面感的情态意象。

《悲秋》的时间意象形成也经过三次转折，并且三折情感处理方式与《秋夜》不同。如果说《秋夜》的情感表达是抛物线式的，最终以下落的姿态给人一种收束感，给人以优美的审美体验，那么《悲秋》着重"思"，意胜言过于《秋夜》，是一种情感的递进裂变，如同盘山逐级上升的石梯。如果说《秋夜》蕴含的空漠感中弥散着无奈的妥协，那么《悲秋》则是在空漠感中蕴含着无奈的悲慨。它所用笔法亦曲，秀句以折进式的情思带动意象，进而形成圆美流转的时间意象。歌词部分如下：

> 晚来秋风，吹也吹也吹的帘旌动。独坐无聊甚情绪，摇摇不定蜡灯红呀。听何处玉笛一声，吹也吹的我心恸。何况那潇吓潇吓潇的梧桐叶儿响，又夹着铁马铁马儿丁当。怎不凄凉？怎不感伤？一年年的好景，一日日的流光，直教他秋月春花笑人忙。说什么功名，一场好梦熟黄粱，怕明朝揽镜看，又添上潘鬓萧条几重霜。①

"晚来秋风，吹也吹也吹的帘旌动。独坐无聊甚情绪。摇摇不定蜡灯红"，第一折无聊的心绪如同红烛一点随风舞，红色与黑色形成象征化的对比，情思表达更加明确。第二折也是一声笛音波动心弦，声音再次成为情绪转折的意象符号："何况那潇吓潇吓潇的梧桐叶儿响，又夹

---

① 蝶仙：《悲秋》，《游戏杂志》1913年第1期。

着铁马铁马儿丁当。怎不凄凉？怎不感伤？"抒情主人公的伤感融合在铁马儿的叮当中。第三折"一年年的好景，一日日的流光，只教他秋月春花笑人忙。说什么功名，一场好梦熟黄粱，怕明朝揽镜看，又添上潘鬓萧条几重霜"以乐景写哀情，以文入词，议论与抒情融合恰切，以时间之永恒反衬人生之短暂，反衬人生意义的空虚无着。

《落花》中的乐句则是用"透过"的笔法，以水过流痕的方式从细微处转折，推动情思发展，形成空灵清新的艺术风格。歌词如下：

> 纷纷纷纷纷纷纷纷，
> 纷纷纷纷纷纷纷纷，
> 惟落花委地无言兮，化作泥尘。
> 寂寂寂寂寂寂寂寂，
> 寂寂寂寂寂寂寂寂，
> 何春光长逝不归兮，永绝消息。
> 忆东风之日暄，芳菲菲以争妍；
> 既垂荣以发秀，倏节易而时迁，春残！
> 览落红之辞枝兮，伤花事其阑珊，已矣！
> 春秋其代序以递嬗兮，俯念迟暮。
> 荣枯不须臾，盛衰有常数，
> 人生之浮年若朝露兮，泉壤兴哀。
> 朱华易消歇，青春不再来。①

起句以虚实结合的方式领起全曲："纷纷纷纷纷纷纷纷，纷纷纷纷纷纷纷纷，惟落花委地无言兮，化作泥尘。寂寂寂寂寂寂寂寂，寂寂寂寂寂寂寂寂，何春光长逝不归兮，永绝消息。"纷纷下落的花瓣作为秋天到来的表征，将残春的空灵与寂寥体现出来，在"消息"处有延长

---

① 企释、培安编《李叔同——弘一法师歌曲全集》，上海音乐出版社，1990，第30~32页。

符号，"永绝"二字表达出对过去时间的决绝之意，"曲调稳促精进，配以别致而不含糊的歌词，唱起来在空灵曼妙的气氛中，令人确信时间一去不复返的客观事实……歌曲一开始就给人一种时间不以人们意志为转移的向前飞逝之感"①，在这飞逝中，八分之三舞曲式的摇摆节奏赋予起句超脱的姿态，抒发了主人公"悟已往之不鉴"的洒脱之感。然后接入回忆时间，情思开始第一次变化："忆东风之日暄，芳菲菲以争妍；既垂荣以发秀，倏节易而时迁，春残！"回忆中的过去是繁盛而易逝的，倏忽间便春残。C段开始"览落红之辞枝兮，伤花事其阑珊，已矣！"这两句以时间带动意象形成了情绪的对比，紧接着的乐句本应顺应这样的对比情绪展开，但这样的对比没有形成一个情绪的高度对抗。"春秋其代序以递嬗兮，俯念迟暮。荣枯不须臾，盛衰有常数"，此句以文入词，用议论之笔配合空灵的节奏，充分表达了抒情主人公的静观心态。有了这样的情感基调，"人生之浮年若朝露兮，泉壤兴哀。朱华易消歇，青春不再来"的哲理性主题就很自然地以"透过"的方式展开。乐歌的整体基调带有伤春悲秋的色彩，但是在曲式的带动下，这场人生的悲剧被赋予静观色彩，形成了具有超脱意味的秋之意象。

（二）秋之"内时间"意识

1913~1919 年是近现代乐歌的过渡阶段，秋不仅是一个与主题直接相关的感发之物，还逐渐成为典型的时代心理象征。国、家、乡土等已经淡化为背景，抒情主人公被动（或者主动）地以自我为中心进行生命价值的探寻。"……现代诗歌不是用隐喻为一个现存者唤起一个相似者，而是借用隐喻强迫彼此分离者汇合为一。现代隐喻不是产生于将未知回溯至已知的需求。它从其组成部分的差异性大步跳跃至完全只在语言实验中可以达到的统一，以至于它希望有一种尽可能极端的差异性，它了解这样的差异性，同时以诗歌的方式取消这种差异性。一首诗歌如

---

① 陈星：《说不尽的李叔同》，中华书局，2005，第216页。

果在一个本身已经图像化的领域里运动，它就会在这个领域里生产出第二个与领域疏离的图像层面，在这个层面里重要的远不是可能的直观价值，而是彼此相异的层面撞击的激烈程度。现代抒情诗从隐喻的基本能力，即将切近之物与遥远之物相连，发展出了最出人意料的组合，让本已遥远之物变得非常遥远，并不关心在实物上甚或逻辑上可让人体会的要求。"① 民初的时间意象象征一种非心绪的人生空漠感，这种隐喻是传统诗词中不曾明确出现的。个体第一次彻底脱离了家、国、朋友等外在的对象，他们"通过自己的国家设想、社会设想和人生设想来贬低历史"②，着手建立自己的历史零点。

民初阶段，象征作为艺术化的修辞手法，将时间、意象、主题连接起来，形成了具有现代象征意味的乐歌风格。时间是艺术的时间，它以人的心绪为转移，承载了不永与恒久之间的绝望与希望。传统诗词中多以秋"乍暖还寒"的骤变而喻人之不永，或者以时间的永恒来反衬人生的虚无感，乃顺笔之词。民初乐歌结构在对比中抒发情感，为逆笔之作，容易形成较大的艺术张力。

艺术时间是抒情主人公内心时间（Innere Zeit）的艺术化过程。卢梭在他晚年的作品《一个孤独漫步者的遐想》中就成功地表达了这种理性的存在："这迷蒙从机械时间沉入内心时间，内心时间不再区分过去与此刻，纷乱与适意、幻想与现实。"③ 中国古代诗词对时间结构的艺术表达大体一致，过去、现在、未来的关系是"自虚而实，来也；自实而虚，往也。来可见，往不可见。来实为今，往虚为古"④，时间的结构是历时的变化过程，虚实之间，时间的逆向应该是"古"为鉴，

---

① 〔德〕胡戈·弗里德里希：《现代诗歌的结构：19 世纪中期至 20 世纪中期的抒情诗》，李双志译，译林出版社，2010，第 195 页。

② 〔德〕胡戈·弗里德里希：《现代诗歌的结构：19 世纪中期至 20 世纪中期的抒情诗》，李双志译，译林出版社，2010，第 10 页。

③ 〔德〕胡戈·弗里德里希：《现代诗歌的结构：19 世纪中期至 20 世纪中期的抒情诗》，李双志译，译林出版社，2010，第 10 页。

④ （清）王夫之著，谷继明校注《周易外传校注》，中国社会科学出版社，2021，第 390 页。

由实转虚的"古"给予艺术最大的想象，因此"古"在艺术化后具有了正面价值，并由此产生了以古讽今的文本结构。面对顺向时间，人应该是与时俱进的。近代乐歌在一定程度上突破了传统的艺术时间观念，情态化的时间意象就是一种具有现代艺术特点的艺术化时间意象，它以人的意识为动力重新组合时间，古代的时间结构被"内时间"打破。内时间意识是指"人的任何主观因素的构成，与客观时间的均质、单维、不可逆的特性相比，主观时间即内时间意识单纯地与回忆、滞留、前摄、视域、回坠、期待、现在感、流畅、阻滞、长与短、清晰与模糊等构成要素相关，而这些要素可能隶属于高兴、幸福、沮丧、失望、郁闷、疼痛、希望、爱、恨、愁苦等等"①。现代感的主观艺术时间改写客观的三际时间结构，虽然没有达到西方意识流小说的艺术效果，但是也在时间的永恒与刹那之间、在古今之变中形成了独具特色的风格。

民初乐歌侧重于人生虚无感的抒发，是建立在"心"之彷徨之上的艺术时间，时间的变动或者恒久都是"心"的对照。

第二节　近代乐歌以我观物之自然

近代乐歌中的自然意象带有明显的主观色彩，崇尚以我观物的审美观照。以我观时与以我观物都是天人关系转变的必然结果。天从伦理之天转变为"自然"之天，物之道不再主导人之道。人以强大的自我意识赋予自然新的意义，那种依靠"喻依（自然山水的律动）本身已含着喻旨"② 构成的乐歌较为少见，主体主导客体的象征、隐喻意义，分裂语言能指与所指之间的固定关系。大量写景乐歌的自然意象中出现人

---

① 刘彦顺：《西方美学中的时间性问题——现象学美学之外的视野》，北京大学出版社，2016，第 4 页。
② 〔美〕叶维廉：《中国诗学》，人民文学出版社，2006，第 91 页。

文景观、历史典故、自我感受等。这些混入者与自然的山水花草之间形成一种奇异的整体感，自然景观与历史、人文、自我完美地结合在一起，折射出乐歌作者较为明显的自我意识。

鉴于当时的社会、政治、文化环境，这一时期写自然的乐歌有三个比较明显的主题倾向：家国主题中的自我认同、社会主题中的理想人格体认、个体生命意识的觉醒。理想人格的矛盾性追求与现代生命意识的觉醒促进了主题的裂变，这些裂变通过具体的自然意象、意象的组合、语言方式、风格塑造等具体地表现出来。

一　家国主题中的自我境界

《黄河》（1905）、《西湖十景》（1907）是两首写山水风光的乐歌。随着主题的展开，这两首乐歌中的自然意象都被赋予了独特的情感色彩，表达了民族精神和抗争意识。《黄河》[①] 词曲如下：

黄河

杨　度　词
沈心工　曲

————————

① 沈心工：《心工唱歌集（学校唱歌集）》，生活书店，1937，第8页。

誓不　战胜终　不还　君

作　铙吹观我　凯　旋

此歌为两段体结构，主题句规整，主音上，按四分音符均匀出现，形成铿锵分明的效果，黄河之水以稳健的节奏奔腾而来，以中正平和的震撼感开启整曲。A 段 12 小节，由五个乐句构成，节奏连贯。并行动机的运用打破了方正的乐句结构。这首歌用西洋大小调，虽然不复杂，却营造出了悲壮超拔的氛围。这首乐歌传播极其广泛，深受黄自、茅盾等人的喜爱。

中国古诗词以黄河为吟咏对象的很多，"鼓枻茫茫万里，棹歌声、响凝空碧。壮游汗漫，山川绵邈，飘飘吟迹。我欲乘槎，直穷银汉，问津深入。唤君平一笑，谁夸汉客，取支机石"，"我"的豪情是自然景象激发而来的，"神浪狂飙，奔腾触裂，轰雷沃日。看中原形胜，千年王气。雄壮势、隆今昔"（元·许有壬《水龙吟·过黄河》）① 对黄河景色的具体描写有利于激发"我"的情绪。"黄河西来决昆仑，咆哮万里触龙门。波滔天，尧咨嗟"中的黄河也是具体可感的，"有长鲸白齿若雪山，公乎公乎挂罥于其间"（唐·李白《公无渡河》）② 是十分恐怖的场景，激发了人对生命的慨叹。古诗中的黄河大都是在主观情绪观照下的黄河，因此它有时候是雄奇的，有时候是可怖的，有时候隐喻着时间的流逝，有时候是污浊社会的象征。为了含蓄蕴藉地表意，对黄河的自然景色要做十分具体的描绘，由此引发"我"的所感所思，最终达到情景交融的境界。

① 朱惠国选注《元明清诗、词、文》，广东人民出版社，2002，第 300 页。
② （清）彭定求等编《全唐诗》（增订本），中华书局，1999，第 1682 页。

杨度的《黄河》从题目看应该是描写黄河雄奇瑰丽之景的乐歌，但是，歌曲仅仅交代了黄河的文化地理位置。在乐歌作者笔下，黄河之所以值得赞美是因为"古来圣贤，生此河干"，她是生养哺育"独立堤上，心思旷然"的先行先知者的母亲河，可谓人杰地灵。换言之，黄河是一种文化地理的坐标，起到"兴"起所咏之事的作用。这种以人为本的写法是乐歌作者自我意识的体现，符合清末歌词作者以我观物的审美观念，与西洋大小调配合起来，几无不和之处。

《西湖十景》（曲调来自日本歌曲《四季的月亮》）部分歌词如下：

> 风暖草如茵，岳王旧墓，苏小孤坟，英雄侠骨，儿女柔情。湖山古今，沧桑阅尽，兴亡恨。苏公老去，剩有六桥春。（苏堤春晓）
>
> 花鸟满江乡，绿杨城郭，春雨湖庄，柳烟如浪，莺语如簧。祠宇风光，英雄半壁，河山壮。双柑斗酒，席地话兴亡。（柳浪闻莺）
>
> 极目尽烟岚，鸥波千顷，蟾影三潭，数残更漏，倚遍阑干。风送荷香，月光如水照人寒。空明处处，禅味可同参。（三潭印月）①

歌词有十段，以"以我观物"的审美方式贯穿整体，突出"我"的所思所想。此乐歌大体有三个艺术特点：第一，写法上，在对自然景物的描写中加入大量人文典故，为乐歌平添弦外之音。苏轼、林逋、苏小小、岳飞、南唐公主的故事都为自然增添了一份厚重而有兴味的历史感。第二则是以乐景写哀情，更显其中正平和的审美情调。"苏堤春晓"中写英雄安葬、才女凋零，"春雨湖庄""柳烟如浪"中写英雄之血、历史兴亡，夹叙夹议，以悖论的艺术丰富主题层次。第三是从歌词排列顺序上呈现出几个前后相继的主题，其一为凭吊英雄、儿女情长、家国之恨等"有我"之境，常人之境界。其二为"坐观垂钓，消尽古今愁"的旁观视角，对生命、历史价值的探寻提升了乐歌的深度。其

---

① 钱仁康：《学堂乐歌考源》，上海音乐出版社，2001，第98~99页。

三则为"空明处处，禅味可同参""四大皆空。放眼荡胸……万山烟树，处处白云封"的超然境界。山水被赋予超越山水的价值内涵，自然赋予"我"独特的感悟，这种感悟令"我"超越世俗中的"我"，物我不分的审美体验渗透到歌词中，形成了一种佛教精神观照下的禅词。沈德潜说诗歌贵有禅理禅趣却不能有禅语，这首乐歌最后三段就是具有禅理禅趣的歌词。

综上所述，乐歌背后是"我"对个体价值的探求，是"我"与群、"我"与国、"我"与世界之间关系全新的解释。第一层是对儿女情长抱有一种理解之同情。在对历史的无限怀念中，爱情成为回忆中的亮色，"我"与历史的关系以一种人性化的方式展开。由历史而当下，在个体与国家的关系中，个人的爱恋与报效国家的热望同等重要。第二层则是"我"看待英雄的态度。"席地话兴亡"，英雄一旦成为历史，就只是一种历史的符号，这种看破历史的坦然态度稀释着英雄的意义。同时，当下的英雄与家国是蚂蚁与蚁群的关系，每个人都可能成为伟大事业的一分子。在没有英雄的时代，个人价值逐渐被看重。正因为如此，乐歌作者才把英雄热血、建功立业放置在一片莺莺燕燕的春景之中，肃杀与旖旎同框，中和的意味明显。清末人们看重个体价值、个体权利，但个人英雄主义并未盛行。该时期对英雄的理解与民初对英雄的解构略有不同。第三层是"我"与世界的关系。"我"依旧抱有改变世界的积极态度，虽然对静谧清幽的禅味多有留恋，但是自然景色依旧牵动着"我"过多的情感，如一口热酒藏在井水中，波澜不起只是表面的稳定，不是发自内心的平静。

二　个体与群体的关系转变

清末是现代意识的初醒时期，乐歌作者在社会理想人格的追求上出现了各种意见。他们中有梅之先行者、有蝶之狂舞者、有蜜蜂之合群者……各种理想的人格都击节而歌，每个歌词作者都依据自己的理解和理想发出声音。从这些自然意象折射出的主题可以看出，抒情主人公作为社会中的个体既要做先觉者，敢于开疆拓土，又不能后继无人；既要出淤泥而不染，又要拥有适当的世俗情怀。这样的人格理想是自由思想下的自然绽放，是在群体中寻求个人价值认同的艺术探寻。虽然曲谱与歌词的配合欠缺艺术性，但是作为近代艺术的滥觞，它们的作者有筚路蓝缕之功。

《梅花》（1907，赵铭传作词，《我的诺曼底》曲调），歌词如下：

> 池塘雪后晚晴天，碧纱窗外，白玉阑前。南檐破晓日初明，铜瓶水暖，纸帐香清。大地寒多几霜霰，此花偏在春先发，逗春光，露春色，陇头早报春消息。我愿青阳遍亚洲，处处春花处处游。回转东风世界新，梅花独冠群英首。①

古代诗词中的梅花通常具有高标的人格魅力。它出世之时具有"不同桃李混芳尘"（元·王冕《白梅》）②、"竹篱茅舍自甘心"（宋·王淇《梅》）③、"高情已逐晓云空，不与梨花同梦"（宋·苏轼《西江月·梅花》）④ 的孤冷隔俗，入世之时它是苦难的精灵，寒冷是成就它圣洁的托盘，众芳俱寂之时的点点红梅，成为文士唯美高洁的精神向导。这样的审美人格，成就它花中翘楚的地位。然而，上文这首咏梅词中的梅花是入世之花，喜悦之花。梅花之"早"显示的不是"羞与千花一样春""无意苦争春，一任群芳妒"的孤芳自赏，它是引领新篇章的宠儿，它的梦想是桃李蝴蝶芳菲舞的春天。在"铜瓶水暖"中盛放的不是冬之苦难，而是春之希望。它伴随春的温暖，引青阳之曲，开二月之花，报春之繁盛，消一冬寒肃。寒冷是成功的推手，是稍纵即逝的

---

① 钱仁康：《学堂乐歌考源》，上海音乐出版社，2001，第 172~173 页。

② 杨镰主编《全元诗》（第四十九册），中华书局，2013，第 442 页。

③ 《全宋诗》（第六七册），北京大学出版社，1998，第 42054 页。

④ 邹同庆、王宗堂：《苏轼词编年校注》，中华书局，2002，第 785 页。

存在；春天是未来的真实，是努力与希望的归依。这种对梅花的赞美是以新的心态、眼光去观照梅花原本的生物属性，逐渐挣脱原有的喻指，形成新的主观意象。这首乐歌的后半部分将我与梅花的关系以直观的方式呈现，梅花直接反映出我对现代人的希冀——敢做时代的领路人。这是外放型人格的直接体现，是乐歌抒情主人公对理想人格的美好想象。

与梅花相同，荷花也是高洁远观之物，是文士理想人格的具象化。荷花之所以得到与梅花一般的评价，是因为它"出淤泥而不染，濯清涟而不妖"的特点，这个特点同梅花的斗雪迎春类似，都是战胜不利的自然条件，开出自己的繁花。古代以采莲为主题的诗词通常表达爱情。比如"采莲归，绿水芙蓉衣。秋风起浪凫雁飞。桂棹兰桡下长浦，罗裙玉腕摇轻橹。叶屿花潭极望平，江讴越吹相思苦。相思苦，佳期不可驻。塞外征夫犹未还，江南采莲今已暮。"（唐·王勃《采莲曲》）①"菱叶萦波荷飐风，荷花深处小船通。逢郎欲语低头笑，碧玉搔头落水中。"（唐·白居易《采莲曲》）②"船动湖光滟滟秋，贪看年少信船流。无端隔水抛莲子，遥被人知半日羞。"（唐·皇甫嵩《采莲曲》）③爱情主题把高洁的莲花降格为烘托情爱生活的背景，莲花的世俗之乐与审美之乐结合起来。沈心工的《采莲曲》没有写莲之"制芰荷以为衣兮，集芙蓉以为裳"（战国·屈原《离骚》）的高洁之气，而是把"莲"当作一种具有生活意趣的植物。虽然歌词中有"水面白漫漫，半是莲花半是烟"的婳媚之境，但是歌词第三段就写"朝烟飞散阳光足，显出花颜白里红。恰好像儿童"，这是一个拟人化的、生活化的比喻，莲花的红不再是旖旎艳丽的美人朱颜，白莲也不是瑶台之上的神物，它的纯洁是儿童般的纯洁，它以微笑的姿态享受自然和生活。这首乐歌是写给少年儿童的，因此还有些许规劝意味："一事要商量，个个看花喜久

---

① （清）彭定求等编《全唐诗》（增订本），中华书局，1999，第 674 页。
② （清）彭定求等编《全唐诗》（增订本），中华书局，1999，第 277 页。
③ （清）彭定求等编《全唐诗》（增订本），中华书局，1999，第 10140 页。

长，莲蓬将结花休采，莲蕊将开采不妨。红要绿依傍，还采玲珑叶几张。"① 这几句人性化的词为乐歌增添了几分生活气息。

清末民初集中体现个体与群体关系的意象是蚂蚁、蜜蜂之类的小生物。古代诗词歌赋中关于蚂蚁的不少，但是"蝼蚁"相连经常含有某种贬义。司马迁《报任安书》有"假令仆伏法受诛，若九牛亡一毛，与蝼蚁何异?"② 后人有"天上麒麟原有种，穴中蝼蚁岂能逃"③、"小生为功名不遂其心，不如饮一醉坠楼而亡。（做跳下、许达惊扯住科，云）呀，早是小生手眼快! 蝼蚁尚且贪生，为人何不惜命"④ 等句。蝼蚁是微不足道的代表生物，它们苟且偷生，不成气候，难以成大业。近代乐歌中的蚂蚁却有不一样的含义。《白话》上的《马蚁》是一首凡字调歌曲。歌词如下：

> 勿说马蚁小，世界满地跑。成群结队出巢来，食物四边找。遇着别种来抢夺，打仗把命抛。勿说马蚁小，义气真正好。⑤

贵州松桃学堂乐歌中有《马蚁》歌，歌词如下：

> 马蚁马蚁，成群结队，真可好义气，不论虫，不论米，衔往洞里去。你也吃，我也吃，大家笑嘻嘻。同群若无爱群心，反不如马蚁。⑥

显而易见，蚂蚁在近代乐歌中是团结勤奋、抗击外敌、有义气有胆

---

① 钱仁康：《学堂乐歌考源》，上海音乐出版社，2001，第131页。
② 汪耀明解《汉魏六朝文选解》，复旦大学出版社，2009，第66页。
③ （南宋）刘克庄编选《千家诗》，西苑出版社，2003，第28页。
④ 王季思主编《全元戏曲》（第四卷），人民文学出版社，1999，第509页。
⑤ 强汉：《马蚁》，《白话》1904年第1期。
⑥ 蒋英：《清末民初贵州学堂乐歌考》，中国社会科学出版社，2015，第88页。

色的代表，与古代诗文中的蝼蚁意象反差巨大。有关蚂蚁的乐歌的主题从两方面肯定蚂蚁。第一是"觅食"。古代诗词中的啼饥号寒之作有杰出的作品，诗穷而后工自有其美学价值。"饿其体肤，空乏其身，行拂乱其所为"更是中国文人笃信的修身之道，令以"觅食"和争名逐利为主题的诗词具有天然"俗"味。俗而不能达雅，题材和态度本身限制了诗词的美学格调。这是古代诗词审美批评的一个特点，也是一种局限。因此，古代乐歌作者有意遏制动物性的生存本能，鲜少有诗词正面赞美为吃食而搏命的现象，使得这种将动物性行为审美化的诗词更少。在这首乐歌歌词中，蚂蚁们为生存而"无孔不入"的觅食行为、为夺取食物而进行的搏命行动都成为闪光点。这种赞美本身是对生存权利的肯定，同本书在圆形英雄人物中注重个体价值实现的道理殊途同归。社会性理想人格是具体的，英雄和蚂蚁首要的都是生存，近代乐歌作者延续着古代诗词的美学传统，（人物）英雄意象中以啼饥号寒之态要求生存，而在《蚂蚁》中则直截了当地对觅食进行赞美。如果用异质同构的美学原理来解释，蚂蚁意象曾经"向下"的力代表负能量。那么，清末这种"向下"的力量发生反弹，蚂蚁意象成为"向上"的力量，代表正能量。这样的反弹源自个体与社会、个体与国家、个体与民族之间关系的转型，个人与集体的关系不再是单一的服从。

第二是为生存而战斗，引申为人应该为民族利益而奋斗。在第一层的基础上，肯定了蚂蚁集体力量的强大，并突出地表现出对弱小个体义气的赞美。这是遭受外族入侵时必须发扬的集体精神。"达则兼济天下，穷则独善其身"的定律被打破，取而代之的是"天下兴亡，匹夫有责"，没有人能真正游离于集体之外，人人必须为了生存而抗争。"达"兼济天下，"穷"也要为兼济天下做出一点点贡献。蚁尚如此，人何以堪？清末的乐歌几乎没有赞美隐士的主题，因为乐歌作者认为，平等、自由、民主、物竞天择等每个具有现代意味的词语在落实到生活中时都需要个体参与，尤其是在有外敌的情况下。这种心怀天下，从我做起，从小事做起的精神最该被歌咏赞颂。只有物用其极、人尽其才才有可能建立现代社会。这种特殊时期的集体观念重新审视"个人"的意义，因为渺小而伟大，这种合作的精神与碎片式的人生有所不同，"人永远被束缚在整体的一个孤零零的小碎片上……他耳朵里听到的永远只是他推动的那个齿轮发出的单调乏味的嘈杂声，他永远不能发展他本质的和谐。他不是把人性印在他的天性上，而是仅仅变成他的职业和他的专门知识的标志"①。在现代意识的萌芽期，在外族侵略的特殊时期，人不是一个个碎片，而是可以生活在一起的蚂蚁。蚂蚁是生动的、主动而有规律的生物，在这个比喻中蕴含了新的国家与个人之间的关系。

《蜜蜂歌》也是一首赞美集体精神的歌曲："人人莫说蜜蜂小，尾上刺生得好，防备外敌来侵扰，齐努力飞向花丛。将天然界中香料采好，到冬天，无烦恼，一群生活过得好。"② 作为一个以和为贵的民族，"刺"往往是不被赞美的，浑身是刺的人格是难以在社会中发展的。然而，为了能防御外敌，这种个性被包容，虽然只限于个体为国家服务的范围内。《安徽通俗公报》有一首歌曲，名为《合群》，歌词中有"独木不成林，孤立不成群，我爱人，人爱我，亿万万人同一心"③ 的句子。这首乐歌提出了个体与社会之间的关系"我爱人，人爱我"，指出付出和回报的良性互动才是合群的基础，民族危亡面前，孤芳自赏要不得，但是单方面的付出也不能实现"同一心"的伟大宏愿。

三　个体生命意识探寻

古代诗词中关于"幽兰"的吟咏不可胜数，空谷幽兰所象征的人格通常是狷介之士或孤高洁身之士。屈原《离骚》云："时暧暧其将罢兮，

---

① 〔德〕弗里德里希·席勒：《审美教育书简》，冯至、范大灿译，北京大学出版社，1985，第 30 页。
② 剑虹：《蜜蜂歌》，《云南》1907 年第 8 期。
③ 昀：《合群歌》，《安徽通俗公报》1910 年第 30 期。

结幽兰而延伫。"左思《招隐》中有"秋菊兼糇粮，幽兰间重襟"[1]，隐于山林之中的隐士以秋菊为粮食，以幽兰做衣饰。唐代崔涂有诗《幽兰》云："幽植众宁知，贞芳只暗持。自无君子佩，未是国香衰。"李频则直接把远离长安的"我"化作孤芳自持的幽兰："远宦须清苦，幽兰贵独芳。"（《送新安少府》）兰花芳香自持的坚守，孤高不俗的品性成为隐世之人的代表。无论外在的环境如何，不管羁旅行役之苦多么难耐，"我"始终要保持着国香，维持君子的品质。

清末乐歌《白兰花》（1909）是用英国歌调《夏天最后的玫瑰》填词而成。它歌颂的是一种狷介的品质，部分歌词如下：

> 幽兰空谷清且香，颜色胜于霜。清风拂拂露瀼瀼，非秋亦复凉。纫为佩兮古君子，如品之洁如行芳。胜似芰荷为衣，薜荔为裳。[2]

乐歌前半部分写了孤芳暗持的品性，后半部分则用比较的方法来突出兰花的优势和特性。这种与荷花、薜荔相互比较的心态是耐人寻味的，与"白露沾长早，春风到每迟。不如当路草，芬馥欲何为"（唐·崔涂《幽兰》）的意气之争相比较，与"行行失故路，任道或能通。觉悟当念还，鸟尽废良弓"[3] 的无奈哀叹相比较，这种主动而非被动地将自己置身于空谷的意识是值得注意的，是"物竞"意识的自然体现。这种竞赛不是迫不得已的怨天尤人，不是被迫远离政治中心的自我安慰，它是主动地寻求对比，心甘情愿地去寻求一个开阔空间来唤醒"我"的灵魂。

乐歌中的幽兰"不再是'被抛入世界'，因为我们在某种程度上打

---

① 逯钦立辑校《先秦汉魏晋南北朝诗》，中华书局，1983，第 734 页。
② 钱仁康：《学堂乐歌考源》，上海音乐出版社，2001，第 183 页。
③ 逯钦立校注《陶渊明集》，中华书局，1979，第 97 页。

开了世界……广阔性就在我们心中。它关系到一种存在的膨胀，它受到生活的抑制和谨慎态度的阻碍，但它在孤独中恢复"①。乐歌中的空谷作为一个半封闭的开阔空间，具有三个特点：空而能纳，谷安能幽，远而能静。三个特点都让这个地点成为一个"不切实际"的存在，"梦想把梦想者放在身边的世间之外，放到一个向无限发展的世界面前"②，它为兰提供了适度静谧的空间，这样的空间是对"我"的寻求开始的地方，是现代自我认同过程中外在环境的对象化。与西方诗歌中的广阔的森林比较，空谷缺少了波澜壮阔的外延，缺少了暗夜灵魂的哀鸣，这是现代意识刚刚开始之时的自然环境，也是"我"内在意识的对象化：半开半闭的深谷、半新半旧的社会、半现代半传统的思想……现代意识的"我"是在孤寂中"比较"而生的幽兰，是空谷中主动探寻新世界的幽兰。

以动物表现抒情主人公内在意识的乐歌大体分为两类。一类属于积极的浪漫派，如"飞鸟"与"燕燕"是抒情主人公张扬自我的意象化表现。另一类则描写自然景物与人文景物，借以抒发抒情主人公的消极情绪，这些乐歌充满了对自我价值的探寻，时间的转换、空间的深邃，时空交感下的自然景物加入了更多的主观意识。《啼鸟》（1908）歌词如下：

> 啼鸟复啼鸟，惘惘残杨夹路。朝翻飞兮呼雏，夕归栖反哺。城头霜冷月儿高，唱彻五更天未晓。说什么吉凶互报，我道万古云霄一羽毛。③

这首乐歌前后两段表现的主题似乎是分裂的，从鸟儿的母子反哺之

---

① 〔法〕加斯东·巴什拉：《空间的诗学》，张逸婧译，译文出版社，2016，第236~237页。
② 〔法〕加斯东·巴什拉：《空间的诗学》，张逸婧译，译文出版社，2016，第235页。
③ 钱仁康：《学堂乐歌考源》，上海音乐出版社，2001，第120页。

乐写到了"万古云霄一羽毛"的豪阔。但是从内在的逻辑上看，前一段的个人家庭主题与后一段的家国天下主题共同构成了抒情主人公的人生理想。这种写法在古诗词中不多见，它没有"忠孝不能两全"的情感纠结，也没有高卧且加餐的避世淡远，乐歌两段并列，主题之间几乎没有替代和扩展的意味。在"唱彻五更天未晓"的今天与明日的交替之际，在希望将来不来、绝望欲走不走的时刻，个人价值的实现要通过两种途径表现出来，一为家二为国，所谓三分功业、大江歌罢、归巢反哺都是个人价值实现的途径。因果报应的逻辑被摒弃，没有为了大义放弃家庭，也没有为了家庭放弃自我，"我"与家、国之间不再是单一的从属关系，一个大写的"我"成为乐歌的主题。

沈心工《燕燕》（1906）歌词如下：

> 燕燕！燕燕！别来又一年。
>
> 飞来！飞来！许借两三椽。
>
> 你旧巢门户零落不完全。
>
> 快去衔土，快去衔草，修补趁晴天。[①]

燕子在古诗词中经常在爱情、亲情、咏怀主题中出现，它是时间的使者，激发了抒情主人公的真切情感。"燕燕于飞，颉之颃之。之子于归，远于将之。瞻望弗及，伫立以泣。"（《诗经·邶风·燕燕》）[②] 以燕子双飞的乐景写离别的哀情。"燕燕尔勿悲，尔当返自思。思尔为雏日，高飞背母时。当时父母念，今日尔应知。"（唐·白居易《燕诗示刘叟》）[③] 高飞之时勿忘母之慈爱，以燕哺之爱比母子之间骨血温情。"衔泥燕，飞到画堂前。占得杏梁安稳处，体轻唯有主人怜，堪羡

---

① 沈心工：《心工唱歌集（原名学校唱歌集）》，生活书店，1937，第 46 页。

② （汉）毛亨传，（汉）郑玄笺，（唐）孔颖达疏《毛诗正义》，北京大学出版社，1999，第 122～123 页。

③ （清）彭定求等编《全唐诗》（增订本），中华书局，1999，第 4678 页。

好因缘。"（唐·牛峤《梦江南》）① 泥融飞燕子、双飞绕华堂的景象是美好爱情与家庭生活的象征。"燕语如伤旧国春，宫花一落已成尘"（唐·李益《隋宫燕》）②，以燕子为客观的观照者，看隋朝盛极而衰的历史，吊古伤今之情深切之至。沈心工的《燕燕》一反以乐景写哀情的笔法，整首乐歌没有明显的爱情、亲情、友情或者凭吊之情，此歌词对燕子自然的品性十分崇尚，将燕子衔草筑巢与勤劳的品质直接联系在一起，表现了抒情主人公积极、勇敢的乐观心态。如果说乐歌中的燕子是抒情主人公自我的意象化表现，那么"巢"应该象征一种文化政治制度。新旧废立之时，"旧巢"零落，"新巢"不但要建造，而且要建造在"与人方便、与己方便"的地方。只有这样，人与燕才能长长久久地相处下去。在这里，燕子不是隋朝盛极而衰的见证人，不是旧时王谢的象征，不是"占得杏梁安稳处"的家庭，它不再指向具体的过去，而是开始全身心地面向未来，为了未来而欢呼，为了未来而勤劳，为了未来而改变。本乐歌在"时间意象"中论证了"未来"在乐歌中的意义，"我"代替了"过去"成为"未来"，成为正向价值的依据。清末歌词具有强烈的主观性特征，"燕子"成为"我"的意象外延，代替我成为未来的依据。燕子之于"我"而言，是更加具体的意象，勤劳的品性较之青年的新思想更具体可感。这种通过自然（动物）来抒发情感的比兴手法是古代诗词常见的技巧，"我"的情绪和意志都隐含在诗词景物中。孟郊《登科后》的春光中有一个张扬的自我，然而这个"我"的喜悦情绪要隐藏在"春风得意马蹄疾，一日看尽长安花"③ 的春景之中。杜甫绝句"迟日江山丽，春风花草香。泥融飞燕子，沙暖睡鸳鸯"④，诗人的欢悦情绪也是通过动态的画面感凸显出来，一个"丽"字，音节清脆，写出了春光普照，四野青绿，溪水映日的秀美，

---

① 张璋、黄畬编《全唐五代词》，上海古籍出版社，1999，第581页。
② （清）彭定求等编《全唐诗》（增订本），中华书局，1999，第3224页。
③ （清）彭定求等编《全唐诗》（增订本），中华书局，1999，第4219页。
④ （清）彭定求等编《全唐诗》（增订本），中华书局，1999，第2476页。

一个"暖"字渲染了情绪上的炽热。燕子却不是这样的意象，它不是间接渲染而是直接表达了"我"的情绪和态度。

蝴蝶在古诗中是春的代表，是享乐主义的浪漫派。它们"不是专心于'色'的追逐，就是致力于'食'的无餍，将食色本能的物质享乐作为生命的全部内容。它爱热闹、匆遽、纵欲、逍遥的生涯"[1]，在近代乐歌中蝴蝶的这种食色本性成为被赞誉的对象，享乐放纵成为自由的形式，浪漫主义成为自由人生的内在价值追求。

四　主体意识观照下的时间与自然

《东方杂志》1918年第4期有"中国雅乐"栏目，栏目编者认为希腊学术"盛于古，衰于中，而复兴于近世，遂为今日文明之母。使吾国雅乐而如希腊学术，则他日之兴盛，或未可量也"[2]。把中国雅乐与西方古典学术比较，足可以看出对雅乐学术价值、美学价值、社会价值的看重，可以看出中国近代乐歌作者对乐歌价值重估的努力。《东方杂志》的编者对雅乐所包含的范围没有具体的界定，但是从编入的歌曲可以看出近代雅乐的具体范围。这一期录入两首歌曲，曲谱、歌词如下：

西江月

（原调中吕宫，此处已改）

凤　额　绣　帘　高　　卷

兽　环　珠　户　　频　摇

---

① 黄永武：《中国诗学·思想篇》，新世界出版社，2012，第74页。
② 夏瑞方、杜亚泉：《中国雅乐》，《东方杂志》1918年第4期。

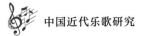

两竿红日上花梢

春睡恹恹难觉

好梦枉随飞絮

闲愁浓胜香醪

不成雨暮与云朝

又是韶光过了

如梦令

遥夜月明如水　风紧驿亭深闭

梦破鼠窥灯　霜送晓寒侵

被　无寐　无寐

门　外马嘶人　起

两首词透过自然界景物节气之变化和"人事界悲欢顺逆"①感发了抒情主人公对生命意识的喟叹和无奈。《西江月》描述的是虚空过往的细致情感，是叶嘉莹教授所说的"诗"鲜少到达之处。与诗所表达的明确主题相比较，这种藏于珠帘绣绢、深闺月影之间的闲愁仿佛不能归结为任何一个主题。闲愁为空，虚妄无望且令人失望，但愁却是实在之感，如同美酒一般，激起肝肠之热，引起漫无边际的情思。这种虚实之间的感受在《东方杂志》中以"雅乐"的定位出现，隐藏着另外一种解读，那就是，这种虚空过往的闲愁已经被视作正常的生命感受，闲愁的产生不是因为对时间的敬畏而是无法把握美好时光的遗憾。这样人性化、人欲化之思与高山流水、渔樵问答一样进入了"中国雅乐"栏目。

本书在"时间意象"中提到，时间赋予生命价值，也令人感受到生命意义的复杂。现代人有意识地追赶着时间，惜时主题的反复出现就说明了这一点，其中"我"是未来时态的主宰和依据。一般而言，惜时乐歌的节奏稍快，情绪激动昂扬。而在以自然意象为主的乐歌中，歌词作者让时间的齿轮暂时停顿在某个时刻，在这个时刻，"我"的焦灼和不安通过"凤额绣帘高卷，兽环珠户频摇"的静态画面和"好梦狂随飞絮，闲愁浓胜香醪"的虚实画面透露出来。但是，这种焦灼和不安有一定的依据，"不成雨暮与云朝"是焦灼的根源，不论是爱情或者其他终究是白白地过去了。"我"之所以无聊是因为生命中没有出现令人刻骨铭心的爱恋，"我"与时间之间实际上是人主动去把握时间而时间不等人的矛盾关系，这种失望与对时间的恐惧所引发的心理感受并不完全一致。

《如梦令》是一首用秦少游词写羁旅之苦的乐歌。全词在沉沉的夜色中展开，静谧的苦和幽闭的深共同催发恐慌的梦魇。突然，梦被老鼠打破，世界开始变动，黑夜被惊醒，一灯如豆毕剥作响，"我"无眠，只能听马嘶人起。整首歌没有艳丽以及错彩镂金的词汇，诗人的情绪通

---

① 〔加〕叶嘉莹：《迦陵论词丛稿》，北京大学出版社，2015，第4页。

过自然之象以表现性的语言表达出来。这首短歌的转折点在"梦破"一句,老鼠夜半窥灯觅食,生动而令人叹惋。小小的老鼠是为了食物在苦苦夜守,"我"又何曾不是为了一片莫须有的光明在羁旅之中苦苦煎熬。这首曲子为 C 调,4 音加入主要强拍位置,54—2 用圆滑线连接,重复 6 次,整曲呈现出诡秘压抑感,老鼠觅食的本性行为在音乐配合之下,成为该曲动机中唯一一个上行旋律,暂时打破了黑沉的暗夜情绪。这样的过片处理,除了曲式结构安排巧妙之外,也令人对鼠窥灯待食的场景有了新的理解。如果说没有加入曲谱的"鼠窥灯"渲染了悲凉无助的人生境遇,那么在音乐的带引下,这一场景成为暗夜中的一个生动的亮点。食色之欲不是生命的全部,却是人最基本的需求,也是迷茫暗夜中闪烁的一线希望,值得被叙述和肯定。

与《西江月》一样,在"我"与夜的对抗中,"我"的焦灼感大部分是源于可望而不可即的光明,是无法在有限的时间中完成梦想的失望,是不得不陷入黑沉沉生命河流的慨叹。夜在这里是"我"梦想的范围,我担忧的不是夜的流逝,而是黎明来临却依旧无法找到摆脱梦魇的希望。这种孤独之感是近代乐歌作者特有的,具有现代意识的乐歌作者是"对自我在世界中和在人之间那无可救药的孤独有着最强意识的人"[1],对孤独的体验与对生命迷惘是现代意识开始的标志之一。"在现代抒情诗中几乎找不到一个以恐惧开始,然后将其挣脱的文本。"[2] 海、潭、沉默、鬼魂和哀怨的烟雾都是"我"迷失的背景。这里的"夜"同样是漫无边际的存在,只有一团烛火还跳动着生命的力量。这力源于最原始的生存欲望,它无意间成为打破诡异迷雾的钟声,成为引路的方向。民初,这样的方向感逐渐淡出,真正漫无边际的孤独开始弥漫开来。

---

① 〔德〕胡戈·弗里德里希:《现代诗歌的结构:19 世纪中期至 20 世纪中期的抒情诗》,李双志译,译林出版社,2010,第 160 页。

② 〔德〕胡戈·弗里德里希:《现代诗歌的结构:19 世纪中期至 20 世纪中期的抒情诗》,李双志译,译林出版社,2010,第 161 页。

本章分析了进化论等新思潮如何引发传统天人关系从依天立道向依人立道的转变，并在乐歌艺术中体现这一变化。第一是时间意象的演变。本章利用文化诗学和文化研究法，探讨了近代乐歌中时间意象的变化，这些变化反映了社会价值和心理状态的演进。近代乐歌显示了从传统到现代的艺术思维转变，强调个体价值和对未来的积极预期，通过艺术手法如叠映和转位来表现时间意象，以"我"或"青年"为核心，表达对未来的憧憬。第二是自然意象的转变。本章阐释了自然意象如何反映社会文化和个体自我意识的变迁，包括审美观照、主题倾向、家国主题、个体与群体关系，以及个体生命意识的探索。这些分析揭示了个体自我意识在艺术创作中的作用，以及天人关系变化对艺术创作的影响。大体而言，本章通过分析乐歌中的时间与自然意象，揭示了近代中国社会价值观念和心理状态的变化。

第四章
中国近代乐歌中的团体格局

近代，差序格局已经无法适应中国社会现代化的要求，类似西方团体格局的社会结构开始形成，传统伦理观念在自身调节与外在刺激的合力推动下开始转型。乐歌的歌词比较充分地反映了这些转变。

第一节　受众所处的伦理信仰场域

历史文化语境即接受语境是乐歌接受的"限制性条件"①，是乐歌文本产生意义的文化空间。接受语境是"文化族群中较为稳定而具有约束力的心理、行为习惯与社会规范"②，影响受众的认知习惯。

从共时性而言，接受语境为乐歌文本的解读提供系统而有必要的依据，形成了乐歌文本意义的运行机制。从历时性角度来分析，文化视野、文化心理与文化成规都导致乐歌接受中经典名录的位移与数量变更，从共时与历时的交叉角度而言，接受语境的生产性体现为乐歌解读提供大体明确的"意义范围"，为乐歌文本阐释提供了准入条件，否定一些现有事实与理论框架中难以接受的解读，为意义阐释的合理性提供

---

① 顾祖钊主编《文艺学教程：中国文化诗学的新阐释》，北京师范大学出版社，2018，第269页。
② 顾祖钊主编《文艺学教程：中国文化诗学的新阐释》，北京师范大学出版社，2018，第269~270页。

依据。近代乐歌受众的接受语境中，政治理念、伦理与信仰层面的文化空间为受众接受提供了大体的意义与价值范畴，也提供或者限制了受众接受的准入条件。具体而言，群己权界、女性主义、虚无主义与大同思想等传播范围较广、影响范围较大的伦理（信仰）成为受众接受语境的重要组成部分。

一　群己权界与英雄人格

近代乐歌多以抒情述理为主，大段叙述性歌词还不常见。短短几十字、一百字左右的歌词难以透露出完整的文化信息。本书综合研究二百余首乐歌，辅以作者生平等史料，力求大体阐述近代乐歌产生的文化场域。

近代是中国社会从一元文化走向多元文化的时期，中国从一个封闭的文化环境进入现代性的多元文化环境。本书所指的文化是开放意义上的，它不同于赫尔德尔笔下的封闭式概念——一个民族的领土和语言的封闭的岛屿。它可能涉及神话、伦理、自然、经济、社会、政治、科学等宏观方面，也包括"从出生到走进坟墓，从清晨到夜晚，甚至在睡梦之中"① 的微观文化，个人的教育、个体和群体的心态、日常的生产和消费等。最重要的是，它包括精神活动的诸多方面，例如艺术、美学、宗教等。本书通过对乐歌文本的分析来透射文化的诸多方面，因为"一个时代的文学创作可以说是时代和大众心理的集中体现，代表着众多社会个体的较为一致的思想情感"②。在古代社会中，家庭是"社会结构的细胞和国家统治的基础，家族伦理规范推广于国家和社会生活的各个领域"③，而个人"只不过是整个宗法网络的一个眼点，并不具有

---

① T. S. Eliot, *Notes towards the Definition of Culture*, London: Faber and Faber, 1948, p. 31.
② 耿传明：《决绝与眷恋——清末民初社会心态与文学转型》，复旦大学出版社，2010，第 2 页。
③ 陈伯海：《文学史与文学史学》，北京大学出版社，2012，第 64 页。

自身独立的地位和人格"①。在近代中国，传统宗法制度下的个人已逐渐脱离群体的固化限制，乐歌中的个人一点点地突破宗法网眼，逐渐拥有独立的地位和人格。这是一个渐变的过程，它的实现以中西伦理文化的体用之变为背景。

中国近代启蒙者为宣传新思想，借助乐歌的形式启蒙学生，新知文化中以进化论、群己权界、男女平等影响最大。乐歌作者所受到的知识层面的冲击以进化论为先，这种直线矢量的进化观念改变了作者对时间-宇宙的看法，主体意识从哲学的先验层面上获得价值。群己权界从伦理层面突破了古代价值体系，为乐歌作者心态的转变提供了十分实际的理论支持。在天赋人权说的冲击下，男女平等的观念开始成为社会的主要思潮，相应的，这一时期女性意象的复杂性尤为突出，男性意象则突出个性特征，与女性意象相互区别又相互联系。

群己权界之分是近代知识资源转换的重要一环，它突破了古代伦理价值的前提，为乐歌作者创作提供了实际的理论资源。一般而言，文学思想都是在哲学思想的影响下形成的，近代乐歌审美领域的雅俗之变、主题裂变、圆形意象塑造、语言上浅而有味的风格都受到当下哲学、社会思潮的影响，其中最突出的思想资源是群己权界说。在近代社会，群己权界说逐渐替代了群己天人相交二重性理论，换言之，以个人权利为中心的伦理道德逐渐取代以义务为中心的伦理道德，成为新知群体的追求。

这种思想上的巨变主要受到西方哲学的影响。西方的伦理文化进入中国，首先是通过严复于1899年着手翻译、上海商务印书馆于1903年出版的《论自由》（*On Liberty*，约翰·斯图亚特·密尔〔John Stuart Mill〕）一书。严复将书名译作《群己权界论》，书中论述了"群己界线"：公域讲权力，私域曰权利；公域讲民主，私域言自由。群者，群

---

① 陈伯海：《文学史与文学史学》，北京大学出版社，2012，第64页。

体、社会公域也；己者，自己、个人私域也。① 《群己权界论》对自由的内涵，对个人与群体、公域与私域间的权界论析具有开创性的意义。这种开创性逐步地把个人从群的概念中解救出来，中国人开始觉悟到与生俱来的个体价值，个人必须在群体关系中定义价值的传统社会伦理评价体系受到挑战。传统伦理"对'人'下的定义，正好是将明确的'自我'疆界铲除的，而这个定义就是'仁者，人也'……只有在'二人'的对应关系中，才能对任何一方下定义。……这类'二人'的对应关系包括：君臣、父子、夫妇、兄弟、朋友"②。《群己权界论》的相关论述严格区分个人"权利"与群体"权力"，"公"与"私"的界限划分基本清晰。在此基础上，个人与国、家、社会之间逐渐形成互爱、互动关系，个体与国家之间长期存在的仰望视角消失，国家对个人不再具有天然的优势："个人-国家二元的关系模式下，国家在逻辑上是派生出来的产物，因此，在西方主流的政治思想和政治哲学中，国家的地位远低于个人的地位。"③ 正是基于这样的认识，个体才有可能挣脱群体力量束缚而获得价值。在对群体的态度上，自由意志是群己之分的依据，西方哲学在实践理性批判的层面上讨论自由与道德的实践意义，自我意识是善恶伦理判断的基础与前提，自由意志则在实践中完成。"如果一个人没有自由意志，他是被决定的，那么他的行为就既谈不上善也谈不上恶，也谈不上既善既恶、非善非恶、善恶相混，因为他的意志、他的行为是不自由的。"④ 近代思想家正是看到了这一点，看到了中国古代伦理在深层结构上对个人权利的压抑，才准确地找到了群己之说，并试图以此启蒙有自由意志的扩张型人格。

在这场思想的战役中，自由意志的启蒙过程与前文所述的宗法伦理

---

① 〔英〕穆勒：《群己权界论》，严复译，商务印书馆，1930，第89页。

② 〔美〕孙隆基：《中国文化的深层结构》，广西师范大学出版社，2004，第13页。

③ Vernon Van Dyke, "The Individual, the State, and Ethnic Communities in Political Theory", *World Politics*, 1977（4）.

④ 邓晓芒：《康德哲学讲演录》，商务印书馆，2020，第242页。

产生了矛盾。20 世纪初期，钳制中国人主体权利意识的不是某宗教，而是旧伦理的糟粕——传统伦理文化中不合理却十分有生命力的部分。近代中国文化的"祛魅"不是在反宗教而是在反儒家文化的声浪中进行，人的自我意识、主体权利意识的产生不是与神对立，而是与腐化的伦理相对立，这是一个合理的、区别于西方现代化的中国现象。在古代中国，占据思想统治地位的儒家文化没有经过组织化与形式化，未曾发展出中古欧洲教会一般的组织，其核心价值始终着眼于现实社会。儒家文化的功过不能一概而论，它所承载的文学、文化、思想都有可能转化为现代文化乃至世界文化的一部分，但是这是一个去粗取精的现代化过程。传统"儒教"虽然没有组织化、系统化，但是它衍生出的虚伪伦理和压抑人性的主张令人窒息。罗素在《西方哲学史》中的《论浪漫主义运动》一文中强调："浪漫主义运动从本质上讲目的在于把人的人格从社会习俗和社会道德的束缚中解放出来。这种束缚一部分纯粹是给相宜的活动加的无益障碍，因为每个古代社会都曾经发展一些行为规矩，除了说它是老传统而外，没有一点可恭维的地方。但是，自我中心的热情一旦放任，就不易再叫它服从社会的需要。……浪漫主义运动把这种反抗带入了道德领域里。由于这运动鼓励一个新的狂纵不法的自我，以致不可能有社会协作，于是让它的门徒面临无政府状态或独裁政治的抉择。"[①] 在与原有道德的对抗过程中，英雄和游离于社会边缘的游子往往成为对抗传统道德束缚的主导力量。"英雄继续真实地存在，他们不只是通过遗传，而是现在依据与他人的谈话来定义自己。他们仍在网络之中，但在其中他们对自己的定义不再靠给定的历史性社团。它是挽救遗址（the saving remnant），或者志趣相投的人的团体，或是哲学家群体，或愚蠢大众之中智者的小集团，就如斯多葛学派所理解的，

---

① 〔英〕罗素：《西方哲学史》（下册），马元德译，商务印书馆，2015，第 242~243 页。

或在伊壁鸠鲁思想中扮演这种角色的紧密的朋友圈子。"① 这些意象都具有超脱原有伦理秩序的可能性，前者由天授的使命感驱使，后者依靠本能的力量。他们体现的主体意识呈现向上的倾向，是现代性三大指标中最重要的一环。正是借由这样的精神，他们才有力量突破原有的他律化自我，逐渐获得独立的地位和人格。

在群己权界理论的影响之下，中国近代乐歌展现出了与西方浪漫乐歌相似的艺术特征，同时，鉴于中国近代文化语境的特殊性，近代乐歌也有其独特的艺术特点。西方浪漫音乐在其社会学、哲学思潮引导下，用音乐的形式塑造了诸如漂泊者、英雄、仙女等意象，张扬的个体的生命意识几乎是作品的全部内容。主题意象从类型化意象中分裂出来，幻想与对未来的期许同步而行，情爱与生命的意义不可隔离，自然的风景中绽放出感性的光感和热度。其中英雄人物如同西方浪漫主义时期塑造的大多数人物一般充满了热情的憧憬与浪漫情调，每一个英雄人物都是一个孤独的朝阳，为世界带来炫目的光和热，却也如同太阳一般与孤独永久相伴。乐歌中的英雄意象同尼采的超人意象在精神气质上有部分重合。

中国近代乐歌的意象与西方浪漫哲学思潮引导下的音乐意象有类似之处，但是由于不同的文化语境，歌曲主题结构、意象浮现方式、语言方式都不尽相同。乐歌中个人与家庭成员之间的义务关系逐渐消失，乐歌作者想要展现的是别尔嘉耶夫所谓的"个体的爱"："爱指向具体的个性，寻找与自己的近人和亲人的结合。精神的爱，不懂得心灵的爱，不与心灵结合的爱，抽象的、感情贫乏的、无个性的爱不是爱，这样的爱可能是残酷的、狂热的和无人性的。"② 近代乐歌中的人物意象还不能从所有的社会角色中撤出，并且"我"还无法对这些外铄的身份作

---

① 〔加〕查尔斯·泰勒：《自我的根源：现代认同的形成》，韩震等译，译林出版社，2012，第 54 页。

② 〔俄〕别尔嘉耶夫著，方珊、何强、王利刚选编《美是自由的呼吸》，山东友谊出版社，2005，第 202 页。

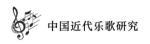

出内省式的考量。

二　男女平等之下的神性缺失与补偿

近代，乐歌作者大都在女性-家国大义层面肯定女性的平等与自由等权利，以女性的神性化弥补近代中国主流信仰的神性缺失。

男女平等是近代乐歌作者知识资源更新的重要一环。天赋人权、人人平等的观念开始成为社会的主要思潮。不可否认，相对于传统女性意象而言，女性的扩张型人格是对传统奴性女性人格的反驳。"儒家思想中的诸如家庭忠义、孝道、贞洁、三纲五常等观念已被西方思想中的个人主义、自由思想和男女平等观念代替……年轻一代的中国人开始宣布从家庭中独立出来，并把儒家教导的各种人伦关系，斥之为过时和封建。"① 在这个过程中，男性为实现个体价值而努力，女性则在男性的观照下从第二性向第一性转变，转变过程中逐渐形成一种具有近代中国艺术特色的扩张型女性人格。乐歌中的扩张型女性意象在艺术塑造手法、形象表现方式、作者助言等方面都具有一定程度上的一致性，但同时也有本质性的分裂。如前文女性的圆形意象部分所述，对国家的奉献造就了女侠的神性人格（从乐歌的实际来讲，不包括其他文学类型），神性化的女性是男性性别视角下的圆形人物意象，神女是男性榜样的升华，大量"神女"意象的出现，既体现了男性对女性的规定性认同，也是一些女性自觉自愿的自我认同方式。这种悖论式的女性人格塑造与当时知识界所提倡的女权意识有关。值得注意的是，近代女性的平权意识不是天赋人权，而是男赋女权，是古代男尊女卑思想的现代化变种，女性所获得的是有限度的自由和有目的的平等。此时，获得平等和自由的女性人格与古代男性士子类似，但又缺乏古代士子较为深刻的生命体验。这就为清末女性圆形意象的分裂作出了认知层面的解释。

---

① 〔美〕徐中约:《中国近代史》（上册），计秋枫、朱庆葆译，香港中文大学出版社，2002，第432页。

在近代有关女性主义的译著和论述中，马君武的《斯宾塞》得到了广泛传播。此外，他发表于 1902 年的一篇纪实性人物传记《女士张竹君传》也能体现他对当下扩张型女性意识的认同与他的局限。在女性问题上，马君武提倡以平等为自由的前提："人莫不有平等之自由 Equal freedom，男人固然，女人何独不然？本人类之良知，以定为法律，妇人莫不有良知也，故莫不于法律界有同著之力。且自道德感情论之，男人有心才以崇德行守法律，女人亦然。"① 这是一个根本性的认知，在这样的基础上，一切才成为可能。在《斯宾塞》这篇纲领性的译文中，"天赋人权"的"天"与良知成为相互混同的概念。文中主张男女同权者乃是自然之真理，然而，自然是什么，文中没有具体解释，上帝与"天"的关系文中也没有阐释。这种先验性思考的缺失，导致了近代男女平权理论构建体系的不完善性。西方启蒙主义天赋人权的根本意义是赋予人生而平等的权利，这个概念因为"天"是先验性、真理性、理念性的存在，具有自然而然、不言自明的意义。换言之，必须以天赋人权代替君权神授，这是一个苏格拉底式的前提批判，是实现一切理论与实践的前提。

在西方文化语境中，"天"与"神"的概念往往不好区别。启蒙运动后，虽然制度化的教会权威在近代科学的冲击下分崩离析，但是基督教精神仍作为价值来源弥漫在各个文化领域。神在《斯宾塞女权篇》中并不突出，模糊性的良知是个复杂概念，是自然之天、神明之天和心的混合体。混合概念表达与清末尚未脱离伦理之天-君权天授-民权君授的现实语境有很大的关系。同时，对神的否定导致女性必须将自己神化来补偿神性的缺失。如果平等失去了其天然神力，变成一种手段，那么女性作为手段的具体实行者就必须具有神性，只有这样才能有在否定天赋人权的前提下赋予女性平等的可能性。"竹君虽信耶稣，然绝不谈《创世记》、《默示录》诸等荒诞无据之语。其所提倡者，天父一尊、众

---

① 莫世祥编《马君武集》，华中师范大学出版社，2011，第 15~16 页。

生平等、爱敌如友、君为民役诸最精之论而已。"① 《创世记》是圣经
《旧约》中最核心的部分，是基督教能够作为一种精神皈依的前提性存
在，对它的否定意味着宗教终极信仰价值的缺失。天赋人权在翻译中失
去了终极的价值来源，因此译者以其他价值弥补。女性平等成为一种法
律保护的权利，而非女性作为人拥有的天然权利，导致女性须"争取"
平等继而获得自由。这种理论引导女性以一种更为神性而非人性的姿态
来实现她们的权利。先验性伦理逻辑的缺失，导致了现代女性意识觉醒
初期不可避免地要走偏激的路。

本书女性意象涉及的三个主题——黍离、爱情、家庭——可以从女
权的翻译文论中追溯到主题思想产生的源头。在黍离乐歌的国家个人结
构关系中，女性体现出一种比较自觉的责任意识，她们一改"腐败妇
女之柔魂"而成为"中国之女豪杰"②。"国者，人所合成，故人人当自
尽其个人之义务，若如是言，乃教人惰也，人岂雀鸟之比乎？"③ 强调
女性在国家大义面前应尽的义务。为了肩负起这个责任，她们才需要自
由。"吾谓自由可以行星之运行比之。其运行，自由也。其运行而遵其
一定之轨道，此其界也。"④ 女性的自由，以及女性所理解的自由，是
在一定范围内的自由，这点论述很精辟。无限制的自由会破坏他人的权
利，只有在各自规定下的自由才具备道德的可信度。同时，通过上下文
的分析，可以看到作者对自由的看法是有一定局限的：她的自由要在服
务国家的范畴内，个人自由不能脱离报效祖国的轨道，"知识女性接受
了新式教育，形成自己独有的知识体系，同时也形成了独有的价值观
念，重新审视了女性在国家社会家庭中作用，开始向传统女性家庭角色

---

① 莫世祥编《马君武集》，华中师范大学出版社，2011，第3页。
② 莫世祥编《马君武集》，华中师范大学出版社，2011，第3页。
③ 莫世祥编《马君武集》，华中师范大学出版社，2011，第4页。
④ 莫世祥编《马君武集》，华中师范大学出版社，2011，第4页。

作出挑战，重新定位自己的角色"①。在乐歌研究范围内，个人国家关系的伦理定位依旧以义务为中心，并以女性对国家的义务、国家对女性的权利为重点。

在情爱婚姻主题中，家庭已经成为阻碍自由的牢笼，不婚主义盛行。"竹君持不嫁主义，以为当舍此身以担今日国家之义务，若既嫁人，则子女牵缠，必不能如今日一切自由也。"② 从中可以看到，有些女性为了对国尽义务，主动认可有限度的自由。女性的扩张型人格在情爱主题中出现，但是要实现男女平等，女性要努力提高心智，积极学习，完全脱离旧有的生活才是她们的出路。"发明男女所以当平等之理，以为女人不可徒待男子让权，须自争之。争权之术，不外求学。又不当为中国旧日诗词小技之学，而各勉力研究今日泰西所发明极新之学。"③ 女性以决绝的姿态争取平等，求学是实现平等的途径，而平等又是救国的手段："提倡女学的最高宗旨实为救国，平等在此仍是手段而不是目的……"④ 本书论述的清末女性意象的突破和局限就是在这样的理论指引下完成的。"女权主义批评是以女性为主体的文学批评。它有两个基本的出发点，一是从女性的角度重新审视整个文学史；二是建立妇女文学的独立王国，乃至建立一种完全表现女性世界的文学。"⑤ 这样的理想是美好的。理想处于刚刚起步的阶段，近代乐歌的创作还处在双重视角、"第二性"、神性信仰缺失的思维之下，其艺术价值的进步与局限都是过渡时期的必然结果。

与清末纷繁复杂的文化变革相比，民初的乐歌在文化层面更多地受到个人虚无主义的影响。虚无主义的产生与大同思想的兴起有关，两者

---

① 黄旭初：《清末民初现代知识女性群体的形成——以传媒界女性为重点》，鲁东大学，2016，第11页。
② 莫世祥编《马君武集》，华中师范大学出版社，2011，第4页。
③ 莫世祥编《马君武集》，华中师范大学出版社，2011，第4页。
④ 夏晓虹：《从男女平等到女权意识——晚清的妇女思潮》，《北京大学学报（哲学社会科学版）》1995年第4期。
⑤ 康正果：《女权主义文学批评述评》，《文学评论》1988年第1期。

加速了传统伦理的消亡，也加剧着新伦理建设的危机，加之政治权力更迭动荡的乱象，最终导致了民初文化的乱象。词人的中年心态是民初文化变革的综合体现，它以看似平和的方式加剧着艺术的分裂。

康有为的《大同书》单行本刊行于1919年，梁启超在《清代学术概论》中将《大同书》的内容概括如下："一、无国家，全世界置一总政府，分若干区域。二、总政府及区政府皆由民选。三、无家族，男女同栖不得逾一年，届期须易人。四、妇女有身者入胎教院，儿童出胎者入育婴院。……十一、警惰为最严之刑罚。十二、学术上有新发明者，及在胎教等五院有特别劳绩者，得殊奖。十三、死则火葬，火葬场比邻为肥料工厂。"① 康有为依据《春秋公羊传》之说，把社会的发展分作据乱世、升平世、太平世三世。大同的世界无国家、无家族、无家庭，夫妻同栖在于繁衍后代，食堂取代家庭，人的生老病死变得系统化。在大同的世界中，生没有人间性，死后如同草木一般化作肥料，任何事情都像数学公式那样应然。从中可以看到一种彻底与儒家传统伦理背离的理论：不但忠孝节义的伦常关系不复存在，连夫妻关系都是降格为合作关系，平等以消除人间性的方式实现。

与清末的创世激情相比，民初的颓败击碎了一切幻想。新的国家已经建立，生活却更加艰难，兵患与匪患混淆不清，曾经的新知——平等、自由、新国家都变成了笑话。1913年《大共和日报》中有一组《议员五更叹（银纽丝调）》，部分歌词如下：

> 二更时议员暴有钱，京师小住黑地昏天。
> 三百元，清晨似活鬼到晚登仙。
> 总会还冤债，胡同写肉捐，看财奴早早修书接家眷。
> 有时出席信口胡言，提什么娘的案争什么鸟权。

---

① 梁启超撰，朱维铮导读《清代学术概论》，上海古籍出版社，1998，第81页。

我的老天爷，好一对参议院同众议院。①

如果说曾经的希望如同幻彩的泡沫，清末的乐歌作者生活在其中，那么当泡沫一瞬间破灭的时候，他们都摔在了地上，巨大的挫败感夹杂着不甘与愤怒，促使扩张型人格迅速转变为虚无性扩张型的人格类型。这种人格类型在国家民族、家庭、事业、伦理衰落的时候，既没有如同传统士子一样退回到"心"，也没有形成完全的压缩型人格。他们以避世的方式探寻新的精神彼岸。虚无是万般无奈之下的精神抗争，以精神的虚空对抗现实的虚空，以表象的颓唐掩饰内心的躁郁不安。"知识分子已经突破了传统的'儒道互济'的心理模式，尽管有时候，他们也在悒郁悲戚的恶劣心绪中表达一些渺茫的出世的向往，然而，那超脱的、隐逸的甚至不老不死的神仙境界毕竟一去不可复得了。"② 如前文所述，李叔同乐歌中的抒情主人公在分裂的情绪中寻找禅境，其他乐歌作者更是将那种不可调和的精神歌唱得淋漓尽致。

1912年有一些直接写大同思想的乐歌陆续发表，例如《社会主义歌第一》（本书根据原文与曲谱为该词加句读）：

> 递嬗今，社会何始何终？始于蛮野，终焉大同。
> 此中阶级层层，家族军国束缚重重。
> 孰主张是，孰纲维是，孰居无事，推而行是。
> 是在我辈，破除一切，别开乾坤，
> 平等主义贵劳动，共产弭兵，兼爱尚同。
> 尚同尚同，勉企大同。③

---

① 丹斧：《议员五更叹》，《大共和日报》1913年。
② 刘纳：《嬗变——辛亥革命时期至五四时期的中国文学》，中国人民大学出版社，2010，第 227 页。
③ 不详：《社会主义歌第一》，《社会世界》1912 年第 2 期。

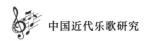

社会始于野蛮而终止于大同，此过程中阶级、家族、军国重重的束缚都由我辈来破除。"尚同尚同，勉企大同"，大同的思想就是要彻底破除军国、家族体制，要把现有的一切都扫除。

《社会主义歌（续）》的几段歌词：

> 蛮野兮，过去复何云
> 家族兮，现多困其中
> 军国兮，将见祸无穷

> 试问家族，云何困其中
> 有家族，有遗产，有遗产，贫富安得同
> 贫富不得同，一切不平等，讵非困其中
> （大道之行，三代之英，不独子子，不独亲亲）

> 军国兮，云何困其中，兵祸讵非将无穷
> 有国界，强吞弱者肉
> （一切众生，无不平等，万种同源，焉可相争）

> 递嬗兮，社会何去何从
> 群势所趋，乃在大同，

> 大同兮大同，社会兮改革舍此
> 目的兮安穷①

两首乐歌发表于《社会世界》，野蛮的世界、家族的覆灭、军国的

---

① 不详：《社会主义歌（续）》，《社会世界》1912 年第 3~4 期。本书根据原文与曲谱为该词加句读。

衰败都是歌词作者大同的虚无性向往的原因。康有为说，大同世界的到来，不必经过革命，不用流血、不用武力，不用承受军阀统治的乱世，只依靠仁人宣传大同世界，获得大多数人认可，世界便会自然成为应然的样子。这个过程十分缓慢，要经历千年才能看到希望。他认为大同思想是实现平等的另一种途径。

大道之行三代之英的说法明显带有儒家学说痕迹。乐歌作者认为要实现"故人不独亲其亲，不独子其子，使老有所终，壮有所用，幼有所长，矜、寡、孤、独、废疾者皆有所养，男有分，女有归。货，恶其弃于地也，不必藏于己；力，恶其不出于身也，不必为己。是故谋闭而不兴，盗窃乱贼而不作，故外户而不闭。是谓大同"①的社会，首要的是消灭家族，因为有家族就有遗产，有遗产则贫富不均，不能实现人人平等。如果说清末之男女平权、人人平等是通过学习新知、改变社会现实的政治状态来实现的。民初，乐歌作者所指的平等是消除贫富差距——以一种近乎幻想的形式来实现平等。从这两个阶段的乐歌可以看出，乐歌作者对平等的追求始终着眼于实践层面，极少思考天赋人权的根本性问题，这就造成了一种缥缈的虚无感，虽然这虚无具有反抗绝望的意味。

20世纪初兴起的佛学思想为大同学说提供了信仰基础。佛学思想不断调试，并始强调心智，"转识成智、转迷成悟的启蒙方式的设计，给清末民初佛教文学家以极大的启示，使其深刻意识到国民精神启蒙和心性改造的必要性和重要性，认识到文艺这种社会意识形态对国民精神影响的重要意义，也启发了佛教文学家对通俗文体和白话文学的重视"②。20世纪初，佛学也处于转型期，"佛学思想由出世转向入世。这种倾向在戊戌变法前后表现得比较明显。当时的革新派的一些领袖人物

---

① （汉）郑玄著，（唐）孔颖达正义，吕友仁整理《礼记正义》，上海古籍出版社，2008，第875页。

② 谭桂林：《清末民初中国的佛教文学与启蒙思潮》，《中国社会科学》2010年第3期。

把西方的平等博爱与孔孟的大同说及佛教的'众生平等'、'度己度人'思想混糅在一起，来锻造自己的社会理想。在他们手里，被改造过的佛学又变成了改造社会的思想武器，佛学与政治紧密联系在一起"[1]。佛学的近代转向通过心智启蒙社会，对世界持不直接干预态度，佛与尘世若即若离。李叔同早期读的是蒲益大师的《灵峰宗论》："须猛念身世无常，幻缘虚假，人道难生，佛乘难遇。失此不求度脱，千生万劫何期！便将是非人我、体面界墙、身见慢幢、爱染情性，全体放下，不复踌躇。"[2] 佛学虽然舍弃了宗教的一些外部表现形式，但仍保留其宗教性价值来源。因此，佛学为大同思想提供的是一种去欲后的反抗，心智成悟的思维依旧存在，激励乐歌作者继续在荒原上追求，在废墟上求索。

第二节　近代乐歌中个人与国家的互爱关系

近代乐歌随着新式学堂的建立而兴起，乐歌是用于授课的教材，其用意在于以"几于礼矣"[3] 规范学生的行为，在礼崩乐坏的时代以最快的速度塑造新伦理。

近代乐歌主题意象的裂变是乐歌词体转变的根本依据，立象尽意的目的是传达"意"之变。近代乐歌没有突破古代乐歌的主题范畴，而是在那"方寸象牙上精描细画"[4]，在原本类型化的主题中寻求艺术的突破，语言与乐曲的配合上各有特色，其中反映个人与国家新伦理方向的意象有英雄、游子、神女、佳人等。

---

① 陆草：《佛学与中国近代诗坛》，《文学遗产》1989 年第 2 期。

② （明）蒲益大师：《灵峰宗论》上册，弘化社，第 80 页。

③ （汉）郑玄注，（唐）孔颖达正义，吕友仁整理《礼记正义》，上海古籍出版社，2008，第 1458 页。

④ 〔英〕E. M. 福斯特：《小说面面观》，冯涛译，上海译文出版社，2019，第 80 页。

一 游子、英雄中的自我镜像

中国近代，随着外来经济的冲击，传统的小农经济开始凋敝，乡绅阶层衰落，家族纽带弱化，城市兴起，市民阶层形成，个人与国家之间逐渐形成直接而现代的平等关系。与古代诗词相比，在该时期的乐歌创作中，长安情结不再占据重要地位，个人对君主的仰望视角逐渐消失，隋宫取代长安成为典型的歌词意象；游子意象侧重表达个人生存权利的正当性；英雄意象则着重私我之志的表达。两个主题中的意象都从脸谱化、类型化转变为具体的、活生生的圆形意象。这些变化是新兴主观诗学的意象化展现，是传统审美意识雅俗正变的现代延续，是对群己、天人相交渗的二重性传统道学的自然疏离，是乐歌作者心态转型与文道之变相互作用催生的文学现象。该时期梁启超的《爱国歌》《黄帝子孙尽雄武》，李叔同的《大国民》《爱》，鲫士作词的《时事曲·仿吴歌体》，华振的《大国民》《秋士吟》，《妇孺报》连续刊载的《党人碑》《骊山泉》《清谈误》《新亭泪》等都突出了游子英雄意象。

近代，在国势维艰、大厦将倾的境遇下，乐歌作者将愤懑的黍离之悲与激越之情相互融合，形成了具有现代意味的黍离之词。在这些创作中，一种私我之情逐渐从群体中脱离，"我"与"国""族"之间逐渐形成了互动关系，生而平等与个人自由是互动的基础，人人皆可成为英雄则是互动的条件，抒情主人公所希冀的互动之爱是未来的理想与现实动力。以游子意象为主的乐歌期望唤醒"想做奴隶而不得"的中国人，歌词着重突出"个人"的感受，侧重生存权利的表达，以一个自由之人的口吻吟诵忧生之歌。以英雄意象为主的乐歌则在个人平等的基础上，突出强调了国民与英雄两个概念，英雄侧重个人功利心的私我表达，现代个人英雄主题思想初露端倪。与此相对，乐歌有意识地贬低或模糊国之象征对象，例如慈禧太后和长安。现代观念烛照下的英雄代替君主与长安成为新的国家象征。李叔同的《爱》表达的希望"国"能爱我之意尤其突出，在个人自由、人人能够成为英雄的时代，现代英雄发出了千年来未有之声响，"愿我爱国家，愿国家爱我，国家爱我，灵魂不死者我"。虽然国家之爱如同河流，全无来由也无去处，但是它却真实存在。英雄圣贤维持独立人格的基础是国家确保对其基本权利的保障，维持晋级之路的畅通。英雄对国之爱是"哀吾生之无乐兮，幽独处乎山中。吾不能变心而从俗兮，固将愁苦而终穷"① 的独立不迁之忠贞。这种爱本来指向个体对国之爱，在这里被李叔同变为互动之爱。近代乐歌有很多都体现出了个体-国家互爱的概念，歌词从个体的生存感受出发，要求生存与发展的空间。这种互爱的模式具有现代意味，是新型社会关系的艺术化体现。

乐歌主题的变化集中体现在"我"对国家爱恨交织的情感上，体现在对自我价值的矛盾认知上。在近现代历史语境下，个人与国家的关系开始由单向的付出向双向互动转变。黍离主题意象受其变化影响较大。近代乐歌抒发黍离之情的歌词数量颇多，不论是模仿、借用还是创作，其艺术结构通常是在忧生-忧世的结构发展中塑造人物意象，在个体（己）-国家（群）关系中突出主题，人物意象从类型化向圆形转变，私我的生命感受与心理描写成为圆形意象浮现的出发点。忧生与忧世主题下的人物意象在个体与国家的对抗中产生：游子意象尽力表达生存的合理性，英雄则侧重于个体发展权利的诉求。乐歌语言风格的口语化、散文化为人物意象塑造提供了语料。

（一）忧生主题的游子意象

清末乐歌歌词中的游子意象突出，值得注意的是乐歌的忧世情怀通常从诗人个体的角度表现出来，表达诗人对个体生命的忧虑。冯延巳《鹊踏枝》一词并非表达个体之外的感情，但王国维拈出其中"百草千花寒食路，香车系在谁家树"② 二句，则使之成为忧世之词的代表，正

---

① 沈德鸿选注《楚辞》，商务印书馆，2018，第60页。
② （南唐）冯延巳：《阳春集》，世界书局，2011，第5页。

是因为该诗从个体的感受出发表达一个时代一个群体的忧虑，忧世情怀隐藏在作者的私我生活感受和生命体验中，对后来读者造成的感动不亚于"南朝千古伤心地，还唱后庭花。旧时王、谢，堂前燕子，飞向谁家？恍然相遇，仙姿胜雪，宫髻堆鸦。江州司马，青衫湿泪，同是天涯"①对座客的震动。在近代乐歌作者的观念里，国家与个体的关系是建立在平等基础上的权利义务关系，当生存受到威胁时，个体对国家的不满情绪自然发生，反之亦然。

李叔同《国学唱歌集》作为一个简易的中国文学歌词选本，在选词上突出从忧生的角度去写忧世，将个体的生存和发展放在与国之利益同等的层面，把"先天下之忧而忧，后天下之乐而乐"的情怀隐藏在自我情绪中，凸显了一系列富有生命活力的圆形人物意象。《葛藟》（1905）是《诗经·国风·王风》中的一首，歌词如下：

> 绵绵葛藟，在河之浒。终远兄弟，谓他人父。谓他人父，亦莫我顾。
> 绵绵葛藟，在河之涘。终远兄弟，谓他人母。谓他人母，亦莫我有。
> 绵绵葛藟，在河之漘。终远兄弟，谓他人昆。谓他人昆，亦莫我闻。②

歌唱《葛藟》之人将自己无所攀附的流浪命运与有所依附的植物相比较，抒发了人不如物的感慨。"终远兄弟，谓他人父。谓他人父，亦莫我顾……谓他人母。谓他人母，亦莫我有……谓他人昆。谓他人昆，亦莫我闻。"这首反映"民穷"的忧世乐歌描述了主人公在流浪生活中不得不认陌生人为亲人却不能得到回报的境遇，寄人篱下的忧郁与

---

① （宋）洪迈撰，孔凡礼点校《容斋随笔》，中华书局，2015，第132页。
② 程俊英、蒋见元：《诗经注析》，中华书局，2017，第225~227页。

愤懑一重重地抒发出来。朱熹《诗集传》云："世衰民散，有去其乡里家族而流离失所者，作此诗以自叹。"[①] 从无人可亲近的感受出发写"世衰民散"之境况，见微知著，真实可感。

《繁霜》（1905）歌词部分节选自《诗经·小雅·正月》，更改了歌名，其选取部分为：

> 正月繁霜，我心忧伤。民之讹言，亦孔之将。
> 念我独兮，忧心京京。哀我小心，癙忧以痒。
> 忧心惸惸，念我无禄。民之无辜，并其臣仆。
> 哀我人斯，于何从禄？瞻乌爰止，于谁之屋？
> 瞻彼中林，侯薪侯蒸。民今方殆，视天梦梦。
> 既克有定，靡人弗胜。有皇上帝，伊谁云憎？[②]

歌词选取了个人生命体验最为深刻的生存问题："哀我人斯，于何从禄？瞻乌爰止，于谁之屋？"可悲我们若亡国，利禄功名哪里求？看那乌鸦将止息，飞落谁家屋檐头？乐歌作者深切感受到无处谋求功名利禄、无立锥之地的现实，在这样的个人体验基础上引发了哀世情绪。李叔同引用了"既克有定，靡人弗胜。有皇上帝，伊谁云憎"，意思是：如果天命已确定，没人能抗拒。如果上帝最英明，究竟恨谁请相告？歌词结尾的问句突出了个体对既定命运的"天问"意识，几近直白地写了对"天"的不满，对"命"之所归的质疑和抗争。这种个体对命运的不顺服是先秦道统未定之时的一种自然抒发，经历千年，李叔同引用这首乐歌则含有个人对"道"的质疑和反抗。

《黄鸟》（1905）则基本保留了原有歌词：

---

① 程俊英、蒋见元：《诗经注析》，中华书局，2017，第 225 页。
② 企释、培安编《李叔同——弘一法师歌曲全集》，上海音乐出版社，1990，第 2 页。

黄鸟黄鸟，无集于毂，无啄我粟。

此邦之人，不我肯毂。言旋言归，复我邦族。

黄鸟黄鸟，无集于桑，无啄我粱。

此邦之人，不可与明。言旋言归，复我诸兄。

黄鸟黄鸟，无集于栩，无啄我黍。

此邦之人，不可与处。言旋言归，复我诸父。①

　　这是一首流亡思归的诗歌，五六小节采用急进下行，强调末世流寓不得活的主题，乐曲风格悲切凄婉。黄鸟意象设定为感时伤逝之鸟，是歌者命运的意象化体现，邦族、兄弟、父辈成为歌词中思念的对象。在古代，粟是一种食俸，是主要的俸禄形式，黄鸟来啄粟，等同诗人在异邦的生存受到威胁。抒情主人公从一个具体的生活场景引出兴发之感，直接而真实。此外，这首诗歌以个体忧生为基础，以个人不得活的悲戚情绪为中心，连接了宗族、家族、父兄，将忧世之情通过忧生的体验抒发出来。宗族、家族、父兄的排序有着明显的先后顺序，三个概念有等级区分和相互涵盖的意味。孔颖达疏："故我今回旋，我今还归，复反我邦国宗族矣。"② 这里的邦国宗族是一个复杂的概念，邦国由宗族构成，宗族是与个人息息相关的中间群体。中间族群的离散和消失使个人流离失所，他们失去了宗族的庇护，如同久旱无水的土地，干涸衰败。实际情况可能是，这些人纵然有兄、有父，却无以为家，纵有良田千亩，却无以我粟。乐歌中热望与冷静对撞，异国的冷遇与耻辱催生归国、归乡、归家的梦想，诗人以无比忧愤和热切的笔调表达自己的思归之情。可是，邦国已然衰亡，乡土安在？家园安在？对于诗人而言，邦国的衰亡就是造成他流亡寄居的根本因素，回归繁荣的故乡是根本不现

---

① 企释、培安编《李叔同——弘一法师歌曲全集》，上海音乐出版社，1990，第 2 页。

② （汉）毛亨传，（汉）郑玄笺，（唐）孔颖达疏《毛诗正义》，北京大学出版社，1999，第676 页。

实的想望。作为一个有知识的贵族后裔，诗人的热望被现实世界阻断，被他的冷静思考阻断，他根本就无路可走，无家可归。不切实际的渴望和"言旋言归"的急切心情形成张力，体现了思乡主题的多义性与复杂性。李叔同在《诗经》的几十首思归诗歌中选择这首，大概是这无望的思归之心打动了他，或者是贵族文人特有的感性情绪触动了他，是"活着"这一最基本的信念感动到他。

综上所述，这几首入选李叔同《国学唱歌集》的乐歌都侧重于对私我生存境遇的观照和表达，体现了对个体生命的尊重。活着的信念是激发家国情怀、黍离之悲的内在驱动力。生存困境逐渐消解乐歌作者对国家的仰望视角，构建起个人与国家、族群之间的新型关系。如果说"按照我们民族的传统，个人的情志跟群体规范乃至天理性命是相互依存的，个体生命的振动中常会交响着群体生命和宇宙生命的乐音，所以意象作为生命显现，也就具有这种群己、天人相交渗的二重性"①，那么，近代乐歌突出的则是二重性中个人与国家的悖论关系。

（二）忧世主题的英雄意象

在互爱关系的规约下，个人与国家之间的情感关系复杂化。上文提到的忧生体验成为新型关系的主要切入角度，是乐歌作者个体意识觉醒的体现。此外，乐歌作者对个人的重视还体现在英雄意象的复杂化上。在艺术塑造上，英雄意象与游子意象既有区别又有联系，二者所反映的个体-国家关系都建立在平等的基础上。游子意象侧重个人生存，英雄则侧重个体发展，从个体的角度审视历史、国家与个人的关系，从个体角度重新审视世界观、价值观转变下个人与国家的关系。本书具体通过英雄私人时间与历史时间的对立展现、侠的政治功利心、英雄意象神圣化与国之象征三个方面来阐释英雄与国之间的关系。

传统的英雄有精忠报国的志向，对国家鞠躬尽瘁是实现个人价值的

---

① 陈伯海：《中国诗学之现代观》，上海古籍出版社，2006，第152页。

根本途径之一。但是这种价值实现方式往往与忠孝节义联系在一起，忠于君主是英雄实现个体价值的前提，个人与国家之间是单向服从的基本关系。古代的英雄意象可以分为两种。一种是功成名就、万世称颂的英雄，他们"酾酒临江，横槊赋诗，固一世之雄也"[1]，是少数的开创性人物，画图凌烟阁留忠义之名是多数人所向往的实现个体价值的途径。另外一种则是失败的英雄。杜甫在《蜀相》中有"出师未捷身先死，长使英雄泪满襟"[2]的哀恸之音，抒发千古英雄失意的情怀；李清照在《夏日绝句》中以"至今思项羽，不肯过江东"[3]表兴亡之叹；辛弃疾则是在佛狸祠下神鸦社鼓中自问："廉颇老矣，尚能饭否？"[4]借古人来感慨功业未建却垂垂老矣的悲剧性体验。

　　传统诗词中的英雄与侠客意象有较大差别。"侠客锄强扶弱，是为平人间之不平；英雄夺关斩将，是为解国家之危难——两者动武的目的不同。侠客'不轨于正义'，隐身江湖，至多作为'道统'的补充；英雄维护现存体制，出将入相，本身就代表'道统'——两者动武的效果不同。"[5]晚清诗词主人公偏爱侠客，例如"乱世天教重侠游，忍甘枯（枯）槁老荒丘"[6]，"一第一剑平生意，负尽狂名十五年"[7]。侠客意象在乐歌中是传统制度的掘墓人，"儒以文乱法，侠以武犯禁"[8]，"游侠精神本质上与法律、秩序相抵牾，故其最佳活动时空为'乱世'"[9]。章太炎提倡儒侠并举，"以儒兼侠"是英雄与侠客概念的整合。在《訄书·儒侠篇》中，章太炎用"漆雕氏之儒废，而闾里有游侠"[10]说明儒

---

① 李之亮注析《苏轼诗文选》，中州古籍出版社，2018，第165页。
② （清）仇兆鳌注《杜诗详注》，中华书局，1979，第736页。
③ 柯宝成编著《李清照全集》，崇文书局，2015，第154页。
④ 邓广铭笺注《稼轩词编年笺注》，上海古籍出版社，2016，第807页。
⑤ 陈平原：《千古文人侠客梦》，北京大学出版社，2018，第50页。
⑥ 中国革命博物馆编《磨剑室诗词集》，上海人民出版社，1983，第65页。
⑦ 孙钦善选注《龚自珍选集》，人民文学出版社，2004，第67页。
⑧ 王志新主编《韩非子》，团结出版社，2018，第439页。
⑨ 陈平原：《千古文人侠客梦》，北京大学出版社，2018，第10页。
⑩ 《章太炎全集》（第三册），上海人民出版社，1984，第11页。

与侠的关系，认为侠源于儒，其论证为儒侠合一的理想人格提供了历史和理论依据。"世有大儒，固举侠士而并包之。而特其感慨奋厉，矜一节以自雄者，其称名有异于儒焉耳。"[1] 英雄、侠客在概念上的混同体现了近代乐歌作者对理想人格的期待。

儒侠英雄意象的出现是近代乐歌艺术的显著特点。近代乐歌中，英雄既是道统的捍卫者，也是新文化的开拓者；既是传统道德文化自觉的执行人，也是现代个体意识觉醒后的个人。英雄意象夹杂儒、侠、神、人等多重内涵，孕育着矛盾，也蕴含着可以预期的主题思想裂变。但是，复杂意象的基础是人性。乐歌艺术以英雄的人性化为基础去描绘多义的圆形人物，在具体的乐歌中，私人时间与历史时间对立，英雄意象通过功利性诉求和对国家的冷漠态度勾勒出来。

《隋堤柳》是一首抒发黍离之悲的仿宋词，主题思想突出，节奏简单，四分音符以三拍的节奏构成高低错落的旋律，高潮部分用强音加单附点音符增强情绪效果，犹如梦呓。心体时间观念所引发的悖论词意带来了非传统的戏剧性张力，美好的私人时间与萧索的历史时间形成对比，突出了个体的感受。李叔同作歌词如下：

> 甚西风吹醒隋堤衰柳，江山非旧，只风景依稀凄凉时候。
> 零星旧梦半沉浮。说阅尽兴亡遮难回首。
> 昔日珠帘锦幕，有淡烟一抹纤月盈钩。剩水残水故国秋。
> 知否，知否，眼底离离麦秀？说甚无情，情丝蜿到心头。
> 杜鹃啼血哭神州，海棠有泪伤秋瘦。
> 深愁浅愁，难消受，谁家庭院笙歌又。[2]

《隋堤柳》于单义中蕴含悖论，尤其体现在作者对过去时间的态度

---

① 章炳麟著，梁启超署《訄书》，朝华出版社，2017，第18页。
② 企释、培安编《李叔同——弘一法师歌曲全集》，上海音乐出版社，1990，第13页。

上。歌词的赋陈铺排中蕴含今昔共存的矛盾，但是，今与昔的并列描述没有推进情绪发展的作用，今日的隋堤柳虽然破败，但是往日光景也不可追忆。这样的处理方式造成反高潮的效果，一时间仿佛阻碍了情绪的进展，但呈现了抒情主人公乱世"心体"与时间的现实状态。在现代心体时间的基础上，抒情主人公同时否定了现在与过去，不用对过去的幻想补偿现实情感。过去不再具有先验的正面价值，这与古代社会的时间观念不同，"古代社会的血亲系统借助祖先崇拜以及传统在古代教育（含生产技艺传授）中的重大地位，使不分化（或分化不充分）的古代时间中'过去'一维隆重了。中国古代文化是代表这种尊古时间—历史观的典型。但这种以'过去'为楷模的时间—历史方向以循环往复的时间—历史观为大框架，因而并未发展出线型时间观"①。尊古的时间观念影响着诗词创作。今日的隋堤柳意象代表衰败的国家，但是一股西风吹醒了它，柳树自然不会醒，悠悠醒转的是人，这是主人公被新思想唤醒的意象化表达。醒是动态的，梦觉是人开始具有主体意识的状态，加之对旧梦的虚无化处理，体现了抒情主人公梦醒后无路可走的彷徨之态。这首别有怅触、走笔成之、吭声发响的黍离之词，其不齐整的歌词本身已经体现出乐歌作者对家国情感之复杂。他是爱国的，而且爱得很私人化，因此"过去"在宏大词汇叙事中是虚无的，而在个人记忆中却是具体的。

进一步而言，抒情主人公对昔日持矛盾态度。过去的时间被劈成两条泾渭分明的河流。一道是对江山的回忆，是抒情主人公不忍回首的过去。"江山非旧，只风景依稀凄凉时候"，似曾相识的山河不过是凄凉情景的重现，没有一丝对过去的缅怀。"零星旧梦半沉浮"，往昔不但是梦，而且是旧梦，以零星频率出现。这段词配着一种稳健而有飘浮感的旋律，如同微醉之人冷眼旁观世事变迁。另一部分关于昔日的追忆却是"珠帘锦幕，有淡烟一抹纤月盈钩"，短暂的回忆抛开了历史兴亡的

---

① 尤西林：《心体与时间——二十世纪中国美学与现代性》，人民出版社，2009，第10页。

宏大叙述词汇，进入个人情感体验，珠帘、淡烟、纤月都是传统花间词常用的意象，具有私人化、日常化的特点。词作者对自己所经历的往日时光无比眷恋，希望这样的回忆如同月亮的盈缺一样不断循环往复。家国情怀从个体的真切体验出发，这种感性心态与旁观历史兴衰的淡漠心态完全不同，如此说明主人公抒发黍离之悲的动力不是源自历史感伤，而是基于个人对美好过去的回忆与向往。高潮和结尾部分"我"对神州沦陷保持着士大夫感时忧国的传统心态。"杜鹃啼血哭神州，海棠有泪伤秋瘦"用传统意象表达感情，"知否，知否，眼底黍离麦秀？……谁家庭院笙歌又"几个问句，与"知我者谓我心忧，不知我者谓我何求。悠悠苍天，此何人哉"[1]的忧伤相比，强调了情绪主体的孤独，这种无人倾听的孤独感与前半部分的彷徨感相互结合，构成了具有现代意味的黍离悲歌。

为了更好地传达李叔同乐歌的现代意味，本书将1906年2月出版的《唱歌教科书》中的《隋堤柳》与李叔同的乐歌进行对比。该曲由石更作词，采用日本乐歌《近江八景》曲调。《近江八景》用基督教赞美诗 *In the Sweet By and By* 的曲调节奏，由美国通俗歌曲作曲家 Joseph Philbrick Webster（1819~1875）作曲，Seuford Fillmore Bennett（1836~1898）作词，是一首在基督教会内广泛流传的赞美诗。此曲附点节奏几乎贯穿整曲，比之李叔同词的曲式结构，整体跃动感强，情绪表达也较统一。同样是抒发黍离之悲的乐歌，与李叔同的同名创作相比，这首词侧重咏物表情，借今昔之景对比抒发亡国之恨，不论曲式还是歌词都有更强的逻辑性，具有传统诗词特有的张力与魅力。歌词如下：

> 隋堤柳，年深尽衰朽，雨雨风风攀折谁人手，
> 忆南朝天子，种树成行，要长条翠柳，点缀春光。
> 淮水碧，黄河黄，一千三百里，绿阴旖旎，

---

[1] 程俊英：《诗经译注》，上海古籍出版社，2004，第103页。

叶如烟，絮如雪，要把垂丝系住龙舟。

隋堤柳，秋日何萧条，三株两株零落汴河桥，

看烟蒙月暗，长堤如故，问夕阳古道，隋宫何处。

走萤火，栖暮鸦，任楼台绘画，过眼豪华，

亡国恨，徒咨嗟，乘几株杨柳，好鉴前车。①

在对昔日的回忆上，石更以旖旎的笔调描写了抒情主人公幻想的昔日景色："忆南朝天子，种树成行，要长条翠柳，点缀春光。淮水碧，黄河黄，一千三百里，绿阴旖旎，叶如烟，絮如雪，要把垂丝系住龙舟。"这样的昔日想象与李叔同词中"只风景依稀凄凉时候……"的虚无化"昔日"比较，景色描写具体而美好，是传统诗词常用的借古讽今写法，蕴含着对过去时间的崇敬心理。这崇敬心理在李叔同的词中表现为"珠帘锦幕"下的个人怀念，与"垂丝系龙舟"的宏大词汇情感表达截然不同。在虚无化的历史背景下，李叔同乐歌抒情主人公的黍离之悲更具个人色彩，表达出个体与国家之间的现代意味关系。个人对于国家而言，是一个具体的有价值意义的个体，宏大的词汇不足以表达具体的真实情感，黍离之悲说到底是为自己失去的美好昔日而哀鸣。时值为三拍子的单附点音符配合"知否，知否，眼底黍离麦秀"，比较时值为一拍子的单附点音符配合"亡国恨，徒咨嗟，乘几株杨柳，好鉴前车"，前者更侧重个体情绪表达，少了回望历史的沉静自持，剩下杜鹃啼血一般的对现实的控诉。

侠客的政治功利心是乐歌主题表现的另一个侧面，是英雄意象自我表达的方式之一。

《扬鞭》用石达开词，李叔同配曲。石达开是唯一一位入选《国学唱歌集》的晚清诗人，根据他诗歌中的自述，可以将其形象定位为"儒侠"。曾国藩有《劝降诗》五首，劝石达开归顺，回报以《致曾国

---

① 钱仁康：《学堂乐歌考源》，上海音乐出版社，2001，第 102~103 页。

藩五首》①。五首诗歌先回顾生平，说明了他曾经的功名和辞章水平：
"声价敢云空冀北，文章今已遍江东。儒林异代应知我，只合名山一卷
终。"第二首劝曾国藩弃武从文，第四首抒发"男儿欲画麒麟阁""济
济从龙毕竟高"的人生理想。第五首则否定"皇王家世尽鸿蒙"的皇
权专制，表达自己必然能成为"起自匹夫方见异"的开创性人物的坚
定理想。李叔同作曲的《扬鞭》是五首诗的第二首，全诗如下：

> 扬鞭慷慨莅中原，不为仇雠不为恩。
> 只觉苍天方愦愦，莫凭赤手拯元元。
> 三年揽辔悲羸马，万众梯山似病猿。
> 我志未酬人亦苦，东南到处有啼痕。②

　　五首组诗塑造了一位传统的敢为天下先、侠以武犯禁的英豪形象。
第三首情绪最为复杂，一种儒侠末路的悲愤之感出现得很不和谐。上一
首还在劝说曾国藩要"况复仕途多幻境，几多苦海少欢场。何如著作
千秋业，宇宙还留一瓣香"，如果按照这样的思路写下去，第三首应该
是回顾敌军而非自己的战场失利，然而这就是石达开在诗中所要表达的
真实感受，"我志未酬人亦苦，东南到处有啼痕"的心理感受暂时与主
题思想脱节，表现了主人公难以掩藏的壮志难酬的绝望情绪。吊民伐
罪，从龙之功，上麒麟阁青史留名，归根结底是实现个体价值。可是这
样的英雄愿望，面对"三年揽辔悲羸马，万众梯山似病猿"的军情和
军情背后的分裂形势，终究无可奈何、无力回天。"万众梯山似病猿"
的歌词与 f 强力度乐句配合，加上此曲的最高音 f2，突出了大势将去的
悲愤无奈。李叔同选择石达开的组诗，大约是富有个人主义色彩的英雄
豪杰（侠客）意象让他产生了共鸣。更令他动容的是英雄面对国家的

---

① 李寅生校注《〈石达开全集〉校注》，凤凰出版社，2023，第 324~325 页。
② 企释、培安编《李叔同——弘一法师歌曲全集》，上海音乐出版社，1990，第 6 页。

复杂感受，国与君之分、国与"元元"之分、内忧外患之分，乱世之中，侠已末路。石达开的组诗具有纪实性，他是一位没有成功的乱世枭雄，是匡扶正义的侠的意象，他有打破旧制度的气魄和力量，但是终究是内外交困，不得善果。

《游猎》[①]　词曲采用 a-b-a 三段式，在"凉秋九月塞黄草，见猎雄心壮"的开篇下，以开阔的视野、动态的意象描绘出了一位"搏兔逐鹿还射獐"的男性意象，一种激越的情感在舞曲的回旋动感中推开。然而，在歌词后半部分笔调陡转，一种静谧悠闲之气夹杂其中，"何故雍雍闲闲尔"，这句是对自我发问，"只恐高鸟尽兮弓藏"的回答极其巧妙，是私人化的真实想法，是自我价值能否实现的设问与质疑。当个人的付出与国家的回报不能够成正比的时候，个体的彷徨是真实可信的。

现存李叔同乐歌中有两首选自李白诗词。第一首是李白乐府古调《行路难》[②]，太白复杂的英雄人格透过李叔同选取的配乐（美国艺人歌曲《罗萨·李》曲调）栩栩如生地浮现，那种"停杯投箸不能食，拔剑四顾心茫然"的彷徨之态，"行路难！行路难！多歧路，今安在"的孤愤之心，是清末文人士子的真实写照。"闲来垂钓坐溪上，忽复乘舟梦日边"两句内有两个典故，表达了抒情主人公情感的一次回旋，将那种积极用世的强烈要求表现得淋漓尽致，李白借此表明自己对青云直上的无比期待。虽然最后乐句结束在"长风破浪会有时，直挂云帆济沧海"的高昂情绪上，但是一种英雄无用武之地的愤懑情感依旧是全曲的中心。

《长生殿》第十出《疑谶》（《李叔同——弘一法师歌曲全集》标注《长生殿·酒楼》），李叔同配曲题为《柳叶儿》：

---

① 钱仁康：《学堂乐歌考源》，上海音乐出版社，2001，第 120 页。
② 企释、培安编《李叔同——弘一法师歌曲全集》，上海音乐出版社，1990，第 4～5 页。

不由人冷飕飕冲冠发竖，

热烘烘气夯胸脯，

咶当当把腰间宝剑频频觑。

便教俺倾千盏，

饮尽了百壶，

怎把这重沉沉一个愁担儿消除！①

这首戏曲词进入乐歌领域，塑造的是一个没能进入政治中心的失意
儒侠形象，语言上是戏曲语言，口语化程度高，重叠词"冷飕飕""热
烘烘""咶当当""重沉沉"的使用贴切地表达了抒情主人公追求政治
功利过程中的冷热滋味。在沉重的心理压力下，"他"只能将希望寄托
于侠客的标准配置——宝剑，冀以冷兵器时代的侠客象征突破现有的人
生困境。

英雄意象还建立在人性化的神性之上。《男儿》（1905）、《化身》
（1905）是李叔同早期的乐歌创作，采用的都是美国作曲家洛厄尔·梅
森（Lowell Mason，1792~1872）的赞美诗《上帝，我靠近你》的曲调。
这两首乐歌都是在爱国的主题下，在个人-国家的关系中来塑造英雄
意象。

在《男儿》中，抒情主人公表现了要做宗教、文化精神领袖的强
烈意愿，歌词如下：

男儿自有千古，莫等闲觑。

孔、佛、耶、回精谊，道毋陂岐。

发大愿作教皇，我当炉冶群贤。

功被星球十方，赞无数年。②

---

① 企释、培安编《李叔同——弘一法师歌曲全集》，上海音乐出版社，1990，第 8 页。
② 企释、培安编《李叔同——弘一法师歌曲全集》，上海音乐出版社，1990，第 11 页。

为了实现这样的宏大的愿望，乐歌作者选择了借助佛教"神性"彼岸来弥补现实的不足。《化身》歌词如下：

> 化身恒河沙数，发大音声。
>
> 尔时千佛出世瑞霭氤氲。
>
> 欢喜欢喜人天，梦醒兮不知年。
>
> 翻倒四大海水，众生皆仙。①

从已有材料看，《化身》当是李叔同第一首弘扬佛教信仰的乐歌。李叔同写弘法歌词，配上赞美诗的曲调，印证了他早期"孔、佛、耶、回精谊，道毋陂岐"的良苦用心。"恒河者，喻生死流。一滴水者，喻一发微少善根。大海者，喻佛如来。所寄人者，喻彼长者居士等。"②李叔同愿意成为生死流中的一滴水，为大事业奉献自己。"人天"一词处于乐曲过片处，是乐歌的关键，此乃佛教常用语，指的是六道轮回中的人道和天道，亦泛指诸世众生。此时，李叔同乐歌中的抒情主人公有人的创世热情，有"翻倒四大海水"的勇气，自信溢于言表；同时他也是神的化身，以牺牲自我换取佛境出现。

西方近代史主要是出圣入凡的世俗化过程，政治、经济、思想都走向世俗化；李叔同乐歌中的意象同样有世俗化过程。西方的"神"逐渐消解后，何以为神成为新的命题。马丁·海德格尔向彼岸世界寻求踪迹："作为终有一死者，诗人庄严地吟唱着酒神，追踪着远逝诸神的踪迹，盘桓在诸神的踪迹那里，从而为其终有一死的同类追寻那通达转向的道路……但谁能追寻这种踪迹呢？……在贫困时代里作为诗人意味着：吟唱着去摸索远逝诸神的踪迹。因此，诗人就能在世界黑夜的时代里道说神圣者……在这样的世界时代里，真正的诗人的本质还在于，诗

---

① 企释、培安编《李叔同——弘一法师歌曲全集》，上海音乐出版社，1990，第10页。

② 丁福保：《佛经精华录笺注》，广陵书社，2008，第83页。

人职权和诗人之天职出于时代的贫困而首先成为诗人的诗意追问。"①诗歌中的神性化启示令西方诗人寻找神明的踪迹，诗人身处替代神的偶像地位，成为引领迷途的指路人。清末乐歌的政治功利化过程与人的神性化过程同时发生，这种艺术意象与西方近代诗歌的人神意象有一定差距。西方诗歌以人为神，以人的理性为终极精神依据。中国近代乐歌中的人神意象则是用赋予人以神性的方式来塑造人神，人本身不是神，也不以理性为终极价值。

乐歌通过对普通人的英雄化、英雄的神圣化塑造了具有现代意味的新的国家象征。

清末，由鲫士作词的乐歌《时事曲·仿吴歌体》刊载于清末四大名刊之一的《绣像小说》（1903 年第 4 期），乐歌曲式结构采用了人们比较熟悉的吴歌体，歌词采用文言文，以雅俗共赏的方式渗透出抒情主人公对"国"与"个人"的不同态度。在国与个人的关系上，个人仍旧要为"国"的强大做出贡献，是一种服从关系；歌词在两者之间加入了"君"，对其充满厌恶。"爱国"与"忠君"成为两个独立的概念。

在国与个人的关系上，抒情主人公采取了三个角度与三种态度：对"国"维持平视，是一种爱恨交织的复杂感情；对"君"保持俯视视角，厌恶之情跃然于旋律之中；对个人态度则是赞扬，呈现仰视视角。

具体而言，国之意象首先通过一系列令国人悲愤的历史事件逐步塑造出来，乐歌前三段连续写清朝的内忧外患：政治集团内部分裂、殖民者的侵略、义和团运动等。第四段歌词则用戏谑的笔法写慈禧太后避祸西安的狼狈境况。国将不国，君亦非君，抒情书主人公的情绪已经从"忠君爱国"的封建桎梏中解脱出来，其对国家的态度是哀怜悲愤又怀有希望，"我"与"国"保持着平视视角。乐歌结尾段号召"热血如潮"的四万万同胞，相信"到后来，总有翻梢"，君主已经不能成为国

---

① 〔德〕海德格尔：《林中路》，孙周兴译，商务印书馆，2019，第 249～250 页。

家象征，"人人"都能做的"英雄"成为新的象征物与仰视对象。

过江鲫士仿北调叹烟花而作的《叹中华》[1]与《时事曲·仿吴歌体》的结构基本相同，个人热爱国家却讽刺鄙视组成国家的政要与社会名人，"英雄"成为国之表征。《叹中华》开篇便有一位"豪杰士"发声。全曲共十一段，前十段这位豪杰在一一讲述如今国家的凋敝之处，批评社会各方面的重要人物。最后一段重复"豪杰士，叹中华"后突然表达了"从今新法有了萌芽，栽培方法慢慢儿地想，不怕各国要分瓜"的希望。英雄是新的国家象征，他们发扬新法、抵制列强，承载着百废待兴时民众（乐歌作者）无条件的信任与希望。

此外，《妇孺报》连续刊载了《党人碑》《骊山泉》《清谈误》《新亭泪》等讽刺当权者昏庸的乐歌。《夜班舞》中有英雄乘时浩叹，用旧典的《百舋》更有"欲清中原还致力""欲清中原先惜日"[2]的句子。在这些乐歌中，承载复兴国家的希望的都不是君主，也不是某位大人物，而是一个模糊又清晰的英雄形象：模糊是因为缺乏具体背景，无人知晓他生在何处、长在何处、年岁几何，无人知晓他如何崭露头角，拥有什么力量；清晰是因为他有明确的使命，他只需要英雄豪杰这一重身份，就是可以实现乐歌作者期许的人。这些英雄无根无家，处在复兴家国的旅途上，他们身陷凋敝的状况，怀抱改变这一切的坚定信念。英雄意象诞生于乐歌作者的个人意识，脱胎于平视国家的抒情主人公个体，最终演化为众望所归的拯救者。

此外，与游子、英雄意象相对应的国家意象也有了新意。前文提到的《隋堤柳》两首，用末世之柳象征国家，此外，"隋宫""新亭"也是国之象征。

《隋宫》（1905，李叔同配曲）是唐代诗人李商隐创作的一首七言律诗。其诗采用借古讽今的笔法，把隋炀帝塑造为荒淫无度的暴君式人

---

① 过江鲫士：《叹中华·仿北调叹烟花》，《绣像小说》1903 年第 7 期。
② 不详：《百舋·乐府》，《妇孺报》1904 年第 7 期。

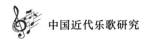

物，并借此告诫晚唐的腐朽统治者。全词如下：

> 紫泉宫殿锁烟霞，欲取芜城作帝家。
> 玉玺不缘归日角，锦帆应是到天涯。
> 于今腐草无萤火，终古垂杨有暮鸦。
> 地下若逢陈后主，岂宜重问《后庭花》？①

如此雄伟的宫殿，却空锁于烟霞之中，皇帝已经住在芜城了。"锁"字突出了长安的静，没有了皇帝的都城，如同一个精致的盒子被锁起来。《菩萨蛮》②（1905，辛弃疾词，李叔同配曲）中有一句"西北是长安，可怜无数山"，辛弃疾因回想隆祐被追之境遇，在造口仰望汴京，抬眼遥望长安，无数青山一层一层遮挡视线。这里的长安虽然不是锁着的精致房子，但是也具有封闭意味。同时，这种封闭的环境象征内化于主人公胸臆的暗夜灵魂，也暗指抒情主人公愤懑而无处可诉的人生境遇。

国的象征物呈现衰败和封闭的迹象，中国文士乐歌中突出的长安情结逐渐消失。《国学唱歌集》还从洪昇《长生殿》中选入《闻铃·武陵花》一段。"李叔同将原唱词'玉辇巡行，多少悲凉途路情'中的'玉辇'改为'万里'，折射出他对帝制的否定和对民主的认同。……这是现代政治伦理才有的权责守衡的新型观念。"③ 如果说传统文人士子心中都对代表功业的长安城有解不开的情结，近代知识分子则开始摆脱进儒退道、用舍行藏的无奈心态，英雄替代长安与隋宫，成为新的仰视对象与国之象征。

清末乐歌作者借用古代诗歌意象表达对国与君的态度，仰望视角逐

---

① 企释、培安编《李叔同——弘一法师歌曲全集》，上海音乐出版社，1990，第5页。
② 企释、培安编《李叔同——弘一法师歌曲全集》，上海音乐出版社，1990，第7页。
③ 朱兴和：《李叔同学堂乐歌中的近代思想意味》，《中国现代文学研究丛刊》2015年第10期。

渐消失，英雄在与国家的博弈过程中实现了更多的个体价值。当然，清末的乐歌作者对国、君的认知持矛盾态度。黄龙旗（大清国旗）也是乐歌中常常出现的意象，尤其在军歌之中。

不同于经历两次工业革命的西方，半殖民地半封建社会的中国被迫进入了现代化进程，从物质到思想都缺乏一步一个脚印的实际转变空间。在从古代向现代急速转化的背景下，乐歌作者承担了诗人与神的双重职责，以笔下演绎新思想的英雄意象鼓励受众，促使受众勇敢迈出摆脱旧思想束缚的步伐，寻求自觉后的生命体验。在这一过程中，强大的英雄意象作为文学意义上的"神"，给予人不可或缺的精神支撑。

二　双重性别视角下的女性意象

在清末乐歌中，女性与国家、民族直接产生关系，女性成为真正的抒情主人公，以香草美人比喻君臣之义的托喻化创作明显减少，写作中的性别异化现象逐渐弱化。即使如此，清末乐歌作者对女性理想人格的幻想仍有显而易见的局限，女性意象无法超脱神性化路径，真正进入人性化轨道。这是应然与实然的悖论，是双重性别视角下的艺术塑造。

性别异化这种特殊现象是中国古代男尊女卑、君贵臣轻伦理的艺术化体现。传统的男性视角催生出一种具有明显"私人性与封闭性"[①]的诗学空间，佳人失时、闺妇见弃、征夫思妇几乎涵盖了全部主题，闺阁之怨、叹恨容颜易逝、欲求知心人而不得等都是常见的情绪。在这样的题材规约下，女性与国家之间几乎没有关系，"忽见陌头杨柳色，悔教夫婿觅封侯"[②]、"可怜无定河边骨，犹是春闺梦里人"[③]勉强是两者的间接联系。以"香草美人"喻指"君臣之情"的代拟诗词采用隐晦的暗示，试图突破乐歌主题和风格的类型化限制。这种双重性别之下的写

---

①　乔以钢：《多彩的旋律：中国女性文学主题研究》，南开大学出版社，2003，第3页。
②　顾青编注《唐诗三百首》，中华书局，2009，第312页。
③　顾青编注《唐诗三百首》，中华书局，2009，第341页。

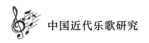

作，始终展现出"地位低下者对地位高贵者的推崇"①。

清末，这种双重性别视域下的异化写作依旧活跃，双重视角在主题裂变的过程中仍是权威性的存在，但是乐歌中的女性意象与男性意象有部分重合。具有现代意味的神女意象是在双重性别视角下诞生的艺术形象，女性开始认识到自己也是独立的个体，可以为国家做出贡献，为自己选择道路。从传统视角来看，神女意象相较于旧式女性意象有可贵的艺术进步。少数乐歌真正表达了女性的心态和诉求。"与秋瑾的《勉女权》尚有国家—民族意识的底色不同，《复权歌》已完全以女性为思考本位，个人权利的完善成为此歌的中心话题。因此，此类作品在晚清女子励志歌中尽管为数不多，却足以显示女性自立原该有其不依附于救亡主题的内涵与意义。"②崭新的艺术形象出现，为新文化时期女性意象的塑造提供了艺术基础。

（一）家国主题中的神女意象

在个体与国家的伦理关系层面，虽然女性与国家命运产生了直接联系，开始形成互动关系，但女性还是从属于国家，天然是国家的义务方。

《女青年唱歌》发表于《复报》1906年第3期，部分歌词如下：

> 我姊妹们前来听，我姊妹们前来听。
> 落花惨澹柳色新，白骨青山多哭声。
> 阿谁肯把乾坤整，男儿不任女儿任。
> 现出观音菩萨身，普度众生愿无尽。
> 我姊妹们听我唱，我姊妹们听我唱。
> 春愁莽荡春日长，纤纤素手忙复忙。
> 织成锦段生辉光，裁作大旗长十丈。

---

① 袁行霈：《中国诗歌艺术研究》，北京大学出版社，2009，第159页。
② 夏晓虹：《晚清女报中的乐歌》，《中山大学学报（社会科学版）》2008年第2期。

侬心不愿绣鸳鸯，为绣汉字当中央。①

　　歌词中的女性意象有进步也有局限。为了将女性与救国主题相关联，直接用观音这一神性化意象代表所有女性。作者以复沓手法配合崇高之美，为神性的产生提供了艺术烘托。女性看到的家国破败是"落花惨澹柳色新，白骨青山多哭声"的景象，这样的意象组合虽然没有沙场秋点兵的广阔意境，却把落花、柳色、青山、白骨相互叠合，透过女性的视角将意象做合理化的拼接，较为新颖的乐歌境界通过颜色对比、画面与声音相互穿插浮现出来，共同酝酿出悲恸哀婉的情调。在颜色的对比上，花色、柳色、青山色与白惨惨交叠，冷色系中凸显无色系的白，一片片白骨堆雪给人以无以复加的恐怖美感。黄永武在《中国诗学》中指出："色彩有冷暖，可以配合景物的悲喜；色彩有对比，可以使景物亮丽加倍。"② 这种冷色调与无色调之间的视觉延展和对比，形成了一种令人战栗的恐怖的崇高感，这种美通常源于战争，它能够使"所有的个人都受忽视，而一种激情及精神的状态非常发展，成为一种威力，使人间性全行萎缩"③。女子的神性在这种恐怖的崇高之美中产生，为其提供了画面维度的烘托。这首乐歌的高潮部分由三个重复小节构成，配合"男儿不任女儿任"的歌词，反复的旋律起到了加强情绪、突出主题的作用。

　　《体操（女子用）》的歌词更加直接地把女子体育健身与英豪联系起来："吾既要吾学问好，吾又要吾身体好……弗怕白人那样高，弗忧黄人这样小……吾头顶天天起高，吾脚立地地不摇……"结尾均用"吾辈也是英豪"④。这首乐歌没有具体的意象，只有一个要诉说的"理"，这里把女子身体的健康作为学习知识的前提和国民素质提高的依据，一

---

① 天梅：《女青年唱歌》，《复报》1906 年第 3 期。
② 黄永武：《中国诗学·设计篇》，新世界出版社，2012，第 39 页。
③ 范寿康：《艺术之本质》，山西人民出版社，2014，第 31 页。
④ 钱仁康：《学堂乐歌考源》，上海音乐出版社，2001，第 114 页。

个犹如男性一般顶天立地的女性跃然眼前。男女体质本身差异不可忽视，羸弱之体不应推崇，然而女性以提高身体素质来获得平等权也不妥当。女性应天然拥有平等权利，不依靠任何努力获得。乐歌中的"英雌"依然是男性观照下的女性意象，女性在男性的创作中从奴性走向神性，这是一种近代男性主体乐歌写作范式下的意象浮现方式，是叶嘉莹教授"双重性别"语境下的一种特殊结构。

《大风歌》歌词中有"望美人兮天一方"①，这是《赤壁赋》原句，苏轼化用《九歌》之语，表达一种积极进取之意。"千金一笑买春芳"②是李白《寄王明府》原句，这句歌词表面看来是要及时行乐，实际在表达男儿要以自信豪迈之气投身革命之意。"醉入东海骑长鲸"③是陆游《长歌行》原句，秦汉时有个道士叫安期生，据说他后来成仙，在东海里骑着鲸鱼游乐。这句歌词也是为了激励人要有远大的抱负，勇敢地去求索。这里的"美人"是一个虚拟的神性存在，是作者理想的意象化，可以是男性也可以是女性，但是两者都具有某种不可企及的神性。"美人在这里或许是指君主，但也同时指一个完美的政治理想，人有了理想，就得为理想受苦。"④这种"美人""往往被描述在重重阻隔之外、疑幻疑真之中，似近实远，是超乎现实的空灵世界，桃花源一般的，成为一个永远令人企求而又无法触及的幻境"⑤。歌词中的美人是抒情主人公所爱的国家，是"民族主义新膨胀"的意象化，这些都是美人意象隐喻的新内涵。

《哀秋女士》出自《秋雨集》，歌词如下：

　　　　二十世纪大舞台，演出党人碑。

---

① 钱仁康：《学堂乐歌考源》，上海音乐出版社，2001，第186页。
② 钱仁康：《学堂乐歌考源》，上海音乐出版社，2001，第187页。
③ 钱仁康：《学堂乐歌考源》，上海音乐出版社，2001，第187页。
④ 黄永武：《中国诗学·思想篇》，新世界出版社，2012，第105页。
⑤ 黄永武：《中国诗学·思想篇》，新世界出版社，2012，第104页。

　　呜呼，吾族危，四万万人同一轨。

　　断头台上秋风吹，秋雨最堪悲。

　　六月霜飞，三字冤奇，残酷何忍为。

　　恨异种蔓滋，草菅人命等闲窥。

　　江山惨淡，妖雾漫弥，涤荡更倩谁。①

　　"六月霜飞"指六月霜雪飞舞，该典故出自江淹《诣建平王上书》，六月飞霜乃十分罕见的自然现象，具有一定程度的奇幻色彩。"三字冤奇"借用了秦桧陷害岳飞的"莫须有"三字。岳飞是爱国的代表人物，其本身的经历经过近千年的改编与传唱也具有了神话色彩，岳飞庙中的神像，除了向人诉说爱国情怀，还承载了趋吉避凶、扶危济困的民众希冀。用这二则典故唱秋瑾之冤，不仅表达了抒情主人公强烈的愤懑之情，也为秋瑾蒙上了神话色彩。乐歌开头便将秋女士的死与"吾族危，四万万人同一轨"相联系，她的死不仅仅是个体生命的偃息，更有着暗示作用。秋瑾的死不是她作为一个人、一个女人的生命的被迫结束，而是民族、种族危亡的象征，其私人性在乐歌中几乎没有得到体现。"秋女士"的伟大没有给她带来文学作品中更多的抒情空间，而是将她异化为一个抹去个人色彩的神话符号。为了突出暗示作用，环境描写"秋风吹，秋雨最堪悲""六月霜飞""江山惨淡，妖雾漫弥"象征风雨飘摇的国运。在这些仿佛顺理成章的表述背后，一个个体的"女人"意象却变得模糊不清。悼念秋瑾的乐歌大都采用第三人称，从旁观者的角度抒发对英雄的哀悼，从第一人称角度感同身受直抒胸臆的作品屈指可数。李新宇教授在考察秋瑾就义的几个细节后指出，秋瑾临刑前曾提出几点要求，其中不要枭首、不要剥去衣服的请求令人心颤，② 她不仅是一位名副其实的女侠，而且具有作为女性的尊严和强烈的性别意识。

---

① 陈志群、吴芝瑛、徐寄尘：《哀秋女士》，《神州女报》1907年第1期。
② 李新宇：《大梦谁先觉——近代中国文化遗产发掘》，黄河出版社，2007，第28页。

（二）家国主题中的女侠意象

清末乐歌中反映女性与国家互爱关系的不多，《勉女权》是代表作。它从男女平权、天赋人权的根本立场出发，从女性的实际出发，鼓励女性以自身的优势爱国，也希望国家给予女性应有的权利。

在清末的音乐作品中，探讨女性与国家之间相互关系的曲目较为罕见，而《勉女权》则是其中的佼佼者。该作品立足于男女平等与天赋人权的基本原则，紧密结合女性的实际生活状况，倡导女性依据个人处境积极参与爱国行动，同时呼吁国家赋予女性相应的权利。在此历史背景下，秋瑾等女性人物的爱国行为为我们提供了深刻的启示。

秋瑾，作为近代史上杰出的女性革命家及文学家，她不仅在乐歌创作中表达了深刻的爱国理念和革命热忱，而且在实际行动上积极投身于国家的救亡图存事业。秋瑾自费前往日本留学，探索救国之道。她加入了光复会和同盟会，积极参与革命活动，并创办了《中国女报》，以此激励妇女争取解放。秋瑾倡导性别平等，并提出了包括"自立""学艺""合群"在内的妇女解放理念，强调女性应实现自我提升、自我教育和集体行动。通过秋瑾的行动和主张，我们得以窥见女性在国家和民族解放中所扮演的角色及其所做的贡献，从而深化了对女性爱国行为的理解。

《勉女权》，原曲为沈心工编《学校唱歌初集》中夏颂莱作词的《休业式》曲调。乐歌为四分之四拍，全用四分音符，四个乐句结构整齐，几乎可以两两相对，这样的旋律是模拟诉说、吟唱的调子，像是秋瑾在公开会场向学生们作的一段优美沉郁的演说，以不疾不徐的速度激发人的理性思考。乐句收尾在商音，给人以开阔之感。歌词如下：

> 我辈爱自由，勉励自由一杯酒。
>
> 男女平权天赋就，岂甘居牛后。
>
> 愿奋然自拔，一洗从前羞耻垢。

若安作同俦，恢复江山劳素手。

旧习最堪羞，女子竟同牛马偶。

曙光新放文明候，独立占头筹。

愿奴隶根除，智识学问历练就。

责任上肩头，国民女杰期无负。①

这首乐歌以一代女杰的口吻，用稳定的匀拍来诉说一个事实："男女平权天赋就，岂甘居牛后……旧习最堪羞，女子竟同牛马偶。"尖锐犀利的语言撕破旧社会夫妻举案齐眉的温情面纱，毫不留情地揭露女人与禽畜地位同等的事实，将真实的社会现状以直白的语言展现给女性同胞，让她们站在历史的另一面体会真实的痛苦，以激励女性"智识学问历练就"。乐歌的最终目的落在"若安作同俦，恢复江山劳素手"和"责任上肩头，国民女杰期无负"的国家大义之上。这是近代女性所作的乐歌，与上文的男性创作比较而言，前者站在男性立场，以救国为目的，以女性的神性化为艺术手段，塑造的是脱离现实的女性意象。秋瑾与他们不同，她站在女性的角度分析历史，解构旧伦理，以新知识和新道德为基础重新认识女性，进而塑造出具有现代意义的女性意象。《哀秋女士》的基调仿佛是激愤奔进、无可阻挡的，实际上在其主题的裂变过程中始终隐含着一种类似于贝多芬《费德里奥》所表现出的对女性评价的不确定性："至于《费德里奥》是否如贝多芬所想，刻画出了一位讨好的女性形象，亦或者由于莱奥诺拉角色设置的从属地位而令女性形象有所贬损，这的确是个问题。由于全剧音乐不断采用引发企望又阻隔中断的交错结构模式，最终未能就此问题提供确凿的答案。"② 这种不确定性的背后隐藏着一个强大的男性视角，是女性工具论、牛马论

① 钱仁康：《学堂乐歌考源》，上海音乐出版社，2001，第 78 页。
② 〔美〕爱德华·W. 萨义德：《音乐的极境》，庄加逊译，广西师范大学出版社，2019，第 82 页。

的现代民主版本，是传统男尊女卑等级关系的现代延续。（当然，我们不能否认男性对女性人权的认可，本书只是从歌词出发，就当时的语境，表达对歌词的理解。）在近代男性乐歌作者的歌词创作中存在一种倾向，即将女性角色简化为利用其身体优势以实现民族解放的工具，这种表述深刻地误解并贬低了女性在社会和历史进程中的真实角色与价值。部分乐歌作品中，女性被刻画为通过美人计等手段参与民族解放，这种刻画本质上延续了将女性定为男性附庸的传统观念。这样的观点未能充分认识到女性在民族解放活动中的独立价值，与秋瑾等的实际行动和乐歌理念形成了鲜明的对比。

在这首乐歌中，秋瑾等女性用实际行动和理念，为女性在民族解放斗争中的角色提供了有力的反证。这些女性的行为和主张，展现了女性在民族解放活动中的独立价值和重要作用，对近代男性乐歌作者歌词中的女性形象进行了深刻的批判和反思。

女侠有豪气，却不是神气，女侠不是脱离现实的仙子，而是实实在在的人，她可以以一个女人的方式，以一个与男性并不完全相同的方式去实现救国的理想。伦理的重建首先要从天赋人权开始，男女平等要从日常出发，从女性的实际生活出发，从女性的意愿出发去构建家庭关系。换言之，女性必须具有一定的自由意志，其行为应当出于其主动意愿而非道德强制力，国家保障女性平等权利是其义务的题中之义。

从以上可以看出，清末乐歌中比较新颖的女性意象较多，相比传统女性意象有难能可贵的艺术进步，同时也有显而易见的局限。

（三）清末女性意象形成的内在因素

清末乐歌中的女性意象的神性化是在双重性别视域下发展的艺术必然。神性的兴起是天赋男权、男赋女权的艺术化表现。此时，天赋人权的思想已经开始泽被中国知识分子，但有幸直接学习接触新思想、从中受益的大多属于男性群体，无论是乐歌中还是现实中的女性基本只能等待由男性二次传播的新思想的润泽。男性作者通过对新知识的解码与重新编码，向女性灌输变形后的现代女性意识，该时期的女性意象，无论是完美演绎新思想、新追求的新女性，还是为整个国家民族代言的女侠，其实都是对实际女性形象的异化描述，是剥离了女性角色个人特质的非人化艺术体现。男性对女性角色的神性化定位是为了实现其"物尽其用"的功利性目的。男权意识通过歌词的暗示作用，赋予女性爱国、爱家、爱身体、爱知识的自由，却没有从本质上承认女性的人权。乐歌中的女性不真正拥有平等意识，因而显示出与男性不同的理想人格，催发了神女、英雌两种主要意象。从乐歌创作实际可以看出，这些意象的典型特点是不食人间烟火，严格区别于日常生活中的女性。

与男性英雄意象相比，女性意象的多义性程度不高，缺乏人的维度。神女主要出现在黍离乐歌中，是神性气质外化的女性意象。为了把曾经囿于闺阁庭院的群体与救国对接，神女有了超人的神性。她们是勇敢、智慧、美貌、性感的综合，她们敢爱敢恨、疾恶如仇、肝肠如火、笑靥如花，却唯独缺少了一点人气。

"在晚清的女性论述中，明清以来大盛的女性诗词以及悠久的女性诗词写作传统被一而再、再而三地作为民族国家的对立物加以贬斥和批判。"[①] 明清诗词中的女性意象常是站在民族国家对立面的祸水，近代乐歌则一改祸水倾国的概念，女性意象以神的方式站在了国家民族利益的一面。但是，在以女性为主要意象的黍离之词中，个体与国家的新型互爱关系回退到相对单向的淑世情怀。因此，女性的爱国热忱往往体现在以身报国、教子爱国、求知爱国等主题中。在教子爱国、革命救国等主题中，"我"的价值存在于他者的评价体系中。如果说西方女性的叙述声音对男性文坛的权威氛围心存疑惑，时而对其避之不及，也常常对男性统一天下的文坛局面持批评的态度，那么，在女性声音被压抑的晚清，在男性权威下，女性对男性话语表现出了一定的顺从和认同，"她们都身不由己地受到社会习俗和文本常规的推动，不断复制出她们本欲

---

① 陈洪、乔以钢等：《中国古代文学与文化的性别审视》，南开大学出版社，2009，第340页。

加以改造重构的结构来"①。因此，女性意象与男性意象相比较，其多义化程度不高。周作人先生在《人的文学》里说了这样一段话："古人的思想，以为人性有灵肉二元，同时并存，永相冲突。肉的一面，是兽性的遗传。灵的一面，是神性的发端。人生的目的，便偏重在发展这神性。其手段，便在减了体质以救灵魂。所以古来宗教，大都厉行禁欲主义，有种种苦行，抵制人类的本能。一方面却别有不顾灵魂的快乐派，只愿'死便埋我'。其实两者都是趋于极端，不能说是人的正当生活。到了近世，才有人看出这灵肉本是一物的两面，并非对抗的二元。兽性与神性，合起来便只是人性。"②从这个意义来看，女性意象的局限性显而易见。浪漫的音乐文学要展现神与人之间的彷徨、体现欲望与理性之间的博弈，如果一味偏向某个方向，只会落得艺术上的缺憾，其背后则是某种观念的固化。

进一步而言，真实的女性意象本应该在平等、自由的思想启发下形成。其转型应该体现国与"我"关系的重估，其塑造应当体现"我"如何生存又如何发展，体现"我"如何从男性的权威下逐渐获得权利、如何肩负起女性责任。可是，乐歌中的女性只体现了有限自由之下的平等。黍离、情爱乐歌中的神性化女性意象是文学转型期的艺术典型。其实，"文学对女性的描写往往无法避免理想化。理想化的女性形象又往往体现着一个时代对女性的理想设计。……同样可惜的是，这仍然是强人对弱者一厢情愿的人格设计"③。如果说"写作乃是一个生命与拯救的问题。写作像影子一样追随着生命，延伸着生命，倾听着生命，铭记着生命。写作是一个终人之一生一刻也不放弃对生命的观照的问题"④，

---

① 〔美〕兰瑟：《虚构的权威：女性作家与叙述声音》，黄必康译，北京大学出版社，2002，第7页。

② 周作人：《人的文学》，《新青年》1918年第6期。

③ 李新宇：《走过荒原：1990年代中国文坛观察笔记》，广西师范大学出版社，2003，第13~14页。

④ 张京媛主编《当代女性主义文学批评》，北京大学出版社，1992，第219页。

那么，这样的神女意象，不但反映了男性权威意识的局限性，也从侧面说明了初步现代化的女性还不具备独立的、健全的人格。"一个民族过于沉溺于'侠客梦'，不是什么好兆头。要不就是时代过于混乱，秩序没有真正建立；要不就是个人愿望无法得到实现，只能靠心理补偿；要不就是公众的独立人格没有很好健全，存在着过多的依赖心理。"① 这样的神性与侠气本身就反映了女性话语的虚弱，同时，也是乱世之中国民（受众）心理的艺术化补偿。

三 家庭伦理变迁中的女性意象

清末乐歌处在艺术转型期，以启蒙、新民为主要目标，尤其学堂乐歌面向少年儿童，因此，纯粹以情爱为主题的作品很少。但是，乐歌的艳词属性注定了情爱题材永远不会离席。近代乐歌作者通过三种方式表达爱情：第一是将郎情妾意的情感置于救国保种的结构中；第二则是在悼词中表达对爱人的追思和想念；第三便是写婚姻祝词，在合法夫妻关系中写情爱。这三种模式体现了清末家庭伦理的变化：夫妻的平等关系成为和谐家庭的基础，郎才女貌的传统范式依旧存在，夫妻之间的爱意只能以爱国和悼亡的方式书写。这些都体现了伦理过渡转型期的复杂状况。

清末，时代的"先知先觉"之人认识到宗族制度对个人发展的束缚和对国家进步的牵绊。《三民主义》中说："中国人最崇拜的是家族主义和宗族主义，所以中国只有家族主义和宗族主义，没有国族主义。"② 这段话强调了在古代社会个人对国家义务的缺失。中国人的团结大都只能团结为一个个集体，可以为了宗族而战、为了家族牺牲，但是，在近代化过程中，难以凝聚成为一个团结一致的"国族"整体。

---

① 陈平原：《千古文人侠客梦》，北京大学出版社，2018，第9~10页。

② 王文承：《提倡民族主义振奋民族精神——纪念孙中山诞辰150周年》，《文史杂志》2016年第6期。

与此同时，也说明了个人与宗族之间的"群己、天人相交渗的二重性"①的混淆状态。为此，清末的启蒙者刻意淡化家族、宗族的概念，家庭男女平权意识替代单向服从状态，形成新的伦理格局。乐歌创作的代表人物李叔同、秋瑾、沈心工等都是这一理念的实践者。

清末乐歌的情爱（家庭）主题多与爱国主题互为表里，美女意象在主题的变奏中形成。并且，由于男性创作主体视角固定，在情爱-爱国演进过程中产生的佳人意象虽然生动，却是在"方寸象牙上精描细画"②而来的。女性意象大都依附于情郎、家庭、国族等他者，在固定化的关系和类型化的情感中被塑造。这类主题的人物意象充分运用以形传神的美学理论，在"形"上注重以动态写神韵，通过情态勾勒使意象栩栩如生地浮现。

（一）爱情主题下的女性意象

在情爱-爱国的主题结构中，女性意象是在对情郎的思念中、在对情郎"劝学从军"的劝勉话语中呈现出来的。《送郎君》歌词如下：

> 送郎君送到北京城，北京城里闹哄哄。
> 今朝有酒今朝醉，忘记了八国联军来破京。（一解）
> 送郎君送到天津城，天津的城墙一铲平。
> 金银财宝都搜尽，还有那狼和虎张口要吞人。（二解）
> 送郎君送到大连湾，外洋的兵来好靠船。
> 卧床让与他人睡，保不定那一年方肯归还。（三解）
> 送郎君送到凤凰城，凤凰城外好经营。
> 一条铁路几万里，穿过了东三省直到北京。（四解）
> 送郎君送到欧罗巴，走到了外洋休恋家。
> 三年耐得风霜苦，等将来转回程报效国家。（五解）

---

① 陈伯海：《中国诗学之现代观》，上海古籍出版社，2006，第152页。
② 〔英〕E. M. 福斯特：《小说面面观》，冯涛译，上海译文出版社，2019，第80页。

送郎君送到美利坚，游学不成不回还。

他年成就学和业，乐得把好名儿海外流传。（六解）①

在情爱主题下，乐歌通过独白式语言塑造了有现代感的女性形象，但是，该乐歌体现的男女关系依旧是改头换面的男尊女卑式的伦理关系。该意象有新思想、新视野，却丢失了情爱词最根本的缱绻相思。与传统闺怨思夫主题相比，变"怨"为"励"，"花落子规啼，绿窗残梦迷"②的哀怨变成了"送郎君送到欧罗巴，走到了外洋休恋家"的激励，将浓艳细腻、绵密隐约的闺怨词推向"旧锦翻新"（夏晓虹语）的奔进直质的风格。乐歌中的新女性视角开阔，看到了从北京到天津到欧罗巴、美利坚的世界，超越了闺怨词的视野范围。而后"她"却转回了对传统思想的认同，学而优则仕、"覆巢之下，安有完卵"、天降大任必先苦其心志、千里寄相思……各个乐句都体现了"新境界"中的情爱悖论。乍一看，这样的抒情方式令人耳目一新，但是在这新风格中，情爱主题的根本情感被忽视，"音信不归来，社前双燕回"③的春闺苦思消失了，那是一个独自操劳持家的女人对丈夫的想念，这种情感才是爱情乐歌要表达的真实心理感受。"采采卷耳，不盈顷筐。嗟我怀人，置彼周行。陟彼崔嵬，我马虺隤。我姑酌彼金罍，维以不永怀。"④同样是在越界视角中展开的羁旅行役之思，都围绕妇人对远方爱人的想象图景，从《诗经》开始的思妇乐歌重"思"，"念行役而知妇情之笃"⑤是其主题。清末乐歌女性意象的塑造在新视角和新思想的交错中展开，其人物体现出近代人物意象塑造的典型特点，但情爱乐歌偏离了乐歌要眇宜修的本质，疏忽了至关重要的相思心理，在艺术表现上留下

---

① 李伯元：《仿时调送郎君》，《绣像小说》1903 年。
② 邱美琼、胡建次编著《温庭筠词全集》，崇文书局，2015，第 11 页。
③ 邱美琼、胡建次编著《温庭筠词全集》，崇文书局，2015，第 13 页。
④ （清）方玉润撰，李先耕点校《诗经原始》，中华书局，1986，第 77 页。
⑤ （清）方玉润撰，李先耕点校《诗经原始》，中华书局，1986，第 77 页。

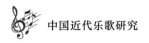

了缺憾。

一般而言，囿于樽前花下的侧艳之词是中国乐歌的主流，在有限的活动空间内，绝大多数女性都生活在闺阁庭院中，有限的世界局限了女性的眼界和意识，因此弱柳扶风的望夫意象成为闺怨词的特点。

《山鬼》[1]（1905，屈原词，李叔同配曲）中的女性是一个半人半神的意象，乐歌在追求爱情的过程中呈现出动态的效果。动态体现了人的心理感受，比之静态的美女，"动"本身就具有艺术价值。虽然这首乐歌难免有以美人自喻的托喻化倾向，但是，这样瑰丽奇崛的动态佳人确实为近代乐歌中女性意象的塑造增添了重要的一笔。词曲如下：

山鬼

这是一首选词配曲的单一部曲式，分为两个乐句，每句另分两个乐节，第一乐节都停留在商音6上，具有商调意味，整首乐曲具有传统山歌体辽阔、自由的风格。两个乐句的第二乐节都准确地停留在宫音5，获得了清晰稳定的收束。由于第二句在强拍位置加入偏音4，整曲在辽阔自由之外呈现端庄诡谲的调性。主题节奏与歌词共同塑造了神人合一

---

① 企释、培安编《李叔同——弘一法师歌曲全集》，上海音乐出版社，1990，第3页。

的山鬼意象。"节奏作为表现手段的重要作用是在于能给曲调以鲜明的性格，具有强烈特点的节奏使人易于感受并且易于记忆，这大大有助于音乐形象的确立。"[1] 这首乐歌的主题材料采用循环往复式的附点节奏，具有愉悦的跳动之感，这波浪般的节奏与意象的动态感相互配合，与山鬼寻求情人的幸福而急切的心情相互映衬，成功塑造了现代感的女性意象。这是现代乐曲赋予《山鬼》的新意义，是音乐带给文字的生命力。乐歌单附点的跳跃感和薜荔、辛夷、石兰、杜衡等香草意象呼应，与赤豹、文狸等瑰丽奇崛的动态意象结合。反复的节奏对应山鬼的心理描写，"子慕予兮善窈窕""折芳馨兮遗所思"是典型的怀春少女心思，跌宕循环的附点衬托出了小意温柔、忐忑不安的心理感受。第二句最后一个乐节再现主题材料，着重刻画主人公的主体情绪，人神结合的动态效果进一步增强，少女追求所爱的过程得到了合理的音乐表达。《山鬼》中的神女是普通少女意象与神的结合：她是佩戴香草而越发高洁的少女，是驱使赤豹为她驾车的仙子，她把自己装扮成情人想看的样子，并给他带去香草作为礼物，一颦一笑都于自然中透着柔美的贵族女性神韵，整体意象生动具体而富有想象力。

在清末积贫积弱、礼崩乐坏的"大恐慌"心理背景下，女性的静态美已经不足以与抒情主体的个体自我意识匹配。因此，以上都是新旧参半的女性意象，整体投射出男性意识对女性的幻想。以李叔同为例，作为祖国优秀的知识分子，他时刻都怀有改变祖国山河的渴望。但是，日本的学习环境让他深刻地体验到祖国的衰落，他要在追求、改变、行动中寻求精神和现实的出路。两种矛盾的心态时刻混杂在一起。在这种情况下，乐歌的女性意象要与作者自我想象吻合，既体现抒情主人公的迷惘和无措，也含有对自我价值的深度探索。山鬼半神半人的意象符合乐歌作者的想象，隐喻了作者的复杂心态，是一个较为积极的现代意象。

---

[1]　吴祖强：《曲式与作品分析》，人民音乐出版社，1962，第20页。

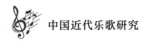

（二）悼亡词中的女性意象

清末爱情主题的独白叙述多出现于运用悖论手法的单曲中，这时期比较突出的主题是追思与惜别。二者各有情调，其主要意象都呈虚化状态，如上文的山鬼。虚化的意象和忆语体成就了悼亡词，其中隐喻的意指呈现出多向化和非经典化的特点。该时期词作者选词标准与其矛盾的个体价值认同密切相关，是末世激越愤懑心态的反映，是人逆流而上时应变心态的体现。

朱光潜在《中西诗在情趣上的比较》中说道："中国爱情诗大半写于婚媾之后，所以最佳者往往是惜别悼亡。"[①] 悼亡词是在古代去欲戒色传统影响下产生的诗歌类型。对于男性而言，在伦理道德的框架下，牵动情丝的女性被视为低他一等的"第二性"，不是能直接交流心灵语言的对象，夫妻间的交流存在不可逾越的障碍。在这种情况下，体现人之欲望的题材无法进入主流创作，即便出现也被视为有悖"发乎情，止乎礼"的非道德文学。然而，悼亡主题却在这样的观念下获得了一定程度的自由。悼亡词在文体上具有近代忆语体的特点，其标志性特征是以琐忆表达主题。这样的文体应用于悼亡，因爱欲对象与抒情主人公天人两隔而被相对宽容，情爱——尤其是夫妻之间的情爱表达——具有了文学意义上的合法性。近代乐歌作者最大限度地利用这合法自由度，借忆语体来抒发真情实感。

"忆语体一词，究其内容，就词义来谈，实如康正果先生所考的在散文体系中从六朝已有的叙事传统——悼亡与回忆。……惟这类题材历来不只散文这类载体，诗歌也是其载体，传记小说也可以是其载体。"[②]这种自由的叙事和抒情方式应用到清末乐歌中，符合当时乐歌作者的反抗心态："是对这位才子的仰慕，也是一种投射，更是对清代朝政的一

---

① 朱光潜：《诗论》，武汉大学出版社，2008，第55页。
② 吴承学、何诗海编《中国文体学与文体史研究》，凤凰出版社，2011，第352页。

种反射、反响，是以另一种声音作出抵抗。"① 这样的自由抒情方式使得意象组合具有随意性。如果说传统诗词大都以水墨勾勒一个具有象征意味的完整画面，那么在回忆和想象的文体中，这样的整体感逐渐消失。例如《蝶恋花》（见下文）中的意象：月之圆缺、春夏、燕子、帘钩、秋坟、春从双飞蝶并不能呈现一个和谐的画面，心体的时间占据了艺术创造的主动权，"内心时间不再区分过去与此刻、纷乱与适意、幻想与现实"②。内心时间的发现不是一个新课题，塞内加、奥古斯丁、洛克和斯特恩都曾对此发表过合情合理的观点，但是，就内倾型诗歌的抒情强度而言，"尤其是将这内心时间最终归于厌恨周遭世界的灵魂，对未来的诗歌创作都具有开拓性力量"③，这种由内心时间构成的抒情诗圣地具有现代感。

发表于1915《小说新报》第 11 期的《感逝》，歌词如下：

> 凄寂妆台镜翳尘，残脂剩粉可怜春。
> 鬟云鬓雾容华渺，愁然安仁戚戚心。
> 睹遗挂，怅流芳，那禁泣下湿衣裳。
> 穷泉嗟永隔，寝兴展转倍神伤。
> 最难堪返魂无术，空自断回肠。④

歌词乍读是典型的悼亡作。人影被遗像取代，妆镜脂粉久无人使用，记忆中的容颜变得模糊。歌词中的女性已经逝去，独留男性对着伊人遗物徒然嗟叹。值得注意的是，在这首乐歌中，女性形象的存在看似

---

① 吴承学、何诗海编《中国文体学与文体史研究》，凤凰出版社，2011，第 351 页。
② 〔德〕胡戈·弗里德里希：《现代诗歌的结构：19 世纪中期至 20 世纪中期的抒情诗》，李双志译，译林出版社，2010，第 10 页。
③ 〔德〕胡戈·弗里德里希：《现代诗歌的结构：19 世纪中期至 20 世纪中期的抒情诗》，李双志译，译林出版社，2010，第 10 页。
④ 《感逝》，《小说新报》1915 年第 11 期。

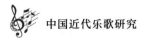

十分重要，没有亡妻就没有悼亡，实际上这首乐歌根本没有塑造女性的形象，而是把模糊的女性"曾经存在"作为背景浓墨重彩地描绘悼亡人的深情。

对比著名的悼亡词贺铸《半死桐》：

> 重过阊门万事非，同来何事不同归。
>
> 梧桐半死清霜后，头白鸳鸯失伴飞。
>
> 原上草，露初晞。旧栖新垄两依依。
>
> 空床卧听南窗雨，谁复挑灯夜补衣。[1]

纵有"梧桐半死清霜后，头白鸳鸯失伴飞"等对失去妻子后的自己的描述，但笔墨更重的是"重过阊门万事非，同来何事不同归""旧栖新垄两依依""谁复挑灯夜补衣"这些对于陪伴他关怀他的妻子倩影的怀念。孙犁《亡人逸事》中，作家仅仅选用四件小事，满怀感情地勾勒出亡妻从少女到少妇到持家的成熟妇人再到毕生相濡以沫的老妻一路的形象。在这些悼亡作中，笔墨转向自己是为回避失去妻子带来的巨大痛苦，对妻子形象的细细回忆则是对亡妻无法抑制的思念，无不发乎深情。反观这篇乐歌，虽然设置了明显的悼亡环境，但被怀念的人根本没有形象，于是通篇描述的悼亡人的深情痛苦不免显得无处可依。即使在怀念逝去女性的悼亡作品中，女性都可能没有自己的形象，从侧面反映出民初乐歌中家庭中的妇女形象的虚幻性。

《蝶恋花》（1905）选词配曲调性很隐晦。全曲除第三小节有附点音符外，基本每字配一个音符，如同抒情主人公在用清朗哀婉的语调娓娓吟诵。这一曲配三首《蝶恋花》，第一首应为李叔同化用清代石季槐《留剑山庄初稿》卷二《吴声歌》，第二首是纳兰性德悼念亡妻所作，第三首系龚自珍词。第二首《蝶恋花》曲词如下：

---

[1] 唐圭璋编《全宋词》，中华书局，1965，第502页。

辛苦最怜天上月，一昔如环昔昔都成缺。

若使月轮终皎洁，不辞冰雪为卿热。

无那尘缘容易绝，燕子依然苦踏帘钩说。

唱罢秋坟愁未歇，春丛认取双飞蝶。[①]

女性意象是静态的，是男性在回忆中塑造出来的。这首词中的月亮是抒情主人公记忆中母性与女性的化身，是中国文学阴性意象与女性意象的传统结合。紧随其后的是由月亮激发的人生喟叹。首先，太阴意象的衍生意义是美，月亮的意象群可以形成一种婉约朦胧、通脱淡泊的美学风格。其次，以月缺象征爱人的消逝，传达出抒情主人公的孤独与失意。中国士大夫彷徨无奈的时候，月亮就成为心灵的抚慰，映出孤独的心象。纳兰容若用月亮来比喻心中的爱人，"一昔如环昔昔都成缺"，轮回中只有一天是完满的，如同爱人已然逝去再难回到从前。同时，以双飞蝶寄托对未来的期许，在无限的悲情中抹上一丝希望来补偿当下的情感的缺失。

王国维在《人间词话》中评价他"以自然之眼观物，以自然之舌言情"[②]，这样的评价是对他抒发真实情感的赞美。强烈的情感以直白质朴的语言表达出来。叶嘉莹认为纳兰词具有即浅为美，即浅为深的特质，多半是基于语言之浅白质朴与意义的深邃绵渺之间的张力，通俗的语言与二重或多重的意指相互结合，复杂的悼亡、自悼情绪与多意指的意象结合。乐歌在女性意象塑造方面显得传统，但是在艺术手法和伦理思想方面有所突破。

（三）生活中的女性意象

《婚姻祝词》（1906）是李叔同倡导男女平权的词作。这一时期乐歌作者的进化思想中充满悖论和矛盾，因此，乐歌在明白晓畅的风格中

---

① 企释、培安编《李叔同——弘一法师歌曲全集》，上海音乐出版社，1990，第7页。

② 王国维撰，彭玉平疏证《人间词话疏证》，中华书局，2014，第333页。

夹杂着不和谐的音调。李叔同虽然认识到了男女平权的可贵，但与基于平等人权构建和谐社会关系的现代理念不同，他过于看重夫妻关系，所推崇的依旧是以血缘婚姻伦理为基础构建的宗法道德体系。家庭在现代伦理世界真正的位置不是社会基础而是私人幸福感的来源。"我们仍旧把爱、家庭——或至少是'关系'——看作是人类的中心性满足。"①

此曲作者暂时不考，歌词如下：

> 《诗》三百《关雎》第一，伦理重婚姻，
> 夫妇制定家庭成，进化首人群。
> 天演界，雌雄淘汰，权力要平分，
> 遮莫说男尊女卑，一般是国民。②

在西洋大小调中，G大调被看作大红色，给人以非常温暖的感觉。G宫作为民族调式与G大调相比，没有4、7两个偏音，比G大调更加和谐。温暖洋溢的曲调，准确地表达了他对歌词观念的推崇。这首乐歌词曲比较贴合，传了李叔同的观念。但是，乐歌创作的艺术表达有其本质性规律，太理性的陈述缺少了要眇宜修的婉约之美，幸而有曲子的配合，才能给这冷静的词平添几分妙处。在早期乐歌创作中，这样充满理性思考的词作较为常见。

第一句歌词"《诗》三百《关雎》第一，伦理重婚姻"，《关雎》何以为第一？传统诗论一般认为《关雎》乃写"后妃之德也，风之始也，所以风天下而正夫妇也，故用之乡人焉，用之邦国焉。风，风也，教也。风以动之，教以化之"③。把一首追求爱情的诗歌扭曲解读成为

---

① 〔加〕查尔斯·泰勒：《自我的根源：现代认同的形成》，韩震等译，译林出版社，2012，第420页。
② 企释、培安编《李叔同——弘一法师歌曲全集》，上海音乐出版社，1990，第11页。
③ （汉）毛亨传，（汉）郑玄笺，（唐）孔颖达疏《毛诗正义》，北京大学出版社，1999，第4~6页。

赞美后妃之德，显然超出了诗歌本身所要表达的主题，乃鲁迅先生所谓"夫既言志矣，何持之云？强以无邪，既非人志。许自由于鞭策羁縻之下，殆此事乎"①。李叔同没有明确反思《关雎》的"既非人志"，而是直接剔除女性的从属意味，把《关雎》的重要性归结为它重视夫妻关系和伦理关系，这样的理解与第二句歌词衔接恰切，使整首乐歌词曲和谐一致。但是，"风之始也，所以风天下而正夫妇也，故用之乡人焉，用之邦国焉"的意指依旧，倡导的仍然是通过推广典范夫妻关系来教化民众，扩展家庭伦理以建构现代社会伦理。"伦理重婚姻"一句所对应的旋律线形成本乐句的高点，是作者想要诉说的重点，也是提示给听众的要点。"重婚姻"处用附点，婚姻一词对应四度音程，从 5 到 2，结尾处情绪陡然下落。乐句"夫妇制定家庭成，进化首人群"处出现全曲的最高音，"夫妇""制定"连用两个大附点，跳动感强烈。

《婚姻祝词》是一首重伦理、重平权、重女性权利的乐歌，其深刻之处在于指出了女权不得实现的根源，局限则是对家庭伦理进行前提性反思，没有完全启蒙女性"第二性别"现状的意识。古代宗族伦理以家庭伦理为基础，家庭伦理以女性的从属地位为基础，女性永远处于生活的底层。李叔同认为这种传统家庭伦理必须改进，但是，他所倡导的"进步"思想实际还是从传统文化中延续下来的惯性理念，是局限于传统宗法伦理思路内的细节性改变，总体而言是对"乐经云亡，诗教式微，道德沦丧，精力爨推"②语境的一种文化拯救。如果说男尊女卑是传统宗法社会道德伦理的基石，那么现在提倡男女平等就是拯救宗法社会的具体改变。但是，天赋人权、人人平等才是构成现代社会的基本结构，家庭内部成员的平等只是一个中间环节（当然，这个环节很重要）。李叔同以家庭为基础构建新型社会的概念是近代伦理思想的特色，体现了古今观念过渡时期或者说近代思潮兴起时期的特点。

---

① 林贤治评注《鲁迅选集·杂感》第一卷，广西师范大学出版社，2018，第 30 页。
② 《李叔同全集》（第一册），哈尔滨出版社，2014，第 247 页。

林纾在《兴女学》诗序中对女性进学的评价是"美盛举也"，但是在写到为什么要兴女学的时候，却说："学成即勿与外事，相夫教子得已多。西官以才领右职，典签多出夫人力……丈夫岂能课幼子，母心静细疏条理……母明大义念国仇，朝暮语儿怀心头。"[1] 虽然女性不再囿于"夹幕重帘院落深"[2]，不再是裹小脚的"长年禁锢昏神智"[3] 的命运，但是，女学不是为了培养独立的个体，而是培养能够更好地辅助家庭的妻子。女性学习的一个主要目的是在男性不能"课幼子"的情况下为儿女启蒙，为丈夫的事业做辅助，女性的第二性别意识依旧十分明显。

从以上乐歌的主题和艺术特点可以看出，新知男性视野下的女性意象发生了很大改变，"晚清人心目中的理想女性也开始更新。贤如孟光，良似孟母，自然仍有人想望，而接受新思想的知识者，对贤妻良母的囿于家庭已很不满足……理想女性的模范……这些古今中外的女子列一排行榜，高居榜首的中国女性应数花木兰，外国女子，则贞德、罗兰夫人、批茶、苏菲亚大致不相上下"[4]，这些人物都带有爱国与流血交融的悲壮感，是侠风高扬时代的艺术化理想。

但是，面对国土日蹙的末世景象，乐歌中的女性被塑造为"应然"而非"实然"，悖论式的融合让女性意象的不饱和状态异常显著。可以说，黍离词中的女性意象真实地反映了晚清乐歌作者对女性理想人格的需求，这种理想人格以男性视角为参照，在逐步脱离传统文学局限的同时进入另一种局限。

清末乐歌在五伦中侧重个人，其精神在于个体平等，在君、家与国的关系中侧重国，强调具有现代意味的民族主义。这样的尝试既熟悉又陌生："儒家可以根据自己的传统资源来合理化权利。阻碍权利主张的

---

① 林薇选注《林纾选集·文诗词卷》，四川人民出版社，1988，第277~278页。
② 林薇选注《林纾选集·文诗词卷》，四川人民出版社，1988，第277页。
③ 林薇选注《林纾选集·文诗词卷》，四川人民出版社，1988，第277页。
④ 夏晓虹：《"英雌女杰勤揣摩"——晚清女性的人格理想》，《文艺研究》1995年第6期。

首要因素是这样一个事实：主流的权利观是建立在自主个体及该个体追求自我偏好的自由——只要他没有妨碍他人的同等自由——之观念上的。这样的观念对儒家思想来说是陌生的。"① 这两个突出的关系跨越了差序格局的中间层——父子之孝、兄弟之悌、夫妻之顺、君臣之忠等，个人脱离了忠孝仁悌之礼，个人与国家之间是单个个体与单个个体所组成的集体的关系。这是费孝通提出的团体关系，其伦理价值是以个人平等为基础的国之平等。在此基础上，其中间层同样崇尚以平等代替忠孝悌忍的伦理观念，夫妻平等以男女平权为基础，父子平等、兄弟平等以人人平等为基础，君臣之忠逐渐被个人-国家权利义务理论替代。就此，原有的以血缘为中心的差序格局被打破，权利-义务双重旋涡的伦理体系开始替代以义务为偏向力的传统伦理价值取向。

本章讨论了中国近代乐歌中团体格局的变迁，以及这一变迁如何反映在个人与国家之间的互爱关系上。乐歌中个人与国家的关系开始由单向度的付出向双向互动转变，强调了生而平等与个人自由。这种互爱的模式具有现代意味，是新型社会关系的艺术化体现。

---

① 沈美华、韩锐、刘晓英：《人权的儒学进路》，《现代哲学》2013 年第 3 期。

第五章
中国近代乐歌中的家庭伦理重建

　　清末乐歌侧重个人-国家关系，淡化家庭、家族关系；民初乐歌在坚持权利义务双中心的前提下恢复了家庭在伦理构建中的作用。家庭成员之间是平等的，个人与国家之间也是平等的，家庭作为个体的集合成为构建国家的基本单元，家庭成员在平等的基础上形成以血缘为中心的点状群体。这种结构体现了家庭的重要性，如同刘易斯提出的天国与家庭概念："天国被定义为家庭重组的地方，在那里由死亡造成分离的人会被重新聚合，不再分离。"① 人们在家庭的纽带中寻找灵魂的落脚点。人不直接对国家尽义务，而是最大可能地尽家庭责任，家庭也最大可能赋予个人"善"的生活。这种方式避免了西方国家现代伦理构建中的家庭问题，符合中国新伦理构建的历史语境。

　　为了展现伦理文化的变迁，乐歌的艺术特色发生了相应变化。民初乐歌在词体上体现了多声特征，侧重于情与理的悖论性表达，多重主题或者声音的表达依靠意象浮现出来。语言与多声音乐的结合，以及意象与主题动机的配合，产生了多重变奏的艺术效果。"家园感是虚灵的心理体验，常凭借特定的山水意象而物化呈现，并形成士人羁旅山水的诗歌传统。羁旅山水一方面具象化了士人的价值困境，加剧着生命的漂泊

---

　　① 转引自〔加〕查尔斯·泰勒《自我的根源：现代认同的形成》，韩震等译，译林出版社，2012，第420~421页。

感，一方面也使诗人在审美体验中与自然宇宙亲和合一而获得生命的安顿。"① 诗词中的"家园"带来的安顿感往往要超过羁旅行役所带来的漂泊感，或者说，家园是漂泊感的精神归宿。幽人意象中的山水更是体现着憩息的安慰："……山水诗，并不是把风景田园作为人物活动的背景看，而是将山水田园经过心物融合以后崭新的展现，景物与人的内心呼吸相应和，处处流露出给人憩息的慰安。"② 家园感是一种实在也是一种精神向度——过客与幽人最后的灵魂归宿。

第一节　虚无化伦理与追寻家园感的过客、幽人

民国初年，受乌托邦社会理想影响，现代伦理关系中的个人与国家关系出现变化。在应然层面，该时期的个体与国家之间依旧平等，但是个体价值实现的路径陌生化，个人生存受到威胁。人人都在坚守西西弗斯式的执着，却不明确追求的具体目标。家园感丧失后的空虚感促成了乐歌的悲伤情调。在此情形下，乐歌中的人物意象开始转变，英雄、侠客、游子不再是主要角色，过客、幽人逐渐成为重要意象。过客、幽人自身带有强烈的家园感，各种主题都在彷徨中循环：个体价值追求—家园感丧失—虚无性精神皈依。过客是梦醒后无处可去的零余者，他们以伴狂荡了的形象出现，在迷失中坚守，颓唐而不颓废，困顿而坚强，成了一个时代的精神雕像。幽人则是被生活磋磨得疲惫不堪的旅人，放下沉重的执着遁世隐居。最终，幽人选择某种精神皈依，过客则选择继续前行。幽人意象令乐歌有一种虚无缥缈的稳定感。过客的荒诞人格令乐歌张力十足。但是两者的选择都不是心灵的真正归宿，因此过客继续在进退之间彷徨，幽人选择归家则是一种具有现代审美精神的自我解放和

① 程磊：《羁旅山水与家园体验——论羁旅行役诗中家园感呈现的意象形态研究之一》，《海南大学学报（人文社会科学版）》2013 年第 1 期。
② 黄永武：《中国诗学·思想篇》，新世界出版社，2012，第 179 页。

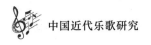

放逐。

一 家园感丧失与过客无路

登临感怀乐歌《黄鹤楼》（1912），其过客意象在革命激情退去的天水悠悠之中产生，《废墟》（1913~1914）在禾黍秋风、历史兴亡的感慨中勾画出一个孤独的旅人形象，几个主题中的人物意象都在寻找精神的栖息之所。但是，随着传统家园感的不断丧失，长安已然不再，国也只是铜驼荆棘。断碣颓垣是残败的景象。孤月、秋风、凭栏是李后主追念故国的典故。风月自清夜，江山非故园，只有借酒消愁。时代迫使乐歌作者向更深的人性探寻，犹如夜莺以哀恸凄厉的歌声表达种种不幸和无奈。过客是时代的先觉者，他们在历史和文化的废墟上对生命进行哀伤的咏叹——谁已经醒来？夜莺为谁而唱？沈心工的《黄鹤楼》歌词如下：

> 独自登临黄鹤楼，坐看江水载行舟；
>
> 千帆容易随流去，一棹艰辛赴上游。
>
> 独自登临黄鹤楼，几经革命血横流；
>
> 可怜化作花千树，遍插朱门士女头。
>
> 独自登临黄鹤楼，楼倾鹤去几经秋；
>
> 新楼结构全非昔，黄鹤归来认得否？[1]

此歌原载沈心工编《重编学校唱歌》第六集，1912年10月出版，用日本歌曲《高岭》的曲子填词。《高岭》（外国三部）也是日本填词家根据德国曲调填词的作品，选自日本文部音乐取调挂（音乐研究所）编的《小学歌唱集》第三编（1884年3月版）。歌曲为F大调，一部曲式四句体，四个乐句分别与七言绝句相对应，起承转合之间，a \ b \ d

---

① 钱仁康:《学堂乐歌考源》，上海音乐出版社，2001，第133~134页。

三个乐句旋律周而复始，复沓回旋中的旋律线如吟诵般优美，最高音在乐歌过片处，c 句领起全词的主题。这首《黄鹤楼》是 1912 年的原版，沈心工后来修改过歌词，其中最大的改动就是将"楼倾鹤去几经秋"一句改为"崔诗在壁自千秋"（修改大概发生在 1936 年该词入选教育部音乐委员会编的《中学音乐教材》之时）。"千帆容易随流去""可怜化作花千树""新楼结构全非昔"三句都在过片处。风帆已随流水去，革命红色的血只能化作头花的养分而已，江山非旧，"我"已经不知道该如何去爱这国家——爱那晴川历历、芳草萋萋的回忆。"楼倾鹤去几经秋"一句是"我"对社会革命结果的无奈，是对力争上游心态的质疑与思考，"新楼结构全非昔，黄鹤归来认得否"一句表达主人公对"新"事物的悲观态度。与崔诗相比较，沈诗的家园感几乎完全丧失，这是古代乐歌中少有的情调。

沈诗之于崔诗的鲜明对比在于过片处理，崔颢"日暮乡关何处是，烟波江上使人愁"是作为全诗的升华和沉淀句存在，是抒情主人公忧国忧民、忠君念家、怀才不遇等复杂思想情感的交织，可以说，崔诗抒情主人公的家园意识是有着落的，毕竟他们再不幸，终究有长安做永恒的守望，有家园可以成为回归的梦想，一进一退之间，处处都是诗人的精神后院。

沈心工在 c 句过片处开始酝酿悲凉情调，以高亢的叫喊式手法推动悲剧式的美学体验，衍生出一种心灵无处栖居的彷徨悲怆感，这种悲怆与崔颢所书写的深致之景形成了鲜明的对比，前一种体现生命的虚无感，后一种在沉郁顿挫中孕育着悲慨自持的执着追求。

《废墟》，吴梦非作，这首词与《黄鹤楼》一样，在羁旅登临之中塑造一个英雄失路后的过客意象：

> 看一片平芜寂寂，衰草迷残砾，
>
> 玉砌雕阑溯往昔，影事难寻觅，

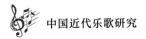

千古繁华，歌休舞歇，剩有寒蜇泣。

且莫道铜驼荆棘，旧梦胡堪忆！

数尽颓垣更断碣，翠华何处也！

禾黍秋风，荒烟落日，画出兴亡迹。①

面对已成断壁残垣的家国，旧梦中的美好国都无处寻觅，千古繁华零落，过去、现在、未来都不能带给乐歌作者一点希望，家园感在废墟般的现实中逐渐丧失。"我"是繁华与颓败中一点不确定的存在，以独立的姿态面对沧海桑田，在世事演变下实现或放逐自我，历史境遇下的荒诞人格漂浮在废墟中。在意象的浮现上，落日的夕照下，一种心理距离隔开"我"与历史。一种"远隔的心态，也可以说是退居到自己意识的世界，尤其是一个怀才不遇的人……他可以自我接纳、自我美化，在孤独的天地中自恋自赏、自傲自大"②。黄永武原句描述的是晚唐诗人李商隐，被近代乐歌作者用以象征国家的隋宫意象正是典出他的七律《隋宫》，这份远隔的心态也与近代乐歌所描述的心态相通。李商隐是晚唐的诗人，落日与远距是孤独状态的对象化，他在诗歌中实现自我认同，通过美化自己来鼓励自己生活下去，经过美化的故乡是家园感的重要组成部分。废墟中的"我"没有把握历史的勇气，其存在感在凭栏远望中淡化。《废墟》塑造的不是经过美化或贬低的理想人格，乐歌作者在寻求自我价值的路程上，将自己放置在历史的天平上去衡量，"我"成为被审视的对象，以真实的矛盾状态存在于歌词中，家园感中被美化的"我"彻底丧失。这首词是吴梦非青少年时代所作，怀旧意味颇浓，怅然低沉的情调体现了早熟的中年心态。根据吴春楚的记述，这首歌在当时传唱甚广，这种艺术上的荒诞型人格与民初知识群体心理变化相呼应。

---

① 吴梦非、王元振：《圆梦集》，内部刊行资料，不详，第219页。
② 黄永武：《中国诗学·思想篇》，新世界出版社，2012，第113页。

（一）佯狂任诞之荡子

民初，无数学子为求学而远渡重洋，为谋生而离开故土，寻求生存希望，人在旅途是乐歌作者的普遍生存样态。过客毋庸置疑是人生暂时的身份，他们总是在路上，家园感渐渐丧失，梦与酒成为虚无化的精神家园。与古代羁旅行役乐歌相比，前者多是主动寻求机遇，对现实的失望更为深刻；后者多是被动迁移，体现出不可抗拒的现实割裂感，形成漂泊无定的人生体会。

《春夜》创作于1913~1918年，李叔同作词。家族产业于1915年左右正式破产后，他曾经的英雄梦变得模糊不清。漂泊感是他被动的追求、被迫的选择，是浮士德精神的必然结果，因此，他的孤独感和荒谬感越发深刻。李叔同民初的乐歌歌词充满否定性，主要体现为乐歌内在欢快感的丧失。但同时，他乐歌的旋律却能令人愉悦，乐歌的意象在语言与音乐的二重对抗中浮现。他的自我怀疑体现在对英雄概念的重新审视上。《春夜》中抒情主人公在"青史功名，朱门锦绣"与"英雄安在，荒冢萧萧"之间寻求精神的出路，最后发出"天地逆旅，光阴过客，无聊"的生命感慨。过客在这里以佯狂任诞的荒诞者形象出现，是民初文化荒漠化、政局反复、生存无着、英雄失路后产生的特殊艺术人格。歌词如下：

> 金谷园中，黄昏人静，一轮明月，恰上花梢。
> 月圆花好，如此良宵，莫把这似水光阴空过了！
> 英雄安在，荒冢萧萧。繁华如梦，满目蓬蒿！
> 天地逆旅，光阴过客，无聊，到不如闻非闻是尽去抛逍遥，
> 倒不如花前月下且游遨，将金樽倒。
> 海棠睡去，把红烛烧；荼蘼开未，把羯鼓敲。莫教天上嫦娥，
> 将人笑。
> 你试看他青史功名（与"英雄安在"句齐唱），你试看他朱门

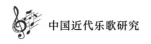

锦绣。

　　海棠睡去，把红烛烧，荼蘼开未，把羯鼓敲。①

　　《春夜》是一首四拍 C 大调的西洋调式，采用齐唱与二声部合唱的形式，合唱段具有对比式复调意味，对比部分采用二声部单对位的手法加强两种声音的对比色彩。曲式的乐思与歌词配合较完美，充分地表达了抒情主人公对英雄理想的矛盾情感。"英雄安在，荒冢萧萧。繁华如梦，满目蓬蒿"与"你试看他青史功名，你试看他朱门锦绣"两句歌词同时发声，女高音（soprano）的高音区同节奏同音高八分稳健前行，表现英雄梦转眼即逝的虚无感，"无聊"一句写出了高音区的情绪特点。男高音（tenor）的次高音区用仅仅低一度的高音表达着与女高音段的相反意见，"你试看他青史功名，你试看他朱门锦绣"是对英雄梦执着的追求。两种声音同时出现，矛盾的歌词在同一时间以几乎相同的音高、节奏、速度相互碰撞，产生攻击性戏剧效果（aggressive dramatic）："这种效果表现在众多更倾向于彼此对立而不是相互依附的主题和母题之间的关系中，也表现在这些主题和母题与一种不安定的风格铺展的关系中，这种风格铺展尽可能地让能指与所指相分离。"② 抒情主人公思想的分裂与主题的分裂同步显现，至此，分裂的主题歌词与两段旋律共同把戏剧效果推向了顶峰。在这种状态下，旋律仍然是基本愉悦的，并没有采用狂躁的音乐以配合分裂的情感，更没有仿照西方现代诗歌中典型的粗犷冲击力和晦暗的风格，他的乐歌如兰波（初期）的诗歌，带给世界独特的体验："兰波仿佛是在推动一种超脱俗世的愉悦，仿佛他是来自另外一个世界，闪烁着光芒，让人迷醉。纪德将他称为'燃烧着的荆棘丛'。在另外一些人眼中，他是天使，马拉美的说法则是'流

---

① 企释、培安编《李叔同——弘一法师歌曲全集》，上海音乐出版社，1990，第 54~57 页。

② 〔德〕胡戈·弗里德里希：《现代诗歌的结构：19 世纪中期至 20 世纪中期的抒情诗》，李双志译，译林出版社，2010，第 3 页。

亡中的天使'。"① 李叔同徘徊在个体价值认同的路口上，他是智者、圣徒、时代弃儿的综合体。他焦躁的心态和复杂的乐思体现在曲式和歌词的结构上，以传统的意象堆砌和谐的意境，以合唱、齐唱方式表现多声内涵。他打破了统一性，如兰波一般把不安定的风格铺陈在传统和谐的意境中，在使歌词尽可能远离单义性内涵传达的同时获得了艺术上的多声结构，最终形成的风格与境界体现了对开放性译义的尝试。

《春夜》与《男儿》抒情主人公"发大愿做教皇，我当炉冶群贤，功被星球十方，赞无数年"② 的鲜明意旨截然不同，与同时期《春游》的平静心态相比较，其风格转变极大。这种矛盾现象是其事业受阻后颓废心态的反映。现代英雄是理想的人格，但是这种理想人格太难实现，当此之际，一种类似于魏晋风致的人物意象就会出现，他们以酒、色、梦作为生命的追求与信仰，试图通过别样的途径实现个体价值。这种荒诞人格意象比英雄意象更复杂，更具有现代性审美价值。

《春夜宴桃李园序》，词曲校正名为黄花奴者指出："此曲酷如老学究四六腔，初弹时不见其佳，迨烂熟后按拍唱之始知其妙处。"③ 曲调中正平和中有着一点张力，偏音 4 作为主音存在，纯四度在和谐中孕育着推动的力量，全曲没有加入偏音 7，整体具有民族风格，应该为民族六声。这首乐歌歌词是李白与诸从弟聚会赋诗而作的序文，写了欣赏春景、清论而谈、饮酒作诗、享受天伦之乐等几个场景，其中"夫天地者，万物之逆旅；光阴者，百代之过客。而浮生若梦，为欢几何？"的感叹受道家思想影响，春日宴饮在浪漫的情调中透出无可奈何。词曲如下：

---

① 〔德〕胡戈·弗里德里希：《现代诗歌的结构：19 世纪中期至 20 世纪中期的抒情诗》，李双志译，译林出版社，2010，第 47 页。
② 企释、培安编《李叔同——弘一法师歌曲全集》，上海音乐出版社，1990，第 11 页。
③ 董纪伯：《春夜宴桃李园序》，《小说新报》1915 年第 5 期。

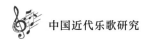

春夜宴桃李园序

夫　天地者　万物之　逆旅　光阴者　百代之　过

客而浮生若梦为欢几何古人秉烛夜　游良有以　也况阳春召我

以　烟景　大块假我以文　章会桃李之芳　园叙　天伦之

乐事　群季俊秀皆为惠连我人咏歌独惭　康乐　幽赏未已高谈

转清开琼筵以　坐花　飞羽觞而　醉月　不有佳作何伸雅怀

如诗不成罚以金谷　　酒数

　　歌词原本豪迈不羁的情绪与雅正的四六腔结合，大大削减其浪漫情调，加之没有《山鬼》那样的动态节奏，整曲塑造了佯狂任诞把酒言欢的过客意象。一切的精神慰藉——文章、天伦、诗与酒——都是浮生若梦感慨下探寻精神走向的尝试。这首词中的过客是矛盾的综合意象，纵情高歌既体现了生命的有限，也充分地表明了过客对时间的抗争意识，他们以秉烛夜游的方式与时间的流逝对抗，无限的"我"与有限的"我"相互纠缠，抒情主人公的几个侧面透过春景浮现。李白生在盛唐，诗人凭借暂时的欢愉展开对人生前途的追问，从郁结的悲慨中展现独特的自信。他的诗歌是浪漫的交响，他天才的作品中有"庄的飘逸和屈的瑰丽"（李泽厚语），他本人的浪漫型、扩张型人格是民初乐歌作者最为向往的。

　　抒情主人公在人生不永与历史兴亡中进行个体价值的咏叹，过客意象成为消解英雄意象的审美参照。英雄梦破碎后，两首曲式结尾处抒情主人公已经显出疲态，佯狂任诞的生活成为梦碎后的替代品。然而抒情主人公深知这只是梦想破碎后的自我安慰，这是过早来临的中年心态的体现，背后隐藏着进退间不断纠结的自我。

（二）送别中的自我回归

民初的过客意象在送别主题中尤为突出。如前文所述，传统文化式微，文士的文化自信遭受打击，个体价值认同失去了稳定的社会标准与伦理框架。乐歌作者大都处于传统与现代的夹缝中，呈现颓唐的中年心态，这影响了题材选取和主题情绪的构建。送别乐歌在飘零感中逐渐失去稳定的、令人安心的意象，乐歌作者不再去塑造词的"交流式的可栖居性"①，孤独的人无法从诗词中进入灵魂栖居状态，这是民初乐歌新的特点。

传统词中通常同时蕴含留与别两种情绪，"欲去又还不去"②，欲别不别的双重情绪交叠在一处，踟蹰难行，引发"飞絮送行舟，水东流"③的漂泊感。水东流是变化的也是稳定的意象，这种漂泊感虽然也指向对命运的思考，但整体上依旧是某种恒久意义的对象化。牡丹开花之日，相逢会有期，牡丹是乐歌作者预设的价值，离别的孤独情绪蕴藏在"牡丹"带来的安定感之中，形成了独特的孤愤悲慨情调。

民初离别之词渐盛，尤其是李叔同的填词乐歌《送别》传唱至今，家喻户晓，在百年诗词历史之中实属罕见。这首乐歌获得普遍的接受和认同是因其本身独特的思想与艺术性。它的成功，除了曲式与词作的完美结合，还有赖其用独树一帜的情调和情思充分地表现时代的孤独之感。刘纳在《嬗变——辛亥革命时期至五四时期的中国文学》一书中指出："那是政治形势急剧变化的时代，也是精神文化急剧变化的时

---

① 〔德〕胡戈·弗里德里希：《现代诗歌的结构：19 世纪中期至 20 世纪中期的抒情诗》，李双志译，译林出版社，2010，第 3 页。
② 邹同庆、王宗堂：《苏轼词编年校注》，中华书局，2002，第 49 页。
③ 邹同庆、王宗堂：《苏轼词编年校注》，中华书局，2002，第 50 页。

代。就那一批激进诗人中的多数人来说，他们所接受的近代意识主要在政治方面，尚未达到世界观的更深的层次。因而，在他们的'新'的政治理想、人生憧憬与传统的心态、操守之间，存在着十分深刻的、内在的矛盾。当着他们以充分的行动力量追随时代前进，他们高扬着骄傲的头颅，高唱着豪气干云的战歌，这种矛盾被掩盖了。然而，当他们在夜间独自沉思默虑，内心的痛苦便延醒了。"① 这首乐歌通过送别的主题将主人公塑造为一个孤独者，他失去亲人、朋友……人生于他而言不如一场梦境令人开怀。"我"就是天地间光阴间的过客，匆匆的离别是"我"永恒的归宿，"我"想要留住的都失去，只剩下孤独与彷徨。这首乐歌在清远沉着的风格中透出漫无边际的虚无感，将个体价值的自问渗透到灵魂深处，恰到好处地塑造了民初中年心态下典型的人物意象。这种具有时代感的情绪是人具有现代意识之后的百年孤独。乐歌主人公要在一壶浊酒残梦中为灵魂寻到一个暂居之地，然而梦会醒来，一场虚无的狂欢终将结束。真实的虚妄是民初乱世的真实心态，清远沉着中的虚无感是导致李叔同出世入佛的一个因素，也是激发新文化的践行者彻底打破旧伦理束缚的心理推动力。

除留与别以外，对未来的期盼也是民初送别之词的主题情绪。期盼带来快乐，与离别的痛苦形成互补，两种情感并行不悖，相互融合又各自独立，快乐的情感不能湮灭离别的愁思，离别的愁绪也不能成为主题情绪统摄全曲。然而期盼以个体对自我价值的希冀为基础，是建立在对未来与远方的正向估量上的预测，和传统诗词单纯寄希望于明日的情感色彩并不完全一致。

传统乐歌中，希冀是对当下离别愁绪的一种心理补偿，抒情主体与抒情主人公的界限是模糊的，个体要依附于朋友来获得情感的共鸣。民初乐歌则明显体现出希冀的主动性，是乐歌作者自我意识觉醒后的情绪

---

① 刘纳：《嬗变——辛亥革命时期至五四时期的中国文学》，中国人民大学出版社，2010，第226页。

转变。他们开始普遍地、主动地（非个人的，不是由于乐歌作者的性格而促成的）从痛苦的体验中寻求快乐，别后的悲伤被"看好马，羽毛齐，争向青云各奋飞"①的豪情取代，一种劲健风格冲淡了痛苦的离愁别绪，因为抒情主人公相信"快乐与痛苦的根源在于心灵趋向完满性的努力"②。

沈心工的《话别》（1912）是以《苏格兰蓝铃花》曲调填词而成的歌曲。乐歌中送别与盼望的情绪交织，形成前后对比的两种声音，展现出抒情主人公个人情感的转折。送别时"杨柳绿依依，三叠阳关惜别离"的景象，与其后的"看好马，羽毛齐"之景呈现对比，情与景在感情色彩上高度一致，继而形成两个色彩各异的意象群。

民国初年是乐歌体发展的过渡时期，其主要特点是实景逐渐与文化典故相互融合。纯粹、客观的景物出现频率逐渐减少，取而代之的是孕育情思流动的虚词虚景。送别词中的天涯海角、夕阳古道都具有了现代意味，清远沉着的远隔心态掺杂了对个体生命虚化的积极理解，可以说，中国传统意识中的安土重迁、父母在不远游的家园意识在逐渐地淡化。如果说在传统诗词中"路远天阔，象征着理想的难以达成……借空间上的关山迢递，夕阳山外的无尽行程和时间上的岁月飘忽，一生日短的黄昏意蕴，来刻画身心俱疲、漂泊无依的知识分子形象"③，那么在民初的送别词中，天涯海角所象征的是个体对命运的积极预想，是个体价值得以实现的广阔空间。"后会岂无期，切莫悲伤牵住衣。尽天涯仍知己，究竟同心同声气"④蕴含着思想性的情绪内涵，虽然身各天涯，但是，只要有共通的话语和心灵，就如同还在朝夕相处一般。这是对送行之人的劝慰，也是对离别的崭新理解。

此外，天涯是虚化之景，代指远方，这种对远方的期待在古诗词中

①　钱仁康：《学堂乐歌考源》，上海音乐出版社，2001，第180~181页。
②　〔英〕鲍桑葵：《个体的价值与命运》，李超杰、朱锐译，商务印书馆，2012，第10页。
③　傅道彬：《晚唐钟声——中国文化的原型批评》，东方出版社，1996，第78~79页。
④　钱仁康：《学堂乐歌考源》，上海音乐出版社，2001，第181页。

很少见。天涯出自《古诗十九首·行行重行行》："相去万余里，各在天一涯。"[1] 南朝陈的徐陵《与王僧辩书》："惟桑与梓，翻若天涯。"[2] 元代马致远《天净沙·秋思》："夕阳西下，断肠人在天涯。"虚化的景致表达了凄凉悲慨之情。不同于古人，《话别》一曲的虚景在其意义处理上是积极的，传达出对空间意义上的远的现代理解。传统虚词的现代诠释体现了艺术的灵活性与过渡性，那时的作者还不能在词中写上欧罗巴的芦笛，不能借用《马赛曲》的调子来吐出堇色的故事，不能如同赵元任的《茶花女中的饮酒歌》一样写下东方色彩的老晴天。因此，这个时期的作者尽量用虚化的景致来表达感情，借用传统的语言资源表达自我的情绪。

送别寄怀之词的兴盛正是乐歌作者惶惑无告人生境遇的一个艺术化缩影。旧的伦理借助政治的东风吹拂古老的土地，乐歌作者依然习惯在社会关系中寻求自我价值，将亲朋好友当作个人生命价值的对象化，因此，逐渐分离或永绝的友情、爱情、亲情意味着个体生命意义的丧失。同时，乐歌作者开始探寻新伦理价值，送别词对个体命运的高度关注是典型代表。这类乐歌关注个人的意义，探索个体在逐渐失去亲朋好友的过程中如何自处以及个体价值如何建立的问题。传统与现代之间的彷徨心态导致二重艺术结构，每一首乐歌都在两种情绪的对撞中完成，具备了多声乐歌的雏形。

综上所述，过客是一个中性的意象，在延承古代诗歌虚无形神观的同时也拥有现代反抗虚妄的精神。一方面，它是乐歌作者塑造荒诞人格的合理依据，既然人生如旅，终究是虚无，那么荒诞人格就变得具有审美意义，"……诗歌进入无意识的昏蒙。荒诞者与英雄者具有同样的地位"[3]。该时期，他们由于个体价值处于震荡的价值坐标中，常常感到

---

[1] 王元圻编《古诗十九首》，浙江古籍出版社，2020，第1页。
[2] 许逸民校笺《徐陵集校笺》，中华书局，2008，第534页。
[3] 〔德〕胡戈·弗里德里希：《现代诗歌的结构：19世纪中期至20世纪中期的抒情诗》，李双志译，译林出版社，2010，第134页。

茫然、彷徨，但是他们却在迷失方向的状态中坚守，迷惘而不迷失、颓唐而不颓废。一种具有现代意味的荒诞者在留、别之后出现，新意象促成了新文化运动的风起云涌，赋予新诗人不破不立的果敢和决绝。

二　民初乐歌中的幽人意象

民初乐歌的幽人意象主要在山居词中出现。山居是一种生活状态，抒情主人公远离庙堂、城市，隐居于乡野、山中等心灵的栖息之地，幽人意象在追寻—幻灭—回归的循环结构中产生，强烈的家园感进一步深化了人物意象的内涵。如果说过客的荒诞型人格令乐歌具有紧绷的张力，那么幽人的高蹈清远赋予了乐歌茫远的稳定感。但是，暂时的安顿只是作者的虚无性幻想，不是心灵的最终归宿。过客在进与退之间彷徨，幽人则选择归家——一种自我放逐或超脱。

（一）虚无的个人之歌

山居乐歌呈现无主题状态，总体体现了某种安然的心境，类似于王国维的"无我之境"，但是风格又有不同。乐歌作者心中的山水可以是躬耕的田野，也可以是温馨的家居生活，诗、药与酒都是他们的精神依托。需要说明的是，与清末春游踏青主题中山水意象不同，此时的自然风景不单单是审美对象，也是幽人的居住场所，是精神的安放之地。清末的自然是青年浪漫心态的外化，是自我的外在体验，绚烂的色彩对比和夸张的语言不断打破自然的平静。而民初的山水是中年颓唐心态的外化，是偏安与逃隐心理的艺术化表现。颓唐的心态促使乐歌作者刻意追求宁静的美学风格，形成与奔进激越不同的沉郁淡泊情调。民初有一首《个人歌》，可以作为幽人意象的精神内核，其词如下：

> 一个人，一个人，世浊我独清。
> 离溷俗脱尘自由，行动好精神。
> 置身海外洼子滨，时局不闻问。

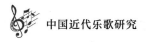

把酒高歌吟，四大皆空万事轻。

一个人，一个人，抑亦葛天氏之民。①

歌词中的"一个人"是从群体里剥离出来的人，其追求仅仅是做一个"行动好精神"的"民"而已。他的追求是虚无性的，在个体追求—幻火感—把酒高歌的结构中，幽人意象对时间价值、政治功利等一切外在之物都不屑一顾，因此没有过客意象的荒诞性。如果说，过客是在悲泣中苦涩微笑，依旧有执迷不悟的追求，那么幽人则是独自簪花照镜，用淡淡的微笑来抹平苦涩，以自我放空来获得暂时的精神慰藉。

1911 年发表于《朔望报》的《山居（限溪西鸡齐啼屋北鹿独宿为韵）》如下：

门对青山屋枕溪，幽居别墅筑桥西。

雨霏香征眼革鹿，风弄花枝舞竹鸡。

堤柳千丝垂欲遍，渚苹一片贴初齐。

烟故如画船归晚，有客蓬窗听鸟啼。

绿杨围住诗人屋，窗对花南门水北。

矶畔敲针学钓鱼，园中采药呼饥鹿。

随时觞咏兴无穷，伴客弦歌调非独。

向晚渔樵唱和来，炊烟深处于焉宿。②

《山居》虽然刊载于近代，但在文体和文本上属于古代歌词。从题目可见，作者此作是以限定的韵脚创作两首诗，从文体上属于古诗中的近体诗范畴。两首诗配以同一段音乐，组成了《朔望报》刊载的乐歌。

---

① 《个人歌》，《个人杂志》1914 年第 1 期。

② 《山居》，《朔望报》1911 年第 1 期。

《山居》第一段歌词用平声韵脚，首句入韵，有拗句但基本符合格律，可以视为一首仄起仄收的七言律诗。格律诗采用平声韵脚，平、上、去三个声调的字韵母都可以拖长，以配合每段音乐最后拖长一个节拍的音符。第二段歌词与第一段配乐相同，描绘的内容也是相似的闲适幽居生活，但这一段歌词不再遵循近体诗平平仄仄平平仄的格律要求，反而采取格律诗绝不可能使用的入声字作为韵脚。在诗词格律中，一首律诗的押韵绝大多数情况下严格限于同一韵部的平声字，词则依据不同词牌平上去入皆有。较为宽松的词牌一般允许跨部押韵，有时一韵的韵字选择可以横跨平、上、去三个声调的数个韵部；但同时，词律的押韵严格区分入声字与非入声字，有"缓急不通押"的说法。所谓缓，指的是平、上、去这些可以拖长的字音。所谓急，便是指在标准现代汉语里已经消失了的入声字。入声字皆有一个不发声的塞音韵尾（-p，-t，-k），读出来造成字音短促的效果，给人急迫之感，较之可以拖长的平、上、去便是"急"音。进一步而言，押入声韵的歌词有"拗""怒"之感。"缓"音，尤其是平声，有平缓的效果。对联往往讲究仄起平收，上联以仄声字结尾，下联以平声字结尾，就利用到了结尾平声字带来的悠长效果。

这首字面上充满禅意的乐歌，前半部分平仄协调韵律和缓，后半部分却全部是短而急的结尾。对于古代歌词的句式安排效果，著名词学家龙榆生这样说："一般说来，每一歌词的句式安排，在音节上总不出和谐与拗怒两种。……表现在整体结构上的，首先要看它在句式奇偶和句度长短方面怎样配置，其次就看它对每个句末的字调怎样安排，从这上面显示语气的急促与舒徐，声情的激越与和婉。"[1] 第一段歌词虽有拗句，但基本符合奇偶数句平仄相对、奇偶数句平仄相粘的规律，可以视为一首仄起正格的七言律诗。溪、西、鸡、齐、啼五字都属于"齐"

---

[1] 龙榆生：《词学十讲》，北京出版社，2005，第38~39页。

部，按龙榆生所言，以此部押韵的歌词有"萎而不振"的特点。[①] 歌词本身首句入韵、隔句押韵、平声韵部、韵位均匀，读来已经有"纤徐为妍"[②] 之感；加之选用以"弱"为特点的韵字，和音乐、文本一起整体营造出山居的悠然闲适。第二段歌词依旧充满禅意，但韵律上全用短而急的结尾。这样的声律安排，其实与《念奴娇》《贺新郎》等受豪放派词人青睐的词牌颇为相似，在整体拗怒与和谐矛盾的统一中造成拗怒多于和婉的激越情调，适宜表达激壮慷慨的豪迈感情。[③] 词是禅意词，曲调却半徐缓和谐、半短促有力，空灵高雅的境界中蕴含急促不平的心声。

1915 年发表于《小说新报》的《晚秋有感》借陶渊明喜欢菊花的典故浇抒情主人公胸中块垒。

一年容易又三秋，岁月真个如流。
西风料峭销瘦骨，淡月朦胧上画楼。
闲来枯坐浑无聊，何妨浊酒浇愁。

黄花开满画楼西，红苞绿萼成蹊。
愧无学士赋诗才，也效征君醉菊畦。
极目河山无是处，慰情幸有山妻。[④]

秋日西风寒冷刺骨，淡月的光晕朦胧地照在画楼上，增添了一种幽静的氛围。诗人在闲暇时感到无聊，于是借助饮酒来浇愁，表达了一种借酒消愁的情绪。诗人自谦没有赋诗的才华，但也效仿古人在菊花盛开的田地里饮酒作乐。诗人极目远眺，感叹河山之美无处可寻，但庆幸有

---

① 龙榆生：《词学十讲》，北京出版社，2005，第 27 页。
② 龙榆生：《词学十讲》，北京出版社，2005，第 61 页。
③ 龙榆生：《词学十讲》，北京出版社，2005，第 76~77 页。
④ 寥鹤：《晚秋有感》，《小说新报》1915 年第 9 期。

贤妻相伴，能够慰藉他的心情。歌词中大量出现古代隐逸诗词的典型意象，着重用著名的隐士陶渊明的典故。陶渊明有学士、征君、征士等称呼，他喜爱菊花，"黄花"是古诗词中菊花的别称。第二段歌词中，黄花、学士、征君、山妻都是隐逸诗的关键词，山妻乃隐士之妻，陶渊明被称为"隐逸诗人之宗"①。但陶渊明一生介怀未能封侯拜相，乐歌作者用他的典故，呼应了第一段歌词中的愁闷，只是将借酒浇愁换为不明显的嗟叹伤怀。此时幽美环境中隐士的心情仍不幽静。

幽人意象追求的仿佛是四大皆空的澄明之境，无欲、无执、不生、不死、大休、大息，最终将达到永恒的状态。但是，幽人都是从清末"敢为天下先"的创世情绪中走过来的，一时间并没有获得完全的性灵自由，还没有沉淀出心空的生命状态，因此，乐歌整体风格没有古代乐歌的栖居性，带给人的不是真正的灵魂安慰，受众不能真正进入幽人所营造的精神世界。抒情主人公波动的情绪通过外在的语言、意象与曲调的悖论性表现出来，幽人主题的多声性和过客主题一样显著，都是在统一的主题下分裂出来的另一种声音，虽然声音微弱，但却是横亘在"我"灵魂中永恒的惆怅与执着。

（二）山水自适中的幽人意象

《春游》（1913~1918）是李叔同的词曲作品，歌词清丽婉转，空灵妩媚中带有些微惆怅。这首乐歌中的山水是"我"的精神依托，也是"我"精神的外化，主体与客体的相互交错中塑造出多声的意象。歌词如下：

> 春风吹面薄于纱，春人妆束淡于画。
> 游春人在画中行，万花飞舞春人下。
> 梨花淡白菜花黄，柳花委地芥花香。

---

① （南朝梁）钟嵘撰，李子广评注《诗品》，中华书局，2019，第112页。

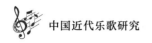

莺啼陌上人归去，花外疏钟送夕阳。①

这首乐歌中存在两个"我"，一个明显地存在于词中，是抒情主人公；又有一个旁观于词外，是一位主动的旁观者。"游春人在画中行，万花飞舞春人下"是主动自我观照的审美行为。两个"我"互为审美的主体与客体，多声意象在主客互换中产生。乐歌作者对画面的鉴赏具有审美现代性，"看"不单单是一种审美距离，而是要在看与被看之间浮现出不同的精神与情绪。

李叔同此时的教育事业正春风得意，《春游》最初于1913年刊于浙江省立第一师范学校校友会刊物《白阳》上，李叔同离开上海《太平洋报》不久，在艺术教育上取得前所未有的进展。经过他的大力提倡，浙江省立第一师范学校里的艺术气氛非常浓厚。那时候李叔同题词《白阳》："技进于道，文以立言。悟灵感物，含思倾妍。水流无影，华落如烟。掇拾群芳，商量一编。"② 可见他当时对乐歌体性的整体要求。"悟灵感物"是当下心情的真实体验，"含思倾妍"则是对哲理性思维和语言风格的要求，基本符合音乐文学的体性特点。如此，游人成为镜像的一种，乐歌作者也是游人，自然也可以是镜像。乐歌作者拉开一定的审美距离，从一个较为客观的全息视角观看自己。从日出东方到夕阳晚钟，可以看出与主观情思不同的意味。春是最蓬勃也最短暂的季节，如同人生命的缩影，倏忽间万花隐去，陌上人归，疏钟阵阵犹如生命的挽歌，夕阳的余晖渲染出凄婉的整体氛围。春带给人生机与希望的同时也蕴含着感逝情怀，由春而来的幸福愉悦与淡淡惆怅都隐藏在夕阳残照中。

《枫》也是在自然景物的变化中塑造人物，歌词如下：

---

① 企释、培安编《李叔同——弘一法师歌曲全集》，上海音乐出版社，1990，第17页。
② 陈星：《说不尽的李叔同》，中华书局，2005，第32页。

繁华逝矣付前川，劫后霜林学少年。

强红无数闹无端，点缀着一棹渔船。

岂老境转极煊妍，青女美术仙乎仙。

冷入吴江，波翻蜀锦，灿灿晴霞夕照边。

晚来颜色丽朝暾，香国风流今尚存。

六朝画稿旧啼痕，浑不似摇落江村。

岂秋霜培植人文，作合题诗一段婚。

宾雁来时，卖鲈声里，二月秾华欲并论。①

　　这首词以一位渐入老年的抒情主人公视角描摹江南日暮时分的秋景，敷述凭怀六朝的盛衰哀荣之感，构成澹远的家国情思。如同渔舟唱晚的湖景，渔船已经不是"一棹船儿赴上游"的行进状态，而是点缀在江心的归家之舟。夕阳的粲然与六朝画稿形成了跨越时空的对比，抒情主人公的心犹如热烈的夕阳，但夕阳终究老去——如同六朝繁华一样消失殆尽。青女原本是指传说中掌管霜雪的女神，《淮南子·天文训》中记载："至秋三月……青女乃出，以降霜雪。"② 李商隐《霜月》："青女素娥俱耐冷，月中霜里斗婵娟。"③ 清姚鼐《问张荷塘疾》诗有"今年青女慵司令"④ 句。在这首乐歌中，青女应该是代指秋天的繁霜。"人文"一词有多重解释，在此指礼乐教化。《易·贲》云："观乎天文，以察时变。观乎人文，以化成天下。"⑤ 人文与美术相呼应，都是抒情主人公的精神寄托，依靠礼乐教化天下之人是抒情主人公的美好希冀，但是这事业偏偏降临在一片秋霜晚景之中，无不显出萧索。几对具有对比色彩的意象跨越时间与空间相互组合，呼应深藏内心的凄凉情感。同

---

① 轶池：《枫》，《小说新报》1915 年第 11 期。
② （西汉）刘安编，胡亚军译注《淮南子》，二十一世纪出版社集团，2015，第 31 页。
③ 刘学锴、余恕诚：《李商隐诗歌集解》，中华书局，2004，第 1812 页。
④ （清）姚鼐：《惜抱轩全集》，中国书店，1991，第 434 页。
⑤ 夏华编译《周易》，万卷出版社，2016，第 116 页。

时，根据"岂秋霜培植人文，作合题诗一段婚""宾雁来时，卖鲈声里，二月秾华欲并论"几句，可把该乐歌理解为一首婚礼进行曲，这就在幽静的意境中加入了悠扬欣悦的情调，进而形成了多声部的近代乐歌。

以上两首乐歌实践着多声式的意象、语言与风格，主题意象是山水词中的幽人，他是介于过客意象与山居隐士之间的过渡型人物。抒情主人公在白阳的春景中追逐梦想，也在自我的镜像中看到疏钟夕阳，"景物主体化的前提是景物的本体存在，然后才有景物的情感化、主体化出现。其表形特征是主客间的互动与对话。而意理化却是脱离了景物本体存在，将景物工具化。意理化中的景物不是情人而是雇工。当然，意理化中也有好诗……智在技巧之中，灵在天地之间"①。尤其是《春游》，歌词和乐曲都达到淡雅之境，这种境界建立在淡淡的多声情绪基础上。这是一种隐含的多声结构，只要稍稍错过，就会把它们误读成浪漫的单义性乐歌。后来的新文化乐歌继承了该时期的多声艺术形式，并进一步发展。

（三）禅境山水中的灵魂归路

乐歌作为时间的艺术，它对人的吸引力离不开其自身的艺术价值，时代的吹拂与传统的印记都渗透到经典乐歌的肌理之中。一个时代有一个时代的文学特色，它们的艺术特征也必然地滚动着风云的动势与时代的丰赡。具体而言，该时期的乐歌在主题思想表达，语言结构与修辞方式，意象表达与意境构建，曲式结构与歌词体裁的突破等方面都有时代特点。经典乐歌被接受体现了受众（听众）的自我应答。经典乐歌的接受与沉淀不仅仅是时代风尚、审美趣味的直接反馈，更是受众文化心理、认知方式、生活实践态度的深层折射。

发表于1915《小说新报》第10期的《菊》，轶池作词。歌词如下：

---

① 徐大威：《由"心灵"本体到"意"本体——论中国诗歌意境的演变》，《理论观察》
2011年第1期。

露篱横，霜圃选。未竞群芳，独竞群芳殿。

故国天寒侵素面。不怕西风，那怕西风战。

晚烟迷，秋色绚。纫共茱萸，纫与茱萸荐。

傲骨芳心工锻炼。阅尽繁华，阅尽繁华贱。[1]

这首颇具古典风格的歌词，其用词和意象都带有明显的古典美，显示出深沉的情感。歌词整体颇具宋诗的说理意味。"纫共茱萸，纫与茱萸荐"一句，"纫"字与芳草同时出现，暗用《离骚》"扈江离与辟芷兮，纫秋兰以为佩"之意。从内容来看，这首诗描绘了深秋的景象，使用了"露篱横""霜圃选"等词句来表现秋日的萧瑟和清冷。菊花不去和群芳争奇斗艳，而是在群芳消歇时独占天地，表达出一种超然独立于世俗之外的意境。家园寒冷，菊花不畏恶寒侵袭，依然素面朝天。"不怕西风，那怕西风战"显示出坚韧不拔的精神。"晚烟迷，秋色绚"描绘了夕阳下烟雾缭绕和秋天色彩斑斓的景象。"傲骨芳心工锻炼"则形容了一种高尚的品格和坚强的内心。最后一句"阅尽繁华，阅尽繁华贱"表达了一种超脱世俗繁华，看透世事的态度。

《幽人》（1913～1918）、《幽居》（1913～1918）、《燕归》（1913～1918）、《道情》（1915）、《晚秋有感》（1915）等乐歌中都有一个"幽人"意象，他们将自然和心中的风景作为自我追求的完美彼岸。但是，如《春游》一样，这些乐歌没能将听众带入一个完整平静的世界，意、象、言、乐之间总有些刻意的痕迹，表现出抒情主人公急切不定的心态。与陶渊明相比，景物缺少了自然美，与王国维相比，乐歌无法勾勒出具有禅意的画面。主题动机与主题意象之间的错位加深了不和谐的因素，所有乐歌都在颓唐而悠然的境界中蕴含着某种不确定性，多声效果在去张力状态下的张力中产生。

《天风》是一首热烈的乐歌，承续了李叔同早期创作的浪漫情调与

---

[1]　轶池：《菊》，《小说新报》1915 年第 10 期。

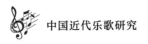

积极态度。部分歌词如下：

> 咳唾生明珠，吐气嘘长虹。
>
> 俯视培塿之垒垒，烟斑黛影半昏蒙。
>
> 仰观寥廓之明明，天风回碧空。
>
> 天风荡吾心魄兮，绝于尘埃之外游神太虚，
>
> 天风振吾衣袂兮，超乎万物之表与世长遗。①

　　这首乐歌以有我之心写无我之词。超离尘世的强烈愿望透露出作者的主观情绪，这种情绪本身就是一种执念。李叔同中期（1913～1918）的乐歌词作品大都有两种声音，一个声音试图放下一切苦闷追求幽人境界，另外一个则流连尘世表达人间性的自我。《晚钟》歌词就如同两个自我的对话：

> 大地沉沉落日眠，平墟漠漠晚烟残，
>
> 幽鸟不鸣暮色起，万籁俱寂丛林寒。
>
> …………
>
> 众生病苦谁扶持？尘网颠倒泥涂污，
>
> 惟神悯恤敷大德，拯吾罪过成正觉。
>
> …………
>
> 仰天衢兮瞻慈云，
>
> 若现忽若隐隐，钟声沉暮天，神恩永存在。
>
> 神之恩，大无外。②

　　第一个乐句在废墟落日晚照中展开，夕阳下的萧瑟情调与零余者意

---

①　企释、培安编《李叔同——弘一法师歌曲全集》，上海音乐出版社，1990，第34～35页。

②　企释、培安编《李叔同——弘一法师歌曲全集》，上海音乐出版社，1990，第48～50页。

象通过景物的荒漠感表现出来。然而歌词随即一转："众生病苦谁扶持？尘网颠倒泥涂污。惟神悯恤敷大德，拯吾罪过成正觉。"神拯救我的罪过，使我能够正觉，神性化的表达似乎成为乐歌的主要声音，虽然神性声音有覆盖个人萧索的趋势，但是在后半阕歌词中依旧存在不可控制的个人情绪，抒情主人公急于脱离尘世的愿望反而导致内在的痛苦，让整首乐歌处于不平衡的混我状态。

《归雁》则在一片平和疏朗的情调中展开。这首乐歌以秋天为背景，一切逝去的回忆都如同过眼云烟一般不留痕迹，尘世间的幻想不值得留恋，"不如归去归故山"。歌词如下：

> 几日东风过寒食，秋来花事已阑珊。
> 疏林寂寂双燕飞，低徊软语语呢喃。
> 呢喃，呢喃，呢喃，雕梁春去梦如烟。
> 绿芜庭院罢歌弦，乌衣门巷捐秋扇。
> 树杪斜阳淡欲眠，天涯芳草离亭晚。
> 不如归去归故山。故山隐约苍漫漫。
> 呢喃，呢喃，呢喃，不如归去归故山。①

《六祖坛经》云："自心归依觉，邪迷不生，少欲知足，能离财色，名两足尊……善恶虽殊，本性无二……自性变化甚多，迷人不能省觉……自悟自修自性功德，是真归依。"② 真的皈依要辨别自性之变，抒情主人公在看透一切精神之乐后选择归去，他的归去之处不是桃花源式的主观幻想之地，也不是寄希望于未来的科幻空间，空间与时间的距离都不能给予"我"审美感受，只有真正回归自性才有可能通向精神的彼岸。乐歌在"归去"的洒脱飘逸中依旧隐藏着一种执着，虽然与

---

① 企释、培安编《李叔同——弘一法师歌曲全集》，上海音乐出版社，1990，第38~39页。
② 李明注译《六祖坛经》，岳麓书社，2016，第120~127页。

《天风》和《晚钟》不尽相同，但是，几首乐歌都透露出对尘世的厌恶与眷恋，矛盾的景物意象、无法自洽的人物意象都在悖论修辞与多声结构中同时存在。曾经的春日、芳草、美人、团扇都是美好的精神享乐，而堂前燕去、团扇见捐是凄凉的当下。美好的过往与凄凉的当下同时成为乐歌的主题意象，看破红尘的淡泊境界中隐含着难以割舍的生命波澜。

《幽人》（1913～1918）是典型的禅境乐歌。该曲的山水、风景已不是纯粹的自然之景，精神的山水与回忆中的家合二为一，成为"我"的精神向往。该曲为四部合唱，是一种集体性的表达方式。歌词如下：

> 深山之麓，三椽老茅屋，中有幽人抱贞独。
>
> 当风且振衣，临流可濯足。
>
> 放高歌震空谷，呜，呜，呜，呜，呜，呜。
>
> 浊世泥涂污，浊世泥涂污。
>
> 道孤，道孤，行殊，行殊，吾与天为徒，吾与天为徒。①

《庄子》曰："然则我内直而外曲，成而上比。内直者，与天为徒。与天为徒者，知天子之与己皆天之所子，而独以己言蕲乎而人善之，蕲乎而人不善之邪？"② 李叔同乐歌中的幽人意象把自然当作唯一的存在，幽人是浑浊社会之外的个人，他以内直的真性情独立世间，如同自然的景物一样自得而存，山水、鸟鸣、高歌、茅屋是幽人全部的精神向往。几个简单的意象散落在乐歌中，浮现出一幅点染的山水人物画。但是在这和谐的无我之境中，歌词的最后一句还是直白地透出抒情主人公彷徨的心情，"道孤，道孤，行殊，行殊"一句是对自己的评价，他深刻认识到了"我"作为遗世独立之人不容于世，却仍介怀自我评价与社会

---

① 企释、培安编《李叔同——弘一法师歌曲全集》，上海音乐出版社，1990，第53页。
② （清）王先谦：《庄子集解》（庄子集解内篇补正），中华书局，1987，第4页。

评价的矛盾，一言以蔽之，抒情主人公依旧在"他人"的眼光中寻求认同。李叔同出家以后的书法作品有"放下"两字，收藏者保存至今，那随意飘逸、无形之形的字体意味着他已放下无数的执念，幽人是在"放下"之前的作品，幽人的人格形态是复杂而不完整的。

乐歌意象的选取和浮现方式也体现了幽人的矛盾，乐歌中的隐居之地不是别处，"三椽老茅屋"是李叔同儿时的家园，他在《忆儿时》的乐歌中有"茅屋三椽，老梅一树，树底迷藏捉。高枝啼鸟，小川游鱼，曾把闲情托"①的记载。根据李端的回忆，他确信陆家胡同老宅有树，后院有三间灰土房，有书房、客房、下房三间，家中植被较多，临水而居。那就是李叔同的幽人住所，是儿时的美好回忆，却终究是世俗之物。"当风且振衣，临流可濯足"有着出世之人的随意洒脱、不羁无束。民初的幽人就是这样的矛盾组合，他们是赤子之心的哲人、自然之子的隐士，也是不容于世、特立独行的幽人；他们向往看破红尘、遁世隐居的生活，却放不下尘世的牵挂。抒情主人公的身心都在这两种选择之间撕扯。

此外，李叔同的乐歌词作有相当一部分写山居幽人意象，例如《月夜》（1913～1918）：

> 纤云四卷银河净，梧州萧疏摇月影，
> 翦径凉风阵阵紧，暮鸦栖止未定，万里空明人意静。
> 呀！是何处，敲彻玉磬，一声声清越渡幽岭，
> 呀！是何处，声相酬应，是孤雁寒砧并。
> 想此时此际幽人应独醒，倚栏风冷。②

《月夜》末句点题，如"道孤"一句般，静谧安然的景象中，一位

---

① 企释、培安编《李叔同——弘一法师歌曲全集》，上海音乐出版社，1990，第21～22页。
② 企释、培安编《李叔同——弘一法师歌曲全集》，上海音乐出版社，1990，第51～52页。

未眠幽人打破了宁静的气氛，独自享受着难以言状的孤独。与之相比，《幽居》可能是李叔同脱离尘世之前的作品，其意象已经具有完整的统一性。"在山之麓。抚磐石以为床，翳长林以为屋。眇万物而达观，可以养足……扬素波以濯足，临清流以低吟。睇天宇之寥廓，可以养真。"① 全曲歌调平静，没有突如其来的感慨，也没有世俗的回忆，静谧中没有出现不和谐，一切景物都在想象中。《幽居》的意象与前几首对比，可以看出幽人由多声式意味到单一禅意性的变化。

李叔同前期的乐歌多是在积极心态影响下的创作，而他中期（1913～1918）的乐歌创作则多少有消极心态，"世俗所谓精神之乐"一点点消散，爱情、亲情、友情、功利心等都成为"幻觉妄想而已"②。这看似是厌世主义的态度，其实是佛教的根底。它表现为厌弃现世的独善修身，是祈求涅槃的愿望，是一点点远离五苦走向深度自觉之境的过程。在这样的过程中，虽然李叔同对人世间精神之乐的眷恋逐渐消减，但是留恋的心情还时常表现在禅境乐歌之中，如同突然从幕布旁跳出来的演员，不合时宜地发出另类的声音。这类乐歌运用多声或者离调的手法，表现抒情主人公在通往澄明之境之前的彷徨心境。这些不同主题的乐歌都塑造了一位幽人，从《天风》开始初具宗教浪漫情怀，到《幽人》《利州南渡》《夜归鹿门歌》的彷徨与追求，再到《归雁》《幽居》的禅意，乐歌风格转变过程中始终存在抒情主人公的几种心声。前期乐歌中不同声音的对比微弱；中期则显著，形成了典型的多声乐歌；后期的禅境山水创作围绕归去的愿望，这愿望已经脱离爱别离、怨憎会，但"归"本身也是执念，是一种执着于脱离尘世而又求不得之苦。归去的愿望依旧没能彻悟真常，没有达到觉性圆满的境界。

李叔同脱离尘俗后作了几首乐歌，歌词与前期、中期风格大不相同，了悟后的哲思渗透其中。乐歌追求的不是尘世的爱恨情仇，也不为

---

① 企释、培安编《李叔同——弘一法师歌曲全集》，上海音乐出版社，1990，第33页。
② 谢无量：《佛学大纲》，广陵书社，2009，第182页。

归去烦恼，歌词中的景色不再带有喜悦或者悲悯的情味。山本是山，水本是水，探究山水之中的奥秘、解释意象之间的客观关系成为该时期山水乐歌的主题。尘俗之情已经不能投射到乐歌之中，只有一种物我不分的审美体验渗透歌词，形成了佛教精神观照下的"禅词"。沈德潜说诗歌贵有"禅理禅趣"却不能有"禅语"，该时期，弘一法师歌词句句是禅语，已经在一定程度上脱离文学范畴进入佛教理论领域，一种澄明之境通过意象言乐之间的配合表现出来。大师的觉性圆满是这一切的基础，穷源极底，行满果圆，天心月满，悲欣交集的通透心态成就了大师后期的乐歌。

总体而言，山水、山居、回忆题材中的人物意象，与荒诞性的过客意象相比较，体现了一种无性之性，如同闲云野鹤般有不言自明的自适感。但是就精神层面而言，幽人与过客一样体现了个体价值追寻过程中的失落感。以世俗的眼光衡量，幽人的想象是逃禅避世的，它的自适蕴含了极端的荒诞感，比过客走得更远，幽人的世界即将与另外的世界对接——死亡、出世、疯狂。

（四）幽人意象与鹤的象征意义

民初乐歌中出现了鹤的意象，它是幽人精神的外化，梅妻鹤子之鹤是隐士的朋友，它孤独清傲的姿态就是隐世之人生活态度的完美拟化。但是，在民初的乐歌中，仙鹤不得不面对人间烟火，逼仄的现实催逼它低下高贵的头颅，它不得不饮盗泉之水与杂鸟同食，低头只怕丹砂落的孤傲消失了。其中比较有代表性的是白宗巍谱曲、白居易作词的《鹤》，歌词如下：

> 鹤有不群者，飞飞在野田。
>
> 饥不啄腐鼠，渴不饮盗泉。
>
> 贞姿自耿介，杂鸟何翩翩。
>
> 同游不同志，如此十余年。

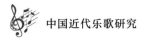

一兴嗜欲念，遂为矰缴牵。

委质小池内，争食群鸡前。

不惟怀稻粱，兼亦竞腥膻；

不惟恋主人，兼亦狎乌鸢。

物心不可知，天性有时迁。

一饱尚如此，况乘大夫轩。①

这首乐歌分为前后两段，附点节奏型较多，尤其是第二部分。"一兴嗜欲念，遂为矰缴牵"连续用小附点节奏型，张弛有度的固定组合形成了流动沉着的风格。其节奏型如下：

这样的节奏型在歌谱第二段反复出现四次，形象地表达出抒情主人公的复杂心绪。他没有对仙鹤入俗的现象进行长篇大论的批评，流动感的节奏在短暂而强烈的变化后适可而止，停留两拍又立刻回到动态节奏，犹如抒情主人公永不停止地追问。整体节奏感表达出抒情主人公的无奈悲叹，同情与叹惋两种情绪同时存在。歌曲的结尾一句"一饱尚如此，况乘大夫轩"加深了主题，如果孤高的仙鹤已经沦落到杂鸟一般的境遇，那么为了生存的需要，它到底要放弃多少理想，尺度又是什么？这般质问代表了一代人的内心之音，他们虽然不再以俗为耻，但是对理想世界的追求依旧是他们的精神底色。

民初的鹤与清末《孤山》的鹤相比，情调颓唐，精神上却有一致性，《孤山》体现为以自我为依据的浪漫精神，在理想与现实的冲突中努力坚守。民国初年，获得个体价值的途径与国家关联性较弱，这在乐

---

① （唐）白居易、白宗巍：《鹤》，《京师教育报》1914 年第 9 期。

歌男性抒情主人公身上体现得尤为显著，他们的灵魂始终在旅途中行走，精神的彼岸指向了山水和宗教。

综上所述，民初乐歌的主题意象是过客与幽人，而幽人实际上是一部分过客精神上的延伸。过客意象在羁旅行役、登临感怀、送别寄怀乐歌中尤为突出，是一种更为饱和的圆形意象。过客的个体价值追求在家园意识丧失—虚无性精神皈依—重获家园感三重结构中展现，他们选择继续前行，前进的动力本身构成价值感的一部分。民初，乐歌中的家园感丧失，山水不能给人以完整的心灵慰藉，乐歌作者的人生漂泊无定，伴随他们的是虚无感——漫无边际的虚无感穿过历史的隆隆回声涌来。民初的乐歌意象大都蕴含着精神裂变，无论歌词和乐曲多么和谐，都不能掩盖其裂变的本质。几种主要的过客意象，如失路失志之英雄、送别故友的士子、佯狂任诞之游子、无家无国之零余者……他们的政治抱负、家国情怀、亲朋挚友都远离他们，这一切赋予过客荒诞性的复调人格特征。所谓复调，是指乐歌同时或者前后存在两种声音，二者互相抗衡也相互依托，共同塑造人物意象。民初的过客意象与幽人意象具有双向人格特质——扩张型人格与压缩型人格。压缩型人格是乐歌作者主体向上的精神力被迫收缩后产生的早熟型人格，荒诞人格是早熟心态作用下的艺术人格。歌词中的荒诞型人物各有不同，但都在压缩型人格与扩张型人格之间的地带游荡，彷徨是他们的姿态，迷惘是他们的前途，在彷徨和迷惘中坚守是他们的精神雕像。与魏晋风流的佯狂任诞不同，虽然他们在表象上体现为与古代压缩型人格类似的人物意象，但是通过与同主题古代诗词对比，可以看出他们的人格并非完全受到压制，近代平等思想让他们看到了自我实现的希望。与西方诗歌的荒诞孤独人格不同，人物都有扩张型的坚持和守望，他们的孤独和彷徨不是资本异化与神学衰落后的精神迷失，而是政治动荡、文化沙漠化、道德坐标震荡导致的当下心态。由上可见，民初乐歌在家园意识的普遍丧失中形成不稳定的张力，进而塑造出复调性人物意象。

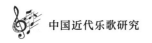

第二节　家庭伦理构建中的美人、妇人

民国初年，家庭伦理受到重视。乐歌作者倡导以平等、血缘为基础构建新型社会伦理，家庭成为个体与国家之间的桥梁。在这样的时代背景下，女性意象开始从黍离之悲中退出，但依旧处于双重性别视角观照下。家庭成为男性灵魂的归宿，女性成为男性获取家园感的想象对象。

爱与青春是女性家园意识的主要内涵。情郎离散、青春消逝不断拆解家园幻想，最终，家庭中的女性也有一种虚无的人生感受。与清末女性想象相比，这一时期的女性意象拥有更为具象化的人格，真实的心理描写丰富了女性的人物塑造，但是与同时期男性意象相比仍缺乏深度，没有过客与幽人的彷徨踯躅，也少有对梦想的执着坚守。

一　爱情主题中的女性自我

情爱主题乐歌侧重在求爱—失爱—生命意识觉醒的结构中塑造意象。其中《感逝》（1915）、《蝶泪》（1915）、《闺怨小曲》（1915）、《美人筝》（1915）、《烟花女子叹十声》（1915）、《明月歌》（1919）、《声声慢》（1919）、《早秋》（1913～1918）、《留别》（1913～1918）最为突出，她们在情爱世界中呼吸、生存、诉说，塑造着富有人间性的意象。

《美人筝》，作者铁池，C调，咏物词。在附点的推动下，圆滑线使得情思连绵不断地涌出，把空中飞动的美人风筝想象成息夫人。息夫人是春秋时的一位美丽女性，一生具有传奇色彩。她有自己的思想，具有古代女性少有的独立意识；她足迹遍及河南，促进了中原与楚地两种文化的交融；她劝课农桑、推崇新政、辅幼称霸、以身赴难；此外她还与蔡侯、息侯、楚王有着虚虚实实的三段感情。这样的女性意象是民初女性的人间性体验的表现，她既是怀有国仇家恨的女子，也是能吐"兰言"的绝色佳人，她是飞天的仙子，也是摇曳生姿的恋人，她不怕嫌疑嘲讽，也不畏惧世人的眼光，却终究是被"晴丝"所困。她是人与仙的混合体，具有独立的女性姿态，与清末代表着革命与热血的罗兰夫人相比，她的意象更饱满。《美人筝》全词如下：

> 底事含情如许，独向春风蹈舞。
> 卿卿可是息夫人，靳把兰言吐。
> 昂起云外头，不落人间语。
> 最怜一举出红尘，飞到天处空。
> 披得天衣无缝，学作颠鸾倒凤。
> 恁他平步上青云，总赖人家送。
> 惯弄摇曳姿，不怕嫌疑讽。
> 阿侬束缚却难堪，长被晴丝控。①

美人筝是以风筝比拟美人。李叔同的词曲作品《早秋》与之同属于情爱主题，歌词通过本体与喻体的倒置来描摹人物。《早秋》歌词如下：

> 十里明湖一叶舟，城南烟月水西楼，几许秋容娇欲流，隔着垂杨柳。
> 远山明净眉尖瘦，闲云飘忽罗纹绉，天末凉风送早秋，秋花点点头。②

《早秋》是一首移情入景、喻景怀人之曲，明确表达了抒情主人公的两种情绪：怀念情人时淡淡的惆怅与别后的轻松感。整首乐歌充分表

---

① 轶池：《美人筝》，《小说新报》1915 年第 7 期。
② 企释、培安编《李叔同——弘一法师歌曲全集》，上海音乐出版社，1990，第 18 页。

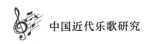

达了这两种情绪，形成疏朗明丽的风格，这与传统乐歌的别怨恨苦风格稍有不同。

歌词上片用思妇词的典型意象，烟月、西楼、垂杨柳诉说着亘古不变的怀恋之思，加之曲式婉转清雅，音高在中声区回旋，结束在徵音5上，不完全结束，为下段向上攀升的旋律线做好准备。第二段则用士大夫之词格外清雅的笔调描绘现代女性的芳姿，升华了上片西楼垂柳的花间格调。远山、闲云主要用来塑造女性意象，也象征抒情主人公心怀远方和希望。秋天的花在冷风中吹着，萧疏中点头送别心中所爱，这既是抒情主人公在告别恋人，也是在告别旧日美好时光和彼时的自己。歌词配合二段结尾的 C2 的高音，带一丝浅浅的惆怅，反衬出明朗真切的主题风格。《早秋》以喻体写本体，以通感的方式塑造女性意象，具有现代诗歌的意味。

主题意象的塑造以喻体为主要的描写对象，本体几乎消失在词中，这种写法在传统思恋词中不占主要地位。从士大夫的男性视角出发，传统的思恋词一般会先明确地塑造女性的形象或者描述女性化的定情物，然后描写抒情主人公思念的情绪。

以晏几道《采桑子》为例：

> 西楼月下当时见，泪粉偷匀，歌罢还颦。恨隔炉烟看未真。
> 别来楼外垂杨缕，几换青春。倦客红尘，长记楼中粉泪人。[①]

李叔同与晏几道的生活境遇有类似之处，但是二人创作乐歌的手法大有不同。同样经历了由优游卒岁到身无长物的潦倒生活状态，同样写了西楼烟月垂杨楼，李叔同对"她"的思念自始至终都在景色中完成，只见秋光不见人，完全省略对当时的具体场景描写。全词无一句离开秋色，无一句对所思之人的直接描绘，然而笔笔都在描画一幅娇容清美的

---

① 张草纫笺注《二晏词笺注》，上海古籍出版社，2008，第535页。

女性水墨画。"几许秋容娇欲流",流是动态的,娇是女性化的形容词,这一句词融合视觉意象和声音意象进而产生联觉意象,一个娇柔清丽的女性跃然纸上。这个意象以通感的方式展现,含蓄蕴藉中透出抒情主人公的复杂情绪。

乐歌下片,"我"以远山来形容她明净的眉峰,用闲云来比拟她微皱的罗衫,本喻倒置的笔法赋予情人非传统的人格特性。"她"在李叔同笔下具有了现代女性的独立品格和朦胧的女性意识,让听众相信他所思念的恋人是能够与他剪烛夜话的精神挚友。

情爱词中的送别主题很有特色,如果说爱情开始的时候,乐歌书写热恋,那么离别将男女离别之情推向了制高点,此时抒情主人公更容易抒发出真情感。《留别》,李叔同作曲,歌词如下:

> 满斟绿醑留君住,莫匆匆归去。
>
> 三分春色二分愁,更一分风雨。
>
> 花开花谢都来几许,且高歌休诉。
>
> 不知来岁牡丹时,再相逢何处![①]

歌词来自宋代叶清臣《贺圣朝》。"贺圣朝"为唐教坊曲名,后用为词牌,双调四十九字,仄韵格。此曲保留词的全貌,定调 bE 宫清乐民族调式,因为原曲为双调,李叔同用了单一部曲式米配曲。另外,该曲采用了男女二部合唱,宛如对话,如同二人共饮酒而歌。全曲分为四句,上片两句,从举杯挽留写到离别情怀,由外部行动至内心感情,多为顺笔。下片则转折颇多,过片处插入抒情主人公心理独白,起到突出主题情绪的作用。但乐曲作者马上冲破了感伤缠绵的氛围,旋律线逐渐攀升,到"且高歌休诉"伴随情绪到达最高点,突出两位抒情主人公面对离别的共有情怀——苍凉悲慨,明明知道想要留住的情即将永久逝

---

① 企释、培安编《李叔同——弘一法师歌曲全集》,上海音乐出版社,1990,第 17 页。

去，却不诉离殇，不去作"君泪盈，妾泪盈。罗带同心结未成"① 一般的离恨之曲。乐歌作者用通感方法表现传统意象，构成具有现代感的画面。春色是视觉意象，不可能用"分"来表示，春色实际兴起了人的情绪，人的情绪是两分离愁和一分风雨，既然是离愁之中的风雨，这风雨就是一种象征，象征了人的时乖命蹇。

此曲的两位抒情主人公抛却或者压抑了离情，将离殇与自伤糅合，以无奈的高歌结束这段感情。末句主题材料基本重复首句，心意相通的二人不得不分离，两位抒情主人公都表达了留与别两种交织在一起的情感，形成简短的复调效果，留恋的情绪在曲式结尾处久久回荡。"不知来岁牡丹时，再相逢何处！"高歌后就要别过，即便再不能相见，难得的精神之友也是值得留在心底深处的。

《婉容词》是吴芳吉的一套散曲，被时人誉为与《孔雀东南飞》同等艺术水平的创作。根据《吴芳吉日记》记载，这首词在当时流传很广，曾被配曲演唱，但是曲谱散佚，无据可查。序言中写了婉容的身世，她投江而死的命运令人叹惋。

当婉容的丈夫离家去国后，她谨守女德中的伦常教诲，勤俭持家孝敬公婆。她"不敢冶容华，恐怕伤妇德；不敢出门间，恐怕污清白；不敢劳怨说酸辛，恐怕亏残大体成琐屑。牵住小姑手，围住阿婆膝。一心里，生既同裳死共穴"②。丈夫留学归来，认为发妻行止与他的新观念格格不入，因此她遭到休弃，理由无非是"自由"："他说：'离婚本自由，此是欧美良法制。'""他说：'我非负你你无愁，最好人生贵自由，世间女子任我爱，世间男子随你求。'"③ 婉容又苦苦地守望了半年，却只等来丈夫再婚的消息，对此她不觉得愤恨，而是觉得羞惭："我无颜，见他友。只低头，不开口。泪向眼包流，流了许久。应半

① 唐圭璋编《全宋词》，中华书局，1965，第7页。
② 贺远明、吴汉骧、李坤栋选编《吴芳吉集》，巴蜀书社，1994，第87页。
③ 贺远明、吴汉骧、李坤栋选编《吴芳吉集》，巴蜀书社，1994，第87页。

声：'先生劳驾，真是他否？'"① 正当婉容可怜无助的时刻，她曾悉心照顾的小姑嘲笑她："我哥哥不要你，不怕你如花娇模样。"② 同性之间毫无同情扶助，这样冷漠的女性看客加剧了婉容命运的悲剧性。于是，婉容陷入两难的境地："错中错，天耶命耶，女儿生是祸。欲留我不羞，只怕婆婆见我情难过。欲归我不辞，只怕妈妈见我心伤堕……不然，不然，死，虽是一身冤，生，也是一门怨。"③ 去留之间，生死之间，冤与怨之间，她陷入了绝境。让她牵挂的只有两位母亲，然而这薄情的世界还是将她推向了死亡。

婉容的悲剧是新知与旧识交错时期的文学现象，她在伦理价值震荡中走投无路。婉容是一个成长在旧家庭的普通妇人，她坚守的是传统的教诲，遵行的是三从四德，大门不出二门不迈。在这个旧的世界中，她没有失误，她本来应该享受丈夫家族的荫庇，应当等到举案齐眉的恩爱生活。然而，她的丈夫接受了新的道德伦理，新自由赋予了他休妻再娶的权利，旧价值不再能保护婉容。更悲惨的是，她并不因此免于旧伦理的伤害，身边的人依然按照旧礼教标准嘲笑她的弃妇命运。她没有新知识，得不到新伦理的保护，新的世界把她视作旧的狠狠抛弃。她被推到两个世界的夹缝中，左右不宁，进退两难。最终能让她脱离这个处境的唯有死亡。婉容的原型"某君之妻"，应当是作者知晓的女性。这是一位值得深切同情的旧社会女性，她前所未有的悲哀命运是民初女性命运的一个缩影。那个时代被以自由名义抛弃的女人，绝大多数都承受了这样的命运。如果她们改嫁，便会同祥林嫂一样遭到不可想象的言语侮辱。吴芳吉酝酿这首词一年有余，下笔完成只用一夜。全篇17段，千字有余，基本用白话，的确是做到了"不矜才，不使气，一任白描"④。他对女性心理的描绘更是精准到位，淋漓尽致地展现了婉容所处的两难

---

① 贺远明、吴汉骧、李坤栋选编《吴芳吉集》，巴蜀书社，1994，第89页。
② 贺远明、吴汉骧、李坤栋选编《吴芳吉集》，巴蜀书社，1994，第89页。
③ 贺远明、吴汉骧、李坤栋选编《吴芳吉集》，巴蜀书社，1994，第89页。
④ 贺远明、吴汉骧、李坤栋选编《吴芳吉集》，巴蜀书社，1994，第91页。

境地。与其他乐歌歌词相比,《婉容词》注重叙事,通过独白叙述推动情节、塑造人物意象。这样的写作手法能够刻画出更加细腻具体的圆形意象,突出笔下角色饱满的人性。

《烟花女子叹十声》从烟花女子的角度出发,以第一人称抒情,分别讲述了雏妓、老妓、贫妓、红妓、才妓、歌妓、情妓、丑妓、淫妓、烟妓的悲苦命运。部分歌词如下:

> 烟花女子悲老大叹二声。不该蹉跎时光直到今。想当年只知图眼前乐,那肯回头去作小星。驹景疾,秋复春,分明团扇秋风捐弃轻。妆台冷落是多感慨。憔悴那情绪怨恨并。(老妓)
>
> …………
>
> 烟花女子小有才叹五声,出身也算旧名门。锦心绣口难医奴薄命,月夕花晨寄托枉多情。想当年,出风尘,薛涛苏小都是个中人。到如今万古流芳名,留着妓何日遇知音。(才妓)
>
> 烟花女子苦堂唱叹六声。怎比得人家妇女自在身。天天晚上来应局,脆喉咙,强逼到更深。都只为天生妙音,压云绕梁太惹人听。虽然春风一曲纱一匹,怕只怕撑尽精神剩可怜生。(歌妓)
>
> 烟花女子悔痴情叹七声。思想起来终身事倚靠何人。恨情郎你一去竟无消息,害得奴瘦比黄花要添三分。酒局懒去侍,牌局怕酬应,竟日里情丝撩乱不分明。奴虽然海誓山盟从实诉,没一个深信奴的真心。(情妓)
>
> 烟花女子伤丑陋叹八声。面带麻五官又不灵。黑皮肤怎涂花粉,自恨东施貌难效捧心颦。思想起,泪纷纷,枉装俏哄不动游人。天赋容颜应该要公平,如何偏偏委屈到奴身。(丑妓)
>
> 烟花女子误淫欲叹九声。天生成一剪秋波勾尽游人。非是奴朝秦暮楚,只图欢乐惯喜去偷情。多只为,情难禁,勒不住意马又猿心。恨只恨,迄今无了局,终究是贪风流误一生。(淫妓)

烟花女子堕烟籍叹十声。手拿横箫常对脚后灯。虽然红颜还未老，无奈瘦弱少精神。当年风月场，车马常满门。自从那，成了瘾，应酬不当心。何况俾昼作夜多方蹧蹋，憔悴尽，花月貌，孽海永沉沦。（烟妓）①

乐歌作者（寄恨）没有以礼教标准对这些处于弱势的女性评头品足，而是在敷陈铺排中自然流露出同情态度。乐歌中的每位女性都处在两难的境地之中，雏妓爱自由而不得、老妓爱青春而不得、情妓爱郎君而不得、贫妓爱财而不得、红妓爱真心而不得、丑妓爱生存而不得……在这样的感慨中，一类特殊的女性群像栩栩如生地展现出来。令人物更为生动的是，她们不再一味将错误推给时代和命运，而是开始对自己蹉跎时光、贪图享乐、堕入烟瘾的行为进行忏悔。作为底层的女性，她们可怜中的可恨之处、可恨中的可爱之处都充实了她们的形象。妓女不再是笼统的、风流荡子的情欲对象，而是一个个活生生的人。她们"既是旧时代的产物，又带着破坏旧秩序的能量。她们不为旧所容，也不为新接受。她们完全不在维新思想家'新民'的范畴，而是被看做借新思想的推行败坏风气的女性……她们身上的'新'，常常被从道德堕落、行为出格方面去强调。当时社会上一批被贬义地称之为新女性的人，其参照对象，就是青楼妓女。贬义的'新女性'在某种意义上意味着，像妓女一样放荡。"② 她们对美好生活的向往溢于字里行间，然而却不得不在理想与现实的夹缝中生存。虽然歌曲没有写她们后来的命运，但是，一如不见容于世的婉容，她们未来的命运可想而知。

与清末女性意象有所区别，民国初年的女性意象逐渐从黍离主题中隐退，她们开始回归家庭，以闺阁庭院为场景的情爱（家庭）描写成为主流，在意象的塑造上出现与传统女性类似的人物。但是这种相似，

---

① 寄恨：《烟花女子叹十声》，《小说新报》1915 年第 7 期。

② 周乐诗：《清末小说中的女性想象（1902～1911）》，复旦大学出版社，2012，第 106 页。

与男性的过客、幽人意象一样"似是而非",是在新的多声主题下的人物刻画,女性意象在整体的稳定感中透露着两种(并不代表对立)以上声音或者情绪。其中,家庭生活主题中的女性俨然已经成为与男性有同等地位的家庭成员,数首婚姻祝词都把夫妻平等作为婚姻的起点。情爱主题女性意象的浮现方式比较复杂,有一部分乐歌从正面刻画女性,相思、感逝、无措等情思交织,几种不同的情绪都占据重要位置,这让意象更为饱满。另外一部分则运用间接笔法,以景代人,含蓄地描绘出知性化的女性意象。含蓄的表情法本身就蕴含着不可调和的多声意味,不能直言,只能曲言以立意,这既是乐歌创作的技巧,也是乐歌作者矛盾心声的写照。

民初乐歌的创作主体依旧是男性,以女性为抒情主人公的歌词仍有双重性别观照带来的特殊视角。与过客、幽人类似,情爱主题中的"她"也处于彷徨、虚无的人生状态,也在一种无方向感的执着中坚守。不同的是,过客的家园寄托是暂时的、荒诞性的,女性则不然,她们回归家庭,成为过客精神回归的一部分。她们是《美人筝》《闺怨》中美丽柔顺的女性,她们的歌声、柔情是过客的灵魂驿站。

整体而言,民初女性意象开始具有清末男性意象的一些特质,情感表达十分真切。同时女性意象表现缺乏深度,她们虚无中的自我守望没有脱离闺怨情绪,女性视角并没有完全展现整个世界,例如没有幽人远离尘世、与世殊异、吾与天为徒的决绝情绪。这是双重性别观照写作方式难以避免的局限。

二 家庭主题中的妇人意象

民初的家庭主题乐歌对女性意象的塑造是具体而人性化的,但是这"人性化"是复杂的。女性在家庭中的地位看似与丈夫平等,实际依旧是平等下的依附者。她们延续了古代女性的行为与心理,只能在家庭内部实现自我价值。例如《家庭之乐》,全词如下:

叙话一堂中，姊妹爷娘与弟兄。

母姊取衣缝，弟妹灯前学手工。

父经商获利丰，远道归来喜气浓。

兄好画，绘山峰，商量制个小屏风。①

　　歌词中的母亲以操持家务、照顾子女为主。幼时受同样教育的孩子，年长的男孩在画画，女孩则在帮助母亲缝补衣服。父亲是商人，他获利归来是整首旋律最高潮的部分。乐歌采用《苏格兰蓝铃花》的曲调，降 E 调，悠扬绵长中略带感伤，与歌词喜气洋洋的题旨不太一致。但是，如果从另外的角度考虑，优美绵长的曲调中和了高涨的情绪，使乐歌呈现出娓娓道来的诉说感，比热情的赞颂更平和，这表现出作者对歌词意义的赞同，间接地说明了以行商为经济来源的幸福家庭具有现代审美艺术价值与社会价值。

　　《贺友人结婚》② 中的新婚夫妇依旧是郎才女貌的配对，女性的容貌仍然是与男性并肩而立的资本，当然这样的说法也是一种赞扬。第一段词曲如下：

　　第二段歌词的结尾处则有"祝国民兮朕兆，社会家国此造端"③，这一句与李叔同的《结婚祝词》一样，把家庭中的和谐关系推广到社会国家层面，这是家—国—天下的伦理推演。现代国家建立的根本在于

---

① 钱仁康：《学堂乐歌考源》，上海音乐出版社，2001，第 180~181 页。
② 轶池：《贺友人结婚》，《小说新报》1915 年第 2 期。
③ 轶池：《贺友人结婚》，《小说新报》1915 年第 2 期。

人人平等，夫妻间的平等虽然非常重要，但仅是其中一部分，并非构建现代社会关系的基石。

在民初的乐歌中，月亮依然是女性形象的代表，有所不同的是，它逐渐脱离阴柔之感，具有了太阳一般的热度。在古代诗词中，月亮通常是阴柔的意象，出现在夜里，以微弱的光来打破暗色。"月也者，群阴之本也。"[1] "在中国文化里月亮最基本的象征意义是母亲与女性。……月亮一直是伴随着女性世界的温馨与忧伤出现在中国人的文化心态里。"[2] 民初的《明月歌》则塑造了一个明朗的月亮意象。部分歌词如下：

> 光，皎洁辉煌，从容现出自东方。
>
> 轻云遮惨淡，西风助飘扬。
>
> 众星满天密布，围绕尔金色宝床。
>
> 既高洁复清凉，何物可比量。
>
> 月光，挂中央，无论此界与彼疆。
>
> 月光，射四旁，一片露慈祥。[3]

月光是柔和的也是高洁凉爽的，没有什么事物可与月光相比较。"月光，挂中央，无论此界与彼疆。月光，射四旁"，柔美的月亮被赋予了无与伦比的骄傲。歌词的第二节则直接书写"光"，这时候，光已经成为女王，她以开阔的胸襟照射四方："屋宇无分远近，花木亦与共低昂，尔皆相待无私，黑暗愈精详。"[4] 这样的月亮与清末《蝶恋花》中的月亮相比，其意象象征的女性大有不同：《蝶恋花》中的女性是一位闺阁之秀，在抒情主人公心中，她因为逝去而变得完美；《明月歌》中的女性则是一位走出闺阁的独立女性，因其热烈的光辉而美丽异常。

---

① 庄适选注《吕氏春秋》，崇文书局，2014，第20页。
② 傅道彬：《晚唐钟声——中国文化的原型批评》，东方出版社，1996，第42页。
③ 怀特安德乐、挪腾女士：《明月歌》，《女铎报》1919年第11期。
④ 怀特安德乐、挪腾女士：《明月歌》，《女铎报》1919年第11期。

这样的月光是女性的象征，清美而不阴柔、独立而不孤寂、奇妙却不神奇，她是人间性的女性，是具有时代精神的新国民。

民国初年，家庭伦理的构建处于过渡时期，乐歌总体在男女平等的基础上塑造人物意象，女性的人性化塑造尤为突出。但是，女性虽然享有平等地位，实际只在被社会允许的家庭范围内享有与男性平等的权利，而依然被局限在"男主外，女主内"的传统性别分工之下。家庭作为个体与国家联系的纽带，单一性别分工模式必然形成某种缺陷。在乐歌的双重性别观照下，随着男性主人公的理想职业从士子到商人转换，女性意象出现的背景环境也从厨房庭院西楼扩大到城市百货公司，变化显而易见，但是她们与社会、国家的直接联系却并不多。男性意象与国家的关联也逐渐淡化，他们的灵魂回归诗歌、酒、梦和半新半旧的家庭。这一时期的家庭伦理构建尝试具有难能可贵的开创性意义，但是也存在显而易见的局限，家庭本身半新半旧的性质注定了新伦理建设的举步维艰。这是近代乐歌带给历史的开拓性意义，也是当下伦理构建值得借鉴的理论资源。

与清末伦理双旋涡模式的顺向运行不同，民国初年，政治变动频繁，国家对个人权利的保障不完全，对个人的要求变多，导致了双旋涡的逆向碰触，个人价值方向迷失。半新半旧的家庭关系注定了新伦理构建的缺陷，只有去除双重性别视角，才能真正实现家庭成员之间的平等，个体、家庭、国家之间才能维持平衡。同时，虚无化的宗教性思想并不适应民初伦理构建的现实情况，个体价值选择的多样化才是真正的自由。山林只是少数人的选择，具有家庭身份的人性化意象才对整个社会有现实意义。

第六章

中国近代乐歌的风格转型

在近代中国，随着社会的剧变和文化的交融，乐歌作为一种艺术形式，经历了从传统到现代的风格转型。这一转型不仅反映了音乐与文学的相互影响，也映射了时代精神的变迁。本章将探讨中国近代乐歌在歌词意象、语言风格、乐句形式以及音乐曲式上所展现的新旧融合特点，以及这些变化背后的文化和审美动因。

第一节　语言风格的转变

一　递相沿袭性的悖论式展开

近代中国音乐艺术的语言受到多方面因素的影响，其中传统文学语言的影响较大，传统辞章之学对乐歌的影响尤甚。这就是乐歌的"递相沿袭性"，是指意象在乐歌创作中的传承与发展方式。意象作为一种艺术表现手法，在不同时期的乐歌中不断被继承和演变，形成一种递进与延续的关系。这种递相沿袭性不仅体现在意象的具体形象上，也体现在其象征意义和文化内涵上。陈植锷认为，意象的这种特征使得古典诗歌在不同历史阶段能够保持一定的连续性和发展性。其中，形象的传承、象征意义的演变、文化内涵的深化、艺术表现的多样性是递相沿袭性的四个方面。① 近代语言传承主要通过"以意逆志"的方式实现其递相沿袭性，意象语言以悖论为主要特点，以递相沿袭式的方式展开，最终促成了语言能指与所指的分裂。

清末民初，乐歌作者要表达创意，就必须舍弃知人论世的解读方法。所谓知人论世，是指要了解古代作品的具体内蕴，就必须先考察当时的社会环境以及作者的思想感情。知人论世与以意逆志相结合，是解诗过程中互逆求义的方法，前者从诗人的社会环境、人格、品性入手来理解诗词；后者从文本入手探索诗人的旨趣，主张不以只言片语望文生义，而要以自己对整首作品的切身感受为基础，在诗歌中寻索诗人要表达的思想观念。据朱熹对《孟子》的解读，二者相辅相成，体现了儒家礼乐制度的"中和"原则。这个原则以稳定社会秩序为目的，要求将民众的行为、感情限制在伦常规约之内。在这个原则下，单纯依靠个人情感和理念去理解诗歌是不合乎"礼"的解读方式，是对"中声"的曲解。"诗者，中声之所止也"② 即以温柔敦厚的诗风来节制浮靡之音。近代乐歌对古代诗词的解读明显偏离了中和传统，走向了以自我为中心的文本批评解读。

清末乐歌意在表现人的现代情感，其意象语言主要有两种来源：第一，"师前人之意而易其象"③；第二，"借用前人的组合方式，另取他象以立新意"④。《孤山》有"梅妻鹤子"的意象，乐歌作者让一位与梅花做伴、以仙鹤为人格理想的主人公去抒发时不我待、未来必然因我而美好的信念，梅花、仙鹤不再是幽人的人格化身，而是象征一位与时俱进的、具有高洁人品的"新民"。《春景》通过大量拟声词消解其悲苦情调，春的蓬勃与生机是新民的隐喻。"保险洋灯光甚晶莹"⑤ 取代

① 陈植锷：《诗歌意象论》，中国社会科学出版社，1990。
② （清）王先谦：《荀子集解》（上册），中华书局，1988，第11页。
③ 陈植锷：《诗歌意象论》，中国社会科学出版社，1990，第318页。古代意象演替中的"师前人之意而易其象"的方法是否能表达出现代乐歌作者的新意不在本书讨论范畴。
④ 陈植锷：《诗歌意象论》，中国社会科学出版社，1990，第343页。
⑤ 不详：《新编湘江郎》，《童子世界》1903年第11期。

烛影悠悠，成为暗夜之灯塔，是新思想的一种象征性表达。"落花"不是象征命运多舛、生不逢时的际遇，而是作为顽强生命力的化身。"庭空处"更是明象达意，历史与生命的过去都是无花无树的空庭而已。由于被悼念与被追求的对象从一开始就不是一个具体的所指，因此传统意象成为具有当下意义的能指，语言能指与所指的对应关系开始具有弹性。古代语言中的任何一个固定意象都可以具有多重含义，柳枝不再等于离别，落花也不再必定指向生命凋零，这为乐歌创作提供了极大的自由。如果说传统诗歌的多义性依靠的是词语的启示义与复合作用，是单个词语的多重含义所导致的诗学现象，那么，近代乐歌语言的意义开始具有了随意性和随机性，原有意象的隐喻内涵不断转变，能指开始随意地指向任何意义。

清末的意象多是先言他物以引起所咏之词的"兴"起"物"，通常在歌词上半阕起兴带起全篇，起到增强感情强度、明确乐歌主题——"理"的效果。"理"的内涵变化基本在常人之境的范畴内，在惜时之叹、黍离之悲、情伤之痛、思乡之苦的传统题材中，在群体关系中寻求个体的情感表达。本书重点分析的惜时主题乐歌《隋堤柳》，在黍离之悲的抒发中形成私人历史（时间）与国家历史（时间）的对立，以不同的诗学叙事表现出明显的对比色彩，艺术化地反映出个体与国家关系的裂痕。爱情主题中以抒情主体的回忆为创作基点，以忆语体的形式突破了去欲戒色的传统夫妻伦理观念。羁旅思乡的主题由时间距离引发情感距离，审美距离的产生以个人情感需求为现实基础。个人与家族之间的关系不再是以地缘、亲缘为基础的道德义务，而是建立在个人生存与发展基础之上的私人情感纽带。由于私我是乐歌主题展开的美学依据，时间意象兴起和象征的情、意、理、趣都发生了根本性的变化。

二 乐歌的修辞

近代乐歌以启蒙为目的，为了达到启蒙效果，乐歌经常采用外来流行曲调填词而成，以音乐引导学生接受现代文明。因此，"标准化"的流行歌曲必然对中国近代乐歌产生影响。在这样的前提下，乐歌要脱离诗的语言，代之以大众喜闻乐见的语言组织方式。具体而言，歌词的修辞结合了消极修辞与积极修辞。以说理为主题的乐歌，语言多用消极修辞，以赋为主，以比兴为辅；以抒发个人情感为主题的乐歌，语言多用积极修辞，以比兴为主，以赋为辅。

20 世纪初，西方及日本已经进入资本经济高速发展期，其流行歌曲也逐步开始"工业化"进程，乐歌的词与乐都有一定的创作模式——一种区别于传统音乐文学的创作模式。"标准化"的概念先发于国外，指以资本运营为基础、以技术理性为先导的艺术生产模式。法国法兰克福学派的代表人物西奥多·阿多诺在评价流行音乐时指出："大众需要标准化和伪个性化的货物，是因为他们的闲暇固然是工作的一种逃避，与此同时又是如出一辙，为工作日世界无一例外造就他们的那类心理态度所支配。流行音乐对于大众来说，永远是种公交司机的假日。"① 这种假日产品依靠强大的科学技术，以标准化的流程生产出来，是听众消费环节中的重要部分。受众在经济链条中呈现被动状态，只能在"标准化的框架内进行并无本质区别的有选择的接受"②。这种文化工业是在现代资本的操作下，以科学精神中的技术理性指导艺术创作的运作模式，资本通过投资文化公司、开展受众接受度调查等手段提高文化工业产能，生产出大量文化商品。"标准化"的确丰富了社会生活，在繁荣经济、启蒙精神的同时为广大听众提供了精神午餐，从弱冠、及笄之年的少男少女到五六十岁的老人，从而立青年到耄耋之人，都有机会享受自己的音乐生活。音乐变成商品，打破了中世纪贵族阶级对艺术欣赏的垄断，把美的旋律带给个人。乐歌在学生群体乃至社会生活中的广泛传播说明民主化已经使得"各种偶像与建立在血统基础上的世俗

---

① 陆杨、王毅：《文化研究导论》，复旦大学出版社，2006，第 94 页。
② 陆杨、王毅：《文化研究导论》，复旦大学出版社，2006，第 90 页。

王权，已逐渐被平等人权和参与扩大的主张所消解"①。本书提出的"标准化"有别于西方文论关于标准化概念的界说，是立足于近代"中国化"与"世界人"的具体情况的基础上得出的定义。

近代乐歌不但要面对市场，实现经济价值；也要面对启蒙，实现教育意义；更要面对文学史，实现现代艺术的转型。20世纪初，中国乐歌发展出具有民族特色的文化工业艺术品，本书称之为新古典主义乐歌。新古典主义是20世纪文学的一个基本特征，"一方面它是中国'现代性'叙事话语结构中的有机组成部分，另一方面它又体现出一种'反现代性'的现代性文化诉求和艺术审美品质"②。在近代中国，它就是一种"两头讨好"的艺术类型。乐歌在叙事上以生活化的消极修辞适应以受众为中心的标准化要求，同时立足本民族的审美方式，以艺术化的积极修辞塑造画面和独特意境，以弥补消极修辞的浅白直露。

"新古典"的代表作有《黄河》《送别》《春游》《悲秋》《满江红》《勉女权》《燕燕》《梅花》等。这些优秀的中国风作品在语言方面努力适应启蒙与市场的要求，乐歌叙事更贴近生活，逐渐变成受众理解世界的方式之一。"叙事既是一种推理模式，也是一种表达模式。人们可以通过叙事'理解'世界，也可以通过叙事'讲述'世界。"③ 叙事本身不神秘，它与生活结合在一起，在广告、歌词、新闻中都普遍存在，"在好坏文学之中，叙事从不偏好好文学：'叙事是国际性的，它跨越历史，跨越文化，它像生活一样，就在那儿'"④。乐歌这一流行文化也如小说一样综合了积极修辞与消极修辞。其中，消极修辞适应了受众需求，以类似"白话"（vernacular）或者对话（conversation）的方

---

① 〔法〕古斯塔夫·勒庞：《乌合之众：大众心理研究》代译序，冯克利译，中央编译出版社，2000，第2页。

② 杨经建：《新古典主义与二十世纪中国文学》，《文艺研究》2006年第4期。

③ 〔美〕阿瑟·阿萨·伯杰：《通俗文化、媒介和日常生活中的叙事》，姚媛译，南京大学出版社，2000，第9页。

④ 〔美〕阿瑟·阿萨·伯杰：《通俗文化、媒介和日常生活中的叙事》，姚媛译，南京大学出版社，2000，第18页。

式组织语言，因而即便歌词中有大量古代意象，听众依然能够在三到五分钟的时间内理解乐歌的大致内容。

不可否认，乐歌与现当代诗歌相比获得了更广泛的关注。顺口的曲调固然是流行的原因之一，同时，面对市场，"新古典"努力适应受众需求，以白话般的交流方式营造诗一般的语言，这样的语言组织方式更容易为听众所接受。

乐歌创作的动机决定了其语言的特点。诗是个人化的心灵之语，词是大众化的交流之语。"词人所创作的词作品，非常清楚是为唱歌与听歌的人服务……会观察现今社会流行语，将之写入歌词"①，换言之，乐歌语言具有天然的交流目的。现代诗则不同，美国垮掉派诗人金斯伯格曾说："诗歌唯一的价值模式或者说诗歌的唯一兴趣在于诗歌独自的、个性化的风格，这种风格凸显诗人当前的感觉状态。"② 新诗是主观的、个人的，是主动的无特定受众的写作，与追求"情感最大公约数"的乐歌创作大不相同。可以说，乐歌是真正意义上"戴着镣铐跳舞"的文学类型。因此，在语言的组织上，交流感十足的白话成为其典型用语。

乐歌歌词的"白话"有几个特点：第一是语言组织接近日常生活，是民间语言的诗化。它的修辞大多是以日常化的消极修辞和生活化的积极修辞为主。消极修辞以平匀为要，"平易而没有怪词僻句，匀称而没有夹杂或驳杂的弊病，读听者便不致多分心于形式"③。宋惠洪的《冷斋夜话》中记载："白乐天每作诗，令一老妪解之。"④ 老妇能听懂的诗句保留下来，不能的则更改。这种日常化的修辞大体要做到几点，首先是本境，其次是现代，再次则是性质普通。本境是指"听"就可以听

---

① 方文山：《如诗一般》，作家出版社，2017，第13页。
② Roger Horrocks, "When the Mode of the Music Changes", *Journal of New Zealand Literature*, 2016 (34.2).
③ 陈望道：《修辞学发凡》，复旦大学出版社，2011，第51页。
④ 陈望道：《修辞学发凡》，复旦大学出版社，2011，第51页。

懂的语言，以同文的区域为界限。所谓现代，则是指要用"活的语言"，运用现代人能听懂的语言方式来言说，不说"已死的语言"，也不用生涩和过多新生成的语言。所谓普通则是不说行业特殊用语或者专业术语。"新古典"乐歌中很多作品都做到了以上几点，它们跨越了时空的局限，以现代的平匀方式勾勒复古意境，表达新的思想。语言表达上具体的不同要在歌词的对比中才能有所得，以周邦彦《蝶恋花·早行》和李叔同《早秋》的对比分析为例：

宋代周邦彦《蝶恋花·早行》：

　　月皎惊乌栖不定。更漏将残，轳辘牵金井。唤起两眸清炯炯。泪花落枕红棉冷。

　　执手霜风吹鬓影。去意徊徨，别语愁难听。楼上阑干横斗柄。露寒人远鸡相应。①

清末李叔同《早秋》：

　　十里明湖一叶舟，城南烟月水西楼，几许秋容娇欲流，隔着垂杨柳。

　　远山明净眉尖瘦，闲云飘忽罗纹皱。天末凉风送早秋，秋花点点头。②

　　两首歌词相比，第一首意象的密度高，每一句都有一境，在相同的字数规定下，创造的意境更广阔。但是，第一首的问题是语言凝练过程中省略的部分往往成为当代听众的障碍。例如"月皎惊乌栖不定"这一句的意义十分复杂，它写的是深夜，月光分外皎洁，乌鸦因为月明而

---

① 唐圭璋编《全宋词》，中华书局，1965，第 614 页。
② 企释、培安编《李叔同——弘一法师歌曲全集》，上海音乐出版社，1990，第 18 页。

误以为是白天，故而飞叫不定，暗示抒情主人公整夜未睡。这种弦外之音、画外之境在第二首乐歌中以数句叠加的方式营造而成。第二首乐歌多用双音节词，意象的密度低，但是从流行的角度来讲，其表达方式更容易被听者接受。两首乐歌都是写苦恋，后者显然更加符合当代人的审美趣味。

乐歌中消极修辞最主要的特色是民间"俗字"的介入，"歌词妥溜，方为本色"① 的"俗"化是乐歌歌词的一个特点。"曲中俗字，如'你我''这厢''那厢''哥奴''姐耍''虽则是''却原来'之类……宋人当筵游戏，爱作俳词，爱用俗字，即大家不免。……欧公亦多用俗字……少游、清真咸有之，是知一时风气使然。"② 进入近代，乐歌也在"风气使然"下开始用俗字。一些固定粘连词、拟声词、心理模态词、时间模态词的使用降低了歌词的难度。"下语之字，全不可读"的俗语正式进入乐歌领域。民间的白话文，在几乎不用典故、成语、替代字的情况下，以当下的说话方式来明象说理。"俗字"分为三类。一类是字面意义上的低俗，日常生活中所见的词流入乐歌中，这实际上是音乐语言走向精神世俗化的第一步。第二类则是套语，这是民间时调的一种固定化艺术结构，例如《叹五更》中的"一更里来，二更里来……"类型套语。第三种类似戏曲词中的衬字，多数是心理模态词和确定人称的虚词，在丰富表达的同时避免了词的多义化。"命意贵远。（曲则远也。《词源》云："词以意为主，不要蹈袭前人。"）用字贵便。（生则不便也。《词源》云："词中用一生硬字不得。"）造语贵新。（纤巧非新，能清而新，方近雅也。……字字敲打得响，歌词妥溜，方为本色。）"③ 这些"便"用之词多来源于民间和习惯。消极的修辞还体现于善用虚字。人的感叹、情感细微处的转折，实词不能表

---

① 唐圭璋编《词话丛编》，中华书局，1986，第301页。
② 唐圭璋：《词学胜境》，中华书局，2016，第33页。
③ 唐圭璋编《词话丛编》，中华书局，1986，第301页。

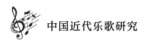

者，用虚词来歌咏。"勾勒者，于词中转接提顿处，用虚字以显明之也。即张炎《词源》所云：'用虚字呼唤，单字如正、但、任、甚之类，两字如莫是、还又、那堪之类，三字如更能消、最无端、又却是之类。'"[①] 对应到近代创作中，就是乐歌中时常运用的"的""了""或"一类虚词，明确主题和人物关系。

艺术化的积极的修辞与平匀的生活化修辞共同配合，丰富了乐歌的艺术性。与平匀的修辞原则不同，"积极的修辞，却是具体的，体验的。价值的高下全凭意境的高下而定。只要能够体现生活的真理，反映生活的趋向"[②]。这样的修辞通过比拟、双关、婉转、仿拟等技巧塑造乐歌画面感，集合了听觉、感觉、视觉的艺术，是文本意义、图面、音乐三方面的综合感受，弥补了消极修辞"直质浅白"的特点。两者结合才容易在短时间内开启听众的记忆点。以《送别》为例说明乐歌积极修辞的艺术特色：

> 长亭外，古道边，芳草碧连天。
>
> 晚风拂柳笛声残，夕阳山外山。
>
> 天之涯，地之角，知交半零落。
>
> 一瓢浊酒尽余欢，今宵别梦寒。
>
> 长亭外，古道边，芳草碧连天。
>
> 晚风拂柳笛声残，夕阳山外山。[③]

《送别》是比较典型的艺术化积极修辞，它运用比兴、通感、感叹等修辞手法营造出仿古意境。与此同时，"长亭外，古道边"的反复明确了时间和主题，有力地消解了比兴修辞带来的模糊性。周邦彦词的听

---

① 唐圭璋编《词话丛编》，中华书局，1986，第 4592 页。

② 陈望道：《修辞学发凡》，复旦大学出版社，2011，第 57 页。

③ 企释、培安编《李叔同——弘一法师歌曲全集》，上海音乐出版社，1990，第 18~20 页。

众要靠猜想和了解故事背景来增进理解。而《送别》的传统意象虽然多，例如夕阳、古道、芳草等，但是意象的密度适中，以乐句为单位形成画面，画面的出现速度不急不缓，利于接受。这是艺术化、生活化的乐歌语言，是结合了积极修辞与消极修辞的语言艺术。

三　乐歌的文体互渗

清末的乐歌出现了"以文为词"的语言特征，其突出的表现是以櫽栝古今、夹叙夹议的劲健之词为尚，以婉约香弱之词为下。这从新知群体对苏辛词的崇尚和对吴文英词的贬斥可见一斑。

中国古代词论多以婉约为正宗，劲健为变体。香弱之艳词多以"象"传情，注重"情景都是现在事"（李渔语），词中少有议论之语，表情之法以含蓄蕴藉为主，这种语言风格为音乐文学之正宗。"'以诗为词，虽极天下之工，要非本色'（陈师道《后山诗话》），'……唐人词有集曰《兰畹》，盖取其香而弱也。然则雄壮者固次之矣'（沈曾植《菌阁琐谈》引），这些说法，就是他们推尊本色、崇正抑变词学观的表述。"[1] 劲健之词以苏辛为先锋，夹叙夹议，櫽栝典故、勾连古今，采用奔进的表情法，生发出与香弱之体不同的乐歌风格。近代乐歌劲健派"以文入词"的语言风格体现在引用散文句式，合文入乐，打破传统乐歌的固定形式，遂开以文为词的散文化之路。

诗词散文化的特征是呼告与示现修辞的大量运用。以表意为目的，私人之感通过直抒胸臆的议论来表达，直接引用或暗中化用典故来说理。上文消极和积极修辞中已经论及，清末乐歌语言的运用方式为新文化时期白话的自由运用提供了一个艺术基础。

古代词作多婉约香弱的语言风格，然而却是变体之词开拓了词的新境界："苏轼继承他们的作风，加以恢宏变化，彻底打破了婉约派拘限于反映男欢女爱、离愁别恨、小道艳科的十分狭窄的范围，恢复和发展

---

[1] （后蜀）赵崇祚编，杨景龙校注《花间集校注》，中华书局，2014，第55页。

了盛、中唐文人词的健康传统，并以诗为词，大大开拓词的题材境界，使无意不可入，无事不可言，从理论与实践上把词提高到同诗并驾齐驱的正宗地位上去，在词学发展史上起了回狂澜于既倒、障百川而东之的作用。"① "诗言志，文载道，词抒情。宋词以言情为能事，涉笔男女之情，往往一派旖旎缠绵，香艳娇软。此词反其道而行之，以议论的利落刀剪斩断纷乱的情丝，重道崇理，无欲则刚。……此词明显受到以诗为词、以文为词的苏辛词风影响，也带有宋诗尚议论和程朱理学的影响痕迹。"② 民初的意象要真实地表达主人公的情思流动，在语言的运用上就要做到恰切，和象贴意，从而提高乐歌品格，达到"意在笔先，神余言外"③ 的上乘格调。民初，以时间为虚轴的情态化意象逐渐占据主流，乐歌的语言开始顾及它作为音乐文学本身"要眇宜修"的体性特征，化用成为必然之选。化用的语料主要源自传统诗文，古代书面语言通过化用进入近代乐歌之中，"以词化文"即以文入词而不悖歌之本性，起到增强主题厚度和提高乐歌格调的作用。本文以李叔同的《秋夜》《落花》，以及陈蝶仙的《秋思》为范例，兼论其他歌词，说明民初乐歌语言的基本特点。

引歌词之词。《秋夜》中"问耿耿银河，有谁人引渡"④ 化用秦观《鹊桥仙》"纤云弄巧，飞星传恨，银汉迢迢暗度"一句的意境，补充了乐歌中万种情怀的内涵，想必引起主人公纷乱情思的种种必定有一种是儿女情长，主人公想要传达的不是"金风玉露一相逢，便胜却、人间无数"的绝唱，而是不知道如何安排儿女情长的惆怅感，单引一句，不堕入原有词的情调，又化其意境为我所用。"尽一声长笛，有谁人倚楼，天涯万里，情思悠悠"意境类乎柳永《八声甘州》：

① 邹同庆、王宗堂：《苏轼词编年校注》，中华书局，2002，第 1~2 页。
② 杨景龙校注《蒋捷词校注》，中华书局，2010，第 31 页。
③ 陈廷焯：《白雨斋词话全编》（下册），中华书局，2013，第 1165 页。
④ 企释、培安编《李叔同——弘一法师歌曲全集》，上海音乐出版社，1990，第 57 页。

想佳人、妆楼颙望，误几回、天际识归舟？

争知我，倚栏杆处，正恁凝愁。[①]

柳永此词以游子羁旅思乡为主题，正好第二次巧妙地印证了"万种情怀"的具体内涵，赋予《秋夜》更多的思想内容。该乐歌对词的化用遵循减法原则，只取其意增加内涵，其格调因对古今杰作的化用更上一层。

引文赋入词。《秋思》（悲秋）有1913年和1919年两个版本。初版《悲秋》歌词如下：

> 晚来秋风，吹也吹也吹的帘旌动。独坐无聊甚情绪，摇摇不定蜡灯红呀。听何处玉笛一声，吹也吹的我心恸。何况那潇吓潇吓潇的梧桐叶儿响，又夹着铁马铁马儿丁当。怎不凄凉？怎不感伤？一年年的好景，一日日的流光，直教他秋月春花笑人忙。说什么功名，一场好梦熟黄粱，怕明朝揽镜看，又添上潘鬓萧条几重霜。[②]

1919年出版的《乐歌选萃》所收《秋思》歌词如下：

> 晚来秋风吹，吹得帘旌动。独坐无聊甚情绪。摇摇不定蜡灯红。呀！听何处玉笛一声，吹也吹得我心动。何况那萧萧萧萧的梧桐叶儿响；又夹着铁马、铁马儿叮当，怎不凄凉？怎不感伤？一年年的好景，一日日的流光，只教他秋月春花笑人忙。说什么功名一场，好梦熟黄粱，待明朝揽镜看，只添上白鬓萧条几重霜。[③]

---

① （宋）柳永撰，薛瑞生校注《乐章集校注》，中华书局，1994，第194页。
② 蝶仙：《悲秋》，《游戏杂志》1913年第1期。
③ 晨枫主编《百年中国歌词博览》，安徽文艺出版社，2011，第10~11页。

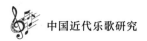

"何况那萧萧萧萧的梧桐叶儿响；又夹着铁马、铁马儿叮当，怎不凄凉？怎不感伤？"化用了欧阳修的《秋声赋》：

> 欧阳子方夜读书，闻有声自西南来者，悚然而听之，曰：异哉！初淅沥以萧飒，忽奔腾而砰湃，如波涛夜惊，风雨骤至。其触于物也，鏦鏦铮铮，金铁皆鸣。又如赴敌之兵，衔枚疾走，不闻号令，但闻人马之行声。①

而其中的"待明朝揽镜看，只添上白鬓萧条几重霜"化用了李白《秋浦歌》之一：

> 白发三千丈，缘愁似个长。不知明镜里，何处得秋霜。②

1913 年版"潘鬓萧条几重霜"同时化用了潘岳中年即白发的典故，潘鬓即白发之意。后面的歌词将潘鬓改为白鬓，语言进一步远离文言向浅易的白话靠近，有意识地消除了可能造成听众理解障碍的因素。该乐歌无论在学堂还是社会层面都流传甚广，达到了乐歌作者以创作实现启蒙与娱乐的双重目的。

按照淫词、鄙词、游词之说，陈蝶仙之作可谓鄙词，"他"直言对世俗功名的渴望，将梦想无处着落的颓唐落寞写得淋漓尽致。与虚情假意的游戏之词相比，陈蝶仙的乐歌体现了以真为美的审美精神，是以赤子之心写作的真实表达。

引诗入词。《秋夜》中"萤火飞流，夜凉如水"③ 一句应化用了杜牧《秋夕》的整体意境：

---

① 李逸安点校《欧阳修全集》，中华书局，2001，第 256 页。
② （清）彭定求等编《全唐诗》（增订本），中华书局，1999，第 1726~1727 页。
③ 企释、培安编《李叔同——弘一法师歌曲全集》，上海音乐出版社，1990，第 27 页。

银烛秋光冷画屏，轻罗小扇扑流萤。

天阶夜色凉如水，坐看牵牛织女星。[①]

上文提到，萤火往往意味着荒凉与孤寂，近代乐歌作者转换了传统诗词的意味。经典意象的转变意味着语言能指与所指的逐步分离，流萤不再与孤寂之感有必然联系，它越来越成为一个具有多重意指的词，例如《小说新报》第五期的《萤火》："甚凉宵风露凄紧，吹散一天星，扑来装入小玻瓶，掩映倍珑玲。看块然山河大地，黑暗到而今，还亏他荧荧燏火，尻后放光明。"[②] 在悲情色彩的笼罩下，乐歌突出以个人之力为群体做贡献的主题。

以上散文化的秀句，是对词、赋、诗的化用，古代的秋色秋声通过化用进入乐歌作者的当下艺术体验，形成内时间意识作用下的艺术化时间意象。整体而言，乐歌都是对原文实行减法，以凝练的句子概括所引之句的意、境、言，并按照"我"的具体情境赋予其新的含义。减法的艺术在增加乐歌主题厚度的同时形成了羚羊挂角、无处可寻的弦外之音，具有较高的格调。减法处理后所形成的秀句更符合当时的语言环境，虽说没有达到以白话为歌的程度，但在语言运用上不避虚词，例如句法中黏着词、有定词语、疑问语气的大量使用。"何况""怎么""怎不"等黏着词明确了抒情主人公的意思表达，"嫦娥""如来"等固定词语的运用在增加乐歌主题内涵的同时没有造成歌词的多义性。疑问的使用令句调发生微妙变化，加上乐曲的配合，增强了抒情主人公主观情绪的表达效果，犹豫、讽刺与自我怀疑的意味更加显著。此外，秀句的意思表达受到词意和曲式结构的影响，长短句的固定形式（格律）进一步被艺术时间（音乐）打破，形成了随情意而为的散文化秀句。近代乐歌语言的形成还受到了"时务体"新语言系统的影响。新词也成

---

① 吴在庆：《杜牧集系年校注》，中华书局，2008，第 1242 页。

② 轶池：《萤火》，《小说新报》1915 年第 5 期。

为乐歌的语料来源，明确了歌词的意指，形成了单义性的独白主题乐歌。

综上所述，歌词意象的能指和所指之间的关系开始分裂是近代乐歌语言的重要特点。古代语境中被固定化的隐喻与象征结构逐步被拆分，使主题表达更加明确。修辞上融合积极修辞与消极修辞，在表达思想的同时形成了具有现代意味的艺术风格。以文为词的方式虽然造成了乐歌艺术的一些缺憾，但是，作为过渡时期的音乐文学创作，"缺憾"也可以是一种特色。

第二节　新旧融合的音乐

在近代中国，音乐与语言以新的方式开始结合，乐歌在动机与意象、乐句与歌句、曲式与章句三个方面都表现出新旧融合的倾向。这是在民族文化与世界文明共同作用下产生的文化策略。

一　动机与意象

众所周知，歌词要表达思想感情必须借由具体的声音和语言逻辑。近现代乐歌作为音乐文学必须做到动机与歌词相匹配，声音、文字与意义共筑一处才能获得更大的艺术魅力。

一般而言，动机（motive）"通常是指这样由一个短小的音组构成的曲调或旋律片段。它必须包含一个或一个以上的重音，两个或两个以上的乐音。动机可以是一小节，也可以是两小节，是构成歌曲主题最小的单元结构"①。清末乐歌是以理为先的表意之歌，主题意象为表达新思想进行了旧锦翻新式的改造，乐歌的主题动机也以音乐的方式表达出这种沉思，动机的生成、动机的节奏都时刻体现主题节奏作为曲式的基本表现手法之一，与语言节奏的相互协调。主要节奏类型即乐歌的主题动机是一组带有基本节奏的旋律音程，是乐歌的胚芽。清末乐歌的主题

---

① 付林、胡音声：《流行歌曲写作十八讲》，人民音乐出版社，2012，第3~4页。

动机多以同度音程、级进音程和四度、五度跳进音程为主。

近代乐歌动机生成的主要方式是同度音程的广泛使用，这是与传统乐歌的显著差异之一。具体而言，同一节奏音型具有突出节奏、淡化旋律的作用，"这种直线型'生命链条'状的旋律进行具有强大的再生与发展能力"①，同音与级进的组合适合表达"内心的独白"②，其效果如同西洋歌剧的咏叹调一般，能充分表达抒情主人公内心的矛盾情绪。清末乐歌的同音连接所占小节并不多，大都为一个小节。级进音程以二度、三度为主，特别接近日常生活说话的语调。跨度较大的音程不多见。清末乐歌比较有特色的是同小节内由同音音程与级进音程形成组合动机，例如《孤山》：5566 重复五次，5 和 6 都有重复，同时小节内实现二度级进。这种手法有利于旋律线自然展开，含蓄蕴藉地表达出乐思的冲突。

同音连接通常用于爱国、郊游等情绪较为激越的主题意象。同音连接与近代歌词中的主题意象相结合，体现出清末乐歌在思想与艺术上的统一性，从而更为深刻地表达出抒情主人公的复杂情思。

以《海战》《黄河》《蜜蜂歌》等为例，《海战》③ 中，"煌煌军令"用附点带动旋律，表达了抒情主人公果敢、奋进的情绪，爱国的热情油然而生：

---

① 付林、胡音声：《流行歌曲写作十八讲》，人民音乐出版社，2012，第 7 页。
② 付林、胡音声：《流行歌曲写作十八讲》，人民音乐出版社，2012，第 10 页。
③ 不详：《海战》，《江苏》1903 年第 7 期。

《黄河》① 是 20 世纪华人音乐经典之一，② 沈心工创作该曲，用同音连接的方式制造排比旋律，表达出对黄河的深挚情感：

《蜜蜂歌》③ 中有超过两个小节的同音反复连接动机。

《社会主义之菡萏》④ 共有 24 小节，同音连接小节有 6 小节，分别处于开头与结尾部分，加之歌曲开头弱起的四度跳进与 17 的七度音程转折，整体上给人赞美诗般的唱诵感。表达出抒情主人公对"不竞"的怀疑和对"博爱平等"世界的赞颂与向往。

---

① 钱仁康：《学堂乐歌考源》，上海音乐出版社，2001，第 6 页。

② 晨枫主编《百年中国歌词博览》，安徽文艺出版社，2011，第 10 页。

③ 剑虹：《蜜蜂歌》，《云南》1907 年第 8 期。

④ 不详：《社会主义之菡萏》，《社会世界》1912 年第 5 期。

同小节内的同音级进动机比较常见。《孤山》①动机部分用的是较为平稳的旋律：

① 不详：《孤山》,《著作林》1900 年第 2 期。

《孤山》用叠映手法，同音级进式的动机是"雪花大如掌，梅花三百花中间""山头雪已干，梅花一树半阑珊"两个图像的共有动机，是乐歌的主题动机，对比画面配合相同动机处理方式孕育着不和谐因素。前半阕意象、情绪的对比迂回含蓄，运用a+a式的完全重复乐句削弱了情绪反差。这不利于过片处的情绪抒发，但不可否认的是，乐歌在悖论中展开的高潮以唯一的不同动机成为全曲的亮点。可以说，是不和谐的基调引发了对未来和谐图景的展望。这时期的乐曲具有过渡时期艺术的不成熟性。

《藤花》[①] 主题动机部分用1315三和弦叠置的上行旋律线，铺垫了复杂的情绪。这首歌曲以"我"为中心，围绕"人比花娇"的乐思。下行旋律中的最高值在"侬貌姣"和"花貌好"的位置上，突出了抒情主人公两种矛盾的情思，与清末乐歌意象的悖论性表达相互配合，共同塑造矛盾的抒情主人公意象。

以上乐歌都是以传播新思想为目的，结合了传统乐调与西洋乐调的手法，兼顾当下受众的接受程度所作（改编、借用）的曲调，以大调式的三个级进音程作为乐曲开始的主题动机。例如《秋虫》[②]：

① 不详：《藤花》，《著作林》1900年第3期。
② 不详：《秋虫》，《江苏》1903年第7期。

671 反复运用，同一节奏型一字对一音，同一小节内实现上文的同音级进的上行与下行，整个乐句呈现曲线下行态势，不急不缓的叙述与描绘如同以工笔画的节奏塑造秋的画面感。

此外，为了配合近代乐歌表达思想主题的目的，级进出现了六音级进动机。例如《鹤》[①]：

该段主要是对"鹤"不食腐鼠、保持气节的叙述，抒情主人公用

---

① （唐）白居易、白宗巍：《鹤》，《京师教育报》1914 年第 9 期。

平静的语调表达出对理想人格的期许。乐歌后半部分以六度以内的级进音程进行，飘摇不定感透露出抒情主人公缥缈的情思。

四度、五度的跳进音程具有我国民族旋法的特性，通常而言，四度、五度音程不但具有从属功能直接到主功能的倾向性，而且还有从主功能到从属功能的明确性。清末民初的跳进音程具有着重四度、五度的特点。例如《社会主义歌（续）》①为四度附点下行旋律曲线，表现出疑问、困惑之感，412 重复四遍，每一遍都是对内心的一次探究，对问题的一次质疑。

《悲秋》②根据中国琴谱《思春》翻作琵琶调，运用了下行四度跳进音程，乐曲是加入清角的六声民族调式，具有较强的民族风格。

下行四度跳进音程突出了秋风萧瑟之感，烘托出抒情主人公要表达的生命空漠感。

与民初的四度下行动机相比较，清末的歌曲常常采用四度、五度跳进上行。《游春》③四度跳进表达了抒情主人公乐观的态度与对未来的憧憬，稳健的上行则强调了"我"对未来的自信：

---

① 不详：《社会主义歌（续）》，《社会世界》1912 年第 3 期。
② 蝶仙：《悲秋》，《游戏杂志》1913 年第 1 期。
③ 不详：《游春》，《江苏》1903 年第 7 期。

其一 何　时 好　　春 风 一 到 世 界 便 繁 华
其二 学　堂 里　　歌 声 琴 声 一 片 锦 绣 场

前文《藤花》附点三度音程加四度音程再加三度跳进音程令整首乐曲笼罩上了一种摇摆的愉悦情绪。1351 是西洋大小音程，也符合民族五声音程组合形式，这种跳进连接充分地表达出了抒情主人公对自我的认识。

不同的动机类型加强或者消减了意境的词格，形成不同的主观节奏，结合其他技巧如曲调线、节拍、和声、速度等构成乐歌音乐本质的一部分，有力地推动多重情绪和思想的发展。具体而言，动机的节奏对情绪影响最大，可以说节奏是音调的动态，是传达情绪最直接而有力的媒介，是情绪的重要组成部分。因此，情思的强度、力度往往通过两种动机类型来表达。一般来说，扬抑格的动机类型有利于情绪展开。

《他》全曲第一句以一种前所未见的奔进表情法唱出了抒情主人公的心声："你心里爱他，莫说不爱他。"此句的动机类型很特殊，虽然采用了扬抑扬格，却从强拍末尾的 32 分音符开始，一带而过，因此也可以看作是变化的抑扬格，这种变化的动机类型突出"爱他"二字，表现了一种强烈的要解决问题的倾向，动力感十足，加强了动机与主题情绪的关系，为塑造鲜明的意象奠定了基础。首句的变化动机贯穿整曲，不断推动情绪滚动前行，配合四分之二拍的稳定行进步调，突出了抒情主人公的心理变化过程。这样不但有利于非物态化的心象形成，而且也有助于与整肃基调的歌词共同构成直质诙谐的现代风格。上文所提及的《社会主义之菡萏》一曲也是抑扬格开篇，以诉说情理的语调娓娓道来。抑扬格的动机类型推动情绪的发展，一种想要寻求答案又不知所措的缠绵凄厉情调贯穿始终。

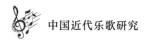
二 歌句的特点

乐歌是听觉的艺术，过长的句子容易造成理解障碍，因此句子一般不会太长，歌句的内部划分也以三言、五言、七言为主。近代以来，为表达主题的复杂性，歌句打破了三言、五言、七言为主的齐整结构，虽然仍以"七言+五言或七言+三言"为主要形式，但是四言、六言、八言、九言、二十言等形式间或出现。歌句结构立足宋词"长短句"的民间传统，在保持变化的前提下适当重复、加字减字以求多样化，以此来适应现代乐歌传播的需求，最终达到启蒙的目的。

从现有的词牌可大体看出乐句以三、五、七言为主的习惯，与诗的整齐结构相比，一首单片的小令内乐句的组合方式重复率不高，具有明显的散文化倾向。乐歌的歌句结构传承了词律要求，一首乐歌以充满变化的歌句为主，连续对偶句少，反复出现的联句经常以短句隔开，结构相同的句子主题意象不重复。这种相对自由的、避免重复的创作理念源于民间曲牌的自由性。"曲牌在劳动人民手中，是既有相对的稳定性，又有变化上一定的灵活性的。……最常见的情形是：既有一部分旧有音调被利用，又有一部分新的音调被加入，旧的音调被改变。……同一曲调，可以伸缩，产生出句数不同，每句字数不同，每字字调不同的长长短短的多种变异形式……"①可以说，近代乐歌继承了宋元词曲的民间性，以内容为依据改变形式、减少重复乐句结构是这一改变的突出特点。

根据蒋英《清末民初贵州学堂乐歌考》中所载 28 首乐歌的实际情形来看，用于师范学校附属初级小学的 15 首乐歌中只有 2 首有重复的句子结构，用于师范预备和高等小学及中学的 13 首乐歌中只有 1 首有重复的句子结构，并且 3 首乐歌中的对偶句多以"7+5""7+7"的传统结构出现，变化中有民族式的稳定感。以乐歌《独立》为例，歌词如下：

---

① 杨荫浏：《中国古代音乐史稿》，人民音乐出版社，2013，第 291~292 页。

天演舞台竞争甚，壮哉我国民。眼看中原半陆沉，责任在一身。一身以外皆强敌，一身之内出奇军。少年得志走马昆仑，独立一呼寰球震。①

可以看到，对偶句出现在歌句上阕，并以苗歌常用的七五言组合对仗，变化中孕育着稳定感。过片和结尾处的较大变化恢复了苗歌的随性风格。

《龙舟》歌词如下：

龙舟龙舟，端阳竞渡，男儿壮气如潮流，肯落他人后？近矣哉，鼓声蓬；壮矣哉，人声吼。是谁夺得锦标头，洋洋齐拍手。当此世界起竞争，精神贵尚武。相劝我同侪，莫辜负少年好时候。②

这两句结构完全相同的对偶句也处于中部，起到承上启下的过片作用，前面都有"3+3"的短句与第一句隔开，末句则以"5+7"的稳定收束结尾，整体结构跃动中有稳定感。

最特殊的一首为反映爱群精神的《马蚁》，歌词如下：

马蚁马蚁，成群结队，真可好义气。不论虫，不论米，衔往洞里去。你也吃，我也吃，大家笑嘻嘻。同群若无爱群心，反不如马蚁。③

歌词的下划线部分为结构相同的对偶句，都为"3+3+5"的结构。与上一首一样，对偶句处于乐歌中部，起到稳定乐歌整体结构的作用，

---

① 蒋英：《清末民初贵州学堂乐歌考》，中国社会科学出版社，2015，第44页。
② 蒋英：《清末民初贵州学堂乐歌考》，中国社会科学出版社，2015，第43页。
③ 蒋英：《清末民初贵州学堂乐歌考》，中国社会科学出版社，2015，第43页。

也符合节奏发展的趋向。乐歌对偶句的重复与5321旋律的重复同步，在旋律完全相同的情况下，歌词在歌句的结构上维持整齐，意象上则遵循不重复关键词语的创作原则，从"大米""虫子"直接过渡到"你"和"我"，一语双关，"你"和"我"既指代蚂蚁也指代抒情主人公。结尾句用不同于前三句的"7+5"结构，仍然是常用的七言和五言的组合，令整首乐歌活泼中透出稳定感。

三 曲式结构与基本表现形式

近代乐歌曲式结构以方整性为主，非方整性为辅。其基本表现手法虽然借鉴了日本、德国、美国等地流行民歌的记谱方式，但实际主要为单音符组合记谱。"最初使用简谱记录旋律也有只用二分音符、四分音符、休止符、增时线以及连音线等单一方式的单音符组合记谱，这些歌曲旋律既没有附点音符、八分音符、十六分音符、三连音音符、延音线等较复杂的记谱"[1]，这就促使乐歌体现出中西融合的特点。

总体而言，乐歌结构方整性居主，乐歌的曲式结构以一部曲式与二部曲式为主，三部和复三部曲式较为少见，这样的结构有利于歌唱的音乐性对准确的节奏关系的要求。蒋英《清末民初贵州学堂乐歌考》就旋律变异性指出："整个简谱记谱规范、严谨，节奏时值准确，并且音符与歌词也是'一对一'对称。"[2]但是，要注意的是曲式结构的方整性及表现手法的单一固然与记谱人不习惯于记载节奏与时值有关，更与无法在短时间内"创作"非方整性结构有关。

本书以贵州松桃学堂乐歌为例，说明近代乐歌的曲式结构与表现形式的民族性、现代性特点。松桃地区有着悠久的苗歌歌唱传统，为其学堂乐歌的民族性特点奠定了基础。从声律的大致情况来讲，近代乐歌继承了苗族民歌的大部分声律规律，同时，也会对具体的曲谱和歌词大意

---

① 蒋英：《清末民初贵州学堂乐歌考》，中国社会科学出版社，2015，第85页。
② 蒋英：《清末民初贵州学堂乐歌考》，中国社会科学出版社，2015，第85页。

做出调整，这是民歌立足本民族艺术审美走向"现代"的典型艺术形式。这种形式与苗歌莎贵展（sead ghuab zheat）的严谨结构的影响有关："歌词除小部分是即兴创作外，绝大多数是传统的押调体五言或七言诗，抑或有少数是叠句、长短句等。"① 这基本与苗族歌谣严肃体裁所用曲式结构一致。"一对一"即每字配一个音的模式在苗歌中常有，"恰嘿"就经常如此编曲，声音拖长，节奏缓慢，具有抒情和朗诵的特点。这种模式是游方歌最常用的曲调之一。② "单二部曲式又叫二段式或者两段体，这类作品由 A、B 两个乐段组成，两段之间相互形成对称或者对比，以对比为更常见。这就是要求词本身可划分段落，并且在感情色彩、语言节奏方面都具有明显的对比。……如《解放军野营到山村》……四个介词结构的短句中爆发，感情由内敛变为热烈，节奏由舒缓而突然紧缩，把情绪推向高潮。"③ 近代的乐歌比较青睐二段体对比，可以充分表现主题转换，准确地反映出抒情主人公的心理变化。

妹在妹的家

在音乐的基本表现手法上，乐谱中不规则甚至不准确的部分与苗族民歌的说唱传统有关，"萨喀"的形式是"前面像说话或叙述，最后一

① 王芳：《苗族民歌特点之浅析》，《大舞台》2010 年第 11 期。
② 王凤岐：《中国音乐词典》，人民音乐出版社，1984，第 469 页。
③ 庄捃华：《音乐文学概论》，人民音乐出版社，2006，第 53~54 页。

句长短不拘，快慢随便，要拖成歌声"①。松桃是苗歌的故乡，这样随性的歌唱符合其民族传统，例如贵州花灯就是一唱一和，幺妹（旦）和唐二（丑）的唱词一般没有固定的情节，随意说唱，例如上页《妹在妹的家》就是十分随意的说唱，节奏充满跃动感。其中最明显的是贵州非物质文化遗产——思南乌江船工号子。它歌唱形式多样，节奏不完全固定，唱词更是随歌唱者的意思而定。民歌是产生于劳动的艺术，是实践在劳动中的艺术，是歌唱者要根据当时水流的阻力、风的方向、共同劳动者的精神状态随时调整号子的艺术形式。可以说，乐曲的调子就是贵州方言调值的扩大。"汉字的平、仄，四声，有自然的高低起落；音韵的宏、细、浓、淡，不但有丰富的表情作用，也有性格突出的'旋律性'，即使在板诵体的曲种中，表现也十分鲜明，那朴素的音调，实际是语言声调的放大和夸张。"② 上文提及的传统民歌曲调就接近语言的声调。鉴于苗族民歌"从心生也"的艺术特点，作为一门必修课，学生会根据松桃当地的歌唱习惯来唱歌。

综上所述，中国近代乐歌体现了民族艺术从古典到现代发展过程中的特点，它立足于传统乐歌，也适当吸收外来现代音乐的风格和手法。这种"新旧融合"是民族文化与世界化碰撞出的艺术火花，是中国音乐文学发展和转型期必然经历的阶段。

第三节　词学文道观念与雅俗正变

近代的词学理论与乐歌的发展相互映衬。词学理论强调理性与感性的融合表达，侧重人的真实感受，这一点极大地影响了乐歌审美的转型。乐歌的社会作用被无限地放大，最终成就了近代乐歌特色。

---

① 潘冠泽：《贵州松桃苗族民歌生态现状》，《云南艺术学院学报》2015 年第 2 期。
② 何振京：《民族音乐概述（四）》，《中央音乐学院学报》1984 年第 1 期。

一 清末民初词学的文道观念

（一）从"文以载道"到"文以贯道"

清末，一种以"我性"为中心的现代性文学批评观念异军突起。在这种批评体系中，文学与道德观念脱钩，道德之善不再具有先验的美学价值，词学境界的高低与"真"息息相关，而"真"则与乐歌作者是否能以"血书"来抒发真情实感有必然的联系。以我性之真替代伦理之善是近代词学的一个重要转折。在此基础上，词学批评进一步发展变化，则有了清末"文以载道"和民初"文以贯道"的细微差别。清末"文以载道"的文学观重在表真实之道。真实的关键在于如实表达个体的内心感受，因此，食色之性、功利追求、爱国救亡都成为乐歌表达的内容。乐歌创作者要表达真实之道，必然侧重"我性"，因此多以第一人称抒情。民初的"文以贯道"重在"文"，也在"道"。乐歌虽然也在讲道理、讲新知，但更多的是关注乐歌整体风格，关注"个体"的真实的生命感受。感受范围较之清末有所扩展，一些深层次的生命思考促成了乐歌风格的变化。这一点与清末的"文以载道"有一定的差异，在乐歌创作上留下了相应的痕迹。

当一个时代逐渐走向衰落的时候，文学主流的关注对象常常由国家政治、表达渴望建功立业的雄心转向自我观照。政治的腐败往往伴随着礼崩乐坏，对于文人而言，这是一个身心解放的外在契机，由于时局动乱，朝不保夕，他们可以忽略日常必须遵守的伦理纲常，挣脱礼教的约束。如果说，在社会繁盛阶段，文学中的个性往往消融在社会里面，那么在乱世文学中的个性因素逐步地从群体中、宏大叙述中脱离出来，以表现自我为主的文学作品会逐渐繁盛，在哲学层面上体现了人的觉醒和人性的逐步解放。

在较早的春秋战国时代，周王室的天下共主的地位名存实亡，旧贵族逐渐没落，一种人生无常、无力之感便通过乐歌表现出来。如《诗经·秦风·权舆》中所发的叹息："于我乎，夏屋渠渠。今也每食无余。于嗟乎！不承权舆。于我乎，每食四簋。今也每食不饱。于嗟乎！不承权舆。"① 强烈的今昔对比使得他们不满足于现状，又无力改变现实，于是通过乐歌发泄内心的不平。相类似的还有《诗经》中的《唐风·蟋蟀》《唐风·山有枢》《秦风·车邻》等，都反映了末世之个体情怀。这一时期动人的诗歌描绘的不是宴饮的喜乐感受，而是"有頍者弁，实维在首。尔酒既旨，尔肴既阜。岂伊异人，兄弟甥舅。如彼雨雪，先集维霰。死丧无日，无几相见。乐酒今夕，君子维宴"②（《诗经·小雅·頍弁》）一般的人生痛苦。政治上的动荡带给人的哀生忧世体验是很真切的，寥寥数语呈现出末世歌者的生命体验。东汉中后期，随着统治集团的腐败，人才选拔制度名存实亡，九品中正制度把门第作为最重要的评判标准，难以逾越的等级制度下，文士本来以苏秦、张仪、乐毅和廉颇等白衣将相作为人生目标，希望通过"学而优则仕"改变卑微的社会地位，从而能够泽被后世，子孙长享。但是，现实是他们大多数人只能终身潦倒。他们用消极的颓废的态度去抒发生存的艰难："青青陵上柏，磊磊涧中石。人生天地间，忽如远行客。斗酒相娱乐，聊厚不为薄。驱车策驽马，游戏宛与洛。"③ "浩浩阴阳移，年命如朝露。人生忽如寄，寿无金石固。万岁更相送，贤圣莫能度。服食求神仙，多为药所误。不如饮美酒，被服纨与素。"④ 生命短促，人所共感，问题在于如何肯定生命的价值。东汉末世的乐歌悲叹人生如寄，乐歌作者试图冲破儒家纲常礼教的束缚而得到一时的快慰，然而这并非真正的快乐，正相反，它映射出中下层文人内心无法言语的痛苦和悲情，这种"乐"不是自得其乐之乐，而是为了忘却的忘却，是一种无奈避世后的苦中作乐。当他们回顾平生，心情便如阮籍，苦涩大于欢乐："北临太

---

① （清）方玉润撰，李先耕点校《诗经原始》，中华书局，1986，第279页。
② （清）王先谦撰，李先耕点校《诗三家义集疏》，中华书局，1987，第777页。
③ （清）沈德潜选《古诗源》，中华书局，1963，第88页。
④ （清）沈德潜选《古诗源》，中华书局，1963，第91页。

行道，失路将如何！"① 唐宋时期，文人的地位有了很大提高，参与国家政治的意识也越发强烈，这一方面因为国家强盛，另一方面则是因为从隋唐起实行的科举制度为下层文人提供了相对合理公平的上升通道。所谓"盛唐气象"的美学含义中应该包括了诗词作者表达出的那种建功立业的渴望和蓬勃向上的精神。中晚唐和两宋后期，政治日薄西山，诗词自然而然地发生了转向，呈现出审美视角上的向内转。反映在诗歌创作上，这一时期的诗歌少了一些不加掩饰的功业意识，少了乐观向上的浪漫情调，取而代之的是对生命个体的重视，实现了又一次的文学自觉。

　　民初乐歌表现为"人生无常，及时行乐"的情怀，个体的不幸与生命体验成为主要的表现对象。一般认为，主流思想定位男子的社会价值依据是否得到君主的赏识。如果得不到君主的肯定，哪怕立下勒铭燕然的功绩，也难逃"日暮灞陵原上猎，李将军是故将军"② 的凄凉境遇。盛世之时，男子用在家庭的时间就变得有限，以李白为代表的盛唐诗人就很少有专门写家庭生活的诗词，因为"远之事君"而后再"迩之事父"捆绑着文学创作者的思维。但是，一旦社会不能提供一个相对公平的就业机会，他们就不得不从追逐名利转向家庭，关注的焦点也从大的国到小的家，从政治上的"我"到生活中的"我"。因此，爱情题材、赠别题材、羁旅行役题材占了比较大的比重。

　　清末民初，乐歌的社会功能被不断地抬高，这与乐歌作者和评论者所处的历史时期有极大的关系。民初乐歌评论有"时至今日，风俗日坏，民德日低，人人但知有权利，而不知有义务。廉耻道丧，卑鄙龌龊，是皆缺乏涵养工夫有以致之。苟能乐歌一科，研究有素，鞭辟入里，则必有高尚之思想，断不致出此陋习也。……老人当不得志之时，往往抑郁无聊，自怨自艾，于是抱悲观主义者，有之；抱厌世主义者，

---

① 陈伯君校注《阮籍集校注》，中华书局，1987，第 222 页。
② 刘学锴、余恕诚：《李商隐诗歌集解》，中华书局，2004，第 906 页。

有之。此等人物对于国家，不能负应负之责任，尽应尽之义务；对于一己，常觉乏味异常……若欲挽救斯弊，又莫如乐歌"①的语句，乐歌俨然肩负着拯救国家、警示自我的责任，这是民初乱世道德崩坏的现实反映。从兴观群怨之助到移风易俗，可见当时一些人心中的乐歌对人心风俗的影响力；赵元任"乐之淫正，民族之兴亡系"之语，放大了乐歌的功能。

这些近代乐歌评论家的心态是特别的，其衰颓感不同于基督教文化的宇宙末日的命定观念导致的情感，也不同于中国历史上任何一次王朝更替之际的那种日落残阳的衰亡感。它源于社会进入生命委顿时期呈现的萎靡气质，源于西方观念涌入对传统秩序和民族文化的冲击，民初"末世"的生命体验让传统文化的守望者们不得不审视传统文化。曾经推崇为圭臬的伦理价值体系逐渐式微，一些站在社会边缘之地的文人因失去价值理念的引导而陷入虚无。与此同时，西方五花八门、雁行而入的进步观念和新的价值理念为近代知识阶层提供了几乎是整套的理论依据，给人一种非常切近的希望。民初知识阶层产生了一种复杂的情绪——一种濒临绝望的困惑、错愕和忧愤交杂的情绪。这种情绪笼罩在整个社会和个体生命上空，为人们带来黄昏暮霭的悲剧体验。梁启超、王国维和那个时代的词学评论家都有这样的生命体验，这种体验前所未有，极大影响了他们的研究论证工作。

当然，从乐歌陶冶人的情操的角度来评论乐歌的理论也有："音乐者，借乐音以发表美的感情之艺术也。……能动吾人之心灵，而忘情物我，栖神大化，臻乎怡然快乐之境。"② 但是，单纯从美感体验来评说的评论比较少，这也反映了民初乐歌评论的局限。

（二）近代音乐文学"乐（lè）""乐（yuè）"之辨

清末民初，中国社会伦理体系经历了一场划时代的变革。这变革的

---

① 张静蔚编《搜索历史——中国近现代音乐文论选编》，上海音乐出版社，2004，第63页。
② 张静蔚编《搜索历史——中国近现代音乐文论选编》，上海音乐出版社，2004，第79~80页。

深度和广度都史无前例，以至于杜维明将清末民初视为儒学发展的"被扼杀"期，[①]"礼崩乐坏"成为描述这时期伦理状况的常用词。可是，在这边缘化的过程中，乐歌却是"一股潜流"，随着各种新式学堂的兴建而成为一项主要科目。此间乐论之辨析重在分析礼乐文化的核心。

清末民初的乐论主要是乐（lè）与乐（yuè）之辨析，两者都强调礼乐对伦理行为的规范作用，前者注重"个体"与"国"之间的"义务"关系。后者则强调"乐"抒发"人心"的作用，侧重个体与"国"之间的"权利"关系。两种乐论各有侧重却并不对立，"横看成岭侧成峰"是两种乐论形态关系的具体描述。它们以各自的姿态促进新文艺、新伦理的形成。

前者认为"乐的本质是乐（lè），而不是哀，表现悲哀之情，使人感伤流泪的音乐不配称为乐，只有表现和乐之情，使人精神平和的音乐才配称为乐"[②]，它继承了儒家伦理的礼乐观念，可以说"凡音者，生于人心者也；乐者，通伦理者也"[③]，依旧是近代乐论着意强调的乐论观。以此衍生出的礼乐观则侧重"义务"，乐以音和，人以德顺，个体修身的标准是以适应"群"的要求为目标的。廉士在《乐者古以平心论》（1883）中说："乐事之兴，一则人心感乐，乐由心生；一则乐感人心，心随乐化。故乐即圣人之心所发，而天下之心咸范于圣人之心，是以能终和且平也，此则乐之功也。"[④]张德彝《乐可化民说》（1890）直言："西国无乐可化民之说……然余往来东西各国十数年之久，频闻其声。细考查之，亦有正淫之分。"[⑤]陈懋治在《学校唱歌二集》（1905）中甚至说："故以之养国民之道德，则道德修；以之革社会之风俗，则风俗易；以之助一般之学艺，则学艺进；以之调社会之风俗，则全人类

① 〔美〕杜维明：《对话与创新》，广西师范大学出版社，2005，第124页。
② 陈四海：《思无邪——中国文人音乐思想研究》，东方出版社，2002，第70页。
③ （汉）郑玄注，（唐）孔颖达正义，吕友仁整理《礼记正义》，上海古籍出版社，2008，第1458页。
④ 张静蔚编《搜索历史——中国近现代音乐文论选编》，上海音乐出版社，2004，第31页。
⑤ 张静蔚编《搜索历史——中国近现代音乐文论选编》，上海音乐出版社，2004，第31页。

之品格，则性情淑，品格尚。此种能力，惟音乐足以当之。"① 可见，清末乐歌与伦理修养、道德养成之间存在着必然联系，甚至被推为能使社会各方面移风易俗的不二之器。

为培养以"善"为指归的价值观，一些乐论都推崇平和中正的乐音与乐歌，其乐论之"正淫"之辨依旧是以"伦理"为基础划分"美"的类型。以"善"代"美"越界评价在旧有之"礼"逐渐崩坏的"过渡时代"（梁启超语）具有其正面意义，可以说在断裂的时代中，乐歌延续了儒家礼乐文化的脉搏。

另外，乐论中开始侧重乐（yuè）抒发个体情感的功能界说。以荀子"夫乐者，乐也，人情之所以不能免也"② 为认识基础，以嵇康的"和声无象，而哀心有主"③ 的乐论为客观实证，进而形成了乐（yuè）论。清末王蕴章先生继承了周济的"词史"的观念，他根据当时的社会文化语境和社会状况，提出了"词"不但要反映"世变"并且要到"自伤身世之处"④。乐歌的题材要在深广细致中突出自我体验，音乐也承担了"赋到沧桑句便工"的审美期待。

在有影响力的近代词学家群体中，陈廷焯对词的雅正内涵的弹性理解扩大了"雅"的范围，王国维对淫词、鄙词和游词的重评说明了他对情爱和梦想追求的认同，这些都着眼于个人权利，是一种可以转化为现代意识的思考，因此乐论侧重"个体"对"群体"的权利。可以说，在这两种乐论指导下才发展出了具有现代意味的乐论和乐歌，从而使中国音乐文学开启了新的艺术历程。

与西方的典型的执名去象思维不同，中国古代的思维是一种名象融合式的，这样的思维在艺术领域中自然产生了一种含蓄之美。这种美是

---

① 张静蔚编《搜索历史——中国近现代音乐文论选编》，上海音乐出版社，2004，第 20 页。
② （汉）郑玄注，（唐）孔颖达正义，吕友仁整理《礼记正义》，上海古籍出版社，2008，第 1556 页。
③ 戴明扬校注《嵇康集校注》，人民文学出版社，1962，第 199 页。
④ 王蕴章：《词学》，《文艺全书》（第三卷），中原书局印行，1926，第 906 页。

中国式的，是很令人心醉的美感体验。清末民初乐歌的转型在保留意象审美的基础上进行整体风格的改变，意象塑造、表情方式、乐曲的结构都预示着更变幻莫测的审美体验的到来。

近代乐歌意、象、言、乐几方面的审美转型反映了中国近代诗学美学的"雅俗正变"。雅即正，《毛诗序》云："雅者，正也。"[1] 相对地，变体在得不到承认的时候即不属于雅；"俗"即指非雅。当审美标准发生变化，曾属于"俗"的"变雅"得到承认，就脱离了"非雅"意味的俗文学范畴而成为新的雅正文学。在近代诗歌审美变化的过程中，"雅"起初代表传统诗歌的美学价值，"正"也；"俗"代表近代诗歌新标举的美学价值，"变"也。随着新的美学价值被承认，"俗"转为"正"，"变"而为"雅"。本书以"雅俗正变"概括这一变化。"雅""正"内涵的变化和新的美学标准在近代乐歌创作中得到体现，"淫""鄙"意象的雅正之变是该时期突出的艺术特色。

二　乐歌的雅俗正变

中国古代美学范畴中，"雅"与"俗"是一对复杂的概念。"雅"即合乎标准、规范，被承认和接受。"俗"不具有雅的审美意蕴，但在底层民众中广泛流行。总体而言，"雅"有去俗的意味，具有比"俗"更高的艺术价值。"雅"可以脱"俗"而立，可以将"俗"融合，"俗"却难以在美学范畴中独据一席之地，所谓雅俗共赏实则以"雅"作为美学基调。具体到文学创作层面，"雅"囊括的是各种看似千姿百态实则有一定之规的文学，基本是在夫子伦常的"道"的规约下，在温柔敦厚、兴观群怨诗教影响下的文士阶层创作。

（一）古代乐歌由俗向雅的转变历程

叶太平在《中国文学之美学精神》中说："中国古代传统文化，就

---

[1] （汉）毛亨传，（汉）郑玄笺，（唐）孔颖达疏，（唐）陆德明音释《毛诗注疏》，上海古籍出版社，2013，第 21 页。

其基本价值取向来说，是审美型文化。无论是儒家之学，还是道家之学，还是佛禅之学，都是'为道'之学。尽管'道'的内涵各不相同，但作为人生自我完善的'为道'过程，都在于追求一种高品位、高格调的人生境界，清心寡欲，与功利、物质、尘俗、肉欲最大程度地拉开距离，在最高层次上'天人合一'，实现精神的自由、洒脱、超迈，实现心灵的高蹈远举。这种文化土壤，极有利于陶冶民族群体和个体成员的审美心胸，极有利于艺术审美活动的进行。"[1] 可以说，美的产生与"道"有关。无己、去欲之后，游心于天地之大美，才能进入澹然无极而众美从之的宁寂澹然的心态。这样的美学特性可称之为雅。如此，概言之，在"雅"文学美学范畴内的乐歌人物意象要清心寡欲、超凡脱俗、不食人间烟火，身为凡人而高尚如圣贤，不追求这一境界的美学特性便流为"不雅"的"俗"文学。

在雅俗之辨中，近代乐歌源于词。词起源燕乐，是佐欢侑酒、娱宾遣兴的娱乐产物，正如陈士修序冯延巳《阳春集》中提到的"公以金陵盛时，内外无事，朋僚亲旧，或当燕集，多运藻思，为乐府新词，俾歌者倚丝竹而歌之，所以娱宾而遣兴也"[2]，可谓俗矣。欧阳修曾为颍州西湖作十数首供传唱的《采桑子》，便在其序《西湖念语》自述："因翻旧阕之辞，写以新声之调，敢陈薄伎，聊佐清欢。"[3] 词盛于宋，宋人在诗中说理，而将爱情题材、心灵情感上的欢愉愁苦等这些幽微细腻的情感，大部分迁移到词里，此詹安泰所谓："盖我国士夫，素以词为末技小道，其或情意不能自遏，不敢宣诸诗文，每于词中发泄之。"[4] 对于前人的这种现象，钱钟书曾作出评论："宋人在恋爱生活里的悲欢离合不反映在他们的诗里，而常常出现在他们的词里。如范仲淹的诗里一字不涉及儿女私情，而他的《御街行》词就有'残灯明灭枕头欹，

① 叶太平：《中国文学之美学精神》，（台北）水牛出版社，1998，第7页。
② （南唐）冯延巳：《阳春集》，世界书局，2011，第2页。
③ 李逸安点校《欧阳修全集》，中华书局，2001，第2057页。
④ 汤擎民整理《詹安泰词学论稿》，广东人民出版社，1984，第126页。

谙尽孤眠滋味；都来此事，眉间心上，无计相回避'这样悱恻缠绵的情调……"① 这一时期的词作为俗文学，表达了人性真实而深刻的部分。明人有记载俗文学的盛况，如《市井艳词序》云："忧而词哀，乐而词亵，此今古同情也。正德初尚'山坡羊'，嘉靖初尚'锁南枝'，一则商调，一则越调。商，伤也；越，悦也；时可考见矣。二词哗于市井，虽儿女子初学言者，亦知歌之。但淫艳亵狎，不堪入耳，其声则然矣，语意则直出肺肝，不加雕刻，俱男女相与之情，虽君臣友朋，亦多有托此者，以其情尤足感人也。故风出谣口，真诗只在民间。《三百篇》太半采风者归奏，予谓今古同情者此也。"② 所谓"市井艳词"，便是当时的乐歌。李开先承认市井艳词从语言到曲调皆粗俗不堪入耳，但其以朴素的言辞表达出了人们心底最真实的哀乐，语言不加修饰，感人至深，受到大众广泛喜爱。以男女相与之情的真实感觉表达君臣朋友之间的伦常之情，虽然看似承袭《离骚》以来香草美人的传统，但碍于不能登大雅之堂的文体乐调，仍不属于雅文学范畴。

随着歌词与音乐的脱离，以诗文入词的士大夫之词逐渐雅化，其变体的"非本色"发展方向成为新路。"北宋到南宋，歌词作者致力于词的内容意义的深化和表达的雅化，词的创作从三个方向走向雅正：苏辛一派在思想内容上贴近雅正，周吴一派在语言风格上贴近雅正，姜张一派从风格意境上贴近雅正。与此相应，'豪放'、'质实'、'清空'这三个'变体'范畴亦应运而生。"③ 在雅正审美意识之下，诗词的主题、意象、语言、乐曲风格都要大体符合"高蹈远举"的审美要求，词乐的属性从燕乐转向儒家礼乐。晚清词学家陈廷焯曾对经过雅化的作词法作出如下概括："入门之始，先辨雅俗。雅俗既分，归诸忠厚。既得忠厚，再求沉郁。沉郁之中，运以顿挫，方是词中最上乘。"④ 与他同时

① 钱钟书选注《宋诗选注》，人民文学出版社，2005，第7页。
② 郭绍虞主编《中国历代文论选》，上海古籍出版社，2001，第244页。
③ 周明秀：《词学审美范畴研究》，上海古籍出版社，2014，第11页。
④ 唐圭璋编《词话丛编》，中华书局，1986，第3943页。

期的另一位词学家张祖望也有言:"词虽小道,第一要辨雅俗。结构天成,而中有艳语、隽语、豪语、苦语、痴语、没要紧语,如巧匠运斤,毫无痕迹,方为妙手。……至如'密约佳期','把灯扑灭','巫山云雨','好梦欢'等,字面恶俗,不惟不佳,亦君子所不屑道。"① 况周颐《蕙风词话》亦云:"境之穷达,天也,无可如何者也。雅俗,人也,可择而处者也。"② 这些晚清词学家并非观点的开创者,他们是继承了由宋至清历代强调词须雅的前人立场。早已有先人强调乐歌之乐与礼乐之乐的一致性从而要求乐歌雅化,如宋代郑樵在其《通志》中《乐略》开篇《乐府总序》第一句便不言乐而言礼:"古之达礼三:一曰燕,二曰享,三曰祀。所谓吉、凶、军、宾、嘉,皆主此三者以成礼。古之达乐三:一曰风,二曰雅,三曰颂。所谓金、石、丝、竹、匏、土、革、木,皆主此三者以成乐。礼乐相须以为用,礼非乐不行,乐非礼不举。"③ 礼乐一体的观点回归西周儒家理念,将作为俗文学的乐歌推举到足可配俎豆之礼的钟鼓雅乐地位,用新的方式梳理了诗三百从"饥者歌其食,劳者歌其事"的音乐文学到《诗经》经学的道路。

礼与乐的结合、脱俗的语言、高蹈的意境、意象浮现的文人化,都让乐歌进入了雅文学的范畴。乐歌经典的情爱题材的评价也由俗入雅:"词家先要辨得情字,诗序言发乎情,文赋言诗缘情,所贵于情者,为得其正也。忠臣、孝子、义夫、节妇,皆世间极有情之人,流俗误以欲为情。欲长情消,患在世道。"④ 在雅化过程中,词或曰乐歌失去了曾经幽微的情感,在文体上无限靠近诗,思想上逐渐靠近文以载道的传统。具体到意象方面,乐歌中选取的意象以"以形传神"的方式,以"片段的人"表达了人的有限性,对自然人欲的蔑视和对"穷"的礼赞都是人心自修的结果。啼饥号寒之作被有意识地讥讽,对"诗穷而后

---

① 唐圭璋编《词话丛编》,中华书局,1986,第3285~3286页。
② 唐圭璋编《词话丛编》,中华书局,1986,第4407页。
③ (宋)郑樵撰,王树民点校《通志二十略》,中华书局,1995,第883页。
④ 唐圭璋编《词话丛编》,中华书局,1986,第3711页。

工"的推崇背后隐约显示出个体价值被灭杀后的一种心理补偿。即便是反映情爱的题材，其人物感情的设置也通常与大的主题相互联系，黍离乐歌中的美丽女性意象通常与祸国殃民相联系，才子佳人闺阁幽怨虽为正体却是"俗"气的题材，更不用说与人欲密切相关的主题，俱被视为难登大雅之堂的内容。

（二）近代淫鄙之词的雅正之变

近代乐歌在意、象、言、乐四个方面发生了巨大的变化，曾经幽微的情感渗透到主题之中，情爱主题大量出现并逐渐获得主流认可，变体一跃而成为正体。曾经"淫""鄙"之词的雅化过程分为两部分，首先是词学评论家对古代淫鄙诗词的重评。

词学评论对"雅""正"的弹性解读。清末，有现代意识的词学家重新评价中国历代歌诗的艺术特点与雅俗之分。以苏辛为例，这两人的词作一般被视为"变体"词，是与婉约主流格格不入的豪放创作。但清代刘熙载以稼轩"假词以鸣"为中心，认为"苏辛皆至情至性人，故其词潇洒卓荦，悉出于温柔敦厚。或以粗犷托苏辛，固宜有视苏辛为别调者哉"①。他就姜夔与辛弃疾艺术特色分别争辩："白石才子之词，稼轩豪杰之词，才子豪杰，各从其类爱之，强论得失，皆偏辞也。"②苏辛词之所以被认可并获得正体之位，在于其词"至情至性"的特点，是乐歌作者血泪之作。辛弃疾之词在忧国忧民之中蕴藏了真实可感的个体价值诉求："千古风流今在此，万里功名莫放休。君王三百州"（《破阵子》）③，"可惜流年，忧愁风雨，树犹如此！倩何人唤取，红巾翠袖，揾英雄泪"（《水龙吟·登建康赏心亭》）④，"不恨古人吾不见，恨古人不见吾狂耳"（《贺新郎》）⑤。尤其是在政治上的个人追求，其

---

① 唐圭璋编《词话丛编》，中华书局，1986，第3693页。
② 唐圭璋编《词话丛编》，中华书局，1986，第3693页。
③ 邓广铭笺注《稼轩词编年笺注》，上海古籍出版社，2016，第92页。
④ 邓广铭笺注《稼轩词编年笺注》，上海古籍出版社，2016，第46页。
⑤ 邓广铭笺注《稼轩词编年笺注》，上海古籍出版社，2016，第757页。

个体价值诉求以一种歌唱的方式、直白晓畅的语言、奔进的抒情表达出来，其新意在于"在饮食居处之内，布帛菽粟之间，尽有事之极奇，情之极艳"①，于平凡之处出奇崛。辛弃疾之词走的是词的一个极端，体现出的是一种"狂"性的郁勃激愤的人格，这种人格体现的是对自我权利的追求和求而不得的狂性。

陈廷焯在《词坛丛话》中对"雅"的内涵作了重新界定："词虽不避艳冶，亦不可流于秽亵。尝见赵忠简词，有'梦回鸳帐余香嫩'之句。司马温公词，有'相见争如不见，有情还似无情'之句。范文正词，有'眉间心上，无计相回避'之句。韩魏公词，有'愁无际，武陵凝睇，人远波空翠'之句。寇莱公词，有'柔情不断如春水'之句。……数公勋德才望，昭昭千古，而所作小词，非不尽态极妍，然不涉秽语，故不为法秀道人呵。"② 陈廷焯对词之雅正的内涵理解是具有弹性的。他肯定了"艳冶"是词之本性之一，不以题材论高下，不以词风论短长，扩大了"雅"的范围。

近代词学家王国维对"淫词"、"鄙词"和"游词"的重评充分说明了他对个人情爱和功利追求的认同。他认为有些淫鄙之词也因其真实而有自己的艺术特色，例如"昔为倡家女，今为荡子妇。荡子行不归，空床难独守"③，乐歌抒情主人公出嫁前曾是歌伎舞女，她现在的丈夫是一位长期在外的游子，昔日灯红酒绿无尽繁华，今日独守空闺不堪寂寞。这首诗虽然直白地表露了空床难独守的人间情欲，但是，这种真实的私人情感表达方式赋予诗歌以顽强的生命活力。"人生寄一世，奄忽若飙尘。何不策高足，先据要路津。无为守贫贱，轗轲长苦辛"④，抒情主人公就是要在仕途的激烈竞争中捷足先登，占领显要的官位，摆脱无官无职的贫贱生活。这是对个体价值追求的正当性的表达。丢失了国

---

① 唐圭璋编《词话丛编》，中华书局，1986，第551~552页。
② 唐圭璋编《词话丛编》，中华书局，1986，第3741页。
③ （清）沈德潜选《古诗源》，中华书局，1963，第88页。
④ （清）沈德潜选《古诗源》，中华书局，1963，第89页。

之大义的个体功利性一贯被认为难登大雅之堂，王国维却认为对待这些作品应当见其真挚而非见其淫鄙："然无视为淫词、鄙词者，以其真也。五代北宋之大词人亦然，非无淫词，然读之者但觉其沈挚动人；非无鄙词，然但觉其精力弥满。可知淫词与鄙词之病，非淫与鄙之为病，而游之为病也。"① 这是一种直质的词学思想，反映了近代中国人的现代性生活心态。人生短暂是事实，力求摆脱"穷贱""辗轲""苦辛"是每个人的真实所愿，讽刺这样的感情即否定了正常生命的需求。这样的重评促使雅俗之分的格局产生变化，为时代整体的风格走向提供了成功的范例，也为一代词体的文质之变提供了范例。

情爱、功利两类主题乐歌获得雅词地位有赖于特定的叙述模式。首先是近代乐歌作者借情爱这个浪漫主题展开一段历史、风俗、世象等，补正史之阙功用显著，可以说情爱乐歌发挥了说部的功能。

《中外小说林》第七期有《义侠小说与艳情小说具输灌社会感情之速力》一文，其中明白地写道："以今日小说界上大放光明多有借男女之浓情，曲喻英雄之怀抱者。中国近事，东西洋译本，无以异也。"② 恰到好处地说明了以浪漫爱情写天下兴亡的叙述策略是理性支配下的实用性特征与感性支配下的表现性特征相结合的叙述模式，这种叙述模式与香草美人的抒情传统有相似之处，但这是以情爱之真寄托个人改革的激情的乐歌，是与古代诗歌相似而不同的主题。1904 年《白话》上笔名"强汉"的乐歌作者在《歌谣》一文中呼吁"极俗"之体必须改正："……造出一种俗极的山歌出来，叫什么五更调呀，十八摸呀，天天的放在嘴里头，哼呀哼呀的唱了不休，那晓得这种山歌，竟其害人不浅，因为歌里头，所讲的话，尽是些龌龊不堪的，引诱人心，败坏风俗，都在这个上头……必须想了法子，把他改作改作，使得能够得着些

---

① 王国维撰，彭玉平疏证《人间词话疏证》，中华书局，2014，第 318 页。
② 伯：《义侠小说与艳情小说具输灌社会感情之速力》，《中外小说林》1907 年第 7 期。

唱歌的好处，是顶要紧的。"① 强汉并未对情爱题材本身表示排斥，而是否定一味以色情娱人的鄙俗之体。对于"大字不识"喜爱淫词艳曲的特定受众，他建议改良乐歌语言、结构与主题的关系，以使这一受众群体也能真正从唱歌中受益。这反映了当时知识分子群体的观点。

在包容的文学思潮的影响下，民初的情爱乐歌在圆形人物意象的塑造上有了明显进步。清末，乐歌中较立体的人物塑造方式侧重于从群体中突出个体，并且基本围绕生存诉求展开。民初，乐歌逐渐靠近对功利、物质、尘俗、肉欲等方面的描述，人物意象开始真正与福斯特所谓人类生活中的五大事实——"生、吃、睡、爱和死"② 发生联系，意象塑造从个体感受，从正、变两方面入手，以微不可察的方式改变着乐歌的整体风格。但是，应该看到，金钱、肉欲、爱和死的主题还基本没有进入乐歌领域，这些在新文化时期逐渐成为乐歌的主题。民初的乐歌与清末不同，它对生命终极的思考以世俗的方式展开，乐歌中的意象更贴近"人间"。"人间"在王国维的概念中指向人的个性化表达，以主题意象而论，民初乐歌矛盾思想中孕育的复调人物意象更加真实，例如女性意象脱离了清末的神性化囹圄，女性的欲望、寂寞与闲情逸致都逐渐被表达出来，这是乐歌作者从女性真实的个体感受和立场出发塑造的人物意象，是比清末神性化乐歌更为真实的"俗"化表达。

近代文学理论家对淫鄙之词的重评与当时词坛的文艺美学观念变化存在必然联系。如上所述，清末以来，先进文人提倡取法欧美，反对因循守旧，不宜再一味推崇古人推崇的辞章。"古雅"被从审美原则中剔除，可以说意味着凡含有文章丽藻的风格在创作时一概需要回避，几乎一举囊尽文章之美。此时，鉴赏者不得不提出可供替代的审美理念，精纯质朴成为他们的选择。在整个国家必须"变则通，通则久"的一致观念下，理论家为转俗为雅、转野为正寻找各个方面的理由。有些理论

---

① 强汉：《歌谣》，《白话》1904 年。
② 〔英〕E. M. 福斯特：《小说面面观》，冯涛译，上海译文出版社，2019，第 50 页。

家根据进化论思想，认为音乐文学应当同万事万物一样趋于简便，以避免被淘汰的命运；有些则重视音乐在教育中的作用，认为西方国家的先进与其重视乐歌有密不可分的关系，因而倡导以乐化人，在中小学必修课中加入语言简单的儿童歌曲；精于辞章的文学家虽期望国家现代化，但又不愿文学全盘流俗或西化，便提倡"与其文也宁俗，与其曲也宁直，与其填砌也宁自然，与其高古也宁流利"① 的文风，铺垫对"辞欲严而义欲正，气欲旺而神欲流，语欲短而心欲长，品欲高而行欲洁"② 的社会伦理的追求；音乐的热爱者欲"不必尽人能知音乐，而不可使一人不能唱歌"③，提倡语言简洁的歌词。社会各界人士各有心志、各有抱负，出于各自理由，一致提倡简明通俗的乐歌，为乐歌由俗入雅提供了良好的社会语境。

综上所述，近代乐歌的雅俗正变是中国音乐文学的艺术过程，这个过程与古代词学定位的变化具有对比意义。与北宋到南宋时期的词学转变相比，清末民初乐歌在主题上、语言上、风格上的差异性显而易见。北宋到南宋的正、变是以雅化俗，以文入词、以诗入词、士大夫之词替代工匠之词，词虽为俗，却不断向雅靠近，是重演文学史上发生过的变化——"中国诗史上的历代诗体之变，大约都先起于民间歌曲，然后有敏感的诗人、词人继起创新，形成一代之风，最后又脱离开原有的音乐作用，变成只供吟诵的一种文学形式"④。近代的雅俗正变则不同，它以乐歌的俗为基点，抬高了俗本身的艺术价值，俗文学的主题内容获得了较高的评价，俗语获得了文学上的肯定，俗曲广泛流行，俗歌中的意象具有了人性、神性、物性等多重含义。王国维先生"一代有一代之文学"的观点更启发了一种价值重估的精神："文章之革故鼎新，道无它，曰以不文为文，以文为诗而已。向所谓不入文之事物，今则取为

---

① 梁启超：《饮冰室诗话》，人民文学出版社，1959，第78页。
② 梁启超：《饮冰室诗话》，人民文学出版社，1959，第78页。
③ 张静蔚编《搜索历史——中国近现代音乐文论选编》，上海音乐出版社，2004，第51页。
④ 苗菁：《中国现代歌词流变概观1900~1976》，中国社会科学出版社，2007，第47页。

文料；向所谓不雅之字句，今则组织而斐然成章。谓为诗文境域之扩充，可也；谓为不入诗文名物之侵入，亦可也。"① 胡适先生的《白话文学史》一直在证明这样一个道理：白话是文学的"正宗"，文言只能做一些"死文学"，一场看似雅俗倒置的哥白尼式革命实则是从文学自身出发获得的历史性结论。

通过深入分析中国近代乐歌的风格转型，我们可以清晰地看到，这一时期的乐歌不仅是艺术表达的变革，更是文化交汇和时代精神的体现。从传统到现代，乐歌的转型跨越了语言和音乐的界限，融合了民族特色与世界潮流，展现了中国音乐文学在历史转折点上的创新与适应。这一转型不仅丰富了中国音乐文学的内涵，也为后世留下了宝贵的文化遗产和审美经验。

---

① 钱钟书：《谈艺录》，商务印书馆，2011，第85页。

结　语

　　中国近代是乐歌创作的一个高峰，涌现出不少流传至今的经典之作，这些作品在现代诗歌史上具有重要价值和意义。本书从此一时期的乐歌资料和乐论入手，通过天人关系转变、社会伦理之变两个较为突出的主题，分析现代乐歌作者与受众的思想、情感、文化心理的变化过程；力图从乐歌的美学精神、语言、曲式的转变入手，从整体上把握清末民初乐歌创作的思想艺术特征及其文化意蕴。

　　清末的乐歌作者与受众都开始从传统三纲五常的伦理关系中挣脱出来，意识到自我存在的价值和意义，社会伦理开始从差序格局向团体格局转变。在"伦理之天"转为"自然之天"后，人的主体性开始得到张扬，从而产生一种自觉创造历史的历史零点意识，这在清末有突出的表现。其具体表现为一种以"我"为主导、面向未来的现代时间意识，代表了现代人精神取向上的主体性的确立，人与世界的关系开始转化为一种主客体二元对立的关系。"以我观时"与"以我观物"集中体现出这种人与自然关系的变化，个体与国家之间的互爱关系代表了现代人与社会关系的变化。英雄、游子意象是此一时期乐歌创作中体现互爱关系的典型意象，游子意象侧重表达个体生存诉求的合理性，英雄意象则表达个体及群体发展诉求的合理性与矛盾性。乐歌中双重性别视角下的女性意象具有复杂的内涵，女性的自由是有条件的自由，天赋人权式的自由不能完全应用于对女性自由的阐释。多数时候，女性与国家之间存在一个强大的男性视角，女性意象是天赋男权、男赋女权的艺术化表现，

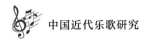

女性意象被塑造成应然的样子，带有理想化、浪漫化色彩。

民国初年，传统文化的危机加深，而现代价值观念尚未确立。在新旧交替的价值真空时期，彷徨、犹疑、无所适从、虚无感伤成为时代的普遍情绪。这在乐歌创作中表现为自然意象与彷徨的心境结合，一种不可名状的颓唐感笼罩一切自然之物。民初乐歌表现互爱主题的数量减少，表现家庭关系主题的数量增多。乐歌作者通过不同主题来寻求家园感，"个体性的生命意义追求—家园感的丧失—虚无中的彷徨—家园感获得"是此一时期不同类型乐歌蕴含的共同精神内涵，过客与幽人意象都是梦醒后无路可走的现代零余者的代表。民初女性意象依旧在双重性别视角的塑造下形成，温暖的家庭是男性获得精神上的家园感的主要方式，女性意象成为男性获取家园感的想象对象。

"旧锦翻新"是近代乐歌艺术发展的主要特点。近代乐歌从传统诗词中裂变而来，具有新旧杂糅性。乐歌作者经常运用古代诗词的常用题材表达新思想，同时歌词语言呈现出三点变化：第一是传统诗词语言的能指与所指开始分裂；第二是歌词的修辞结合消极修辞与积极修辞的方法，形成深入浅出的语言风格；第三是"以文为词""以文入词"的语言互渗现象显著。乐段与语言相互配合，音乐主导动机与歌词的主题意象，乐句与秀句之间、曲式与歌词乐段之间的关系都体现主题的变化。

近代乐歌体现的是主观性美学。从乐歌创作的实际情况来分析，有三点主要变化体现了主观性美学的精神向度：由崇古向未来美学延展；淫鄙之词的雅俗正变；含蓄蕴藉之美与奔进回荡之美的融合。

中国近代乐歌研究以新发现的资料为基础，以文化语境变迁为背景，从主题流变中提炼思想变化。大体而言，乐歌主要体现了近代天人关系变化和社会伦理关系变化，神圣不可侵犯的天道被人类主宰的自然之道取代。

自然之道以时间意象、自然意象为依托，体现了进化论影响下抒情主人公对时间和自然的绝对控制。整体而言，乐歌体现的是一种现代时间意识。"以我观时"逐渐取代"以道观时"，"以我观物"以"我"为主导引导风格转型。在天人关系变化的基础上，天道人伦关系发生裂变，社会关系不再以天道为指归，伦理体系开始进入现代转型期。本书以"双旋涡"比拟现代伦理体系的新形态，意在与费孝通的水波纹形态进行对比。双旋涡形态以权利、义务为两个永恒的中心点，前者包含个人与国家之间的权利关系，个人享有生存与发展的权利，同时国家对个人也享有权利，要求个人为国家服务；义务中心强调个人与国家间的义务关系，个人要对国家尽义务，国家也要对个人尽义务。两个中心的权利义务关系有重合之处，但是必须处于不同的旋涡内才能取得动态的平衡。总体而言，个人对国家的权利要求与国家对个人的义务要求顺时针同向运行，国家对个人的权利要求与个人对国家的义务要求逆时针同向运行。当两个旋涡的两对关系处于平等状态时，水面流动没有太大的弯曲度；当顺时针旋涡或者逆时针旋涡单独占据主流时，水面流动发生大方向偏转，道德体系震荡，社会进入转型期，历史的河道发生迁移。该理论仅仅是一种模态性的描述，作者力求在以后的研究工作中进一步完善理论，提出更为准确的概念。

本书根据近代文化诗学理论，提出了旋涡形态的现代伦理格局。近代社会，权势转移的过程复杂多变，科举制废除与四民社会的解体、知识分子边缘化与边缘知识分子的兴起、西方平等自由等概念的强势介入、传统的伦理道德对社会的现实影响力等情况都注定了社会关系的形成具有民族特色。这样与众不同的现代化过程是真实的、动态的过程。在此过程中，个人与家庭、个人与国家、个人与社会、个人与他人、个人与阶层、阶层与阶层之间的关系都处于旋涡式的动态变动之中。动态变动的过程是自由、平等、权利等概念逐渐民族化、具体化的过程，是近代知识分子根据现实情况对西方理念做出调整的结果。整体而言，调整过程存在不足，进步中有明显的局限甚至倒退。但是，历史的选择有其必然性，分析这种必然性对当下的理论构建具有价值。差序格局、团体格局都无法准确地概括当时社会关系的具体现实。此外，最近几年，等序格局成为一些学者讨论的主题，与本书提及的差序格局、团体格局有差异，不能一概而论。

对于家庭如何在社会关系转变中发挥作用这一问题，即以血缘为基础的团体格局是否能够实现伦理的现代转型这个十分有生命力的论题，在讨论时，必须强调的是中国还处于发展阶段，差序格局造成的伦理偏差显而易见，但是完全脱离血缘建立伦理关系并不现实。因此，家庭伦理必须是在平等、自由的基础上构建的家庭关系。同时，家庭成员之间的关系要以血缘为纽带，晚辈尊敬长辈、子女赡养父母、父母关爱子女都是家庭伦理的题中之义。这样才能有效地修复西方家庭伦理中的一些问题，例如子女不赡养父母、长辈不关爱第三代的成长等问题，这些由于伦理偏差导致的社会问题几乎无法解决，国家无法通过行政手段解决社会老龄化、子女教育等问题，养老院和幼儿园可以保障生存，但是老人的孤独感、留守儿童的心理问题依旧存在，只有建立起合理的家庭伦理关系才能从根源上避免问题。民初，家庭伦理重建过程对当代伦理建设具有启示意义。理想中的家庭伦理是长幼孝而非顺，夫妻爱而非敬。只有这样混合了血缘、平等、自由观念的家庭伦理模式才有可能推广开来，成为社会道德运行的基本方向。以家庭为中心的伦理体系能否适应伦理建设的现代化进程是伦理学的理论问题，本书暂时只能从文学的角度讨论，以史为鉴，挖掘历史的启示意义。

本书多以新发现的乐歌资料为基础，资料分散，研究时间有限，以致书中个例分析多而横向比较分析少，这是论述过程中最大的遗憾。本书意在从乐歌创作的现实情况分析其伦理背景，更深层次的问题将在以后的论著中继续思考。随着乐歌资料的发掘，作者期待从音乐文学史的角度进一步探讨相关问题。另外，本书出于对音乐文学学科特点的尊重，分析过程中加入了浅显的乐曲分析，其中不免有疏漏之处，望音乐界专家学者不吝赐教。

附录 本书所涉近代乐歌分类统计

附表 1 教育类乐歌

年份	报刊	卷次	页码	栏目	标题（歌名）	调或调式	谱式	歌曲主题	备注
1890	蒙学报	第 32 期	第 16-17 页	劝蒙歌 五岁至七岁用	劝悌歌			教育（幼儿）	
1890	蒙学报	第 33 期	第 16-17 页	劝蒙歌 五岁至七岁用	劝忠歌			教育（幼儿）	
1890	蒙学报	第 34 期	第 16-17 页	劝蒙歌 七岁至十岁用	劝信歌			教育（儿童）	
1890	蒙学报	第 35 期	第 16-17 页	劝蒙歌 七岁至十岁用	戒嫖歌			教育（儿童）	
1890	蒙学报	第 36 期	第 16-17 页	劝蒙歌 七岁至十岁用	戒赌歌			教育（儿童）	
1890	蒙学报	第 37 期	第 16-17 页	劝蒙歌 七岁至十岁用	戒吃歌			教育（儿童）	

续表

年份	报刊	卷次	页码	栏目	标题（歌名）	调或调式	谱式	歌曲主题	备注
1890	蒙学报	第38期	第16~17页	劝蒙歌 七岁至十岁用	戒着歌			教育（儿童）	
1890	蒙学报	第39期	第16~17页	劝蒙歌 七岁至十岁用	戒烟歌			教育（儿童）	
1904	江苏（东京）	第12期	第123页	音乐 唱歌	勉学	D调	简谱	教育	
1904	女子世界（上海）	第11期	第5页	文苑 唱歌集	幼稚园上学歌	F调	简谱	教育	
1904	女子世界（上海）	第2期	第1页	文苑 学校唱歌	勉学择友			教育	无谱
1904	新民丛报	第3卷第9期	第93页	文苑	（终业式）谱之一	G调	简谱	教育	
1905	女子世界（上海）	第2卷第2期	第16页	唱歌集	常熟竞化女校放假歌	C调	简谱	教育（劝学）	
1905	女子世界（上海）	第2卷第1期	第13页	唱歌集	勉学歌	F调	简谱	教育（爱国）	
1905	女子世界（上海）	第2卷第1期	第14页	唱歌集	女工厂开学歌	F调	简谱	教育（自由、本分）	
1905	女子世界（上海）	第2卷第1期	第11页	唱歌集	星期歌	G调	简谱	教育	
1906	北洋官话报	第9~10期	第59~60页		白塔子巷纱缎实业学堂欢迎歌			教育（劝学）	无谱
1907	女子世界（上海）	第2卷第4、5期	第19页	唱歌集	常熟竞化女校游艺会歌	C调	简谱	教育（新式教育）	
1907	女子世界（上海）	第2卷第4、5期	第20页	唱歌集	求学歌	C调	简谱	教育	

续表

年份	报刊	卷次	页码	栏目	标题（歌名）	调或调式	谱式	歌曲主题	备注
1907	小学报	第1卷第2期	第25页	唱歌	励志歌	C调	简谱	教育（惜时）	
1907	中国新女界杂志	第3期	第137页	文艺	女学校	G调	简谱	教育	
1907	中国新女界杂志	第3期	第138页	文艺	兴女学	G调	简谱	教育	
1908	儿童教育画	第4期	第1页	音乐	小孩儿	C调	简谱	教育	
1909	教育杂志	第1卷第3期	第19~28页	文艺	排色板	C调	简谱	教育（方法）	
1909	教育杂志	第1卷第3期	第19~28页	文艺	小鸟	G调	简谱	教育（母子）	
1909	宁波小说七日报	第2期	第46~47页	唱歌	暑假修业词	C调	简谱	教育（惜时）	仿日本海军歌谱
1909	女报	第1卷第3期	第70页	唱歌	育才女学校歌	C调	简谱	教育（劝学）	
1909	图画日报	第126期	第7页		整队歌	G调	简谱	教育（方法）	
1910	儿童教育画	第13期	第2页	唱歌	燕哺雏	G调	简谱	教育（伦理）	
1910	江苏师范同学会杂志	第1期	第81页		本校师范毕业歌	G调	简谱	教育（竞争）	
1910	江苏师范同学会杂志	第1期	第5页	杂著	毕业式	G调	简谱	教育（竞争）	师范附属小学高等科第一次毕业

续表

年份	报刊	卷次	页码	栏目	标题（歌名）	调或调式	谱式	歌曲主题	备注
1910	教育杂志	第2卷第2期	第30页	文艺	告蒙养生二首	G调	简谱	教育（劝学）	
1910	女学生杂志	第1期	第80页	文苑	本校小学毕业歌	F调	简谱	教育	
1910	图画日报	第126号	第7页		整队歌	G调	简谱	教育	
1911	江苏师范同学会杂志	第2期	第4页	杂著	振南小学校歌	D调	简谱	教育	
1911	教育杂志	第3卷第4期	第36页	文艺	打铁环	G调	简谱	教育（运动）	无锡济阳初等小学制谱作歌
1911	惊蛰丛刊	第2期	第39页		图书馆的一幕	G调	简谱	教育	罗奕作词，泸茵配曲
1911	学苹（江苏）	第4期	第84页		高等小学卒业歌	变E调	简谱	教育	仲英作
1913	杭州惠儿院救儿事业杂志	民国二年	第3~4页		爱儿歌	C调	简谱	教育（劝教）	
1913	杭州惠儿院救儿事业杂志	民国二年	第41~42页		二其	G调	简谱	教育（道德）	子莘作
1913	杭州惠儿院救儿事业杂志	民国二年	第7~8页		福田歌	G调	简谱	教育（孤儿歌）	吴庭作
1913	杭州惠儿院救儿事业杂志	民国二年	第51~52页		公德	F调	简谱	教育（公私之分）	公德人作
1913	杭州惠儿院救儿事业杂志	民国二年	第45~46页		共和国民	D调	简谱	教育（国民意识）	共和国民作

续表

年份	报刊	卷次	页码	栏目	标题（歌名）	调或调式	谱式	歌曲主题	备注
1913	杭州惠儿院救儿事业杂志	民国二年	第5~6页		孤儿歌	C调	简谱	教育（第一人称）	张翘作
1913	杭州惠儿院救儿事业杂志	民国二年	第43~44页		开校歌	D调	简谱	教育	
1913	杭州惠儿院救儿事业杂志	民国二年	第39~40页		征求利生团同志歌	G调	简谱	教育（募捐）	子筹作
1913	通俗教育报	第137期	第2页	歌谣	四季勤学小曲			教育（劝学）	伯原词，四季相思调
1913	中华教育界	第10期	第132页	小说 儿童历	武进市立第二女子小学校校歌	C调	简谱	教育	
1913	竹萌女学杂志	第1期	第68页	生徒课艺	本校歌	C调	五线谱	教育	梅梦词
1914	安徽省立第二师范杂志	第1期	第10页		本校开学纪念歌	C调	简谱	教育	
1914	安徽省立第二师范杂志	第1期	第9页	词章	校歌	G调	简谱	教育	
1914	儿童教育画	第42期	第一页	唱歌	教孝			教育	图画，无谱
1914	儿童教育画	第38期	第8页	唱歌	镜子曰			教育（科普）	图画，无谱
1914	江苏省立第二师范学校校友会会杂志	第6期	第235页	成绩	识字歌	西调	简谱	教育	
1914	教育杂志	第6卷第2期	第6页		长沙进修女校秋季开学校歌	F调	简谱	教育	用黄河歌拍子

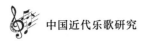
续表

年份	报刊	卷次	页码	栏目	标题（歌名）	调或调式	谱式	歌曲主题	备注
1914	教育杂志	第6卷第2期	第6页	成绩	春季开学乐歌	F调	简谱	教育	
1914	京师教育报	第11期	第1～2页	教材	程子四箴	D调-A调	简谱	教育	高连科谱曲
1914	京师教育报	第10期	第2页	教材	公德养成歌	C调	简谱	教育	
1915	慈善报	第4期	第26～29页	小说	教育	F调	简谱	教育（道德）	
1915	儿童教育画	第52期	第7页	唱歌	石榴花开叶儿青			教育（孝）	图画（彩色）
1915	妇女杂志（上海）	第1卷第9期	第36页	家政	汉寿女校第一次运动歌	C调	简谱	教育（运动）	
1915	江苏省立第三师范学校校友会杂志		第1页	学生成绩	拜年	D调	简谱	教育	张捷作
1915	江苏省立第三师范学校校友会杂志		第3页	学生成绩	钓鱼	G调	简谱	教育	陈泽圻作
1915	江苏省立第三师范学校校友会杂志		第4页	学生成绩	放纸鸢	G调	简谱	教育	董国襄作
1915	江苏省立第三师范学校校友会杂志		第5页	学生成绩	拍球	G调	简谱	教育	顾允恭作
1915	江苏省立第三师范学校校友会杂志		第1页	学生成绩	拍球	G调	简谱	教育	张捷作
1915	江苏省立第三师范学校校友会杂志		第3页	学生成绩	体操	C调	简谱	教育	周嘉祥作

续表

年份	报刊	卷次	页码	栏目	标题（歌名）	调或调式	谱式	歌曲主题	备注
1915	江西通俗旬报	第1期	第1~6页	歌曲	劝学谣			教育	攻石作
1915	江西通俗旬报	第2期	第1~2页	歌曲	劝学谣（续第一期）			教育	攻石作
1915	教育杂志	第7卷第6期	第78页	文艺	吴江爱德女学校校歌	C调	简谱	教育（道德与巾帼）	
1915	京师教育报	第17期	第1~2页	教材	勉后生（四首）	G调	简谱	教育	高连祥编，中国八板调
1915	南汇县教育会月刊	第1期	第83页		县立第二高等小学校校歌	G调	简谱	教育	
1915	南汇县教育会月刊	第3期	第66页		游艺会	G调	简谱	教育（游艺）	
1915	少年（上海）	第5卷第1期	第4页		新年歌	C调	简谱	教育	
1915	小说新报	第2期	第5页	歌谱	初等小学校歌	F调	简谱	教育	铁池作
1915	小说新报	第2期	第3页	歌谱	春季始业词	C调	简谱	教育	铁池作
1915	小说新报	第3期	第5页	歌谱	贺开学	D调	简谱	教育	铁池作
1915	小说新报	第8期	第6页	歌谱	竞立小校开学歌	D调	简谱	教育	铁池作
1915	小说新报	第2期	第6页	歌谱	女学开学歌	C调	简谱	教育	铁池作
1915	小说新报	第2期	第4页	歌谱	秋季始业词	F调	简谱	教育	铁池作
1915	小说新报	第10期	第3页	歌谱	秋赛	E调	简谱	教育（运动）	铁池作

续表

年份	报刊	卷次	页码	栏目	标题（歌名）	调或调式	谱式	歌曲主题	备注
1915	小说新报	第 4 期	第 3 页	歌谱	散校歌	C 调	简谱	教育	病瞻作，调寄三景曲
1915	小说新报	第 1 期	第 4 页	歌谱	暑假休业词	C 调	简谱	教育	轶池作
1915	小说新报	第 4 期	第 4 页	歌谱	惜光阴	C 调	简谱	教育	轶池作
1915	小说新报	第 2 期	第 4 页	时调	小学生上学山歌			教育	阿呆作
1915	小说新报	第 5 期	第 4 页	歌谱	小学校歌	C 调	简谱	教育	病骸作
1915	小说新报	第 8 期	第 5 页	歌谱	运动会	C 调	简谱	教育	轶池作
1915	小说新报	第 1 期	第 3 页	歌谱	励志	C 调	简谱	教育	轶池作
1915	小学校	第 5 期	第 44 页		恳亲会	F 调	五线谱	教育	薯高选谱，研衡作歌
1915	小学校	第 5 期	第 5 页		我之学校	G 调	五线谱	教育	子夷选谱，研衡作歌
1915	小学校	第 5 期	第 8 页		游艺会	G 调	五线谱	教育	子夷选谱，研衡作歌
1915	中华妇女界	第 1 卷第 6 期	第 2 页		女子蚕校同学体育团歌	G 调	简谱	教育	
1916	北京高等师范学校校友会杂志	第 2 期	第 32 页		校歌谱	C 调	五线谱	教育	冯亚雄编曲，章厥生作歌
1916	江苏省立第二女子师范学校校友会汇刊	第 3 期	第 1 页		运动会歌	C 调	简谱	教育（运动）	杨嵩如选谱，杨廷作歌

续表

年份	报刊	卷次	页码	栏目	标题（歌名）	调或调式	谱式	歌曲主题	备注
1916	教育杂志	第8卷第7期	第24页	成绩	尚公小学校校歌	G调	简谱	教育	
1916	教育杂志	第8卷第7期	第50页	名著	上海尚公小学十周纪念歌	G调	简谱	教育	
1916	教育杂志	第8卷第2期	第1~7页	成绩	校歌	C调	简谱	教育	
1916	教育杂志	第8卷第7期	第50页	名著	校屋落成歌	G调	简谱	教育	
1916	南汇县教育会月刊	第6期	第10页	研究	进行曲	C调	简谱	教育	
1916	南汇县教育会月刊	第8期	第4页		校歌	C调	简谱	教育	
1917	儿童教育画	第77期	第9页	歌谣	竹马		简谱	教育	
1917	国立北京大学廿周年纪念册	纪念册	第67页		北京大学校歌	B调	简谱	教育	吴梅撰
1917	江苏省立第一女子师范学校校友会杂志	第2期	第19页	学艺	祝幼稚生	C调	五线谱	教育	
1917	交通部上海工业专门学校原名南洋公学二十周纪念会杂志		第19⁸页		校歌	E调	五线谱	教育（醒狮）	
1917	教育周报（杭州）	第186期	第6~7页	研究	赛船	D调	简谱	教育	
1917	南汇县教育会月刊	第11期	第4页	杂录	南汇县立校联合运动会会歌	F调	简谱	教育	
1917	女铎	第6卷第4期	第37~39页	学术	百灵鸟歌	降E调	五线谱	教育	张鉴干填

续表

年份	报刊	卷次	页码	栏目	标题（歌名）	调或调式	谱式	歌曲主题	备注
1917	商业杂志（上海）	第1期	第3页	文苑	中国商业函授学校第一次毕业祝词	G调	简谱	教育	沈舫撰
1917	艺文杂志	第1期	第1页	歌曲	惇本学校校歌	F调	简谱	教育	谢醒佛作
1918	江苏省立第二女子师范学校校友会汇刊	第6期	第10页	记载	表情	C调	简谱	教育	伯濂作歌
1918	江西省立第八中学校校友会杂志	第2期	第164页		江西省立第八中学校校歌	降B调	五线谱	教育	易济建绘
1918	昆明教育月刊	第2卷第6期	第20页	德育唱歌	禽言	G调	简谱	教育（以歌养德）	
1918	昆明教育月刊	第2卷第7期	第10页		教孝	G调	简谱	教育（伦理）	
1918	昆明教育月刊	第2卷第7期	第10页		忆父	G调	简谱	教育	朱陵云作
1918	昆明教育月刊	第2卷第7期	第10页		忆母	G调	简谱	教育	倪端作
1918	南京高等师范学校校友会杂志	第1卷第1期	第30~31页	学理	校歌《李叔同——弘一法师歌曲全集》未有具体曲谱，特补缺以慰法师	G调	五线谱	教育	江易园作歌，李叔同制谱
1918	女铎	第7卷第7期	第22~24页		母手歌	降D调	五线谱	教育	
1918	武进教育汇编	第10期	第7页	记载	校歌	C调	简谱	教育	

附表 2　惜时主题乐歌

年份	报刊	卷次	页码	栏目	标题（歌名）	调或调式	谱式	歌曲主题	备注
1900	著作林	第 2 期	第 5～6 页	栅园新乐谱	孤山	D 调	简谱	惜时	
1900	著作林	第 3 期	第 7 页	栅园新乐谱	藤花	D 调	简谱	惜时	
1903	江苏（东京）	第 7 期	第 5～6 页	音乐唱歌	游春	F 调	五线谱	惜时	
1904	女子世界（上海）	第 2 期	第 1 页	文苑学校唱歌	年假			惜时	无谱

附表 3　商业主题乐歌

年份	报刊	卷次	页码	栏目	标题（歌名）	调或调式	谱式	歌曲主题	备注
1903	绣像小说	第 8 期	第 1 页	时调唱歌	商务开篇			劝商（美商）	鲫土伤声，仿马如飞调
1903	绣像小说	第 4 期	第 2 页	时调唱歌	上海吟			商业（商业与国情）	仿开篇体
1906	北洋官话报	第 9～10 期	第 2 页	唱歌集	锡金商会半日学堂欢迎歌			劝商	无谱
1907	女子世界（上海）	第 2 卷第 6 期	第 29 页	唱歌	女子蚕业学校校歌	F 调	简谱	劝商（商业强国）	女子蚕业学校
1910	安徽通俗公报（白话类）	第 7 期	第 4 页	小说	新安庆繁华梦			商业（商业与国情）	沧作，调寄驻云飞
1915	慈善报	第 4 期	第 2 页	唱歌	实业	F 调	简谱	商业（商业与国情）	

附表 4　社会类乐歌

年份	报刊	卷次	页码	栏目	标题（歌名）	调或调式	谱式	歌曲主题	备注
1870	中国教会新报	第99期	第9~10页		劝戒鸦片烟歌			社会	无名氏
1882	万国公报	第706期	第47~48页		戒鸦片烟歌			社会	于元璞
1900	中西教会报	第6卷第68期	第2~3页		劝勿闹教歌			社会	无谱
1903	绍兴白话报	第10期	第8页		莠民慨叹			社会	看相调
1903	绣像小说	第4期	第1页	时调唱歌	时事曲			社会	嘲土倚声，仿吴歌体
1903	绣像小说	第3期	第1~2页	时调唱歌	戒缠足歌			社会	仿红绣鞋十二月
1903	绣像小说	第3期	第1页	时调唱歌	戒吸烟歌			社会	天地客庐主人倚声，仿梳妆台五更
1903	绣像小说	第2期	第2页	时调唱歌	警世吴歌			社会	戎马书生倚声，仿时调十二月花名体
1903	绣像小说	第5期	第1页	时调唱歌	十二月太平年			社会（殖民）	竹天农人倚声，北调
1903	绣像小说	第15期	第1页	时调唱歌	咏日俄交战也			社会（时政、黄种人）	竹天农人倚声，小五更
1904	江苏（东京）	第12期	第126页		黄种强	G调	简谱	社会（种族）	
1904	女子世界（上海）	第11期	第8~9页	文苑唱歌集	缠脚歌	G调	简谱	社会	
1904	女子世界（上海）	第12期	第5页	音乐唱歌	东亚风云	C调	简谱	社会	
1904	女子世界（上海）	第10期	第4页	文苑唱歌集	复权歌	C调	简谱	社会	

续表

年份	报刊	卷次	页码	栏目	标题（歌名）	调或调式	谱式	歌曲主题	备注
1904	女子世界（上海）	第2期	第2页	文苑 学校唱歌	何日醒			社会	无谱
1904	江苏白话报	第1期	第25~26页	时调唱歌	花名山歌（劝你们不要相信烧香念佛）			社会	郭白作，无谱
1904	绣像小说	第32期	第1页	时调唱歌	破迷歌			社会	仿开篇体
1904	绣像小说	第16期	第1页	时调唱歌	叹五更·倘殖足也			社会	天地寄庐主人俪声，五更调
1905	女子世界（上海）	第2卷第2期	第18页	唱歌集	观音灯	C调	简谱	社会	
1906	复报	第6期	第30页		老成叹	变雅C调	简谱	社会	
1906	竞业旬报	第8期	第37~38页	歌谣	刺某制军也		简谱	社会	调寄银纽丝
1907	女子世界（上海）	第2卷第6期	第24页	唱歌集	世界新	C调	简谱	社会	
1907	女子世界（上海）	第2卷第6期	第27页	唱歌集	天足会	D调	简谱	社会	
1908	灿花集	第1期	第22~24页	小曲	女学生			社会	小尼僧调
1908	灿花集	第1期	第3~7页	社会小曲	十劝郎			社会	下盘棋调大沽调
1908	灿花集	第31期	第28~31页	社会小曲	十劝郎小曲			社会	斧作，下盘棋调
1908	竞业旬报	第33期	第37~40页	歌谣	女学生			社会	斧作，小尼僧调
1914	最新滑稽杂志	第5期	第29页		嘲妇女寒天带精笼			社会	仿湘江浪小曲调
1914	最新滑稽杂志	第5期	第21页		嘲妇女上街手携小皮袋			社会	仿十把镝小曲调

续表

年份	报刊	卷次	页码	栏目	标题（歌名）	调或调式	谱式	歌曲主题	备注
1914	最新滑稽杂志	第5期	第29页		嘲滑头店			社会	漱石作，仿湘江浪小曲调
1914	最新滑稽杂志	第5期	第22页		嘲阔客穿翻毛马褂			社会	仿十件马褂小曲调
1915	江苏第三师范校友会杂志		第2页	学生成绩	闹元宵	F调	简谱	社会风俗	张捷作
1915	京师教育报	第17期	第1~2页	教材	勉后生，其三·合群	G调		社会（合群）	高连科作，中国八板调
1915	小说新报	第1期	第3页	时调	戒赌新曲			社会	豫立作，改良五更调
1915	小说新报	第5期	第2~3页	时调	戒嫖新曲			社会	寄根作，改良五更调
1915	小说新报	第2期	第3~4页	时调	酒鬼			社会	痴郎作，有俗语村字，五更调
1915	小说新报	第10期	第3页	时调	拟缪莲仙嫖赌吃着四戒			社会	寄根作，调寄狂云飞
1915	小说新报	第3期	第3页	时调	劝解香烟新开片			社会	病瞒作
1915	小说新报	第1期	第6页	歌谱	劝戒烟	C调	简谱	社会	铁池作
1915	小说新报	第10期	第1~2页	时调	劝戒烟五更调			社会	颍川秋水作，五更调
1915	小说新报	第2期	第3页	时调	上海滑头			社会	痴郎作
1915	小说新报	第2期	第1~3页	时调	上海滩道情			社会	诗隐作
1915	小说新报	第8期	第2~4页	时调	醒嫖曲			社会	寄根作，调寄黄莺儿
1915	娱闲录：四川公报增刊	第12期	第26~29页		新年好小词四十首		新年唱调适用	社会（阳历年）	有词无谱

续表

年份	报刊	卷次	页码	栏目	标题（歌名）	调或调式	谱式	歌曲主题	备注
1916	青年杂志（松江）	第15期	第31页		戒鸦片	C调	简谱	社会	
1916	青年杂志（松江）	第15期	第31页		新知识	C调	简谱	社会（合群）	
1916	香如丛刊	第7期	第9页	歌曲	上海新稀奇小曲			社会（女性，政治）	有词无谱
1916	香如丛刊	第7期	第6~8页	歌曲	鸦片烟十二月调			社会	附工尺谱，仿二十四糊涂调
1916	小说新报	第12期	第1~2页	时调	改良五更调·戒略曲			社会	秋水作，改良五更调
1916	余兴	第18期	第55~57页		游戏诗：长乐歌			社会	整脚翁作，仿长根歌体用原韵
1917	江苏省立第二女子师范学校校友会汇刊	第5期	第1页		本一年级友交歌	C调	简谱	社会（合群）	华庭辉歌
1917	通俗周报	第4期	第19~21页	唱歌	穷汉子十叹			社会	尘因作，仿叹十声
1917	通俗周报	第5期	第22~24页	唱歌	穷汉子十叹（续）			社会	尘因作，调仿叹十声
1917	余兴	第29期	第16页	警世小曲	警世小曲：新滩簧阿莫林			社会	郎当作
1917	余兴	第27期	第109页	时事小曲	四季新相思			社会	余与痴作

附表 5 合群主题乐歌

年份	报刊	卷次	页码	栏目	标题（歌名）	调或调式	谱式	歌曲主题	备注
1907	云南	第 8 期	第 5 页	文苑	蜜蜂歌	F 调	五线谱	合群	
1910	安徽通俗公报（白话类）	第 1～30 期	第 4 页	唱歌	合群歌			合群	胸作

附表 6 军歌

年份	报刊	卷次	页码	栏目	标题（歌名）	调或调式	谱式	歌曲主题	备注
1903	江苏（东京）	第 7 期	第 9～10 页	音乐唱歌	海战	变 E 调	五线谱	军歌	
1903	江苏（东京）	第 7 期	第 1～2 页	音乐唱歌	练兵	G 调	五线谱	军歌	
1904	妇孺报	第 3 期	第 3 页	妇孺唱歌集	军歌（二）			军歌	
1904	新新小说	第 1 卷第 2 期	第 6 页		五线谱法国马赛曲土歌（第一章）	G 调	五线谱	军歌	马赛曲
1906	北洋官话报（外编之三）	第 9～10 期	第 58～59 页	唱歌集腋	欢送征兵歌			军歌	
1906	北洋官话报（外编之三）	第 9～10 期	第 58 页	唱歌集腋	劝应征兵歌			军歌	无谱、录沪报
1906	复报	第 4 期	第 17 页	音乐中国唱歌集	边风	C 调	简谱	军歌	寓征兵之曲，南吕调
1906	复报	第 4 期	第 23 页	音乐中国唱歌集	凯歌	C 调	简谱	军歌	寓日本祝日曲，太簇调

续表

年份	报刊	卷次	页码	栏目	标题（歌名）	调或调式	谱式	歌曲主题	备注
1907	振华五日大事记	第8期	第62页	词苑	咏史从军乐九首（其七·其九）			军歌	仿四时从军乐调
1907	振华五日大事记	第9期	第59~60页	词苑	咏史从军乐九首（其四·其六）			军歌	仲甫稿，仿四时从军乐调
1909	安徽白话报	第4期	第1~2页	唱歌	军国民唱歌集之一（投笔·杀敌·战·死·军人）			军歌	《投笔》警众词
1915	慈善报	第4期	第3页	小说	练军	F调	简谱	军歌	化意小说词
1915	教育研究（上海）	第20期	第16页		童子义勇队之战歌	C调	五线谱	军歌	
1915	小说新报	第6期	第2页	歌谱	兵操	C调	简谱	军歌	铁池
1916	香如丛刊	第7期	第3页	歌曲	兵操	G调	简谱	军歌	
1917	江西通俗教育旬报	第22期	第26~29页	歌曲	岳家军			军歌	第四回、第五回（未完），铁板大鼓
1917	教育周报（杭州）	第186期	第7~8页	研究	徒军	F调	简谱	军歌	
1919	童子军月刊	第1卷第6期	第1页		童子军	C调	简谱	军歌	
1919	中华童子军	第1卷第2期	第27~29页	游戏	大将军歌	C调	简谱	军歌	刘彭年作
1919	中华童子军	第1卷第8期	第1页		童子军歌	C调	简谱	军歌	
1919	中华童子军	第1卷第8期	第1页		中华民国国歌（卿云歌）	G调	简谱	政治	沈心工民国八年八月作，曲谱采自山姆叔叔的校歌

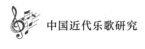
附表 7 女子运动主题乐歌

年份	报刊	卷次	页码	栏目	标题（歌名）	调或调式	谱式	歌曲主题	备注
1907	女子世界（上海）	第 2 卷第 6 期	第 28 页	唱歌集	运动场	G 调	简谱	尚武	
1911	蒙学报	第 9 卷第 4 期	第 27 页	蒙学丛书	白雪歌	C 调	简谱	尚武	杨度作

附表 8 家庭主题乐歌

年份	报刊	卷次	页码	栏目	标题（歌名）	调或调式	谱式	歌曲主题	备注
1904	妇孺报	第 8 期	第 3 页	妇孺唱歌集	淮南民歌			家庭	无谱
1904	妇孺报	第 4 期	第 4 页	寻常妇孺唱歌集	七步吟			家庭（伦理）	无谱
1904	妇孺报	第 4 期	第 5 页	寻常妇孺唱歌集	兄弟歌			家庭（合群）	无谱
1906	复报	第 6 期	第 29 页	音乐 新唱歌集	自由结婚	C 调	简谱	家庭（平等自由）	复鼓作
1906	复报	第 5 期	第 24 页		自由结婚纪念歌	C 调	简谱	家庭	
1913	杭州惠儿院 救儿事业杂志	民国二年	第 47~48 页		祝婚歌	C 调	简谱	家庭	饮喜酒人作
1914	京师教育报	第 7 期	第 1~2 页	教材	燕诗示刘叟	D 调	简谱	家庭（伦理）	
1915	繁华杂志	第 5 期	第 20 页	游戏杂俎	文明结婚歌	G 调	五线谱	家庭（礼俗）	
1915	小说新报	第 2 期	第 2 页	歌谱	贺友人结婚	C 调	简谱	家庭（国家社会家庭关系）	轶池作
1916	江西通俗教育旬报	第 10 期	第 26~29 页	歌曲	汪烈妇传			家庭（女性）	鼓儿词体

附表 9　女性主题乐歌

年份	报刊	卷次	页码	栏目	标题（歌名）	调或调式	谱式	歌曲主题	备注
1904	女子世界（上海）	第 11 期	第 7 页	文苑 唱歌集	自由结婚	G 调	简谱	女权（平等）	
1904	女子世界（上海）	第 3 期	第 1~2 页	文苑	女学唱歌		简谱	女权（平等）	慈石作
1904	女子世界（上海）	第 4 期	第 1 页	文苑 唱歌集	女学生人学歌	G 调	简谱	女权	
1905	女子世界（上海）	第 2 卷第 2 期	第 15 页	文艺 唱歌集	常熟竞化女校开学歌	C 调	简谱	女权（劝学、平等、英雄）	
1905	女子世界（上海）	第 2 卷第 1 期	第 12 页	文艺 唱歌集	嘉定普通女学校歌	C 调	简谱	女权（天赋人权）	
1905	女子世界（上海）	第 2 卷第 2 期	第 17 页	文艺 唱歌集	女杰花木兰歌	C 调	简谱	女权	
1906	复报	第 5 期	第 22~23 页	音乐 新唱歌集	女国民	C 调	简谱	女权	佛莪作
1907	女子世界（上海）	第 2 卷第 6 期	第 21~23 页	唱歌集	女国民	G 调	简谱	（美）女权	佛莪作
1907	中国新女界杂志	第 5 期	第 5~8 页	文艺	女国民	G 调	简谱	女权	佛群作
1907	中国新女界杂志	第 3 期	第 3~4 页	文艺	女子春季励志	G 调	简谱	女权	雄剑作
1907	中国新女界杂志	第 5 期	第 3~4 页	文艺	自由花	C 调	简谱	女权	
1908	安徽白话报	第 1 期	第 1 页	唱歌	小女儿哀求放足			女权（第一人称）	睡狮狮作，仿下盘棋调
1908	灿花集	第 1 期	第 7~11 页	小曲	放足乐			女权（第一人称）	梳妆根调
1908	灿花集	第 1 期	第 11~13 页	小曲	叹人妻			女权（刺历史）	小尼僧调，或作梳妆台调

续表

年份	报刊	卷次	页码	栏目	标题（歌名）	调或调式	谱式	歌曲主题	备注
1909	宁波小说七日报	第7期	第1~2页	唱歌	蛟川启秀女学堂开学歌	C调	简谱	女权（教育）	蛟西颐书生作，仿扬子江谱
1909	女报	第1卷第2期	第63页	唱歌	赴会歌	C调	简谱	女权（含蓄）	黎里民立明鳌女学校学生柳公权编
1909	女报	第1卷第1期	第2页	文艺	女儿叹	F调	简谱	女权（平等）	许则华作
1909	女报	第1卷第1期	第1页	唱歌	上海天足会女学校校歌	G调	简谱	女权	许则华作
1909	女报	第1卷第2期	第3页	唱歌	祝文明结婚	F调	简谱	女权（平等）	谱与李叔同《婚姻祝词》不同，词第一段三句相同。第二段不见李叔同全集内收录。曲词作者待考察
1910	安徽通俗公报（白话类）	第1期	第3~4页	唱歌	放足乐		简谱	女权	丹作，梳妆台调
1910	安徽通俗公报（白话类）	第2期	第4页	唱歌	放足乐（续）		简谱	女权	梳妆台调
1910	安徽通俗公报（白话类）	第3期	第4页	唱歌	放足乐（续）			女权	丹作，梳妆台调
1910	安徽通俗公报（白话类）	第9期	第3~4页	唱歌	叹人妻			女权（第一人称叹人妻）	丹作，梳妆台调
1910	安徽通俗公报（白话类）	第4期	第3~4页	唱歌	放足乐（续）			女权	丹作，梳妆台调

续表

年份	报刊	卷次	页码	标题（歌名）	栏目	调或调式	谱式	歌曲主题	备注
1910	安徽通俗公报（白话类）	第5期	第3~4页	放足乐（续）	唱歌			女权	风俗小曲，丹作，梳妆台调
1910	安徽通俗公报（白话类）	第6期	第3~4页	放足乐（完）	唱歌			女权	丹作，梳妆台调
1910	竞志女学杂志	第1期	第189~190页	巾帼雄	竞志校歌	C调	简谱（唱腔）	女权（女英雄）	京师公立第一中学教员白宗魏来稿
1914	京师教育报	第6期	第1~5页	木兰辞	教材乐歌	变E调	简谱	女权	某闺秀作，小曲调，十二月花名
1914	最新精稽杂志	第5期	第25~26页	放足乐				女权	寄根作，调寄梳妆台
1915	小说新报	第11期	第1~3页	十二个月女学生	时调			女权（美）	
1915	小说新报	第5期	第3页	新闻叹开篇	时调			女性命运自述	通庐作，仿马调
1915	小说新报	第6期	第3~4页	烟花叹	时调			女性	寄根作，五更调，调寄俏尼僧
1916	余兴	第21期	第57页	余兴小曲				女性	拈芝作
1917	女铎	第6卷第6期	第30~31页	Two Battle Hymns for the Chinese Republic	学术	降B调	五线谱	女性	
1917	说丛	第1期	第1~2页	娓嬎封传奇	歌曲揭要卷一		工尺谱	女性	刘富梁填谱，赵申镶参订，赵廷黄勘校，张古愚正拍

续表

年份	报刊	卷次	页码	栏目	标题（歌名）	调或调式	谱式	歌曲主题	备注
1919	女译	第7卷第11期	第34~35页	学理	明月歌 Fairy Moonlight	E调	五线谱	女性	仿时调送郎君体

附表 10　爱情主题乐歌

年份	报刊	卷次	页码	栏目	标题（歌名）	调或调式	谱式	歌曲主题	备注
1903	绣像小说	第1期	第1页	时调唱歌	送郎君			爱情	
1904	妇孺报	第3期	第3页	妇孺唱歌集	古怨歌			爱情（弃妇）	无谱
1904	妇孺报	第3期	第3页	妇孺唱歌集	琴歌			爱情	无谱
1904	妇孺报	第3期	第3页	妇孺唱歌集	越人谣			爱情	无谱
1905	江苏白话报	第1期	第1~4页	唱歌	国风集（未完）			爱情（社会教育）	尚声作
1906	复报	第5期	第25页	音乐 新唱歌集	赏荷	F调	简谱	爱情（自然）	佛哉作
1908	灿花集	第1期	第24~25页	小曲	闺中怨			爱情（弃妇）	寓言小曲
1908	灿花集	第1期	第1~3页	小曲	新十送			爱情（社会）	写情小曲，著作者仪征张无为、丹斧，订正者嘉兴钱芥、芥尘、十杯酒调
1909	惠兴女学报	第20期	第2~3页		惠兴女学报题词	D调	简谱	爱国	琴梦女士学填
1911	东方杂志	第8卷第4期	第20页	中国雅乐	西江月	C调	简谱	爱情	南引、柳永词
1914	江东杂志	第1期	第8页	乐府	双鸥弄水	D调	五线谱	爱情	破浪《棠英绣果录》
1915	小说丛报	第7期	第14~15页	余兴	闺怨小曲			情爱（闺怨）	嵌曲牌名祝、平调梳妆台

续表

年份	报刊	卷次	页码	栏目	标题（歌名）	调或调式	谱式	歌曲主题	备注
1915	小说新报	第5期	第3页	歌谱	采莲	C调	简谱	爱情（自然）	铁池作
1915	小说新报	第4期	第1~2页	时调	改良叹五更	D调		爱情（弃妇）	寄根作，秋闺怨访弹词体
1915	小说新报	第4期	第2页	歌谱	闺情	G调	简谱	爱情	病骸作
1915	小说新报	第10期	第3~4页	时调	闺怨开篇			爱情	绮禅作
1915	小说新报	第8期	第4页	歌谱	闺中初秋	E、C调	简谱	爱情	铁池作
1915	小说新报	第9期	第4页	歌谱	旧恨	C调	简谱	爱情	花奴填词，佩兰制谱
1915	小说新报	第7期	第1页	歌谱	七夕		简谱	爱情	艳云作
1915	小说新报	第7期	第1~2页	时调	劝我郎	C调		爱情（修身）	野庐作，调寄想我郎
1915	小说新报	第1期	第7页	时调	十二朵绣花			爱情	我作，花鼓调
1915	小说新报	第5期	第4页	时调	十块香帕时调			爱情	玩物作
1915	小说新报	第4期	第3~4页	时调	叹五更			爱情	寄根作，五更调，调寄银纽丝
1915	小说新报	第1期	第3~5页	时调	新十杯酒			爱情（修身）	笑余作，与梳妆台同调，不同谱
1915	小说新报	第9期	第1~2页	时调	新十杯酒			爱情	野庐作
1915	小说新报	第5期	第1~2页	时调	新十杯酒（送郎留学）			爱情	寄根作
1915	小说新报	第3期	第3~5页	时调	新十二月相思			爱情（劝修身）	痴郎作
1915	小说新报	第7期	第2~4页	时调	新十二月相思			爱情（劝修身）	野庐作
1915	小说新报	第1期	第5~6页	时调	新四季相思			爱情（弃妇）	笑余作，银纽丝调

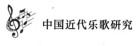

续表

年份	报刊	卷次	页码	栏目	标题（歌名）	调或调式	谱式	歌曲主题	备注
1915	小说新报	第 6 期	第 1~2 页	时调	璇闺思			羁旅思妇	寄沧作，虞美人调
1915	小说新报	第 1 期	第 1 页	歌谱	中秋月	C 调	简谱	羁旅思妇	铁池作
1915	笑林杂志	第 1 卷第 1 期	第 19~20 页	五更调对联灯谜曲唱酒令	痴郎四季想小曲			爱情（社会）	银霞作
1916	科学	第 2 卷第 10 期	第 1083~1095 页		悲惨合乐（第二章第二句）	D 调	五线谱	情爱	蔡柯夫斯基著
1916	科学	第 2 卷第 10 期	第 1083~1095 页		长根歌	C 调	五线谱	情爱	常州吟法
1916	小说新报	第 12 期	第 1 页	歌谱	装楦	G 调	简谱	羁旅思妇	铁池作

附表 11　政治主题乐歌

年份	报刊	卷次	页码	栏目	标题（歌名）	调或调式	谱式	歌曲主题	备注
1897	知新报	第 25 期	第 10 页	京外近事	警醒歌			政治	张经甫来稿
1898	湘报	第 115 期	第 458~459 页		劝戒歌			政治	
1903	绣像小说	第 10 期	第 1 页	时调唱歌	破国语（悲东三省也）			政治	蓬园简声，仿凤阳花鼓调
1903	绣像小说	第 7 期	第 1 页	时调唱歌	叹中华			政治	过江鲫士简声，仿北调叹烟花
1903	绣像小说	第 15 期	第 1 页	时调唱歌	小五更（咏日俄交战也）			政治	竹天衣人简声
1903	绣像小说	第 11 期	第 1 页	时调唱歌	醒世道情			政治	戎马生简声

续表

年份	报刊	卷次	页码	栏目	标题（歌名）	调或调式	谱式	歌曲主题	备注
1904	江苏白话报	第 3 期	第 2~4 页	唱歌	十二月节令			政治	讲中国同外国交涉的大事情
1904	绣像小说	第 31 期	第 1 页	时调唱歌	爱国歌			政治	氐兮倚声
1906	复报	第 6 期	第 27 页	音乐 新唱歌集	四万万人	C 调	简谱	政治	佛哉故作
1908	安徽白话报	第 5 期	第 1 页	唱歌	打场歌			政治（民生）	盰眙明明来稿
1908	灿花集	第 1 期	第 20~22 页	小曲	黎王氏叹五更			政治	纪念小曲，银纽丝调
1908	灿花集	第 1 期	第 13~16 页	小曲	中国十八摸			政治	地理小曲，十八摸调
1908	新朔望报	第 3 期	第 48 页	戏曲	保路	G 调	简谱	政治	鍪撰
1909	安徽白话报	第 2 期	第 5~6 页	唱歌	劝购瓜徐铁路股分歌			政治（经济）	来稿作
1909	安徽白话报	第 3 期	第 1~2 页	唱歌	铜官山歌			政治（经济）	警众作
1912	宝山共和杂志	第 3 期	第 176 页		宝山光复纪念歌	G 调	简谱	政治	月庵作歌
1912	临时政府公报	第 28 期	第 18 页		国歌拟稿	G 调	五线谱	政治	沈思孚作歌
1912	临时政府公报	第 22 期	第 20 页		国歌拟稿	G 调	五线谱	政治	沈思孚作歌 沈彭年填谱
1912	社会世界	第 4 期	第 83 页	文章渊薮	社会主义歌	C 调	简谱	政治	
1912	社会世界	第 2 期	第 91 页		社会主义第一	C 调	简谱	政治	
1912	社会世界	第 5 期	第 83 页	文苑	社会主义之菌营	F 调	简谱	政治	
1912	社会世界	第 3 期	第 75 页	文章渊薮	社会主义歌（续）	C 调	简谱	政治	

续表

年份	报刊	卷次	页码	栏目	标题（歌名）	调或调式	谱式	歌曲主题	备注
1912	社会世界	第 4 期	第 83 页	文章涉数	社会主义歌（续）	C 调	简谱	政治	
1913	大共和日报	十二月二十四日	第 68 页	小曲	议员五更叹（续）			政治	丹斧作，五更叹，银纽丝调
1913	大共和日报	十二月二十八日	第 84 页	小曲	议员五更叹（续）			政治	丹斧作，五更叹，银纽丝调
1913	大共和日报	十二月二十九日	第 88 页	小曲	议员五更叹（续）			政治	丹斧作，五更叹，银纽丝调
1913	大共和日报	十二月二十三日	第 64 页	小曲	议员五更叹			政治	丹斧作，五更叹，银纽丝调
1913	杭州惠儿院救儿事业杂志	民国二年	第 11~12 页		大总统统歌	C 调	简谱	政治	范教作
1913	杭州惠儿院救儿事业杂志	民国二年	第 1~2 页		欧风民国歌	C 调	简谱	政治	子箏作
1914	京师教育报	第 8 期	第 8 页	教材	因欧洲各国战争中华民国严守中立歌	G 调	简谱	政治	
1914	最新滑稽杂志	第 5 期	第 21 页		嘲巡捕押同窃贼吊赃			政治	仿十送郎小曲调
1915	慈善报	第 4 期	第 3 页	小说	（五）再盗	F 调	简谱	政治	曲谱见前页
1915	慈善报	第 4 期	第 3 页	小说	（四）肃政	F 调	简谱	政治	曲谱见前页
1915	小说新报	第 6 期	第 3 页	歌谱	哀朝鲜	C 调	简谱	政治	铁池作

续表

年份	报刊	卷次	页码	栏目	标题（歌名）	调或调式	谱式	歌曲主题	备注
1915	小说新报	第4期	第2~3页	时调	花名山歌			政治	寄根作
1915	小说新报	第4期	第3页	时调	近体小调			政治	寄根作，五更调
1915	小说新报	第3期	第3页	歌谱	祝共和	C调	简谱	政治	轶池作
1915	中华教育界	第4卷第1期	第2页		国歌	C调	五线谱	政治	张奢作
1917	江苏省立第二女子师范学校校友会汇刊	第5期	第1页		双十节庆祝歌	C调	简谱	政治	金家禄歌
1917	余兴	第30期	第99~100页	时事小曲	帝制罪魁十杯酒			政治	余与痴作
1917	余兴	第27期	第109~110页	歌谣·时事歌曲	新四季想（相）思			政治	余与痴作
1919	川滇黔旅苏学生会周刊	第4期	第11页	歌谣	时事小曲		新码头调	政治	惊世人作
1919	兴华	第16卷第49期	第17页	百年大会记事	百年大会诗歌	D调	五线谱	政治	第二名星恩鸿作

附表 12 爱国主题乐歌

年份	报刊	卷次	页码	栏目	标题（歌名）	调或调式	谱式	歌曲主题	备注
1903	童子世界	第8期	第4页	唱歌	十八省祖国歌			爱国	无谱
1903	绣像小说	第1期	第1页	时调唱歌	爱国歌			爱国	讴歌变俗人著，仿时调叹五更体

续表

年份	报刊	卷次	页码	栏目	标题（歌名）	调或调式	谱式	歌曲主题	备注
1904	白话（东京）	第1期	第38页	歌谣	十八省	C调	简谱	爱国	强汉作，小工调
1904	白话（东京）	第1期	第37页	歌谣	万里长城	C调	简谱	爱国	强汉作，小工调
1904	妇孺报	第7期	第1页	高等妇孺唱歌集	百壁（乐府）			爱国	无谱
1904	妇孺报	第8期	第2页	高等妇孺唱歌集	夜半舞			爱国	无谱
1904	妇孺报	第7期	第1页	高等妇孺唱歌集	祝国歌			爱国	无谱
1904	妇孺报	第4期	第5页	寻常妇孺唱歌集	木兰辞			爱国	无谱
1904	江苏（东京）	第7期	第13~14页	音乐唱歌	新	G调	五线谱	爱国	
1904	女子世界（上海）	第10期	第2页	文苑 唱歌集	黄菊花	G调	简谱	爱国	
1904	女子世界（上海）	第4期	第3页	文苑 唱歌集	甲辰秋开校歌（上海城东女校）	C调	简谱	爱国教育	
1904	女子世界（上海）	第2期	第1~2页	文苑 学校唱歌	勉学			教育	无谱
1904	女子世界（上海）	第11期	第6页	文苑 唱歌集	娘子军	F调	简谱	爱国	
1904	新民丛报	第3卷第9期	第4~5页	文苑	《爱国歌》谱之一	C调	简谱	爱国	
1904	新民丛报	第3卷第9期	第6页	文苑	《黄帝歌》谱之一	C调	简谱	爱国	
1904	新民丛报	第3卷第9期	第3~4页	文苑	《演孔歌》谱之一		简谱	历史	
1904	绣像小说	第26期	第1页	时调唱歌	叹国歌	五更调	五更调	爱国	氤氲，倚声，五更调

续表

年份	报刊	卷次	页码	栏目	标题（歌名）	调或调式	谱式	歌曲主题	备注
1904	绣像小说	第27期	第1页	时调唱歌	同胞歌			爱国	伯溢倚声，仿四季相思调
1904	绣像小说	第26期	第1页	时调唱歌	自强歌			爱国	蜕秋倚声
1905	新民丛报	第3卷第13期	第1~3页	文苑	饯别	G调	简谱	爱国	
1906	复报	第6期	第28页	无	天下荣	C调	简谱	爱国	
1906	复报	第4期	第19页	音乐 中国唱歌集	陆游出塞四首	C调	简谱	爱国	寓日本虹之曲，林钟调
1907	女子世界（上海）	第2卷第6期	第26页	文艺唱歌集	女军人	C调	简谱	爱国	
1907	神州女报	第1卷第1期	第1~2页	词襄唱歌	哀祖国	C调	简谱	爱国	
1907	月月小说	第1卷第11期	第1页		十四龄院生三学年作	宫调	简谱	爱国	敌公作
1907	云南	第11期	第7页	文苑	滇声	C调	五线谱	爱国	剑虹作
1907	云南	第8期	第7页	文苑	满江红	降E调	五线谱	爱国	岳武穆作
1907	云南	第6期	第4页	文苑	云南男儿	F调	五线谱	爱国	
1911	儿童教育画	第16期	第7页	歌谣	西瓜歌	C调	简谱	爱国	海门姜岱英稿
1913	杭州惠儿院救儿事业杂志	民国二年	第36~38页		地球黄种歌	C调	简谱	爱国	十四龄院生三学年作
1913	杭州惠儿院救儿事业杂志	民国二年	第33~35页		劝助国民捐	C调	简谱	爱国	十三龄院生三学年作
1913	直隶教育界	第3期	第119页	杂录	五色国旗	F调	简谱	爱国	

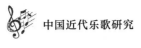

续表

年份	报刊	卷次	页码	栏目	标题（歌名）	调或调式	谱式	歌曲主题	备注
1914	京师教育报	第8期	第7页	教材	祝国歌	C调	简谱	爱国	高连科编
1915	妇女杂志（上海）	第1卷第6期	第8页	女学商榷·汉寿女子小学乐歌讲义	双十节庆祝歌	G调	简谱	爱国	黄易编撰
1915	京师教育报	第17期	第1~2页	教材·乐歌	勉后生	G调	简谱	爱国	高连科编，中国八板调
1915	京师教育报	第18期	第1~2页	教材	勉诸生	G调	五线谱	爱国	林纾编
1915	京师教育报	第19期	第1~2页	教材	勉诸生	G调	五线谱	爱国	林纾编
1915	小说新报	第1期	第5页	歌谱	演说会	C调	简谱	爱国	铁池作
1916	江苏省立第二女子师范学校校友会汇刊	第3期	第54页	教育	双十节庆祝会会歌		简谱	爱国	金家禄歌
1916	香如丛刊	第7期	第8~9页	歌曲	醒世山歌			爱国	
1917	女铎	第6卷第8期	第22~23页	学理	爱国歌	C调	五线谱	爱国	

附表 13　历史主题乐歌

年份	报刊	卷次	页码	栏目	标题（歌名）	调或调式	谱式	歌曲主题	备注
1904	妇孺报	第9期	第3页	高等妇孺唱歌集	的庐马			自然（历史）	无谱
1904	妇孺报	第8期	第2~3页	高等妇孺唱歌集	国土行			爱国（爱君）	无谱
1904	妇孺报	第7期	第1页	高等妇孺唱歌集	骊山泉			历史（女娲）	无谱
1904	妇孺报	第9期	第2页	高等妇孺唱歌集	牧羝曲			历史（爱国）	无谱

续表

年份	报刊	卷次	页码	栏目	标题（歌名）	调或调式	谱式	歌曲主题	备注
1904	妇孺报	第8期	第2页	高等妇孺唱歌集	清谈误			历史（社会）	无谱
1904	妇孺报	第9期	第3~4页	高等妇孺唱歌集	三鬼行			历史	未完 无谱
1904	妇孺报	第8期	第2页	高等妇孺唱歌集	文成死			历史	无谱
1904	妇孺报	第9期	第2页	高等妇孺唱歌集	新亭泪			历史（爱国）	无谱
1904	妇孺报	第9期	第3页	高等妇孺唱歌集	急流退			历史（君君臣臣）	无谱
1904	妇孺报	第4期	第4页	寻常妇孺唱歌集	渔父歌			历史（诚信）	无谱
1904	江苏白话报	第3期	第25~26页	唱歌	十个字			历史	
1904	新新小说	第1卷第2期	第7页		法兰西革命歌译词之一	G调	简谱	历史	
1906	竞业旬报	第7期	第31~34页	歌谣	中国历史小曲			历史	无为词
1906	竞业旬报	第8期	第35~36页	歌谣	中国历史小曲（续）			历史	无谱，无为词
1908	灿花集	第1期	第16~20页	小曲	中国历史歌			历史（英雄、国土）	梳妆台调
1908	惠兴女学报	第7期	第2~5页		联合展览会歌	G调	简谱	历史（史料）	
1908	惠兴女学报	第7期	第3页		万寿歌	E调	简谱	历史（太后诞辰）	杭城女校联合展览会庆祝
1911	学生文艺丛刊汇编	第4卷第6期	第6~10页	杂组诗话	历史小曲			历史	顾人作，调寄梳妆台调
1914	京师教育报	第10期	第1页	教材乐歌	中华历史歌	C调	简谱	历史（美）	谢源作

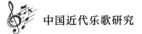

续表

年份	报刊	卷次	页码	栏目	标题（歌名）	调或调式	谱式	歌曲主题	备注
1915	小说新报	第 2 期	第 1 页	歌谱	吊道左故宅	C 调	简谱	历史	铁池作
1916	诗声	第 2 卷第 1 期	第 5～6 页	歌曲	念奴娇	A 调	简谱	历史	苏轼词，侠隐制谱
1918	中华教育界	第 7 卷第 5 期	第 1～4 页		大禹治水歌	C 调	简谱	历史	未完

附表 14　自然主题乐歌

年份	报刊	卷次	页码	栏目	标题（歌名）	调或调式	谱式	歌曲主题	备注
1900	著作林	第 2 期	第 3 页	栅园新乐谱	雪之夜	C 调	简谱	自然	
1903	江苏（东京）	第 7 期	第 15～16 页	音乐 唱歌	秋虫	C 调	五线谱	自然	
1903	江苏（东京）	第 7 期	第 7～8 页	音乐 唱歌	扬子江	F 调	五线谱	自然（社会）	
1904	白话	第 1 期	第 35～38 页	歌谣	蚂蚁	D 调	简谱	自然（美合群）	凡字调
1904	妇孺报	第 4 期	第 4 页	寻常妇孺唱歌集	黄台瓜辞		简谱	自然	无谱
1904	江苏（东京）	第 12 期	第 4 页		登山望湖	G 调	简谱	自然	
1904	江苏白话报	第 3 期	第 8 页	纪事	扬子江	F 调	简谱	自然（历史）	
1904	女子世界（上海）	第 2 期	第 2 页	文苑 学校唱歌	扬子江			自然（战争）	无谱
1906	复报	第 4 期	第 20 页		大齣乐		简谱	自然	生宝调，唐人商调曲
1907	女子世界（上海）	第 2 卷第 6 期	第 31 页	唱歌集	游行	C 调	简谱	自然（自由）	

续表

年份	报刊	卷次	页码	栏目	标题（歌名）	调或调式	谱式	歌曲主题	备注
1907	月月小说	第 1 卷第 10 期	第 1 页		曲院荷风	G 调	五线谱	自然	倚声倚声，文华正谱
1909	宁波小说七日报	第 3 期	第 1~2 页	唱歌	夏夜即事	F 调	简谱	自然	仿美人燕谱
1911	教育杂志	第 3 卷第 4 期	第 36 页	文艺	登山望湖	G 调	简谱	自然	无锡济阳初等小学制谱作歌
1914	游戏杂志	第 2 期	第 1~4 页		中外乐器通谱（雪之夜）	C 调	简谱与工尺谱对照	自然	美国军歌进行曲（有曲无词）
1914	政学纪闻	第 31 期	第 12 页		秋之月		简谱	自然	蔡颖之制歌，仿春之花调
1915	江苏省立第三师范学校校友会杂志		第 5 页	学生成绩	钓鱼	F 调	简谱	自然	徐启华作
1915	江苏省立第三师范学校校友会杂志		第 2 页	学生成绩	扑萤	G 调	简谱	自然	陈泽圻作
1915	江苏省立第三师范学校校友会杂志		第 4 页	学生成绩	月	F 调	简谱	自然	邵玉衡作
1915	小说新报	第 4 期	第 5 页	歌谱	春雨	E 调	简谱	自然	铁池作
1915	小说新报	第 10 期	第 4 页	歌谱	登高	E 调	简谱	自然（感怀）	铁池作
1915	小说新报	第 6 期	第 4 页	歌谱	公园	E 调	简谱	自然（公德）	铁池作

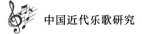

续表

年份	报刊	卷次	页码	栏目	标题（歌名）	调或调式	谱式	歌曲主题	备注
1915	小说新报	第10期	第1页	歌谱	木芙蓉	G调	简谱	自然（情感）	铁池作
1915	小说新报	第5期	第2页	歌谱	纳凉	C调	简谱	自然（情感）	铁池作
1915	小说新报	第9期	第1页	歌谱	秋夜	C调	简谱	自然（情感）	瑶蕙作
1915	小说新报	第1期	第6页	时调	四季花儿歌			自然	我作，九连环调
1915	小说新报	第8期	第3页	歌谱	蟋蟀	尖C调	简谱	自然（生命感悟）	铁池作
1915	小说新报	第1期	第2页	歌谱	夏夜即事	E调	简谱	自然	铁池作
1915	小说新报	第7期	第4页	歌谱	夏之夜	D调	简谱	自然	铁池作
1915	小说新报	第8期	第1~2页	时调	鲜花调			自然	海宁吴君春益作
1915	中华童子界	第13期	第64页		太阳	C调	简谱	自然	沈冰血作
1916	儿童教育画	第65期	第8页	唱歌	蜜蜂歌			自然	无谱
1916	科学	第2卷第10期	第1094页		黄金台	G调	五线谱	自然	赵元任作
1916	青年杂志（松江）	第15期	第32页		送春归	无明确调性	简谱	自然	
1916	香如丛刊	第7期	第1页	歌曲	春游	C调	简谱	自然	
1916	香如丛刊	第7期	第4页	歌曲	西湖	C调	简谱	自然（心志）	
1916	小说新报	第12期	第2页	歌谱	曦日	G调	简谱	自然	铁池作
1916	小说新报	第12期	第3页	歌谱	蟹	G调	简谱	自然	铁池作
1917	江苏省立第五中学校杂志	第5期	第3页	琴谱	欸乃曲	C调	五线谱工尺谱	自然（情感）	元结作
1917	昆明教育月刊	第2卷第3期	第10页	唱歌育德	咏卓笔峰	D调	简谱	自然（情感）	袁枚作

续表

年份	报刊	卷次	页码	栏目	标题（歌名）	调或调式	谱式	歌曲主题	备注
1917	王丁	第 1 期	第 4 页		卿云南风歌	D 调	五线谱	自然	刘讱谱曲
1917	艺文杂志	第 1 期	第 71 页	歌曲	新样四时花曲			自然	李远堂作，四时花调
1918	福幼报	第 4 卷第 4 期	第 5 页		春天歌	F 调	五线谱	自然	由英文幼稚园歌曲翻译
1918	女铎	第 7 卷第 6 期	第 37~38 页	学理	赞花歌	F 调	五线谱	自然	
1919	东莞省学会杂志	第 1 期	第 119~120 页		东莞八景	D 调	五线谱	自然	梅选
1919	东莞省学会杂志	第 1 期	第 117~118 页		东莞孟山公园八景	降 E 调	五线谱	自然	梅选

附表 15　禅意主题乐歌

年份	报刊	卷次	页码	栏目	标题（歌名）	调或调式	谱式	歌曲主题	备注
1881	益闻录	第 96 期	第 39 页		醒迷歌			禅意	沈啸泉稿
1904	妇孺报	第 4 期	第 5 页	寻常妇孺唱歌集	踏踏歌			禅意	无谱
1904	妇孺报	第 4 期	第 4 页	寻常妇孺唱歌集	偕隐歌			禅意	无谱
1911	朔望报	第 1 期	第 3 页	唱歌集	山居	C 调	简谱	禅意	
1915	小说新报	第 11 期	第 1 页	歌谱	忏情词	D 调	简谱	禅意（爱情）	醒独作
1915	小说新报	第 10 期	第 2 页	歌谱	菊	尖 C 调	简谱	禅意（自然）	铁池作
1915	小说新报	第 10 期	第 2~3 页	时调	禽言曲（并序）			禅意	寄根作
1917	昆明教育月刊	第 2 卷第 3 期	第 10 页	唱歌育德	闲吟			禅意	前人作

附表 16　宗教主题乐歌

年份	报刊	卷次	页码	栏目	标题（歌名）	调或调式	谱式	歌曲主题	备注
1869	中国教会新报	第 42 期	第 5 页		真神十诚歌			宗教	吴虔礼 俚词
1875	小孩月报	第 11 期	第 4 页		请客歌			宗教	
1876	小孩月报	第 15 期	第 8 页		当乐而乐	G 调	五线谱	宗教	
1876	小孩月报	第 16 期	第 8 页		来到十字架	G 调	五线谱	宗教	
1876	小孩月报	第 17 期	第 8 页		岸明	G 调	五线谱	宗教	
1876	小孩月报	第 18 期	第 8 页		白超平雪	E 调	五线谱	宗教	
1876	小孩月报	第 19 期	第 8 页		几乎从劝	G 调	五线谱	宗教	栢林译
1877	小孩月报	第 20 期	第 8 页		守诚有福	E 调	五线谱	宗教	
1877	小孩月报	第 21 期	第 8 页		宝贝应许	G 调	五线谱	宗教	
1877	小孩月报	第 22 期	第 8 页		加我热心	G 调	五线谱	宗教	
1877	小孩月报	第 23 期	第 8 页		流血之泉	无	五线谱	宗教	
1877	小孩月报	第 24 期	第 8 页		华丽地方	bB 调	五线谱	宗教	
1877	小孩月报	第 3 卷第 1 期	第 8 页		晨日暮时	bE 调	五线谱	宗教	
1877	小孩月报	第 3 卷第 2 期	第 8 页		寻着天路	A 调	五线谱	宗教	
1877	小孩月报	第 3 卷第 3 期	第 8 页		漂泛洋海	D 调	五线谱	宗教	
1877	小孩月报	第 3 卷第 4 期	第 8 页		主的故事	bA 调	五线谱	宗教	
1877	小孩月报	第 3 卷第 5 期	第 8 页		天上迦南	E 调	五线谱	宗教	
1878	小孩月报	第 4 卷第 6 期	第 8 页		洽府	无	五线谱	宗教	
1880	小孩月报	第 6 卷第 8 期	第 7 页		十字架	F 调	五线谱	宗教	

续表

年份	报刊	卷次	页码	栏目	标题（歌名）	调或调式	谱式	歌曲主题	备注
1883	月报	第9卷第1期	第5页		年靠磐石	G调	五线谱	宗教	
1883	月报	第9卷第3期	第5页		恩许歌诗	G调	五线谱	宗教	
1883	月报	第9卷第4期	第4页		乐土在天	bE调	五线谱	宗教	
1883	月报	第9卷第5期	第8页		耶稣顶好朋友	F调	五线谱	宗教	
1883	月报	第9卷第6期	第6页		亲献歌	bB调	五线谱	宗教	
1883	月报	第9卷第7期	第6页		求主时常帮助	bA调	五线谱	宗教	
1883	月报	第9卷第8期	第8页		耶稣名字宝贝	bB调	五线谱	宗教	
1884	月报	第9卷第9期	第8页		神明引导	D调	五线谱	宗教	
1884	月报	第9卷第10期	第8页		The Heavenly Land	bB调	五线谱	宗教	
1884	月报	第9卷第11期	第6页		万王之王	F调	五线谱	宗教	王玉堂作
1884	月报	第9卷第12期	第5页		求主帮助		五线谱	宗教	
1893	中西教会报	第3卷第27期	第30页	宗事	贤妇劝夫歌			宗教	用平水韵部
1897	中西教会报	第3卷第34期	第12页	显语必览	贤夫劝妇歌（续前稿）			宗教	李郁稿
1897	中西教会报	第3卷第36期	第13页	显语必览	教外妇女缠足歌			宗教 女权	
1897	中西教会报	第3卷第36期	第13页	显语必览	教会妇女放脚感恩歌			宗教 女权	
1910	月报	第36卷第3期	第7页		心中太平歌	G调	五线谱	宗教	

续表

年份	报刊	卷次	页码	栏目	标题（歌名）	调或调式	谱式	歌曲主题	备注
1910	月报	第36卷第2期	第11页		训儿歌	C调	五线谱	宗教	谢洪赉选词谱调
1913	杭州惠儿院教儿事业杂志	民国二年	第22页		忏悔歌	G调	简谱	宗教（佛）	
1913	杭州惠儿院教儿事业杂志	民国二年	第25~26页		回向歌	C调	简谱	宗教（劝学）	
1913	杭州惠儿院教儿事业杂志	民国二年	第27~28页		三皈依	C调	简谱	宗教	
1913	杭州惠儿院教儿事业杂志	民国二年	第15页		释迦如到歌	C调	简谱	宗教	
1913	杭州惠儿院教儿事业杂志	民国二年	第29页		誓愿歌	C调	简谱	宗教	
1913	杭州惠儿院教儿事业杂志	民国二年	第17页		四宏愿歌		简谱	宗教（佛）	
1913	杭州惠儿院教儿事业杂志	民国二年	第9~10页		信礼歌	G调	简谱	宗教（佛）	
1913	杭州惠儿院教儿事业杂志	民国二年	第23页		赞偈	G调	简谱	宗教	
1913	杭州惠儿院教儿事业杂志	民国二年	第30~32页		众罪歌	C调	简谱	宗教	
1913	杭州惠儿院教儿事业杂志	民国二年	第19~21页		诸善歌	C调	简谱	宗教（佛）	

续表

年份	报刊	卷次	页码	栏目	标题（歌名）	调或调式	谱式	歌曲主题	备注
1917	女铎	第6卷第7期	第23~2?页	学理	大卫古歌	F调	五线谱	宗教	大卫编曲
1918	福幼报	第4卷第5期	第5页		服事耶稣	C调	五线谱	宗教	
1918	福幼报	第4卷第12期	第13页		世界之真光	F调	五线谱	宗教	
1918	福幼报	第4卷第12期	第2~14页		天使报信	F调	五线谱	宗教	
1918	福幼报	第4卷第12期	第2~14页		耶稣命儿童发光	G调	五线谱	宗教	
1918	福幼报	第4卷第4期	第12~15页		耶稣爱褓小孩	G调	五线谱	宗教	
1918	福幼报	第4卷第6期	第10~11页		耶稣代我人受苦	E调	五线谱	宗教	
1918	福幼报	第4卷第12期	第23页	学理	至圣夜	C调	五线谱	宗教	
1918	女铎	第7卷第9期	第32~3?页		求主再来歌	G调	五线谱	宗教	
1919	圣心报	第33卷第9期	第264页		余山圣母歌	F调	五线谱	宗教	
1919	兴华	第16卷第39期	第16页	百年大会诗歌	HE LEADETH ME	D调	五线谱	宗教	第一名 许师尘作
1919	兴华	第16卷第43期	第17~18页	百年大会诗歌	ST. ANN'S	C调	五线谱	宗教（爱国）	第三名 莱叔作

附表 17 修身主题乐歌

年份	报刊	卷次	页码	栏目	标题（歌名）	调或调式	谱式	歌曲主题	备注
1915	小说新报	第7期	第5~6页	时调	改良十劝词			修身	寄根作
1916	江西通俗教育旬报	第11期	第1~3页	歌曲	通灵尺			修身（历史）	无谱

续表

年份	报刊	卷次	页码	栏目	标题（歌名）	调或调式	谱式	歌曲主题	备注
1916	江西通俗教育旬报	第 11 期	第 3 页	歌曲	息争歌			修身	无谱
1916	江西通俗教育旬报	第 12 期	第 1~3 页	歌曲	义侟拯难记			修身（公德）	鼓儿词体
1917	昆明教育月刊	第 2 卷第 3 期	第 10 页	唱歌育德	教立身	D 调	简谱	修身	明人（失名）

附表 18 文化主题乐歌

年份	报刊	卷次	页码	栏目	标题（歌名）	调或调式	谱式	歌曲主题	备注
1903	童子世界	第 20 期	第 4~5 页		少年歌			教育文化（新旧思想、自治、独立）	无谱
1903	童子世界	第 11 期	第 4~5 页		新编湘江郎			教育文化（新旧思想）	无谱
1913	滑稽杂志	第 1 期	第 1 页		颂滑稽杂志	C 调	简谱	文化（新旧）	汉威祝作,调寄浪淘沙
1914	慈善报	第 3 期	第 10~11 页		文明结婚			文化（新旧习俗、男女身份、冰人之媒）	时调唱篇,忆作
1914	京师教育报	民国二年	第 1~2 页	教材	鹤	C 调	简谱	情感文化	白居易词,白宗魏谱
1918	交通部上海工业专门学校学生杂志	第 2 卷第 2 期	第 1 页	美育	孔子圣诞奏乐章	D 调	五线谱	文化	杨左陶译
1920	音乐杂志	第 2 期	第 78 页		圣诞歌	C 调	简谱	文化	

续表

年份	报刊	卷次	页码	栏目	标题（歌名）	调或调式	谱式	歌曲主题	备注
1921	东亚体育教学学刊	第 3 期	第 137 页	唱歌教材	孔夫子	D 调	简谱	文化	
1924	爱国报刊	第 31 期	第 3 页		尊孔	F 调	简谱	文化	
1926	中华教育界	第 16 卷第 5 期	第 15 页	中华歌育界	孔夫子	C 调	五线谱	文化	

附表 19　送别主题乐歌列表

年份	报刊	卷次	页码	栏目	标题（歌名）	调或调式	谱式	歌曲主题	备注
1917	江苏省立第二女子师范学校校友会汇刊	第 5 期	第 1 页		第一届本科毕业生话别歌	D 调	简谱	送别	
1917	江苏省立第二女子师范学校校友会汇刊	第 5 期	第 1 页		送别歌	C 调	简谱	送别	
1917	王丁	第 1 期	第 12～13 页		离别曲	C 调	五线谱	送别	刘词作
1918	江苏省立第二女子师范学校校友会汇刊	第 6 期	第 28 页	教育	与级友会话别歌	D 调	简谱	送别	伯瀛作
1918	江苏省立第二女子师范学校校友会汇刊	第 7 期	第 20 页	民国七年一月本科四年级第十三次级友会	送别歌	D 调	简谱	送别	
1918	江西省立第八中学校校友会杂志	第 2 期	第 168 页		送别	C 调	五线谱	送别	
1919	江苏省立第二女子师范学校校友会汇刊	第 9 期	第 1 页		话别歌	C 调	简谱	送别	
1919	江苏省立第二女子师范学校校友会汇刊	第 9 期	第 1 页		赠第三届本科同学毕业歌	C 调	简谱	送别	

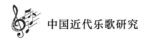
附表 20　个人情感主题乐歌

年份	报刊	卷次	页码	栏目	标题（歌名）	调或调式	谱式	歌曲主题	备注
1911	东方杂志	第 4 期	第 22 页	中国雅乐	如梦令	C 调	简谱	情感	李隽青词，陆华柏曲
1911	永华	第 8 期	第 19 页		海的怒吼（海誓主题曲）	F 调	简谱 齐唱，合唱 分声部	情感	
1913	游戏杂志	第 1 期	第 1~2 页	洋琴谱（春声馆曲谱）	悲秋	F 调	简谱	情感	陈蝶仙词
1914	个人杂志	第 1 期	第 79 页	杂俎	个人歌	F 调	简谱	情感	
1915	妇女杂志（上海）	第 1 卷第 8 期	第 1~2 页	余兴	道情	变 B 调	简谱	情感	板桥道人原作，上海城东女学制谱
1915	妇女杂志（上海）	第 1 卷第 8 期	第 1~2 页	余头	尾声	变 B 调	简谱	情感	
1915	京师教育报	第 18 期	第 1~2 页	教材	勉诸生（爱国，自强）	G 调	五线谱	情感	林纾编
1915	小说新报	第 11 期	第 4 页	歌谱	声求	C 调	简谱	情感（颓废）	铁池作
1915	小说新报	第 4 期	第 1 页	歌谱	蝶泪	C 调	简谱	情感（禅意）	病骸作
1915	小说新报	第 3 期	第 2 页	歌谱	蝶恋花	C 调	简谱	情感（爱国）	朱淑真，送春词
1915	小说新报	第 11 期	第 3 页	歌谱	枫	C 调	简谱	情感（历史）	铁池作
1915	小说新报	第 3 期	第 1 页	歌谱	浪淘沙	C 调	简谱	情感（生命颓然）	郑板桥暮春词
1915	小说新报	第 5 期	第 6 页	歌谱	李白春夜宴桃李园序	C 调	简谱	情感（生命感悟）	吼江董纪伯制谱，黄花奴校正
1915	小说新报	第 4 期	第 6 页	歌谱	落花	F 调	简谱	情感（生命感悟）	铁池作

续表

年份	报刊	卷次	页码	栏目	标题（歌名）	调式调	谱式	歌曲主题	备注
1915	小说新报	第6期	第4~5页	时调	时事根			历史（女性）	寄根作，变体漂白纱
1915	小说新报	第9期	第1页	歌谱	晚秋有感	D调	简谱	情感	蓼鹤作
1915	小说新报	第3期	第1页	时调	五更调			情感（家庭日常）	诗隐作
1915	小说新报	第8期	第4~5页	时调	学究叹五更			情感（命运）	寄根作，五更调
1915	小说新报	第1期	第1~3页	时调	学生根			情感（命运）	鸿卓作，调寄航妆台
1915	小说新报	第7期	第4~5页	时调	烟花女子叹十声			情感（命运）	寄根作，分咏格
1915	小说新报	第8期	第2页	歌谱	雁字	B调	简谱	情感（爱情）	铁池作
1915	小说新报	第5期	第1页	歌谱	萤火	C调	简谱	情感	铁池作
1915	小说新报	第3期	第1~3页	时调	用烟花女子叹十声调			情感（日常）	诗隐作
1916	诗声	第2卷第5期	第6~7页	诗声	水调歌头	C调	简谱	情感（生命感悟）	苏轼词，侠隐制谱
1916	香如丛刊	第7期	第10页	歌曲	捉蛾五更调			情感（日常）	五更调
1917	昆明教育月刊	第1期	第87页	育德唱歌	教立身	D调	五线谱	情感	明人（失名），袁枚
1917	王丁	第1期	第15页	歌曲	登金陵凤凰台	降E调		情感（感悟）	李白词，刘讱谱曲
1917	艺文杂志	第2卷第3期	第2页	歌曲	南宫人双调合套			情感	叶东莱作，杜丹亭游园工谱
1917	余兴	第24期	第56~57页	新曲	埋愁曲			情感	峨眉樵子作，雁过声，小桃红，朝元令等
1919	诗声	第4卷第3期	第9~10页	歌曲 雪堂歌集	声声慢	F调	简谱	情感	李易安词，侠隐制谱

参考文献

一 论著

1. 张静蔚选编《搜索历史——中国近现代音乐论文选编》，上海音乐出版社，2004。

2. 李静：《乐歌中国——近代音乐文化与社会转型》，北京大学出版社，2012。

3. 钱仁康：《学堂乐歌考源》，上海音乐出版社，2001。

4. 苗菁：《中国现代歌词流变概观1900~1976》，中国社会科学出版社，2007。

5. 陈望道：《修辞学发凡》，复旦大学出版社，2011。

6. 陈洪、乔以钢等：《中国古代文学与文化的性别审视》，南开大学出版社，2009。

7. 夏滟洲：《中国近现代音乐史简编》，上海音乐出版社，2004。

8. 李晓冬：《感性智慧的思辨历程——西方音乐思想中的形式理论》，中央音乐学院出版社，2011。

9. 王丽慧：《歌声中的文学——文学视野中的流行歌词》，上海社会科学院出版社，2013。

10. 刘以光：《中国歌词简史》，厦门大学出版社出版，2008。

11. 明言：《20世纪中国音乐批评导论》，人民音乐出版社，2002。

12. 蒋英：《清末民初贵州学堂乐歌考》，中国社会科学出版社，2015。

13. 企释、培安编《李叔同——弘一法师歌曲全集》，上海音乐出版社，1990。

14. 《李叔同全集》（全六册），哈尔滨出版社，2014。

15. 《弘一大师全集》（全十册），福建人民出版社，1992。

16. 葛兆光：《中国思想史》（第二卷），复旦大学出版社，2000。

17. 刘毓庆：《从经学到文学——明代〈诗经〉学史论》，商务印书馆，2003。

18. 方东美：《生生之德》，（台湾）黎明文化事业股份有限公司，2004。

19. 罗宗强：《玄学与魏晋士人心态》，南开大学出版社，2003。

20. 罗振亚：《中国新诗的历史与文化透视》，黑龙江教育出版社，2002。

21. 童庆炳：《中国古代心理诗学与美学》，中华书局，2013。

22. 陈伯海：《中国诗学之现代观》，上海古籍出版社，2006。

23. 陈伯海：《文学史与文学史学》，北京大学出版社，2012。

24. 陈平原：《千古文人侠客梦》，百花文艺出版社，2009。

25. 尤西林：《心体与时间——二十世纪中国美学与现代性》，人民出版社，2009。

26. 黄永武：《中国诗学·设计篇》，新世界出版社，2012。

27. 黄永武：《中国诗学·思想篇》，新世界出版社，2012。

28. 范寿康：《艺术之本质》，山西人民出版社，2014。

29. 吴承学、何诗海编《中国文体学与文体史研究》，凤凰出版社，2011。

30. 丁福保：《佛经精华录笺注》，广陵书社，2008。

31. 吴江金：《新中国歌唱二集》，上海小说林，1906。

32. 沈心工：《学校唱歌初集》，不详，1904。

33. 吴祖强：《曲式与作品分析》，人民音乐出版社，1962。

34. 郭绍虞：《中国历代文论》，上海古籍出版社，2015。

35. 李净野：《李叔同学堂乐歌研究》，中华书局，2007。

36. 袁行霈：《中国诗歌艺术研究》，北京大学出版社，2009。

37. 李新宇：《走过荒原：1990年代中国文坛观察笔记》，广西师范大学出版社，2003。

38. 李新宇：《大梦谁先觉——近代中国文化遗产发掘》，黄河出版社，2007。

39. 耿传明：《决绝与眷恋——清末民初社会心态与文学转型》，复旦大学出版社，2010。

40. 耿传明：《"现代性"的文学进程——二十世纪中国文学的动力与趋向考察》，中国文史出版社，2003。

41. 张京媛主编《当代女性主义批评》，北京大学出版社，1992。

42. 乔以钢：《多彩的旋律：中国女性文学主题研究》，南开大学出版社，2003。

43. 陈星：《说不尽的李叔同》，中华书局，2005。

44. 刘彦顺：《西方美学中的时间性问题》，北京大学出版社，2016。

45. 赵元任：《赵元任全集》，商务印书馆，2005。

46. 叶太平：《中国文学之美学精神》，（台北）水牛出版社，1998。

47. 陈植锷：《诗歌意象论》，中国社会科学出版社，1990。

48. 陆扬、王毅：《文化研究导论》，复旦大学出版社，2006。

49. 付林、胡音声：《流行歌曲写作十八讲》，人民音乐出版社，2012。

50. 杨荫浏：《中国古代音乐史稿》，人民音乐出版社，2013。

51. 庄捃华：《音乐文学概论》，人民音乐出版社，2006。

52. 汤擎民整理《詹安泰词学论稿》，广东人民出版社，1984。

53. 钱钟书选注《宋诗选注》，人民文学出版社，2005。

54. 钱钟书：《谈艺录》，商务印书馆，2011。

55. 朱光潜：《诗论》，武汉大学出版社，2008。

56. 周海宏：《音乐与其表现的世界》，中央音乐学院出版社，2004。

57. 李泽厚：《中国近代思想史论》，生活·读书·新知三联书店，2008。

58. 邓晓芒：《康德哲学讲演录》，商务印书馆，2020。

59. 刘文英：《中国古代的时空观念》，南开大学出版社，1999。

60. 陈四海：《思无邪——中国文人音乐思想研究》，东方出版社，2002。

61. 刘纳：《嬗变——辛亥革命时期至五四时期的中国文学》，中国人民大学出版社，2010。

62. 黎汉基：《社会失范与道德实践——吴宓与吴芳吉》，巴蜀书社，2006。

63. 王凤岐：《中国音乐词典》，人民音乐出版社，1984。

64. 郭绍虞主编《中国历代文论选》，上海古籍出版社，2001。

65. 沈心工：《心工唱歌集（学校唱歌集）》，生活书店，1937。

66. 严家炎：《论鲁迅的复调小说》，北京大学出版社，2011。

67. 姚亚平：《复调的产生》，中央音乐出版社，2009。

68. 傅道彬：《晚唐钟声——中国文化的原型批评》，东方出版社，1996。

69. 谢无量：《佛学大纲》，广陵书社，2009。

70. 王国维撰，彭玉平疏证《人间词话疏证》，中华书局，2014。

71. 周乐诗：《清末小说中的女性想象（1902～1911）》，复旦大学出版社，2012。

72. 周明秀：《词学审美范畴研究》，上海古籍出版社，2014。

73. （汉）毛亨传，（汉）郑玄笺，（唐）孔颖达疏《毛诗正义》，北京大学出版社，1999。

74. （清）方玉润撰，李先耕点校《诗经原始》，中华书局，1986。

75. （清）王先谦：《诗三家义集疏》，中华书局，1987。

76. 程俊英、蒋见元：《诗经注析》，中华书局，2017。

77. （汉）郑玄注，（唐）孔颖达正义，吕友仁整理《礼记正义》，上海古籍出版社，2008。

78. （唐）李善注《文选》，上海古籍出版社，1986。

79. （清）沈德潜选《古诗源》，中华书局，1963。

80. （梁）钟嵘著，曹旭集注《诗品集注》，上海古籍出版社，1994。

81.（梁）刘勰著，范文澜注《文心雕龙注》，人民文学出版社，1958。

82. 逯钦立辑校《先秦汉魏晋南北朝诗》，中华书局，1983。

83.（清）仇兆鳌注《杜诗详注》，中华书局，1979。

84. 项楚：《寒山诗注》，中华书局，2000。

85. 吴在庆：《杜牧集系年校注》，中华书局，2008。

86.（清）彭定求等编《全唐诗》（增订本），中华书局，1999。

87.（后蜀）赵崇祚编，杨景龙校注《花间集校注》，中华书局，2014。

88. 张璋、黄畲编《全唐五代词》，上海古籍出版社，1999。

89. 李逸安点校《欧阳修全集》，中华书局，2001。

90. 邹同庆、王宗堂：《苏轼词编年校注》，中华书局，2002。

91. 邓广铭笺注《稼轩词编年笺注》，上海古籍出版社，2016。

92. 杨景龙校注《蒋捷词校注》，中华书局，2010。

93. 唐圭璋编《全宋词》，中华书局，1965。

94.（宋）洪迈撰，孔凡礼点校《容斋随笔》，中华书局，2015。

95.（明）毛晋：《六十种曲》，中华书局，2006。

96.（清）吴伟业：《梅村家藏稿》，武进董氏刻诵芬室丛刊本，1911。

97.（清）陈廷焯：《白雨斋词话全编》（下册），中华书局，2013。

98.《吴芳吉集》，巴蜀书社，1994。

99.《吴芳吉全集》，华东师范大学出版社，2014。

100. 赵尔巽等撰《清史稿》，中华书局，1977。

101. 唐圭璋编《词话丛编》，中华书局，1986。

102. 唐圭璋：《词学胜境》，中华书局，2016。

103.《章太炎全集》（第三册），上海人民出版社，1984。

104. 何文焕：《历代诗话》，中华书局，1981。

105. 莫世祥编《马君武集》，华中师范大学出版社，2011。

106. 陈铮编《黄遵宪全集》，中华书局，2005。

107. 汤志钧、汤仁泽编《梁启超全集》（第十五集，演说一），中国人民大学出版社，2018。

108. 吴梦非、王元振：《圆梦集》，内部刊行资料，不详．

109. 〔英〕穆勒：《群己权界论》，严复译，商务印书馆，1930。

110. 〔英〕鲍桑葵：《个体的价值与命运》，李超杰、朱锐译，商务印书馆，2012。

111. 〔英〕肯尼迪、〔英〕布尔恩编《牛津简明音乐词典》（第四版），唐其竞等译，人民音乐出版社，2002。

112. 〔英〕罗素《西方哲学史》（下册），马元德译，商务印书馆，2015。

113. 〔英〕路德维希·维特根斯坦：《哲学研究》，陈嘉映译，上海人民出版社，2005。

114. 〔法〕古斯塔夫·勒庞：《乌合之众：大众心理研究》，冯克利译，中央编译出版社，2000。

115. 〔法〕罗曼·罗兰：《灵魂与呐喊——罗曼·罗兰音乐笔记》，秦传安、王璠译，东方出版中心，2012。

116. 〔法〕加斯东·巴什拉：《空间的诗学》，张逸婧译，译文出版社，2016。

117. 〔美〕杰拉德·普林斯：《叙述学词典》，乔国强、李孝弟译，上海译文出版社，2011。

118. 〔德〕胡戈·弗里德里希：《现代诗歌的结构——19世纪中期至20世纪中期的抒情诗》，李双志译，译林出版社，2010。

119. 〔德〕海德格尔：《林中路》，孙周兴译，商务印书印馆，2019。

120. 〔德〕弗里德里希·席勒：《审美教育书简》，冯至、范大灿译，北京大学出版社，1985。

121. 〔美〕克林斯·布鲁克林：《精致的瓮：诗歌结构研究》，郭乙瑶等译，上海人民出版社，2008。

122. 〔美〕苏珊·S. 兰瑟：《虚构的权威：女性作家与叙述声音》，黄必康译，北京大学出版社，2002。

123. 〔美〕叶维廉：《中国诗学》，人民文学出版社，2006。

124. 〔美〕唐纳德·杰·格劳特、〔美〕克劳德·帕利斯卡：《西方音乐史》，王启璋译，人民音乐出版社，1996。

125. 〔美〕杜维明：《道·学·政：论儒家知识分子》，上海人民出版社，2000。

126. 〔美〕杜维明：《对话与创新》，广西师范大学出版社，2005。

127. 〔美〕孙隆基：《中国文化的深层结构》，广西师范大学出版社，2004。

128. 〔美〕爱德华·W. 萨义德：《音乐的极境：萨义德音乐随笔》，庄加逊译，广西师范大学出版社，2019。

129. 〔美〕徐中约：《中国近代史》，计秋枫、朱庆葆译，香港中文大学出版社，2002。

130. 〔美〕费正清、刘广京编《剑桥中国晚清史（1800～1911 年）》（上下卷），中国社会科学出版社，1985。

131. 〔美〕唐德刚：《从晚清到民国》，中国文史出版社，2015。

132. 〔美〕M. H. 艾布拉姆斯：《镜与灯——浪漫主义文论及批评传统》，郦稚牛、张照进、童庆生译，北京大学出版社，2004。

133. 〔加〕查尔斯·泰勒：《自我的根源：现代认同的形成》，韩震等译，译林出版社，2012。

134. 〔加〕叶嘉莹：《迦陵论词丛稿》，北京大学出版社，2015。

135. 〔墨西哥〕卡洛斯·查韦斯：《音乐中的思想》，冯欣欣译，孙红杰校，西南师范大学出版社，2015。

136. 〔日〕榎本泰子：《乐人之都上海——西洋音乐在近代中国的发轫》，彭瑾译，上海音乐出版社，2013。

137. 〔俄〕别尔嘉耶夫著，方珊、何强、王利刚选编《美是自由的呼吸》，山东友谊出版社，2005。

二 论文

138. 朱兴和：《李叔同学堂乐歌中的近代思想意味》，《中国现代文学研究丛刊》2015 年第 10 期。

139. 夏晓虹：《"英雌女杰勤揣摩"——晚清女性的人格理想》，《文艺研究》1995 年第 6 期。

140. 夏晓虹：《晚清女报中的乐歌》，《中山大学学报（社会科学版）》2008 年第 2 期。

141. 夏晓虹：《从男女平等到女权意识——晚清的妇女思潮》，《北京大学学报（哲学社会科学版）》1995 年第 4 期。

142. 耿传明：《天人关系与中国文学的现代转变》，《中国社会科学》2013 年第 11 期。

143. 夏瑞方、杜亚泉：《中国雅乐》，《东方杂志》1918 年第 4 期。

144. 程磊：《羁旅山水与家园体验——论羁旅行役诗中家园感呈现的意象形态研究之一》，《海南大学学报（人文社会科学版）》2013 年第 1 期。

145. 杨经建：《新古典主义与二十世纪中国文学》，《文艺研究》2006 年第 4 期。

146. 夏中义：《从〈人境庐诗草〉到〈静庵诗稿〉——对钱钟书〈谈艺录〉的"照着说"与"接着说"》，《华东师范大学学报（哲学社会科学版）》2014 年第 6 期。

147. 徐大威：《由"心灵"本体到"意"本体——论中国诗歌意境的演变》，《理论观察》2011 年第 1 期。

148. 王芳：《苗族民歌特点之浅析》，《大舞台》2010 年第 11 期。

149. 潘冠泽：《贵州松桃苗族民歌生态现状》，《云南艺术学院学报》2015 年第 2 期。

150. 何振京：《民族音乐概述》，《中央音乐学院学报》1984 年第 1 期。

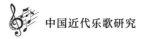
151. 赵沛霖：《兴的分类、本义和起源研究述评》，《辽宁大学学报（哲学社会科学版）》1988 年第 5 期。

152. 沈美华、韩锐、刘晓英：《人权的儒学进路》，《现代哲学》2013 年第 3 期。

153. 龚群：《论公民的权利与义务》，《伦理学研究》2002 年第 2 期。

154. 康正果：《女权主义文学批评述评》，《文学评论》1998 年第 1 期。

155. 关晓红：《科举停废与近代乡村士子——以刘大鹏、朱峙三日记为视角的比较考察》，《历史研究》2005 年第 5 期。

后　记

　　时至今日，记得从硕士开始我对乐歌研究有了兴趣，为此，我选择旁听了与之有关的本科、硕士、博士的全部课程。当时，近代报刊数据还处于纸质馆藏阶段，馆内规定近代报刊资料概不外借。为此，我到南开大学图书馆地下一层期刊数据库，一页一页拍照留存并放回原处，生怕如此宝贵的资料遭受我的"荼毒"。无奈烈日炎炎，校园内热气蒸腾，馆内唯有我一人，汗流浃背，手内汗湿，不免影响纸张的质量，为此，我深感惭愧。在硕士学习期间，我靠这种原始的方式整理了近一万字乐歌史料。随着时间的推移，各种近代期刊数据库逐渐开放，博士开题时，借助数据库资源，我坚定信心做好该题目。于是，我怀着忐忑的心情提交给耿传明老师一部分史料，并与其探讨该课题的可研性，经过半年的反复论证，导师同意我继续研究该课题。在与导师谈论的过程中，我对19世纪到20世纪初的中西方的文艺思潮有了更加深刻的认识，也对一个问题产生了浓厚的兴趣，那就是，在一个以诗歌为"宗教"的国度，为何近现代中国诗歌的经典作品较少？当代研究者是否忽略了近代诗歌研究的历史现场？我们是否应该拓宽近代诗歌的研究对象？是否应该更新近代诗歌的研究方法？

　　在对文学现场的把握方面，我的硕士生导师冯骥才老师鼓励我多接触近现代诗歌作者，并推荐我为一些当代作者做口述实录。在作这部诗歌口述历史的过程中，我深感乐歌对诗歌作者的影响，也很急切地勾连起乐歌与诗歌的关系，构建起古代诗歌与现代诗歌之间的桥梁。

　　白驹过隙，急切的心情并不能加快研究的进度，以致大量的删改、重修成为科研生活的常态。耿老师教导我，失去平常心的人很难学有所成，让我放下过于远大的科研想象，脚踏实地地作文。这句话点醒了我，从此在史料与作者口述的历史现场中逐步构建近代诗歌史的理论框架。博士期间我完成了该书的80％，本次出版与我一同完成本书第六章的是师妹解月昭，她硕士毕业于英国埃克塞特大学，主修古典文化与古代历史，她不辞辛苦地完善第六章的逻辑与内容。此外，本书的写作目的在于建立起古代乐歌与现代乐歌之间的联系，在"没有晚清何来五四"的宏大叙事理论之下，详细阐述近代乐歌理论研究的变化细节，勾连起"古"与"今"、"中"与"西"，构建一个具有实践与理论价值的诗学空间。师妹有扎实的古代文学理论与西方文学研究功底，为本书近代乐歌理论研究提供了比较完整的对比理论框架。郝巍是一位优秀的音乐研究学者，他和他团队的刘堃阳、查文鑫同学给本书音乐论述部分提供了思路与建议。

　　最后，我要感谢我的母亲，该书修改期间，我的母亲65岁，双鬓已白，小病不断，但是性格依旧乐观豁达，这种精神影响了我做科研的状态。本书从搜集资料到成书，历经8年有余，其中的挫折与欣喜一言难述。母亲陪伴我继续成长，教我如何平衡家庭与科研工作之间的关系。她不但以极大的耐心支持我的科研工作，还鼓励我多参加体育运动和社会公益活动，让我的科研生活充满了活力与快乐。

　　此外，十分感谢烟台大学文学与新闻传播学院的各位领导与同事对我科研工作的大力支持。

李　晶

2024 年 1 月 12 日于烟台大学图书馆

图书在版编目（CIP）数据

中国近代乐歌研究／李晶，解月昭著 . --北京：
社会科学文献出版社，2025.1. --ISBN 978-7-5228
-4503-6

Ⅰ. I207.22

中国国家版本馆 CIP 数据核字第 2024FK1960 号

中国近代乐歌研究

著　　者／李　晶　解月昭

出 版 人／冀祥德
责任编辑／杜文婕
责任印制／王京美

出　　版／社会科学文献出版社
　　　　　　地址：北京市北三环中路甲 29 号院华龙大厦　邮编：100029
　　　　　　网址：www.ssap.com.cn
发　　行／社会科学文献出版社（010）59367028
印　　装／三河市尚艺印装有限公司

规　　格／开　本：787mm×1092mm　1/16
　　　　　　印　张：18.75　字　数：261 千字
版　　次／2025 年 1 月第 1 版　2025 年 1 月第 1 次印刷
书　　号／ISBN 978-7-5228-4503-6
定　　价／128.00 元